念君歡

卷七

【完結篇】

窟紅注目作家

村口的沙包——著

1 插翅難飛

陳靈舒和夏侯纓一左一右扶住傅念君，三個人女人緊靠著，在東倒西歪的馬車裡互相扶持。

傅念君知道後頭已經有人追了上來。

陳進……但願他沒死！

傅念君的指甲攥進了手心，一遍遍在心底祈禱。

拉車的馬突然一聲悲鳴，車子立刻以最大的幅度傾倒，傅念君狠狠扒住車門邊緣，半個身子卻還是被甩了出去。

夏侯纓和陳靈舒沒她手腳靈敏，夏侯纓直接撞在了翻倒的車轅上，滾了幾圈落在地上，不省人事。陳靈舒也一聲尖叫，摔了出去，差點被馬蹄踩到，還是傅念君眼疾手快，立刻拉住她一個側身滾開。但是傅念君一隻腳卻被馬車輪子壓了一壓，一股鑽心的刺疼隨即竄上。

「王妃！」傅念君聽到了郭巡的叫喊聲，可他來不及顧著自己，傅念君看見他飛快地抽出一把刀，立刻與來人動起了手。同時他的方向飛過來一截軟鞭，落在傅念君腳下。

「騎馬走！」他朝著傅念君大喊。

與他動手的人，正是追上來的蕭凜。

蕭凜的臉上身上已經沾染了很多血漬，神態卻沒有任何的慌亂，哪怕身邊圍著幾個高手，反而卻有種穩操勝券的鎮定。

傅念君的心幾乎提到了嗓子口。

她別無他法，只得奮力爬起來，一瘸一拐地順手牽了旁邊的一匹馬，回頭去看夏侯纓和陳靈舒，只見陳靈舒正半躺在地上，滿臉都是眼淚和汙泥，正朝傅念君喊著：「王妃休要管我們了……」

夜風揚起傅念君鬢邊的一綹碎髮，耳邊是兵戈冷硬的鏗鏘之聲，她攥緊了韁繩，只覺得此刻全身血液似乎都洶湧奔騰著。

這是她第一次這麼清楚地聽到自己的心跳聲。

等著她做一個決定。

傅念君閉了閉眼，終於還是擲下了手裡的韁繩。因為腳受傷，她的步子有些不穩，身上都是剛才滾落馬車上時沾著的汙泥，難免顯得有些狼狽。可是她的脊背依然挺直，一步步走向了逐漸落於下風的郭達等人。

郭達和何丹幾個正與蕭凜奮戰。

蕭凜一個人揮動著手裡的戰刀抵抗兩、三個人的攻擊，可見其武藝之高強，相比他的行雲流水，何丹郭達幾人顯出一種左支右絀的疲態。

「夠了！」傅念君的聲音不大，卻清晰地傳到了每一個人的耳朵裡。

「停手吧，蕭凜，我跟你回去。」她這麼說的時候，蕭凜正好把刀尖抵到了郭達的喉嚨上，他的手一頓。

「你放了他們。」傅念君的眼神和他對上，揚高了聲音：「所有人！」

「不行！」郭達技不如人，卻依然不肯認輸，人在泛著冷光的刀鋒下仰著脖子，卻還是執著地喊著：「王妃，您別管我們！」

傅念君呼了口氣，繼續一瘸一拐地朝他們走近。

蕭凜吹了一聲呼哨，他手下的契丹武士都停了動作，所有人的目光似乎在一瞬間集中到了傅念君身上，包括她那略顯蹣跚的步伐。

傅念君在離郭達五步之遠的地方停下。

郭達背對著她，卻無法回頭去看，此時他手心緊攥著，已經全都是汗了。他只能聽見她在自己背後用清冽的嗓音說著：

「郭達。」

聲音聽起來很平靜，就像這裡不是生死攸關的地方，只是他們淮王府的後院裡，她照常吩咐他去套馬車一樣。

「我知道我是走不了的。這位蕭大人，不會這麼輕易就讓你們劫走我。」

「王妃！」郭達又喊了一聲，蕭凜的刀尖同時也逼近了他兩寸。

那一聲彷彿是在說，他們明明只差一步就能成功了。

傅念君轉而向蕭凜道：「他年輕不懂事，蕭大人何必多計較。」

郭達咬緊後槽牙，不由心道，他明明比王妃還大一歲的。

「蕭大人應該有援兵將至吧。」

傅念君這一句話，立刻就將郭達心裡僅剩的一點希望火苗給撲滅了。

所以……王妃才決定不逃了。

蕭凜不置可否，在她的眼神下收了刀，卻說：「他們傷了我手下性命，還能全身而退？」

傅念君冷笑，「要論誰先不講道義，恐怕不是我們吧。蕭大人還裝什麼情深意重？」

她一路上和他說話都是這副口吻。她並不是在和他談條件，她是在用自己威脅他。

蕭凜的眸光閃了閃，最終只是吐出了三個字：「妳過來。」

「王妃不可啊！」

「王妃，屬下不能如此貪生怕死！」

憤慨的聲音此起彼伏響起。

傅念君一步步慢慢地走到蕭凜身側，對換了視野，此時才能夠看清郭達臉上的血汙和震驚。

她掃過四下這一張張熟悉的臉孔，朗聲道：「諸位，你們的血不能流在這裡！你們也不該為我一個婦人白白殞命，你們還有更重要的事做，殿下都等著你們的效命。蕭大人既然答應了我就不會再動你們，也一定不會再食言。你們快些回頭，若你們還認我為主母，就聽我這命令。」

眾人眼裡都有光芒躍動，視線都齊齊落在了蕭凜和傅念君身上。

蕭凜臉上則看不出表情。

何丹和郭達無疑是領頭之人，傅念君知道郭達年輕熱血，心底還會糾結，便轉而望向何丹，厲聲道：「何護衛，還愣著做什麼，帶他們走。」隨即頓了頓，又道：「回頭去救陳進。」

何丹和郭達眼中閃過掙扎之色，但他們也明白，蕭凜這麼快就追到了這裡，陳進……

此刻身後已經有清晰的馬蹄聲傳來，追兵比他們想的要來得快。

何丹一咬牙，終於抗不過傅念君的目光威懾，對剩下幾人說：「我們走！」

傅念君鬆了一口氣，蕭凜卻不給她任何鬆口的機會，只冷著臉道：「上車！」對待她的態度失了從前的溫和有禮，像是對著一個俘虜。

傅念君這才看清，原來他也不是半點傷都沒有，他垂著的左手正在滴血。

只不過這和她沒有半點關係。她對著所有外人，永遠可以做到心如鐵石。

「她們兩個，你也不能動。」傅念君朝蕭凜努了努下巴，示意不遠處的夏侯纓和陳靈舒。

她不忘記得寸進尺。

此時夏侯纓已經悠悠轉醒，身邊是瑟瑟發抖的陳靈舒。

「知道了。」蕭凜有點不耐煩，卻沒有辦法。

怎麼多了一個女人？

他也沒多細想，大步就走過去，一邊一個扯了，將她們拎起來。

蕭凜手下帶來的幾個高手正盯著郭達幾個撤退，場面混亂，誰都不知道下一刻是不是又會突然兵刃相見，沒人來管這兩個女人。

蕭凜將她們像提小雞一樣拎到了傅念君身邊，一把將右手上的夏侯纓朝傅念君推了過去，正要把左手的陳靈舒也送出去時，突然就發覺到了不對。

剛才這個還在瑟瑟發抖的膽小女人，明明有機會逃脫，竟是轉著身反而朝自己懷裡鑽來……

蕭凜畢竟是習武之人，電光石火之間，已經立馬反應過來了。他右手猛一使力，將眼前的陳靈舒拉開，左手很快就抽出腰間的馬刀，功夫快過腦子，一下便將馬刀戳進了眼前女人的胸口。

帶著血的刀尖從她後背突出來，已然是將人戳了個對穿。

傅念君剛扶夏侯纓站穩，一抬頭便看到了這一幕。

陳靈舒咳出了一口血，正吐在了蕭凜的前襟上，但她的面貌在此時竟顯出一種微微的猙獰來。

傅念君突然明白了陳靈舒出現在這裡的原因。

她就是等著這一刻。

蕭凜左側肩膀上正扎著一根很不起眼的小金簪。他無需用手去拔，微微一運功，金簪便落了下來。但是他也知道，這簪子定然不是根普通的簪子。

陳靈舒仰躺在草地上，大口大口喘著氣。

傅念君和夏侯纓來不及多想，立刻蹲下身想用帕子止血，只是帕子蓋在她胸前的血窟窿上瞬間就被染透了，傅念君一雙手也全部都是她溫熱的血液，滑膩膩的讓人毛骨悚然。

陳靈舒此時瞳孔微張，已經是出氣多進氣少。夏侯纓握著她的手腕搭脈，但傅念君心知肚明，就算夏侯纓是華佗再世，也救不了她了。

而另一邊的蕭凜，此時只覺得目光漸漸朦朧，身上像是壓著百斤千斤重的擔子，壓得人喘不過氣。那金簪上果真淬了毒，原本依照陳靈舒的力氣，隔著衣裳也刺不進幾分，可是他沿著左肩到上臂正好受了刀傷，而她扎在了傷口處……

他已經無法保持站立，只得單膝跪在地上，左手用馬刀勉力撐地。

傅念君自然也發現了。

「你……」她看了他一眼，他還是沒有問出口。

那樣的蕭凜，竟然也會手抖？

她內心裡真的一點都不想去理會他。

好在蕭凜的護衛很快就發現了他的異狀，四下擁了過來，嘰裡呱啦地說著契丹話。

陳靈舒躺在夏侯纓的懷裡，嘴唇微微翕動，傅念君貼過去聽，卻是她咬牙切齒的幾個字：

「爹、娘，我、我終於報仇了……」

當日陳家被滅門，是蕭凜的人做下的，為了帶回陳靈之，為了保全陳靈之的身世祕密，他毫不猶豫地選擇殺了所有知情者。畢竟死人不會說話，是他們這些手握大權的人信奉不變的準則。

傅念君有些明白了，陳靈舒一定要跟著董長寧，哪怕做奴婢做妾，跟著他進京，重新和自己見面……如果她求的是一個平平淡淡的後半生，董長寧有無數種方法可以幫她，甚至自己和周毓白也可以。

但她要的是報仇。

只有跟著董長寧和自己，她才有機會接近她的仇人。

哪怕這個希望很渺茫，她卻一直在等，終於在今天，還是被她等到了。

陳靈舒的喉嚨裡發出了兩聲短促的呻吟，接著就斷了氣，一雙眼睛還是瞪大了，盯著蕭凜的方向，似乎死不瞑目。

蕭凜那邊也終於支撐不住，歪倒在一個親衛的肩頭上。其餘幾個圍在他身邊的契丹武士，傅念君這幾天也面熟，都不算是特別粗蠻的人，此時卻個個都急紅了眼，面目猙獰，大概是無法忍受剛才鎮定退敵的主子，竟會被一個女人暗算。

有一個人拔了短刀，便叫喊著向三個女人走過來。

看樣子連陳靈舒的屍身都不想放過。

傅念君用契丹話高聲和他們講理：

「人都已經死了，做什麼都沒有用，現在最要緊的是你們蕭大人的安危！」

那幾個契丹武士卻不肯聽她，竟是還有人喊著：「漢人女子都是禍水，全部都砍了！砍了她，大人要我的頭顱，我也認了！」竟是有些漢室史上為了主君而不惜死諫的忠臣做派。

他們個個情緒高昂，目光兇狠，一步步朝她們逼近……

幸好這個時候，馬蹄聲在他們身側響起，分散了大家的注意力。

是趕到的蕭凜的「援軍」。

當先一人躍下馬，身量頎長卻不算魁梧壯實，似是個還未長成的少年。他的隨屬都執著火把，一下子就將這片幽暗的狂野照亮了幾分。

傅念君瞇了瞇眼，看見剛才還情緒激昂的契丹武士們都垂了頭，不再執著刀喊打喊殺。

下馬的少年穿著傳統契丹貴族的服飾，腳蹬皮靴，戴著風雪帽，一張臉在火光映照下顯得更瑩白。他眼睛細長，鼻梁格外挺拔，比粗蠻的契丹人多了幾分秀氣。

傅念君看清了一愣，這少年竟是陳靈之！

不過一年多未見，卻不想他已經長高了這麼多。

陳靈之在隨屬的簇擁下大步走上前，他的目光落在傅念君臉上，卻只是一掃而過，隨後便忙著關心蕭凜。

「快將你們大人扶上馬車。」

隨著夜風吹來的，似乎是這樣一句話。他的契丹話說得還不大好。

陳靈之在中原長大，沒有那麼容易說好契丹話。

隨行有一架豪華的馬車，由三匹駿馬拉著，車簷上還垂著宮燈，流蘇隨著涼風一蕩一蕩的，在這樣血肉橫飛的地方有點格格不入。

傅念君眼角抽了抽，他們當然不可能未卜先知蕭凜會受傷，顯然這輛車是用來關押她的。她還真該謝謝他們的用心良苦。

陳靈之又看向了傅念君，傅念君垂下眼睛，示意此時旁邊那靜靜的、不再說話的人……

如果他早來片刻，就能和他相處十幾年的姊姊見上最後一面了。

但是陳靈之的反應卻是意外的淡漠，他僅僅是輕輕掃了一眼，便對左右吩咐：

「就地掩埋吧。」說罷轉身，斗篷甩下的風獵獵作響。

傅念君記憶裡那個不惜偷挖狗洞也要跑出去找他姊姊的少年，似乎一瞬間就被眼前這個人給取代了。

蕭凜的一個護衛不服氣，依舊執刀在爭辯什麼，看似不砍陳靈舒幾刀不肯解氣。

陳靈之提高了嗓音呵斥他，讓自己手下兩個隨屬去挖土坑。

傅念君和夏侯纓不被允許可以看著陳靈舒下葬，她們只是俘虜。
好在馬車很大，塞進去了一個蕭凜，還能讓她們兩個坐入。
蕭凜躺在鋪了羊皮墊的馬車內，整個人臉色都呈現了一種頹敗的薑黃色。
陳靈之和兩個護衛還在馬車邊喋喋不休地爭論著什麼。陳靈之回頭，正好對上傅念君的目光。
他動了動嘴唇，指著夏侯纓說：「淮王妃，她是大夫？」
傅念君勾了勾唇，點頭道：「你們信得過她？」
陳靈之是真的長大了。他以前都叫傅念君「姊姊」的，如今只是疏離地稱呼她為「淮王妃」。
「信不過也要信。」
其實夏侯纓早就在替蕭凜搭脈了。
旁邊的契丹武士卻叫囂著：「不能讓她們替大人治病！她們是那個女人的同黨！」
甚至還有人依然想越過陳靈之，將她們拉下馬車。
傅念君看了一眼蕭凜，轉頭對暴躁不安的幾人說：「我們知道輕重，他死了，我們也活不了，所以在這樣的情況下，誰比你們更不想讓他死？夏侯姑娘是解毒高手，何況剛才的陳娘子已死，你可問出來你們蕭大人中了什麼毒？除了相信我們，現在還有更好的辦法嗎？」
那幾個護衛都沒有話說了，可他們眼神裡的憤怒讓傅念君不敢小覷。
如果蕭凜斷了氣，看來她和夏侯纓確實要跟陳靈舒葬在一塊兒了。
傅念君又道：「只是這裡到底缺少藥材，還是加緊路程去幽州吧。」
左右的人現在都只能看著陳靈之，等他吩咐。
陳靈之頓了頓，朗聲對眾人說道：「都聽這兩位姑娘的，你們不許造次！」他這一句契丹話雖不流暢，氣勢卻意外地很足。

傅念君重新坐回了車上。

§§§

蕭凜在輕微的顛簸中悠悠轉醒，還未說話，嘴邊就遞來了一碗溫熱的茶水。

他再次閉上了眼睛，覺得心定了定。他能夠聞到一股有點熟悉的香味，屬於傅念君。

耳邊兩道女聲本來正在輕聲地說話，現在也止住了。

「別裝了，蕭大人。」傅念君的語氣聽起來並不太好。

蕭凜還是沒有動。躺在車上的感覺還不錯，只除了四肢百骸就像被打散了一般痛，好在蕭凜也是身經百戰的人，傷痛對他來說都能夠忍受。

傅念君卻是沒好氣地把水差點全灑上了他的衣襟。

又過去了一天，蕭凜足足昏迷了一天一夜，幽州城已經近在眼前，好在沿路一個大鎮子上有漢人經營的藥莊，夏侯纓能夠找到她所需要的大部分藥材，陳靈之也足夠信任她，當然也因為蕭凜壯得像頭牛，才能夠這麼快就甦醒。

夏侯纓說，雖然蕭凜身上有傷口，不過因為陳靈舒氣力不夠，那根金簪若是再扎進去兩寸，怕是他就十分危險了。

金簪是放在牽機藥中以特殊的法子淬煉而成的，牽機藥是用流傳的古方配製的毒藥，幾乎無藥可解，就連認識的人都很少。

蕭凜喝了水，靠在車墊上，傅念君實在不想自降身分做他的侍女，停車休整時便鑽出去透氣。而她這一路雖顛簸受累，孩子卻還是好好地待在她肚子裡。

她有點出神，尤其是想到了郭達何丹幾個，只希望他們對自己不要太過苛求、自責了。

她聽到身後有響動，一回頭，卻發現蕭凜坐在車轅上，正盯著她看。

傅念君擰眉，再一次覺得這人有禽獸般的恢復能力。

他總算履行了對她的承諾，遁去的郭達何丹等人，他也不再讓人追問去向。

「你知道他們是怎麼找到你的嗎？」傅念君淡淡地問他。

蕭凜的臉色還是不大好，說出的聲音也有點沙啞，只道：

「妳知道。」神情倒是很平靜。

傅念君笑了笑，「你選的路線都是經過縝密安排的，趕路速度又快，被追上無非只有一種可能，不過是旁人早已有所安排罷了。」

蕭凜動了動手腳，似乎還是有些遲緩，淡淡說道：

「那個女子是陳家的小姑娘吧？她出現在這裡，就是為殺我而來。」

傅念君說：「可見人還是不要隨意作惡的好。你殺了她全家，她便一直心心念念記恨著報仇。但顯然她一個人是無法做到的，她是董長寧的妾室，出現在這裡，一定是董長寧的吩咐。」

董長寧對陳靈舒，可說也是毫無半點情意了。

不過世上的人各有各的活法，也各有各的所求，陳靈舒本來就不想活了，在家破人亡的那一刻開始，她就一直在等著今天。

蕭凜倒是不太知道董長寧這個人，一時間有些反應不過來，隨後便道：「妳夫君淮王，倒是有幾分本事。」

傅念君說：「這和他沒有關係，你蕭大人一貫看輕女人……陳小娘子會被董長寧送到這裡，可見董長寧早預料到她會有這樣的結果，但是你也看到了，派這樣一個弱質女流過來，能殺你的把握不過兩、三成，賠上性命可能倒是十成十，那麼董長寧怎麼會屬意陳小娘子來做這件事？

「不過因為這是陳小娘子的要求罷了，而董長寧無法拒絕她。所以蕭大人，很明顯的，知道你會走這條路的人，不是我夫君和董長寧，而是陳小娘子。」

陳靈舒並不屬於周毓白的可控勢力，對於董長寧來說，信她也沒有損失，陳靈舒最後是死是活，都是她自己的選擇。

蕭凜擰眉沉思。

傅念君笑了笑，他能不能想通就不是她的事了，她的話已經說得很明白。

陳靈舒怎麼會知道蕭凜的行路路線？

只有兩種可能性。

第一，她曾經與蕭凜的部下正面遇上過，並且僥倖逃脫，那麼或許她高人不露相，有什麼通天的法子在那時候就埋下了眼線，為今日預做準備。

但是這種可能性極其渺茫，陳靈舒是個怎樣的人，傅念君心中多少有點數。

那麼只剩第二種可能性——陳靈舒不過是旁人的一招暗棋。

牽機藥是前朝宮廷出來的禁藥，尋常百姓很難接觸，民間百姓若有犯事下毒的，多會選用砒霜。陳靈舒是從哪裡得來的牽機藥，這個問題就值得思量了。

傅念君又裹了裹身上的裘衣，輕輕抬手打了個呵欠，對蕭凜道：

「馬上就進幽州城了，蕭大人。我和夏侯姑娘伺候了你兩天，沒有功勞也有苦勞，希望進城以後，你能夠給我們安排一個好些的住所，我現在畢竟是雙身子，還是有些嬌貴的。」

她反正一直都挺得寸進尺。

蕭凜看著傅念君這輕鬆明媚的神情，頓時有些來氣，啞著嗓子道：

「我看妳是覺得剛才和我說的那番話，足夠來和我談條件了？」

「難道不是麼？」傅念君反問：「我本來就不是階下囚，還為蕭大人出謀畫策，更何況你被人暗殺的事，我也毫不知情，怎麼怪也怪不到我頭上來。」

蕭凜發現自己經常被她噎得無言以對。她這副無賴的樣子，還真是讓人拿她沒辦法……

「我雖沒妳夫君這麼多心眼，但也知道妳剛才那番話的意思，不過就是要我把懷疑目標放到肅王世子身上罷了。」他笑了一聲，「真真是最簡單的離間計。」

傅念君搖了搖手指，看著蕭凜的神情很有點戲謔。

「看來蕭大人還挺喜歡我們漢人的兵法，不知道是否也曾在戰事上應用一二？離間計、反間計，其實對我現在的處境來說，都已是無用之功，無論如何你也不會放了我，不是麼？我今日便教蕭大人一句話，『在其位，謀其政』，我完全是基於你的立場來考慮這個問題，我想蕭大人該明白，如今我能活著的前提，是因為你蕭凜蕭統軍使有價值，若是你一著不慎，我就連活命都難，又何必害你？」她在他的目光中抖了抖袖子，「我想你也該先想想清楚，你們大遼的內憂，和宋遼之間的外患，如今哪一樣應該先擺在你眼前？」她說完話便不再等他回應，逕自鑽回車上去了。

她暗示得已經很明顯……

透露他行路路線的人，可能是周紹雍。

若是旁人將這話遞給他，蕭凜免不得便要再想一想，但是這個女人，心眼不比她那個丈夫少，蕭凜下意識便不想信。

然而她後面的話又將矛頭調轉。

確實她現在身陷囹圄，沒有必要來害他，害他蕭凜的人，只可能是大遼境內的人。

若是不止自己和周紹雍取得過聯繫呢？這些宋人詭計多端，他確實不得不防。

拖著依然很虛弱的身軀，蕭凜卻還是喚來了親衛，吩咐他們：「去看看耶律弼什麼時候到南京，還有攝政皇叔最近有無異動……」

攝政皇叔指的是耶律弼的靠山，如今大遼狼主的叔父耶律元。

親衛領命下去了。

傅念君坐在馬車上見到蕭凜和身邊兩、三個契丹武士嚴肅地說話，不由勾了勾唇。

夏侯纓正把一盅安胎藥遞給她。

沾著蕭凜的光，如今傅念君也能夠好好地讓夏侯纓調理身子了。

「很高興？」夏侯纓問她。

傅念君笑了笑，只說：「也沒有，不過是成功給人添了點堵。」

她拿話趕著蕭凜，就是想讓他多猜想，讓他左右懷疑卻分析不出答案。

就憑他，大概還看不出來這其中樁樁件件事情的聯繫。

他對周紹雍不瞭解，對周毓白也不瞭解，他所認知的東西很有限，很容易被人算計進圈套裡。

傅念君心中一動，或許她可以嘗試著將幽州城裡的水攪渾，趁機尋個脫身之法……

§§§

車隊一路進了幽州城，這裡是從前蕭凜父親蕭溫的地盤，如今自然是蕭凜的轄地。遼國疆域闊大，到上京的路途遙遠，蕭凜本人無事之時也不會跑去上京。

和大宋不一樣的是，這裡離京師雖遠，從前到底是漢家土地，百姓們善於耕種織布。天候好的時候，賦稅是北地的好幾倍，雖然胡漢矛盾是個大問題，各地常有衝突發生，但總體來說燕雲一帶還是很讓契丹貴族們眼熱的。

蕭凜一個人就管轄著南院大部分軍隊，天高皇帝遠，又不用守著那些苦寒之地，樂得自在不說。更重要的是，如今的燕雲，根本盤踞著他們蕭氏一族有意培植的勢力。

因此蕭凜才會這樣樂於和周紹雍合作。

從蕭太后開始，早就存著壯大蕭氏的念頭，而耶律氏內部人心不齊，如今的皇帝死後誰登基還說不準，他們又不信奉什麼嫡長子繼承這套，可以說誰都有資格，因此通過蕭太后在世時建立的聯姻血緣關係，日後對於蕭凜及其子孫來說，助力會越來越薄弱。

占據燕雲，控制南院是一招很好的棋。這裡是胡漢混居，最雜亂的過度地區，雖然難管，卻很有價值，既能夠壓制上京，同時卻與宋廷緊密聯繫。

如果周紹雍的計畫完成，周雲詹登基，蕭凜的地位就更加不同了。他踞守燕雲，就是進可攻、退可收，哪裡都不敢動他，哪裡都有他的人。

只要他活得夠久，生幾個厲害些的兒女，再左右與耶律家、宋室結一結兒女親家，可想而知日後他的地位成就，甚至能夠超過他父親用真刀真槍搏出來的戰果。

不過嘛……

傅念君坐在馬車裡，望著這城裡見了他們車隊就流竄的漢人，臉上表情鬆了鬆。

蕭凜恐怕只在他父親那裡學來了兵法戰術，守成智計卻遠遠不夠。他想要做到那種程度，根本不可能。

傅念君和夏侯纓暫且被安置在驛館，雖說是驛館，其實也就在蕭凜府邸的隔壁。

幽州乃兵家必爭之地，前些年戰火紛飛的時候，早就被打得七零八落，城內見不到多少看得過眼的樓宇。

遼人又不似漢人，對蓋房子實在是能力和興趣都很有限，所以幽州城看起來還真不如開封府隨便哪個縣城，城中稍微看得過眼的房屋也沒有幾棟，有這間驛館可住，已經相當不錯了。

傅念君和夏侯纓好好地洗了澡吃了些東西。

先前那兩套藥童和內監的衣服都快發餿發臭了，自然不能再穿。她們入鄉隨俗，終於第一次穿上了契丹女子的衣服。

傅念君穿不慣契丹人的衣服，尤其是髮式，漢人習慣梳髻，契丹人則不然。傅念君不想弄得不倫不類的，便隨意梳了條辮子垂在腦後，也顯得乾淨俐落些。

蕭凜中的毒還沒有完全祛除乾淨，但是他的親衛，特別是塔列葛，提前進城與他會合之後，再看傅念君和夏侯纓的眼神就像看什麼妖怪一般，說什麼都不肯讓夏侯纓再替蕭凜看病了。

傅念君甚至懷疑，她和夏侯纓能夠不必住到蕭凜府上，也是多虧了塔列葛。

作為人質來說，給她的自由其實已經很大了。安頓下來之後，傅念君只等著一個人來找她。

陳靈之。

蕭凜回府就醫，陳靈之自然而然便接管了看住傅念君的任務，如今他出入都已經有親衛跟隨了。傅念君在無事之時，也曾與夏侯纓說起當日與他的淵源。

陳靈之的身分必然是蕭凜的家人。

「這般看重，千里萬里也要去找尋，怕是他的親弟弟了。」夏侯纓如此猜測。

契丹人原本就不在乎這些，生出來的孩子只要跟著自己姓，也可以不管他的生父是誰，所以蕭凜先前會對傅念君說出要將她的孩子認作自己的那番話來，而以蕭凜父親的身分地位，在外頭有幾個孩子再正常不過了。

只是傅念君心中卻不認為，陳靈之一定就是蕭凜的弟弟。

首先便是他幼時被陳靈舒的父親帶到宋境這一點，他被隨屬帶走逃亡，必然是因為有人追殺，如果他是蕭凜的親弟弟，誰要殺他？蕭凜的父親？還是蕭凜的母親？或是他自己？都有些牽強。

既然遼人對待子嗣都是這樣隨意的態度，而蕭凜的母親是正室，又何必還要派人追殺丈夫在外的私生子？如果蕭凜這麼容不下幼弟，更是沒有這個必要特地花費心力要祕密將他尋回。

所以陳靈之的身世，未必一定是和蕭家捆綁。

十幾年前是個什麼光景？

那時蕭家還有位太后當政，唯一讓傅念君可以想像得到的，只能和大遼耶律皇室有關。

此時陳靈之已經讓人帶了兩個契丹侍女過來。原來的柳枝和新芽都是官奴，自然有她們該去的地方，傅念君和夏侯纓身邊當然也要有人伺候。

兩個契丹侍女年紀都不大，一個會說幾句簡單的漢話，本就是胡漢混血兒，另一個則是完完全全的漢人，只是如今只剩了個漢人的皮囊，雖會說漢話，卻是找不到正確的語調了。

一知道傅念君會說契丹話，她們便顯得十分高興，忙張羅著要給傅念君準備飯食。

陳靈之正好能夠趕上共餐了。

靈敏的夏侯纓特地避了出去。

「小將軍到這裡來，蕭統軍使可知道？」

如今陳靈之被手底下的契丹武士們稱為小將軍，顯然他是在蕭凜帳下領了差事的。

陳靈之揮手斥退了左右，唔了一聲，只道：「他知道的。」

傅念君望了他一眼，淡淡道：「進來說話吧。」

進屋後，陳靈之喝了傅念君親手烹的茶，才道：「這個卻是和從前的味道差不多……」

傅念君說：「只是差不多而已，茶葉自然是不如京裡。」

茶和人，都不是從前的了。

陳靈之默了默，手掌在桌上攥緊成了拳，壓低聲音道：「我姊姊死了，我連多看一眼都沒有，妳覺得我很冷血？」

傅念君此時才覺得他的眼神有了些當時在自己莊子上的任性和偏激。

「這都是她的選擇，對於她來說，也算得上死得其所。」

傅念君自己也是有仇報仇的人，她不覺得陳靈舒這樣選擇，他人有什麼資格去評價，她只是看到了這件事背後的利害。

「但是你，我希望你不要再隨便胡鬧下去了。」

「胡鬧？」陳靈之玩味了一下這兩個字，說：「姊姊覺得我是在玩？」

「不要叫我姊姊。」傅念君冷硬地打斷他：「我當不起小將軍這一聲。」

他笑了笑，隨後立刻岔開話題：「其實我很謝謝妳，雖然我們相處的時候並不多，但是妳教會了我很多東西。」

「比如呢？」傅念君挑了挑眉，「教你怎麼胡鬧生事，還是教你怎麼心狠手辣？」

他倒是一直都沒怎麼在意傅念君如今帶嗆的語氣。

「妳教會我無論什麼時候都要忍，仇也好，恨也罷，或者是喜歡、欣賞，所有的情緒，在我沒能力前，都沒資格發洩。」他之前是個任性的小孩子，經過家破人亡，又千里迢迢到了遼國境內，跟在蕭凜身邊，傅念君不知道他經歷了什麼，但是顯然他飛速在磨難中長大。

只是他從前性格就有些不大好，傅念君心底隱隱地覺得自己的猜測正慢慢得到證實。

陳靈之不太想聊這些，只是問傅念君：

「令兄還好嗎？當時我得過他一些幫助，還有我家裡的事，都是他一手去調查。那時候我不懂事，連謝謝都沒來得及說一聲就走了，其實傅家為我這個陌生人做的已經太多。」

傅念君卻半點沒有要和他敘舊聊當年的意思，反而覺得他這話越說越彆扭。依照她對陳靈之的瞭解，或許被送到蕭凜身邊，他對自己尚有怨言。

她只說：「我們不期望你對我們抱著什麼感恩的心思，不過兩廂求個平安罷了。」

陳靈之點點頭，「我現在很好，以前的日子……算了，提了也沒用。」

傅念君可不認為他會認命。

她說：「你該知道我是什麼樣的人，也明白我現在想要什麼，口中聲聲言謝卻無作為，要我怎麼信你是真心的。」

陳靈之側了側頭，說道：「我當然是真心……姊姊，妳明明知道的，我不可能放妳走，這和我對傅家是否真心感謝沒有關係。」

傅念君不意外，卻還是忍不住咬牙問：「哪怕蕭凜死了，你也不會放我走，是不是？」

陳靈之看著她，然後慢慢說：「姊姊，妳一直都挺聰明的，妳說呢？」

傅念君笑了兩聲，然後一把奪了他手裡的杯子擲在地上。

「別喝我的茶了，我當不起！說實話，你的人生與我並無關聯，但是你想做什麼？要我拿怎樣的態度對你？和你姊姊一樣掏心掏肺，最後落得連個墳塚都沒有的下場嗎？」

「妳不要生氣。」陳靈之反而冷靜地安慰她，然後篤定道：「妳放心，我會保護好妳的，誰都不能傷害妳。」

包括蕭凜。

「等時機一到，妳會回家的……」

他承諾的時候還朝她笑了笑，細長的眼睛卻讓傅念君一瞬間只想到毒蛇。

傅念君不想和他再說下去了，此時她心中僅存的一點懷疑，也已經被陳靈之親口證實。他去學什麼不好，學與虎謀皮。

傅念君知道他走上了一條歪路，但是她不想伸手去拉，也知道拉不回來。

「我恐怕沒有辦法留你吃飯了，請自便吧。如今我懷了身孕，實在不方便。」

陳靈之嘖嘖嘆了兩聲，說：「看來我沒以前幸運，可以吃到妳親手做的菜。那我明天再來吧。」臉皮可真厚啊。

之後傅念君生了一頓悶氣，飯也沒有怎麼吃。

誠然陳靈之確實不會傷害自己，而且他和蕭凜也並不齊心。她先前透露給蕭凜他身邊內憂重於外患的時候，就想到了陳靈之。

蕭凜本來所處的境地就是虎狼環伺，能考慮到陳靈之身上去的可能性並不大，但是傅念君比他多想了一層。

陳靈之對陳家的感情很深，他雖活命，但是要說對蕭凜完全一心一意跟隨，恐怕也沒有那麼容易。蕭凜從裡到外是個契丹人，但是陳靈之和他不一樣，畢竟是受漢人教養長大的，不管蕭凜殺他養父母是否有進一層的理由，卻始終是他們之間不可避免的一個矛盾。

或者說，陳靈之未必就真的像有些漢人一樣，把忠孝節義看成比性命還重的東西，非要向蕭凜報仇不可，但是養育之恩這個名頭掛著，也足夠他對蕭凜出手了。如此一來對旁人和對自己，他都算是拿出了一個交代。

而自己不過是一個他隨時準備著要與蕭凜反目的契機罷了。

傅念君並不願意把一個十四、五歲的半大少年想得太過分，但是眼前事實如此，換了她自己落於這般處境，或許也一樣。

既然如此，她現在的確沒有必要做太多的事。該怎麼交手，是蕭凜和陳靈之兩個人的恩怨，她只要隔岸觀火就好。而且最近兩天，她也漸漸出現了孕吐的症狀，現在唯一能做的，就是保證孩子在她肚子裡安然長大。

就這樣平安過了幾天，傅念君在驛館中住下後，偶有幾波人過來打探。其實也很好理解，她懷著身孕，並沒有多做掩飾，兩個契丹侍女也不是她的人，自然而然會有很多人能進得來打探。

除了城中一些與蕭凜交好或交惡的官員貴族之外，甚至還包括蕭凜府中的姬妾。更有甚者，一個自稱甄氏，仗著自己祖上從前是前唐的蕃奴，竟是厚著臉皮與傅念君來套近乎，還想盤一盤兩人的祖籍。

實在是太過可笑。

傅念君一律不見，不管外頭對於她和蕭凜有什麼猜測，她只做耳旁風。

名譽的損傷在東京城裡就已受夠了，她更不會在乎區區幽州城裡這些契丹人對她的看法。

今日，陳靈之又來了，甚至還提來了新鮮的鯽魚。

契丹人多食用牛羊肉，但傅念君如今脾胃越發嬌貴，尤其不喜聞羊肉羶味，就連兩個侍女走得近了，她都覺得難熬。她也不想和陳靈之客氣，讓侍女煲了魚湯，安安心心地喝著。

陳靈之絲毫不顧及傅念君的冷眼，還是要坐在她面前說話，甚至不客氣地也陪喝了一碗魚湯。

「姊姊在打聽東京城裡的消息？」

「那你還不如直接問我。」

「是麼？」傅念君用帕子擦著手，只道：「那你說說看吧，我離開之後，東京城裡發生了什麼？」

陳靈之笑了笑，「一點小事，肅王殿下那裡不太平，想必妳也早就料到了。」

肅王先前被耶律弼和張淑妃聯手擺了一道，心底一直鬱鬱不平，甚至幾次進宮說了些不著四六的話，讓徐太后都聽得甚為窩火。

但是依照傅念君的猜測，周紹雍在西北戰事未起之前，不會讓肅王府出什麼變故，不然這場肅王和齊王兩方僵持著對打的擂台就做不成了。

若非他改變計畫，那就必然是有什麼變故發生了……

私鑄兵戈——這是陳靈之嘴裡，肅王脫不開的一條重罪。

「兵戈？」傅念君擰眉，「在哪裡查到的？」

「未修築完成的帝陵裡。」

傅念君多少覺得有些可笑，「肅王能認下這罪？」

「不認能怎樣呢？」陳靈之反問。

私鑄兵戈的罪名不小，因為這些東西能夠佐證你有謀反之意，雖然沒有看見兵看見馬，謀反的意圖並不算直觀，但是有了這些刀槍棍棒，總歸要圓過去也得費一番力氣。

而傅念君是不信的，肅王再蠢，也該知道自己攬下修築皇陵這差事，卻讓手下人挖開了前朝皇陵盜掘財寶的事已經暴露，不能再在這樁差事上耍心眼。

這件事沒被抖落出來，除了周毓白刻意放縱，給了他時間湮滅證據，更要緊的是上頭裝聾作啞。

徐太后都收了那株珊瑚樹，難道她希望被人指著說，這是從前朝皇后墳裡剛掏出來的？

這件事被暫且壓下，等日後翻出來是樁由頭，不翻出來一時半會兒就治不了肅王的罪，然後現在肅王還敢把私鑄的兵戈藏在未築好的皇陵裡？

純粹等著給人抓把柄？

「肅王被勒令在家閉門思過，現在東京城裡風頭最盛的還是齊王。聽說徐太后最近身體不好，都讓齊王妃進宮伴駕了。」陳靈之淡淡道。

他已非吳下阿蒙，能夠學著透過風聲和消息判斷波濤暗湧的局勢。

只是傅念君知道，他雖聰明，在這樣的幽州城裡卻沒一個好老師來引導，還沒本事那麼快就出師。他這樣告訴自己，顯然是要聽聽她的想法。

真是學得越來越油滑了。

傅念君喝了口眼前的茶，很快就收斂了情緒，只睇著陳靈之說：「你若要拜師，也該拿出個拜師的誠意來，若是三、兩句話裡就藏個算計，這樣的心態也會蒙了你雙眼，看不出什麼東西來。」

陳靈之說：「姊姊如果要我拜師，待日後我敬茶給妳叩頭也是可以的。不過眼下，妳我之間還不是那麼算的，妳打從心底裡不認同我，不相信我，試問我如何擺正心態、一五一十地向妳求教呢？」

傅念君眸光閃了閃，卻是微微側過頭，說：「不錯，你我如今不過是相互試探，走獨木橋一般，誰都怕摔下去而已。但是該說的話我也會說，在某些方面，我們的目標還算一致。」

陳靈之聽她繼續說下去。

「我失蹤之後，舒皇后必然會以我大病為由，讓我不再在人前露臉，好保存我的聲譽。但肅王府上同時發生了這樣的事，我與殿下兩人又雙雙不露臉於人前，無疑是把靶子豎在那裡被人懷疑。另一邊的齊王府則形勢大好，此消彼長，肅王失勢，最大得利者不過是齊王而已，而淮王府在眾人眼裡，就是一心韜光養晦，避其鋒芒。官家要立太子之事必然會被重提，肅王一招不慎，就要失去資格。如果換做是你，你該怎麼辦？」

陳靈之倒不防她真的像老師一般這樣提問他。

他只好說：「還能怎麼辦，嫁禍齊王或者淮王，說自己是被冤枉的，搜集一些證據，證據總是會說話的。」

傅念君搖搖頭，「太晚了。肅王在官家那裡，原本就不是儲位的第一人選，他先前的大錯小錯讓官家一再容忍，總要有一個能夠發洩的因由。因此無論私鑄兵戈這件事是否被人陷害，他都已經沒有資格了，你明白嗎？」

在皇帝眼裡，有了這件事，就代表有足夠的藉口，能夠將大兒子和徐家的嘴徹底堵住，讓他不要再覬覦儲君之位，所以無論肅王再怎麼喊冤、再怎麼自證，對皇帝來說，都已經不重要了。

這位公爹的性格，傅念君也可以說是瞭解甚深。

如果不是太瞭解，她差點都要以為這是皇帝安排的一步棋，就為了讓大兒子死心。

那麼，肅王那裡會怎麼做呢？

顯然徐太后也清楚這個情勢，所以甚至召了一直都不喜歡的齊王妃裴四娘在身邊，就是想知道周毓琛那頭到底是什麼想法。

肅王爭儲君之位十幾年，早就沒有皇帝想得那麼簡單，說放就放。私鑄兵戈這樣的罪名若沒有將他打得不能翻身，恐怕只能把他逼上唯一一條路——

謀反。

在找不到將周毓琛一擊斃命的罪名之下，他別無選擇。

整件事突然往傅念君並未預料到的方向奔騰而去……

這不會是周紹雍的計畫，即便在她所知的上一世，肅王府敗了，也絕對不是謀反罪名。

謀逆乃是十惡不赦的大罪，一旦失敗，肅王和家人就不可能只是貶為庶人這樣的懲罰。

賜死是最基本的。

周紹雍的目的是要扶植周雲詹，再入朝坐擁天下大權，怎麼可能會將自己算計成逆王之子？所以到底是誰做的？

一定有哪裡出了問題。

還留在京城裡的人……

傅念君還在細細思量自己沒有想通的關節，陳靈之聽了她的話，倒是終於反應過來了。

「妳是說……肅王會……反？」他在一絲詫異過後很快就冷靜下來。「那豈不是坐實了私鑄兵戈的罪名。」

他咕噥了一聲。

傅念君說：「他是官家的兒子，你不是，難道你比他更瞭解自己的父親麼？坐實不坐實，對肅王來說都是一樣的了。」

肅王或許很快就能想清楚自己的處境。

或者即便他那麼蠢，他府上那些門客謀士卻都是有計量的，他們都要活命，都要搏前程。

肅王的選擇無非就是：一、平平安安地做個閒散王爺，等著新帝登基後再一次清算；二、趁著現在還有個名頭，直接威脅官家，取了帝位後，自然所有的罪名可以一股腦推到周毓琛頭上。

如今這個局面被做死了的一個很重要的原因，也是因為周毓琛確實是個正人君子，他沒有把柄能夠讓肅王抓住，而相反的，肅王身上則有太多問題。

想來想去，以肅王那個瞻前不顧後的性子，至今也忍夠了，只有孤注一擲一條路還可以走。

他會反，看來只是時間問題了。

傅念君眉頭緊蹙，對陳靈之道：「東京城裡局勢要變，所以你最好快些放我回去。」

陳靈之抿了抿唇，眼裡似乎有一瞬間的動搖。

「殿下和周紹雍都在西北，這件事他們要插手已經有些為難。我身在這裡，便是長了天眼也無法看清一切，你想想看，若是京城裡發生動亂，影響就太大了……」

他們遼人是希望宋境穩定的。

陳靈之喝了半杯茶，最後還是道：「對我來說，都是一樣的。」

他如今已經修煉得如此冷心，傅念君厲色道：「肅王是不會成事的，憑他的能耐和遠見，不過是拖累更多無辜的人命而已。我擔心的難道是他？他的兒子周紹雍不是那麼容易束手待斃，現在他在邊境到底要做什麼，我還不知道，但是有一點可以肯定，他與西夏人頗有關聯。」

傅念君呼出一口氣。

「練奴兒，」她從前也會和陳靈舒一樣這麼叫他，「你還沒有到可以目空一切、掌握一切的地步。若是戰火重燃，宋室不寧，燕雲這裡的境況會怎麼樣，你能夠想像嗎？你要報仇也好，奪權也罷，在做你想做的事之前，培養個人強大的能力是一回事，但是賴以倚靠的後盾一定要足夠堅固！」

陳靈之現在有什麼？

蕭凜，蕭凜的人，蕭凜的軍隊，日後或許能從蕭凜手上奪來的權力。

但是這一切的前提，是燕雲平定。

亂世的機會是留給鐵馬金戈的英雄，陳靈之離這一步仍然遙遠。

傅念君和他說這些，是希望他能夠看清楚局勢。困住一個她，已經不是個明智之舉。

她不會和蕭凜說這些，因為蕭凜是個徹徹底底的遼人。

而她和陳靈之說，是因為多少能夠猜到陳靈之的想法，這個孩子不是漢人，也不是完全的契丹人。他的前半生可說是經歷了種種巨大的變故，今後的人生一定不會甘於受人擺布，他肯定是要想盡辦法為自己爭取一席之地的。

蕭凜不是他的家人，她也不是。

「你也不用再隱瞞，背著蕭凜與周紹雍有聯繫的人，是你吧？」傅念君盯著他說。

陳靈之沒有否認，短暫的沉默後，只是淡淡地說：「我沒有想瞞妳。」

傅念君笑了笑，心裡對他也沒怨言。

畢竟她確實沒資格要求陳靈之將她的仇人也視作仇人。

他有自己的選擇。

陳靈舒早已是一招暗棋，雖然因為董長寧並不信任她，所以她沒有太大的用處，但到底在最後還是派上了一些用場。

還有胡廣源被抓住後，周紹雍立刻就選擇來和自己攤牌了。傅念君現在知道，那多半也是陳靈舒報的信。

不能說這兩姊弟就一定是周紹雍安插來算計自己的，只能說他對蕭凜並非完全信任。他這人做事素來便喜歡安排幾招後手。環環相扣的局他才樂意去做，顯得他十分有能耐一般。

陳靈之站起身，還是望了一眼傅念君，說道：「現在我還不能放妳走，對不起，姊姊。但是……我最大的讓步是，妳可以給東京城裡送一封信，交代妳該交代的事。」她現在是蕭凜的階下囚，必然是無法輕易脫身。

其實傅念君也明白，陳靈之在這件事上無能為力。但她等不到他代替蕭凜、手握大權，可以隨意決定她去留的那天。

聽到他這麼說，傅念君心底還是鬆了一下，「投桃報李，我想舉薦一個人給你。他對你來說，將是一個很好的幕僚謀臣。」只是遼人沒有足夠的眼光罷了。

「誰？」陳靈之立刻便有興趣了。

「耶律弼身邊的劉存先。」傅念君說著：「恐怕你得快一些，耶律弼大概很快就會啟程北上。」

耶律弼已經於兩天前進了幽州城，他們是使臣隊伍，自然是要回朝覆命。

「當然，你也可以想辦法讓他走不了。」

傅念君多添了半句，這半句話中的機鋒，陳靈之能否聽懂，就是他自己的造化了。

「好，謝謝。」

陳靈之朝傅念君笑了一下，這才大步踏出門前。

傅念君久久地坐在桌前思考，甚至侍女喚她都沒有聽見。等到差不多終於想明白了，她才尋了夏侯纓，說：「這半天我會待在屋裡，妳讓她們不要打擾我。」

夏侯纓點點頭，雖然有些擔心。「連飯都不要？」

傅念君搖搖頭，她現在要的，只有文房四寶而已。

這天晚上直到深夜，傅念君房裡的燈都沒有熄，自從知道懷了身孕以後，為了孩子她已經很久沒有這樣熬著了，直到終於意識到疲憊的時候，天邊也已經泛了魚肚白。

信是寫給舒皇后的，等明日得再用火漆封上。

鬆了口氣後，傅念君才倒在床上昏睡，再醒來的時候已經是下午了，是夏侯纓來叫醒她的。

傅念君的手摸在枕下的信紙上，定了定心。

夏侯纓說：「他來看你了，那個遼人。」她甚為厭惡蕭凜，對他也不曾用過尊稱。

而蕭凜也並沒有把這樣區區一個女子看在眼裡，哪怕她還救了自己的命。

「看來是身體好了。」傅念君說了一聲，起身穿鞋。

蕭凜已經在外間喝茶等她。不過短短幾日，人就瘦了一圈，眼睛倒還是明亮有神。

「怎麼會睡到現在？」蕭凜倒是一點都沒有把她當外人。

傅念君淡淡道：「懷了孩子的女人，總是隨心所欲的。」

蕭凜一口氣又被她噎住了。

他自顧自順了口氣，隨即又轉了話頭：「這些日子，妳和術哲敘舊敘得如何？」

術哲就是陳靈之。

「一般吧，也不知是不是你們契丹人的通病，個個都慣常恩將仇報的。」

她也不怕蕭凜來訛她，臉上還掛了輕嘲的笑容。

蕭凜聽了這話當然刺耳。他就是最典型的恩將仇報了。

他卻是想到了府裡甄氏和他說的，漢人女子都矯情做作，愛聽些溫言軟語，哄著寵著總是沒錯。因此蕭凜反而笑了笑，對傅念君道：「我身上的毒也算祛了個七七八八，正好這幾天能陪妳在城裡逛逛。」

傅念君一陣膈應，這人怎麼不嫌肉麻，她憑什麼要和他逛街。

「不用了，我怕嚇到肚子裡的孩子。」

「這有什麼嚇不嚇的，難道外頭走的都是鬼怪不成？妳也不必要說這種讓我動氣的話，我知妳不是那般輕易瞧不起人的，不過是拿話激我而已。日後等孩子出生了，妳自然可以像漢人那樣教他……」他說起來反倒沒完，傅念君不耐煩，她心裡一堆事，樁樁件件壓著都讓人頭疼。

「蕭大人不忙麼？」傅念君打斷他。「耶律弼的人到了幽州，怎麼你也該招待一下吧，更別說在人家隊伍裡生了那麼多事，倒是不怕他回去上京告你的狀。」

蕭凜笑道：「他還沒那個膽子去告狀，我自然捏著他的命門。」

傅念君看他的樣子，大概是得了什麼好消息。

「是嗎？」傅念君故意說：「蕭大人自然是好籌算，耶律弼剛和張淑妃談妥了一筆大買賣，看樣子你也打算吃下來了。」

蕭凜勾了勾唇，不反駁，只道：「那倒是意外之喜了，做了你們漢人嘴裡的『黃雀』。」螳螂捕蟬，黃雀在後。

傅念君哼了一聲，對他的得意不做回應。遼國皇室之間的鬥爭，她一點都不感興趣。

蕭凜倒是病得不輕的樣子，揪著這句話竟然又誇讚了傅念君幾句。

這不是明擺著的事麼，用得著誇她誇得跟花似的麼？

傅念君對自己的頭腦有數，比起周毓白是遠遠不如的，也就是在這些野蠻人當中大概能充個冒牌諸葛亮。

「妳這樣聰明，我還怎麼捨得放妳呢？」蕭凜似笑非笑地睇著傅念君說道。

這模樣真讓傅念君有點反胃……他那「柔情款款」的眼神是怎麼做到的？蕭凜四下打量了一圈，便對傅念君道：「這裡的環境到底還不是太好，等過兩天，妳就住到我府裡去吧。」

語氣非常自然。就算他是好意，傅念君也不想領受。他身上好了，就開始有空來煩她了。

「多謝蕭大人了。」傅念君悠悠說：「只是我覺得這裡還不錯，住著也自在，我去你府上算個什麼名頭？姬妾、貴客、還是階下囚？蕭大人就這麼不想給我保存個臉面？」

蕭凜擰眉，「妳又何必拖延，不管妳認不認，終究是要住進我府裡去的。」

「那就拖一日算一日吧。」傅念君涼涼地說：「總歸那一日還沒來不是麼？我實在沒有心力還要去應付原本就和我無關的、蕭大人你的姬妾們。」

蕭凜想到了什麼，就問她：「是甄氏對妳有什麼不敬？她不過是蕃奴出身，非我王府裡正妻。」

「我並不關心她是誰。」傅念君打斷他：「我近來很累，真的不想無端為陌生人傷腦筋，希望蕭大人你能夠理解。」她這話的意思，倒像是要拿他府裡的女人做擋箭牌了。

甄氏和其他女人對傅念君抱著什麼心思，蕭凜多少也知道，但是他也清楚，她們之中沒一個敢真的造次，傅念君這麼說，要麼真是因為這些女人而不肯跟他，要麼就是拿這個做幌子來堵他。

畢竟他知道，周毓白似乎除了她一個就再沒旁人了。

蕭凜板著臉，覺得今天這一遭，硬生生熱臉貼了冷屁股。

「妳要住便先住著吧。」他一甩袍服站起身，臨去前還說了一句：「但是我希望妳明白，我對妳的容忍也是有限度的。」

傅念君望著他遠去的背影頻頻冷笑。他倒是還有工夫想著兒女私情，只盼他能一直這麼氣定神閒才好。

傅念君想了想，還是決定不和他生氣，再怎麼樣也不能影響肚子裡的孩子。

夏侯纓照例給她端了補胎藥過來。有她在這裡，傅念君的心也能定下大半，但是相應的，對她的歉疚也一直不停。

「抱歉，都是因為我，才連累妳至此。」

如今更是不止做了階下囚，更像是侍女。

夏侯纓倒是無所謂，「我從小就外出走江湖，知道這世間的事並沒有一帆風順的。連妳和淮王殿下這樣的身分，都尚且朝不保夕，我經此磨難不死不傷，難不成還要怨天尤人。」

傅念君對夏侯纓倒是笑得很真誠，甚至在她不自覺間，流露了幾分似乎對姊姊一般的依靠。

「我往後自然再不對妳說這樣的話，免得白白褻瀆了妳。」

夏侯纓微笑，推了推手裡的安胎藥，「再怎麼樣，趁熱喝吧。」

藥是苦藥，傅念君不自覺皺緊了眉頭。

§§§

陳靈之的動作比傅念君想的要快，悟性也比她想的要高。

沒過兩天，城裡就傳得沸沸揚揚，說是使臣耶律弼大人突然之間就暴斃了。

聽到這個消息的時候，傅念君立刻心跳亂了一拍。

陳靈之那孩子，確實比她想得更敢，也更狠。

他顯然體會到了她那天說的那句「讓耶律弼走不了」的話。

而劉存先更是順利到了陳靈之的身邊。

名目很簡單，陳靈之的契丹話說得不好，劉存先又是專職的翻譯，陳靈之要他教授契丹話，再合情合理不過。劉存先自在東京城裡起，就已被耶律弼視為智囊，不可能僅僅因為陳靈之要這個人，耶律弼就會乖乖放手。

這一點傅念君特地沒有和陳靈之說明，但是他確實悟性不錯，明白得很快。

耶律弼一死，劉存先就順理成章地到了陳靈之身邊。

陳靈之再次到傅念君跟前來要飯吃的時候，讓人一點都看不出變化，好像耶律弼之死和他半點關係都沒有一樣，還揮著袖子說：「……上京那裡很快就會知道了，攝政王恐怕這次會動大氣了吧。」

傅念君抬了抬眼皮，「你倒太平，蕭凜遲早會懷疑到你頭上來。」

陳靈之只是灑脫地笑了笑，「他有太多人要去懷疑了，更何況，就算懷疑我又怎麼樣呢？這裡又不是大宋，以唇舌為刃，在大遼，武力才是最好的說話方式。」

他頓了頓，又笑眼看傅念君說：

「我上回也是真的在姊姊那番話裡受益匪淺，就像大宋官家對待肅王的態度一樣，攝政王對蕭統軍使，難道還在乎是不是他殺了自己的部下麼？總歸是和不是，這筆帳都是要算到他頭上的。」

爛帳多了，兩人之間也算不了那麼清。

遼人比之宋人更加野蠻兇狠，哪怕是上層的貴族也不能例外。耶律元和蕭凜的仇怨早就深了，根本不差陳靈之這一次的挑撥。

傅念君冷笑，「你膽子大，耶律弼畢竟是你們大遼朝廷的欽使，說殺就殺了，你對自己倒是信心十足。」

陳靈之眸光閃了閃，說道：「耶律弼不過是個趨炎附勢的小人。他對蕭統軍使低頭時的樣子，姊姊沒見過吧？我敢說，若是按十年前蕭凜的性子，早就提刀砍了他。」

傅念君覺得好笑，他才幾歲，卻敢這麼評價年長他許多的蕭凜。

少年輕狂，但是傅念君也不得不承認，陳靈之的成長比她想像得要快多了。

這孩子或許與生俱來就是比蕭凜更適合複雜的朝堂權謀。

「我看你就是有恃無恐。」傅念君點出了他的得意，「看來你手上是握著一張免死金牌了，連蕭凜都不敢動你。」

大概和他的身世有關。

陳靈之的表情沒有什麼變化，側過了頭，似乎不想談這個，又說起了劉存先：「劉存先這個人分析時局，說的幾句話還算中聽，既然姊姊推薦他，想必確實是個人才，多謝了。」

傅念君面無表情說：「你們遼人之間的伯樂之情，大可不必向我細表。」

陳靈之近來也習慣了傅念君這樣說話，只唔了一聲，繼續道：「說起來，耶律弼一死，蕭統軍使便不得不忙碌起來，沒空來管姊姊了吧？我不算間接幫了妳的忙嗎？」

他還敢來討誇。

傅念君哼了一聲，「要想他不管我，你不如替我去走走他府上甄氏的路子。」

後院裡頭的學問也大著呢。那甄氏也看得出來是個有心計的，好好引導的話，說不定能夠替傅念君「分憂」一下。陳靈之露齒笑了笑，顯然是瞭解了她的用意。

陳靈之走後，傅念君便長久地立在廊下發呆。

這裡已經比她前些日子來的時候又冷了幾分。幽州並不算特別北的地方，但是傅念君卻覺得有些受不住。

還是說，今天的冬天比往年來得都要早呢？她總覺得空氣裡壓抑著沉悶，讓她無法平心靜氣。和西夏的戰局，不知道談得如何了。

傅念君如今經常下意識地抬手撫摸自己的肚子，似乎藉此就能給肚子裡的孩子一點安全感。

她默默對孩子說：「孩兒，你要有耐心，爹爹有大事要忙，但是他不會忘記我們的。娘也會好好護著你的。」

似乎每次只要這麼說，孩子就會給她一些回應，雖然她知道這多半都是自己的臆想。明明她都還沒顯懷，胎兒在肚子裡只有那麼小，根本也不會動，但她就是有那種天真的想法，未出生的孩子和她這個娘，總是心靈相通的。

§§§

接下來的日子裡，蕭凜和陳靈之似乎是說好的一般，總是隔著日子來驛館裡煩她。

不過蕭凜很快就如傅念君所願，沒有心思再想什麼兒女私情了。

「耶律弼遇害之事，妳知情不知情？」他氣勢洶洶地來問傅念君的時候，傅念君正無聊地拿了幾塊料子，提前給肚裡的孩兒縫肚兜。

她指尖不停，飛針走線，心想這嬰戲蓮紋可不能叫他給壞了。

蕭凜有兩天沒刮鬍子，一改先前來看她時就特意打扮過的風格，只垂眼盯著她。她卻頭都不抬一下，哪怕他剛才這樣大的步子邁進來，他自己都在想會不會嚇到她了，而她依然毫無反應。

他一時就說不出話來了。

傅念君終於放下了手裡的肚兜，門外侍女剛好顫巍巍地遞上了熱茶。

「蕭大人火氣這麼大的因由，是因為被人質疑為兇手憋屈，想叫旁人也嘗嘗那憋屈滋味，還是因為實在沒有頭緒，故意找人發脾氣？」

蕭凜噎了噎，似乎覺得她這話沒有說錯。

他近來確實過得很不爽。其中有部分，也是因為這個不馴的女人。

傅念君並不慌，她很清楚什麼時候該發揮自己的什麼價值。陳靈之和蕭凜或許都不曾發現，在所有冠冕堂皇的理由背後，他們想從她這裡得到的，還是她頭腦裡的東西。

傅念君想到這裡，心底不由一軟，所以這世上，只有一個周毓白啊。

哪怕最初她和周毓白走到一起的原因，是因為她不同尋常女子的膽量和謀算，但是他從來不曾因為這個而來要求她，他總是希望她不要插手任何事，將一切都交給他。

他不希望她的價值是以這樣的方式體現。

世上大多數女人是靠容貌才藝來體現自己的價值，少部分女人則是靠其他方面。

對於周毓白來說，那些都不重要，他只希望她做自己喜歡的事。

但是對蕭凜來說，傅念君身上的膽量和謀算，以及不同於尋常女人的冷靜和智慧，只是讓他更加想去征服的附屬品而已。得到這樣一個女人，比得到十個華而不實的美人更有成就感。

而他自己也難以發現，其實他是想多借助傅念君的能力。

這樣的人，還指望自己會對他青眼相看嗎？

傅念君嘲諷地勾了勾唇角，還是保持著心平氣和，對蕭凜說道：

「如果蕭大人不介意，就坐下來喝杯茶。我有幾句話想和大人說一說，是關於耶律弼之死。」

蕭凜最終還是坐下了。

「耶律弼已死，是無可挽回的事，哪怕蕭大人在城裡大肆搜捕在逃疑犯，但在不相信你的人眼裡，種種表現都只能被認定為做作的掩飾而已。」

蕭凜為耶律弼「報仇」的告示已經貼滿了全城，要搜捕殺人兇手，甚至懸賞高達百兩黃金。這種行為在此時其實已經毫無作用。

「那究竟該怎麼辦？」蕭凜煩躁地耙了耙頭髮。

傅念君笑了笑，陳靈之到底還是年輕，覺得耶律弼這樁事就像是肅王那事一樣，然而其中差別卻太大了。

世上很少有特別難解的題，就算有，傅念君相信，也不該是出在這裡。

她說：「很容易。釜底抽薪而已。」

蕭凜的眼神顯然帶了點迷茫。

「蕭大人索性將這事認下來吧。殺了耶律弼這事，你不認也得認，倒不如大大方方認下。」

蕭凜微愕。

「當然這只是我的建議，蕭大人可以不聽。」傅念君幽幽道：「他在大宋境內和張淑妃談的生意，通過榷場謀私利，隨身必定留有手信，那就是證據了。你以這個名頭去殺他，雖然有點過重，但是好在他的隊伍還留在城中，他一死，隊伍中那些財寶，必定有些沒登記造冊的。」

原本那榷場生意，還有隊伍多餘的這些財物，都該是蕭凜吃下來。他一聽傅念君說這個，就明白了。

「妳是讓我將它們拱手讓人？」

傅念君橫了他一眼。

「大人何必如此短視，放長線釣大魚的道理，相信你不會不明白。隊伍照常進上京，你需得派遣幾個心腹去，最好是和如今皇后的娘家說得上話的人，你們現在的攝政王耶律元是皇太弟，狼主的親叔叔，在上京勢力龐大，但是總歸有幾個不與他產生利益糾葛的人。蕭大人不能要求他們與你站同一邊，但是在這件事上卻完全可以利用一下。」

「錦帛動人心，沒有人會和錢過不去。」

尤其是他們這些歷史底蘊並不深厚的遼人，傅念君又在心底補充了一句。

「破財消災？」

蕭凜勾了勾嘴唇，似乎覺得傅念君這主意也不算太好。

「不算。」傅念君說道。

她發現同樣是學生，都是拐著彎兒來請她出主意的，蕭凜的悟性真是大大不如陳靈之。所以她猜都不用猜，注定過些年，蕭凜必然不敵陳靈之。

他以為能將那個孩子牢牢捏在手中，殊不知是引狼入室。

拉回走歪了的念頭，傅念君繼續道：「耶律弼一死，他留下的東西本來就燙手，你吃不下，還不如轉手給了上京貴人，這並不算破財消災，何況你又怎麼知道，這樣做不能換取更多的錢財？」

蕭凜有點不可思議。他突然想到了這些宋人懷抱金母雞的典故，他們遼人是天生的不擅長做生意。

傅念君說：「你殺耶律弼，是因為他私自與大宋宮妃締結契約，以權謀私。榷場的生意好做，人人都知道，但是榷場都設在什麼地方？是宋遼邊境，是燕雲一帶，而蕭大人你，就如坐擁金山銀山卻不會使用。」

蕭凜張了張口，終究什麼話都沒說出來。

她繼續道：「說句不好聽的話，你們遼人素來就把燕雲一帶當作耀武揚威贏來的戰利品，一有不順就屠殺這裡的漢人，有需要了便來收取苛捐雜稅，這無異於涸澤而漁。燕雲與漢家江山有分不開的血肉聯繫，你們遼人厭惡這一點，可也恰恰是這一點，注定了這裡的不同尋常。」

大量的漢人、臨近大宋，還有比這更好的條件嗎？兩國貿易，若大力放在燕雲一帶經營，遠非是幾個榷場和每年歲幣能比擬的。

難道幽州不能開酒樓錢莊？難道這裡就燒不出上好的瓷器？漢人可以製造的東西，成為遼境後的燕雲，就必須絕盡嗎？

傅念君話鋒一轉：「當然這是說遠了的，說近的，燕雲一帶的賦稅總是最重的，耶律弼卻還要這般在你口下奪食，讓你手下的兵丁百姓還怎麼活？這一點理由，便足夠殺他。」

師出有名，冠冕堂皇。

蕭凜在心底不得不承認她說的確實都沒錯，但是他也有自己的憂慮，燕雲的賦稅，他怎麼可能每年乖乖全部上繳給朝廷呢？他手下這些精兵強將難道都是靠上頭養活的嗎？

遼國和大宋不一樣，他們的將領擁有很高的自主權，麾下都是親手訓練出來的兵馬，因此手下將士也都忠心驍勇，只認一個一主人。不像大宋，將不知兵，兵不知將。

所以蕭凜突然要去狼主面前裝委屈哭窮，有人信嗎？

他道：「但是賦稅這一點上，耶律元恐怕會針對我……」

傅念君笑了，覺得蕭凜還真是一根筋。

「蕭大人手底下不清白，那他手底下就清白了嗎？他開始翻舊帳，難道你不會也翻嗎？大家都翻起了舊帳來，那耶律弼這件事呢？不過就成了最無足輕重的誘因罷了。到時候狼主還會對你說什麼呢？」大家誰也別逼誰，逼急了只能互亮爪牙，還有誰會記得耶律弼？

加上蕭凜送出去的那些財物的作用，他要在耶律弼這件事中脫身並不難。就算最後盤下來，他略有損失，卻也不會損失太大。

何況今天傅念君告訴了他一條清晰明朗的道路，他要賺軍費，並不是個太難的問題。當然，到底能做到幾分程度，還要看蕭凜自己的本事了。

但是傅念君也能猜到，他恐怕沒有陳靈之那兩下子，能夠下手那樣乾淨俐落。

蕭凜聽完了她前後的一番話，凝思了片刻，眼睛裡終於有了神采。

他承認她確實把最主要的問題給點了出來。他和耶律元之間的黨派鬥爭，已經到了水火難容的地步。

耶律弼殺了也就殺了，若是耶律元抓著耶律弼朝廷欽使的身分做文章，他確實理虧，一旦理虧，氣勢就短了，耶律元可能就輕易放過他嗎？還不乘勝追擊？原本蕭凜都打算犧牲一、兩個心腹來換平安了。

但是傅念君給了他新的思路。

誰說他不能模糊焦點，把所有人的視線移到別的地方去？

牽扯到家國大事，燕雲賦稅、軍費等問題，耶律弼那一條人命，確實是輕之又輕了。

但是到底……

「蕭大人還在心疼那些錢？」傅念君的聲音一下子就鑽進了蕭凜的耳朵裡。

他一瞬間竟有了被看穿的狼狽。

傅念君提醒他：「大宋皇室如今儲位懸空，幾個皇子之間的事，你曾說過不會去插手，我認你是個識時務的人。那麼和張淑妃做這門買賣，你焉知能夠長久？或許你想藉著耶律弼的名頭行事，錢歸你，出事歸他，兩全其美，你全身而退。但是蕭大人，世上沒有不漏風的牆，做見不得光的事，就得有準備面對被揭發的那一天。」
蕭凜攏拳放在唇邊咳了一聲，才道：「我沒那麼想……」
傅念君朝他笑了笑，「怎麼想是你蕭大人的事，今天我都把話說盡了，該怎麼決定更是你蕭大人的事。」
她伸手打了個呵欠，懶懶地道：「希望你也不要再用耶律弼的事，遷怒我這個門都沒出過的小女子才是。」
蕭凜看著她因為打呵欠而露出一截半透明的皓腕，頓時就有點眼熱。
她明明前一刻還能這樣侃侃而談，直讓他覺得撿了個寶，後一刻卻又能這麼不客氣地說出討打的話讓人糟心。真是恨也不是愛也不是。
「蕭大人還不想走？」傅念君提醒出神的蕭凜。
蕭凜張嘴：「妳……」
傅念君疲累地揮揮手，「不用謝了。」
蕭凜只能看著她撐著腰站起來。明明她連肚子都還沒有，這般作態委實誇張。
罷了，今天就放過她。
蕭凜躑躅了一下，還是決定先離開，臨去前倒是不忘投過來意味深長的一眼：
「妳有這樣的謀略，我真該學學你們漢人有位皇帝『金屋藏嬌』才是。」
傅念君現在已經對這種半威脅半肉麻的話毫無反應了。
望著他離去的背影，她只冷笑一聲：「看你還能嘴硬幾天。」
要留我是吧？
多留我一日，我就多將你們大遼的渾水給攪和一次。

4 全面開戰

只是似乎上天並不願意再給傅念君機會攪渾水。

蕭凜按照她的吩咐安排事宜，再來幾日便沒有露面，應當是風平浪靜的日子，傅念君卻越發感到不安。

天氣一天冷過一天，落下的霜厚厚一層，夏侯纓還感嘆莫非是北地的霜竟是賽過了南方的雪。在一個霜厚風急的日子，這一天傅念君醒來的時候，就敏銳地察覺到驛館裡的氛圍不大一樣。

耶律弼死的時候滿城議論紛紛，驛館裡的契丹人也會湊在一起聊上那麼幾句，說哪裡哪裡又發現了疑似的刺客云云，多是抱著看好戲的心態。但是今天，他們的樣子卻完全不是這樣。

看來城裡是發生了大事，傅念君忙傳兩個侍女來問。一問之下才知道，原來城裡傳的消息不是別的，竟是西夏終於與宋朝開戰了！

傅念君差點坐不住，忙追問她們：「哪來的消息？可屬實？」

兩個侍女都被她這模樣給嚇了嚇，結結巴巴地回：「城、城裡的人都是那麼說的，奴也不大清楚……」

幽州城裡的遼人對這件事議論紛紛，其實並不是因為他們擔心大宋的境況，只是怕自己受到波及。畢竟燕雲一帶與宋、西夏全部接壤，若有不慎，便是戰火蔓延的第一個區域。因此城裡所有契丹人幾乎全部在第一時間就關注了戰局。

傅念君問不出更多消息。

夏侯纓此時也到了傅念君房中，她聽不懂契丹話，近些天來只會和旁人簡單地交流幾句，此時端了安胎藥進來，見傅念君這副樣子，也是一怔：「怎麼了？」

傅念君臉上的神情有點凝重，甚至這樣的天氣裡，她額頭上全是薄汗。

傅念君在心底對自己說，其實是早就能夠預料的，不是嗎？

西夏和大宋的這場戰爭早晚會爆發，去年就已經一觸即發，卻生生多拖了一年。

只不知周毓白現在如何了？

傅念君少不得為他要揪心，可她卻無法知道東京城裡半點狀況。

城裡的契丹人不過是聽風就是雨，問誰也問不出什麼來。

傅念君第一次讓人去請陳靈之過來。陳靈之卻到了第二天才姍姍來遲。

「姊姊，妳知道了？」他多此一問。

傅念君顧不得其他，追問：「現在怎麼樣了？前線的情報你知道的吧？突然開戰總歸有原因吧？」

陳靈之道：「西夏十幾年前掠了興、靈二州，坐擁地利，聽說原本好好地在議和，可這些西夏人卻突然在晚上越過邊防，對金明寨發動奇襲，甚至掠奪了宋軍糧草，不宣戰而發兵，已經突破了金明寨，如今意圖明顯，怕是要直取要塞延州了。」他還貼心地帶了一張邊防地圖，一處處指給傅念君看。

傅念君不由心驚，這些西夏人一直都不講信用，殺來使，發動突襲，半點道理不講。宋軍士兵素來懶怠，金明寨駐守的多為廂軍和鄉兵，戰鬥力並不強，怕是在半夜裡就被西夏人砍瓜切菜一般，殺得片甲不留。

至於西夏人出兵的原因，她幾乎已經能夠肯定了。

「今年天氣古怪，這個時候就這麼冷，西夏人肯定過不了一個好冬。趁著這個季節，他們必然是要動手劫掠的。」只是劫掠之後，怕是也不會輕易收手。

陳靈之點點頭，「他們也算是早有籌謀吧，議和之事一拖再拖，正好聽說宋朝邊境的渭州、鎮戎軍、羊隆城最近也不太平……」這話說得也有幾分試探之意。

周紹雍。

傅念君太清楚他要去邊境做什麼了。

她咬著後槽牙，對陳靈之說：「西夏這場戰事救了誰，你難道不明白？東京城裡的肅王，現在誰還願意去管他？怕是官家已經焦頭爛額了。」

陳靈之不置可否，出於他的角度來講，宋朝越亂，遼人越能作壁上觀。所以宋夏邊境亂，還是宋朝內廷亂，或是一起亂，他都很樂見。

傅念君問他：「西夏人偷襲金明寨，到今天，一共多少天了？」

「十天。」陳靈之說。

十天，傅念君心裡一陣煩悶，她的消息竟然落後了十天。

「所以你都打聽清楚了吧。」傅念君追問：「現在朝廷怎麼說？官家怎麼說？」

陳靈之看了她一眼，表情保持著冷靜。

「今天一早剛收到的線報，大宋官家派了樞密使王永澄火速趕往延州邊境，還提調了陝西略安撫使狄鳴、副使張奇、黃恩德，還有兩個宮廷內監，具體的名字我沒記住……」

大概的消息就是這樣。

「你是說，官家他沒有第一時間就布署下去？」

傅念君一口氣簡直差點上不來。陳靈之發出一聲不怎客氣的笑聲。

大宋朝廷也和傅念君一樣，並不能算是毫無準備，但無奈皇帝的膽子太小，光光心煩意亂，著急忙慌就耽誤了兩、三天工夫，最後才定奪下來。

而養兵千日用兵一時，他指派的這些臣子心腹能否臨危受命、扭轉戰局，誰都不知道。

「我爹呢？」傅念君忙問。

陳靈之嘆了口氣，說：「姊姊該冷靜一下，東京城裡走了王永澄，難道傅相不得坐鎮嗎？」

傅念君緩了緩情緒，她只是怕，怕傅琨上戰場。

怕傅琨上戰場受傷是其一，她更怕傅琨對戰局的預估失了分寸，那依照皇帝的性子，戰後是很難不責怪、遷怒手下大臣的。

在她的記憶中，這場戰爭是宋軍敗了。

當然她不會太過悲觀，因為如今的局面自然是不同的。周毓白和狄鳴坐鎮延州，甚至齊昭若也在那裡，前世的時候，根本就沒有這些人的事。

但是另一方面，戰爭的殘酷永遠是安定之地的人所難以想像的。她自己也不過是個在歌舞昇平之地養大的小娘子。她沒有，也不敢有十足的信心，說這場仗一定能大獲全勝。

「我知道……」傅念君有些脫力地重新坐回椅子上，臉色控制不住地有點蒼白。

陳靈之替她倒了杯茶，忍不住說：「我還是第一次見到妳有這樣慌亂的時候。」

傅念君聽陳靈之說這樣的話，忍不住笑了笑。

「你不再將自己視作宋人，我卻不可以。這場仗，大宋必須要贏。」

只有贏了，周紹雍的計畫才會被終結，宋軍才能占據抵禦西夏的主動性，不再將吃敗仗當作一次又一次無限且無力的輪迴。

更重要的是她的夫君周毓白。

他在那裡。

他早在決定前往邊境的那一刻，就把自己的性命和這場戰事維繫在了一起。

陳靈之卻不知傅念君內心這許多理由，聽了她這句話，只是道：「勝敗乃兵家常事，說實話，憑藉如今大宋的兵力，難……」

他如今在蕭凜手下領兵，也算是對遼國的軍力有了一定的瞭解。蕭凜手下的軍隊，是蕭溫在世時留下的嫡系，是有能力在二十年前直接打到澶淵城下，逼宋軍妥協的精兵。如果不是遼國收手，打進東京也不是什麼大問題。

當年的宋軍見到蕭溫的軍旗就汗流浹背、兩股戰戰，這不是個傳說而已。

大宋朝廷軍力實在軟弱，士兵分為禁兵、廂兵、鄉兵和藩兵四類，其中禁兵是皇帝的護衛隊，俗稱「東兵」，這是全國最精銳的部隊。可就是這支軍隊，也不過是遼人手下取樂的對象罷了，東京號稱有八十萬禁兵，卻敵不過蕭凜手下的八萬軍。

現實就是如此，再不肯承認也要承認。

陳靈之見傅念君不說話，少年人得意的心情便又有些作祟。他承認，或許在權謀之事上，他是要跟著傅念君好好學，但是論軍事，她一介女流，恐怕並不清楚。

他清了清嗓子，繼續說：「雖然如今延州坐鎮的是狄鳴，他的狄家軍也驍勇，是慣常和羌夷蕃民作戰的精銳之師，但是他的軍隊軍紀並不算好。朝廷派的文臣內監，他們認不認聽不聽？到時候又是一場矛盾，再說就算狄將軍頂事，還能擋得住西夏人十萬鐵騎不成？西夏人的鐵鷂子打衝鋒，踩也把人踩成肉泥了，宋朝的南方士兵，聽說是連馬都騎不上去的。」

他話尾的音調微揚，有點抑制不住地幸災樂禍。

所以拿什麼去打？怎麼打呢？

傅念君冷笑，「無論拿什麼去打，總不會借你們遼人的兵，騎你們遼人的馬。」

陳靈之揚了揚唇，「姊姊可確定？」

傅念君知道，陳靈之沒有說錯，他的每一句話都沒有說錯。

更有甚者，依照宋廷的一貫軟弱，或許很快就會求到狼主面前去了。遼人的選擇無非是兩個：作壁上觀，或者藉著宋朝的困境獅子大開口。

簡直連想都不用想。

傅念君只道：「宋軍未必會輸，狄將軍雖然獨木難支，但西軍之中也不都是泛泛之輩。」

東軍乃是最正規精銳的禁兵部隊，其中甚至不乏京中勳貴子弟，吃皇糧、人人都高看一眼，叫一聲「軍爺」的軍官大把大把；而西軍則恰恰相反，都是野路子，將領沒一個出身顯赫，更非太祖太宗嫡系，領著家眷子弟，兵馬世代相承，一家數代與西夏、青唐諸羌糾纏多年，苦鬥犧牲，深入瀚海戈壁，視馬革裹屍為唯一的結局。

簡而言之，那些人就是被大宋皇帝和高官們用來犧牲的。

但是西軍的精銳強悍，卻是代表著大宋軍隊的最高水準。

可那句話一說出口，傅念君自己都一陣心煩。

西軍，哪裡還有什麼西軍呢？

邊境素來多事端，狄鳴和其狄家軍並不完全屬於西軍，所以他還有被提拔的可能。

至於其他的一些將軍，就沒這樣的好運了。

而且還有一個因素，就是前任樞密使文博。

文博年輕的時候也是個驍勇善戰、義薄雲天的將軍，但是沒有人規定一個好的將官除了會打仗，還要心胸寬廣、海納百川。文博後期就顯得有些剛愎，不然也不會這樣排擠狄鳴。

他在邊境的時候，更是大力整頓過他認為是軍紀混亂、逞兇鬥狠、目無法紀的許多將領世家，更是一口氣革了好幾人的職，他們的部下就地遣散，再招募新的兵丁。可想而知，重新招募的新兵很多根本就是地痞流氓，甚至還有越境出逃的胡人蕃民，根本遠遠達不到禁兵的水準。

更別說文博後來回京時年紀大了，東京城又是這樣一個繁華富庶的地方，最容易麻痹一個人的意志，他腦中曾經要練兵強將的念頭，終究一擱再擱。

而西軍的存在，對於宋室皇朝，始終是個不安定的隱患，這是出於政治不可避免的矛盾。

沒有文博，也會有旁人。

傅念君輕輕地嘆了口氣。

「希望姊姊說的都是真的吧。」陳靈之的話在傅念君耳邊響起，話裡的語氣很是叫人不快。

傅念君懶得再多看他一眼。

陳靈之卻是自顧自繼續說著：「姊姊，宋境如今不太平，妳安心在這裡住著不好嗎？妳會很安全的。妳夫君不再嘗試來接妳，或許也是出於這樣的考量，現在哪裡還有比這裡更安全的呢？」

傅念君冷笑，沒有接話。

哪怕周毓白真是這麼想的，也不用他來說給自己聽。

陳靈之走後，傅念君和夏侯纓說了宋夏開戰之事。

夏侯纓在江湖上多年，也不是沒有見識的人，立刻也擔心道：「恐怕這一場戰事下來，朝廷壓力不小。」

最後盤算來盤算去，軍費開支還是落在了百姓頭上。

傅念君慨然長嘆：「若是朝廷能夠減少一半兵力，戰鬥力大概就能夠提高一倍了。」

夏侯纓想了想，點頭說：「『貴精不貴多』，大概就是這個道理。」

傅念君想到了前世自己所聽聞的傅琨新政，這一項就是其中著重改革的地方，只是最後傅琨沒有熬到新政完全推行就死了。大宋朝的軍隊依舊照著現在這樣的趨勢一路而下，拉也拉不回來。

所以這場仗，真的是個轉機。

贏了，傅琨就能更快開始推行新政……

§§§

傅念君自得到消息起，每天就習慣性地眺望西方，明明什麼都看不到，但是沒有人敢打擾她。

兩個侍女多少能夠理解她，她們也知道，隔壁的宋朝正和西夏在打仗。

家國不寧的感受沒有人比這些胡漢混血兒更瞭解。他們不是完全的漢人，也不是完全的胡人，不過在夾縫中求生存而已。戰爭帶來的後果，最終永遠都是無辜的百姓子民來承擔。

「妳們有沒有想過，如果燕雲十六州有一天被漢人收復，妳們就能回歸大宋朝廷的治下？」

傅念君曾這樣問過兩個契丹侍女。

她們卻是露出了驚恐的神色，「大宋？我們會被殺吧，即便不被殺，也一定會把我們當做奴隸……」傅念君想解釋漢人不像契丹人那樣兇殘不開化，卻沒有成功。

「就算大宋把這裡收復，大概漢人也是不會把我們視為同胞吧？我們連漢語都說不好，一旦打仗，宋人一定也會拿燕雲的士兵衝鋒吧……」連兩個侍女都能說出這樣的話。

傅念君終於明白，燕雲之地的百姓，對哪一朝哪一國，都是沒有「家」的概念的。

曾經她一度覺得北上伐遼、收復失地是大宋理所當然該放在最首要的大事，但是等真的和生活在這裡的人接觸過，她才明白北伐是一件多困難的事。

民心所向，是一件說起來容易，做起來卻相當不容易的事。

如今的皇帝有生之年肯定是北伐無望，傅念君不免又想到了自己的丈夫。

如果是他，或許就會不一樣吧。

讓漢人的土地重新恢復到漢家江山該有的模樣……

傅念君心繫邊境戰事，只是眼下真正與她站在同一陣營的人，不過夏侯纓一個。

不管如何，她的脫身計畫要做的第一件事，就是派人先去聯繫了蕭凜府上的甄氏。

遼人本就不比宋人，人際之間來往隨意，幽州又不是上京，契丹貴族也少。這個甄氏原本在蕭凜府上就以半個主母自居，也沒人出來說過什麼，因此她和傅念君之間怎麼交往，也無人管束。

傅念君吩咐下頭人送了一份禮物過去，做為禮尚往來的回禮。

禮物是一身衣服，因為甄氏上次過來的時候說過很喜歡宋人的衣裳，不說裁制，花樣都是又新鮮又好看。

傅念君送的禮物便是一身漢服。只是她卻動手改工了一下。

上頭的紋樣保證能讓甄氏覺得眼熟，皆是唐時御制的紋樣。

甄氏是前唐留下的蕃奴，蕃奴都是唐人子孫當年被迫剃髮易服，成為了胡人奴僕的漢人，這無疑是對她祖先極大的不尊重和蔑視。

傅念君不是很喜歡和後宅女人玩心思，但這個甄氏心術不正，此招確實是不想和她虛與委蛇，更是想讓甄氏快些來算計自己。

她身邊的助力不多，就是多一個敵人，有時候也是個機會。

§§§

兩日後，蕭凜再次過來，傅念君正撐著腰緩緩在庭中漫步。

她近來常會覺得腰疼。

相比於她的冷清淡泊，蕭凜的臉上是藏不住的春風得意。傅念君不知道他在開心些什麼，蕭凜卻是自己走到了她面前，對她道：「我近日有兩件好事。」

典型的沒話找話，傅念君轉了個方向走，半點都不關心。

蕭凜今天倒是沒有因為她的冷淡而卻步，反而道：「妳就不關心大宋和西夏的戰局？」

傅念君心中一凜，立刻止了步。

蕭凜滿意了。他走到她面前，然後說：「今早的戰報，西夏國主的長子李元乃正準備帶兵圍困延州，妳可知延州是什麼地方？若是西夏人得逞，你們大宋的整個邊防線，可能就會徹底崩潰。」

傅念君心一沉，竟然那麼快……金明寨周圍三十六寨，據天險，易守難攻，這些西夏人今次卻迎難而上，可見其必取延州之心。

她抬了抬眼睫，望著蕭凜道：「所以蕭大人想看到我做什麼反應呢？抱頭痛哭還是肝腸寸斷？」

蕭凜勾了勾唇，「我只是給妳提個醒罷了。妳那位夫婿淮王如今處境艱難，他現在最好的打算，應該是輕車簡從趕緊回東京城請罪，否則等西夏人破了土門、保安等地，他連退路都找不到。」

幼稚。這是傅念君對蕭凜的最新感受。

她笑了笑，「不勞煩蕭大人為我夫君想退路，我自己清楚，我是一定不會做寡婦的。」

說罷她又轉身，繼續撐著腰要走。

「站住。」蕭凜忍不住伸手握住傅念君的肩膀，將她整個人轉了過來。

他手上的力氣有些大，這副肩膀在他手下更顯得纖弱，蕭凜擰眉垂首盯著她。

「妳還不肯認命？」

認命？

傅念君覺得有些好笑。她是個經歷過生死的人，還談什麼認命呢？從她再次睜眼醒來的那一刻起，她的命就已經在自己手裡了。

只是被這個野蠻人囚禁，就值得她要死要活嗎？

傅念君要揮開他的手。蕭凜不肯鬆，盯著她的眼睛，兀自又長長地呼了一口氣。

他在她面前總是需要深呼吸。

「我今天來，不是和妳說這個的。大宋和西夏打仗，宋廷派出的使臣馬上就會到這裡來見我。」

見他意味什麼很明白：搬救兵。

傅念君哦了一聲，然後淡淡道：「所以呢？反正你早就不打算伸出援手的不是麼，還和我說這些做什麼？」她睨了蕭凜一眼，又道：「還是說，蕭大人想說我求求你的話，你就會發兵助宋一臂之力？」

蕭凜張了張嘴，卻沒說出話來。

遼人對宋廷的情緒一直都很複雜，就像是一個盜匪隔壁住了個人畜無害、還渾身財寶的傻鄰居，處處知道朝自己低頭，不去搶他都覺得對不起自己，但是搶的同時呢，多少也得護著他些。現在又來了另一個強盜，眼睜睜地就要看著傻鄰居吃虧，到底有些不情願。

當然傻鄰居也不是他自己能獨占的，強盜勢大，犯不著得罪得太厲害，流血替傻鄰居去打敵人這種事，還真是該考慮考慮。

蕭凜和傅念君多少也能知道狼主的想法，宋朝使臣就算是到了上京親自苦求哀告，遼人給的承諾頂多也是一個「兩不沾手」。和強盜講人情，實在太難。

「興許呢？妳該試試。」鬼使神差的，蕭凜竟對傅念君說了這句話。試著求一求他……

傅念君嗤了一聲，直接對蕭凜說：「蕭大人倒是比我們大宋民間那些話本子裡的書生還有意思，百煉鋼不做，喜歡做繞指柔？不過真是可惜了，我不大喜歡這樣的故事。」

一個女人如果對他真有那麼重要，那他就不是蕭凜了。

她不是他的女人，也不是他的謀士，蕭凜卻總是想讓她完美地融合這兩個身分。像謀士一樣為他出謀畫策，同時在有需要時又像個無助的女人一樣全然依賴他，滿足他內心裡那點男兒情懷。

真是太可笑了。

「妳這個女人……到底為什麼能這麼倔啊！」蕭凜似無奈般長嘆了一聲。

傅念君沒有回答他，冷風吹過鬢角，她淡淡道：「蕭大人還有話要說嗎？沒有的話，我想回房了，此時有點冷。」

蕭凜只是看著她，緩緩道：「我今天那麼高興，其實並不是因為宋廷戰局失利。」

傅念君挑了挑眉。

蕭凜只能自己往下說：「妳為什麼要為難甄氏？」

他問出了這句話。

傅念君的腦子反應了一下，然後得出了一個結論。

蕭凜是不是認為，她傅念君去「欺負」甄氏，是因為他？

他高興的是這件事？這世上的男人是不是都有點自以為是呢？

她把問題拋回去：「蕭大人覺得，我為什麼要為難她呢？」

蕭凜擰眉，到了此時，他當然也不會認為傅念君的表現是因為「吃醋」。

「我知道，妳並不是一個心眼小、蠻不講理的人。甄氏跟了我好幾年，我知道她說話處事上固然有不得體之處，卻算不得大奸大惡，妳要對付她，我實在想不到理由。」

傅念君唔了一聲，然後道：「蕭大人這麼說，只能說你對我不夠瞭解。」

蕭凜差點又要被她氣死。到最後，還是他妥協。

「她如果做得有什麼不對的，明天我就讓她來跟妳道歉。她身分低賤，妳就不要和她一般見識了。」

他想來想去，只能覺得女人之間，肯定是為些雞毛蒜皮的事爭吵。傅念君雖聰明，到底也是個普通女人不是？

蕭凜後院的女人只有一個甄氏來拜訪過她，應當是上次拜訪讓傅念君不快了。

她畢竟是王妃，大宋又是禮儀之邦，想來是這一點叫她看不慣。

傅念君不置可否，只呵呵笑了兩聲，反問蕭凜：「她是蕃奴，也是漢人子孫。她身分低賤，我身分就高貴了嗎？」

蕭凜咬了咬牙道：「妳非要這樣找茬？」

「我找茬也不是一天兩天了。」傅念君說完，笑了一下，再次轉身離開。

蕭凜板著臉，這一次終究沒有再伸手拉她。

最終蕭凜的怒氣還是只能由那個甄氏去承受，不過傅念君佩服她也是個心性堅強的，第二天就聽蕭凜的話，乖乖到驛館來了。

面對傅念君這樣刻意的欺負，甄氏不敢有一點脾氣，甚至連上一次來時的輕狂也收了起來。傅念君對她的態度卻是算得上很和善，這讓本來以為肯定要吃個閉門羹的甄氏，十分摸不著頭腦。甄氏是遼人女子的作風，勸傅念君的話也直白。

在她看來，傅念君簡直是身在福中不知福，能跟著蕭凜這個大英雄大豪傑，難道還不好嗎？就算她知道傅念君曾經嫁過人，大概還是個有點身分的人，但是現在都落到蕭凜手裡了，還有什麼好裝貞烈的？這些漢人女子就喜歡惺惺作態。

傅念君只悠悠對甄氏道：「既然妳覺得我應該好好應了蕭大人，那不然我今天就搬去妳院子裡和妳一起住，我們姊妹好好交流一下怎麼伺候蕭大人？」

甄氏無言以對。

傅念君笑了一下，在甄氏的瞠目結舌中道：「言不由衷的話，還是少說為妙。」

甄氏咬牙，「我怎麼可能說言不由衷的話，我還多希望妹妹妳到府裡來，多幫幫我呢……」

這聲妹妹可真夠叫傅念君噁心的，她除了佩服甄氏的心態，現在也佩服她的臉皮。

「幫什麼？」傅念君一本正經，態度極認真地問。

噁心回去，她一向很能做得出。

還能幫什麼……

客套話而已嘛……

甄氏心底像有隻小貓在撓一樣，對面這個女人還真是難弄，偏偏她又是蕭凜的心頭肉，動也動不得。她抽了抽嘴角，說道：「近來大王會在城裡奉國寺開棚布施。宋和西夏打仗，城裡百姓多少有點人心惶惶，正好每年這個機會，城裡也會請高僧開兩次講經會，城中大戶一起捐些香油錢。」

蕭凜這個幽州城裡名副其實的主人，自然首當其衝。

甄氏對著傅念君一副「妳看我們多大方」的模樣，眼裡還有對蕭凜不可遏制的崇拜。

甄氏大肆宣揚了一下奉國寺布施會的隆重，才道：「妹妹如果想去，也可以去看看，憋在這小小的驛館裡，是人都會憋壞的。」

她想到了蕭凜對她的囑咐：盡量幫傅念君紓解一下心緒。雖然她想想就來氣，卻不得不乖乖聽從。

傅念君倒是做出了一副勉為其難的樣子，斜眼看了看甄氏。

「妳家大王不怕我跑了？他沒和妳說過，他有多怕放我出門，被我逃了？」

什麼叫傷口上撒鹽！

甄氏氣得肝都疼了，臉上卻還是掛上了勉強的笑容。

「怎麼會呢……大王沒有這樣說過。」

傅念君笑了笑，蕭凜現在是知道她跑不了。

「好啊。」傅念君答應下來。

甄氏笑了笑。

傅念君繼續做手頭的針線，而且十分專心，根本就沒有要留飯的意思。

甄氏坐了半天冷板凳，無奈人家實在不搭理她了，只能自己悻悻然出了門。她出門後越想越氣，恨不得將眼前的驛館一把火給燒了。

甄氏身邊的侍女都看不慣她今天在傅念君那裡受的氣，小聲和她嘀咕：「夫人不能太讓她囂張了，得想個法子治她。」

甄氏何嘗不想治她，但是一想到蕭凜對她著迷的模樣，就不敢輕舉妄動。

「不過嘛……」甄氏輕聲說著：「我不動她可以，她要自己作妖的話，就不關我的事了，不是麼？」說罷輕輕笑了笑。

能讓蕭凜厭棄傅念君的人，也只有傅念君自己一個人而已。

甄氏冷眼旁觀這些日子，覺得蕭凜的耐心也該到頭了。

5 初見天師

契丹人不開化，原來是根本不信教的，只是在後來取得了燕雲十六州後，這一帶佛教盛行，因此契丹人也開始漸漸信奉，而王朝利用宗教，往往也能辨成很多事，甚至最大的胡漢矛盾，也能通過諸寺廟高僧得以緩和。遼太宗更是精通梵文，對佛教特加保護，如今在幽州城內，皇家寺廟大昊天寺、奉國寺最是香火鼎盛，更有無數中小廟宇，契丹人、漢人皆侍奉佛祖十分虔誠。

聽說最近奉國寺的講經會上，還有兩個吐蕃喇嘛前來辯經，由總祕大師覺慧主持，更吸引了許多不遠千里而來的貴族和平民。

傅念君這兩天神態很輕鬆，夏侯纓替她診脈，說是胎象漸穩。

傅念君原本還以為自己到了這裡會吃不好，誰知只有剛來的時候胃口不佳，如今吃多了契丹人慣常吃的肉食，倒也習慣了，反而覺得還不錯。

她每天都在庭中走動鍛練，體力也恢復得很好。

「妳故意讓這個甄氏動怒，就為了等一個去奉國寺講經會的機會？」夏侯纓問道

傅念君說：「甄氏不難引導，至於要怎麼逃，現在蕭凜對我的戒備還沒有完全解除，恐怕這一次跑不了。但是有甄氏在，有一就有二，再慢慢計較吧……」

夏侯纓點點頭。

契丹人沒有宋人那麼多講究，蕭凜知道傅念君要和甄氏一起去奉國寺布施，也沒有多說什

麼，只派了一隊親兵保衛，自然其中也有陳靈之。

蕭凜不是自信，而是確實進了幽州城，誰也沒辦法隨便在他眼皮子底下，帶走他的人。

奉國寺是皇家寺廟，從規模到氣派都算得上是豪華，它的前身也是漢人修建的，因此風格也很讓人熟悉。

甄氏是早和寺裡僧人熟識的，約定好了時辰，就準備開始布施銀錢和齋糧米麵。

許多城裡城外，甚至流浪的契丹武士都一大早就排著隊等候。

傅念君打著幫忙的名頭，可是卻什麼忙都幫不上。

契丹人不重男女之防，所以甄氏和她身邊的侍女也都姿態隨意些，甚至為了表現蕭凜的與民同樂，她還會和幾個穿著邋遢、上了年紀的契丹老人說笑幾句。

傅念君多少知道，這些都是城裡和城外的牧民。契丹人曾經占領了漢家土地後，不習慣耕種，許多耕地都重新被放了牧場。這些牧民看著窮困，卻不能小覷，大多都是第一批入主幽州城的契丹人之後，甚至很少會和漢人通婚，以契丹人的眼光來說，純淨的「血統」極高。

就是這些邋遢的牧民，頻頻朝傅念君投來一些不友好的目光。

傅念君全然不在意，她身後是一隊氣勢昂然的親衛，她狐假虎威得理所當然。下面都是烏壓壓的人頭，老人孩子擠做一堆，大多數都是質樸的百姓，其中很大一部分人雖然都是為布施的銀錢而來，卻對佛家也算虔誠，朝著僧人和甄氏手下的護衛侍女頻頻行佛禮，對傅念君尤其恭敬。

她正不解時，有一個孩子趁大人不注意溜到了傅念君面前，傅念君沒有讓陳靈之和身後的親衛將他趕走。

那孩子睜著一對大大的眼睛，用契丹話磕磕巴巴地問傅念君：「妳是女菩薩嗎？廟裡供的那種菩薩？」

傅念君笑了笑，回答他：「我不是，菩薩都是很心善的。」她好像稱不上那兩個字。

那孩子聽她會講契丹話顯然很興奮，吱吱喳喳地繼續說下去。

甄氏聽到這話心中不悅，傅念君什麼都不做，倒是因為生了一副好容貌，還被認成女菩薩了。她忙讓下人把他帶走，對傅念君道：「野孩子不懂事，怎麼能讓他衝撞妹妹呢。」

傅念君笑了笑，說道：「沒有，他還挺可愛的。」隨後在甄氏的目光下又補了一句：「多給他些銀錢吧？也能買件新衣裳。」

甄氏：「……」什麼叫慷他人之慨，這就是了。

傅念君無意搶甄氏風頭，隨即轉身到後頭天棚裡喝茶。

「姊姊覺得這樣的地方有意思嗎？」陳靈之在旁邊百無聊賴地問。

傅念君沒理他。

「大宋的善人也都是這麼做的？」他話裡帶了兩分輕諷。

「在哪裡的善人都必須這麼做。」傅念君回他。

陳靈之撇撇嘴，解下了腰間的錢袋子，扔給了身後的親衛。

「拿去給前頭，我也要做善人。」

他的錢袋子裡都是銀塊，遠不是銅錢能比。

傅念君還嗆他：「若真這麼善心，將家裡的金銀都搬來才好。」

陳靈之竟然可憐巴巴地回了她一句：「那也得家裡有啊……」好像蕭凜很虧待他一樣。

傅念君橫了他一眼，沒有笑。陳靈之倒是自己嘻嘻笑起來，壓低了聲音對傅念君道：

「這回蕭統軍使的事，我還沒謝謝姊姊呢。」

謝她什麼呢……

「謝謝妳讓我買個教訓啊。」陳靈之晃了晃腦袋，感慨道：「他把殺耶律弼的罪二話不說就報上去了，可是到今天陛下都沒說要怎麼懲戒他。眼下宋和西夏開戰，蕭凜就更動不得了，妳說，我是不是白費力氣了呢？」

聽起來就像是純粹的抱怨。

傅念君這才側頭對他微笑道：「枉做小人了吧？你還太嫩。」

陳靈之點點頭，「是啊，所以更要經常跟姊姊妳學學，下次一定好好想好後招。哎，也不知妳什麼時候才肯傾囊相授呢，不過沒關係，好在我們有時間……」

這是威脅麼？

告訴她，她永遠也走不了。

傅念君聳聳肩，不置可否。

§§§

甄氏回頭讓侍女擦了擦額頭上的汗珠，瞇了瞇眼，見傅念君又一直和陳靈之說話，心中的不快再次氾濫。

這小將軍才多大年紀？她倒會勾人，一點都不肯安生。

甄氏讓人把傅念君叫到近前來，說是自己這裡忙不過來，請她「幫忙」。

傅念君還沒走過來，人群裡突然一陣騷動。甄氏回頭，忙道：「什麼人不守規矩？快些帶出去。」一侍衛回稟：「是個南方來的老道士。」

甄氏納罕：「道士會來佛家的講經會？」

這不是砸場子嗎？

何況契丹人崇佛，道觀也有，卻很少，能在遼境的道士，多數是雲遊的窮道士，在中原混不下去的。

也不知道怎麼回事，底下的契丹人已經漸漸讓開了一條路，緊跟著一個穿著道袍、頭髮白蒼蒼的微胖老道就走了上來。

老道士衣著不潔，雖然滿頭雪白的頭髮看來應當是年紀不小，不過面色紅潤，下巴上的肉尤其多，讓人左看右看都看不出來哪裡仙風道骨，反而像是個天天大魚大肉養出來的胖員外。

老道士手上的拂塵已經從白的快用成黑的了。他一邊摸了摸肚子，一邊走上前，指揮著布施的人：「這些，都給貧道拿一些。銀錢呢？聽說還有銀錢拿，來來來……」

他竟然伸手就要朝放著銅錢的框裡去。

一個侍從急忙回神，拉住了老道士，磕磕巴巴地用漢語說：「道長，奉國寺的布施是給向佛的有緣人，您是道家之人，恐怕……」

老道士卻臉皮很厚，「佛道不分家，我吃你們幾塊餅、拿你們幾個銅錢，又算得了什麼？」

侍從繼續阻攔。畢竟沒有這樣的先例，這老道也不知是哪裡來搗亂的，他自己不覺得給道家丟臉，佛家也覺得忌諱不是。

老道士再三被拒，似乎有些動氣了，說道：「大不了讓三清祖師爺還你們如來佛祖這些錢糧就是。徒孫輩的帳，你還來計較，走開走開！」

四下聽得懂漢話的人皆是目瞪口呆，都說向佛向道的方外之人侍奉佛祖、三清至純至真，什麼時候聽說過打著信徒名號出去，騙吃騙喝還要叫上頭神仙買帳的？

在所有人的怔愣中，這老道士已經老實不客氣，拿了一塊餅就啃了起來。

那態度和氣的侍從被人從後一把推開，出來個虎背熊腰的契丹武士，罵罵咧咧地就要上去揪老道的衣領。
若非這裡是奉國寺，依照他們這些人平素的性子，其實早就是提刀來砍，不止是揮拳頭了。
老道士只是埋頭啃著餅，似乎根本不在乎耳邊的叫囂，以及越來越靠近他的龐大黑影。
「等一下。」
一道聲音響起，隨著這聲音，那契丹武士缽大的拳頭也被人截住了。
傅念君走上前，對動手的親衛點點頭，那親衛就推了推罵罵咧咧的武士，兩人先站到一邊去了。
甄氏不滿：「妳喝止他做什麼？」難道她還真要來裝菩薩。
傅念君看了她一眼，沒回應，逕自走到老道跟前，問道：「不知道長從何方來？又是修的哪個門派的道法？」
老道士將剩下半張餅塞到懷裡，抬頭看了一眼傅念君，笑瞇瞇道：
「貧道無來處，也無去處，走到哪兒是哪兒，修道更是遵從本心。」
傅念君有點失望，這老道士怎麼看都是個瘋瘋癲癲騙吃騙喝的，講這兩句話實在不像道法高深的，她還能指望從他嘴裡聽到近來中原戰局的消息麼？
傅念君還是吩咐左右：「給道長拿一貫銅錢，裝些乾糧吧。」
「慢著。」甄氏阻止她，說道：「沒有這樣的慣例。妹妹恐怕不知道，在場這麼多人，若是給了這位老道長這麼多，怕是後頭的人要鬧起來。」
更重要的是，憑什麼讓傅念君來做主撒錢？她算什麼？
傅念君故作訝然地看了她一眼，「我沒說要用蕭大人手下的錢啊……剛才小將軍的錢袋子呢？拿過來。」
陳靈之不知什麼時候在後面靠著一棵樹看起熱鬧了。

傅念君甩了甩屬於陳靈之的那只錢袋子，對甄氏說：「這不算用妳家蕭大人的錢了吧？小將軍同意了，他年紀小，倒是很大方。」

甄氏側眼看了看陳靈之，他那樣子，擺明對傅念君相當縱容。

鬧到最後，好像她才是最小氣的一個！甚至還連累蕭凜被傅念君暗指「不夠大方」。

甄氏再次被傅念君氣得肝疼。

傅念君拿了幾塊碎銀子交給老道，比一貫錢可多多了。

「道長若是缺回鄉的盤纏，這些錢應該夠。若是道長還要繼續雲遊講道，這些錢算我的一點心意，因為我與道門尚有一些緣分。」這話也不是假的，靜元觀中的祝怡安，曾經給她指明了一些前世今生的方向，有這一段緣分在，見到落魄的道士，自己也該幫一幫。

老道士不客氣地接過傅念君手裡的碎銀子，呵呵地笑了一聲，對傅念君點頭道：「有緣有緣，確實有緣分。」說罷就轉身走了，連謝都沒說一句。

傅念君笑了笑，心底認定了這個老道士大概道行修為尚淺，剛才說的有緣之語，不過是最敷衍的客套罷了。她曾被一個道士、一個和尚都看出了來路，她的命與世間眾人都不同，眼前這個老道卻沒看出來。

老道士的背影消失的人群中，傅念君也收回了視線。

人群中有百姓竊竊私語，都是朝著傅念君。傅念君也不習慣離這些契丹人太近，便又轉頭回到天棚下。

甄氏也不想再讓她幫忙了，幫來幫去只幫得自己一包氣。

陳靈之在傅念君身邊笑，「姊姊這善事做得好。」

傅念君不想多解釋，問他：「我能去聽聽講經會嗎？既然都到了奉國寺，也應該上炷香。」

陳靈之反而詫異道：「自然，妳又不是坐牢。」

傅念君現在對他這種裝聾作啞的行為徹底無言。

§§§

進了奉國寺，她身後依然跟了一大串人，很多百姓也認得蕭凜身邊人的裝束，都知道主動避開。

中原雖然廟宇很多，但是過多沾染世俗，其實論佛法高深，未必及得上大遼的高僧。遼的密教學、法相宗、華嚴宗都十分受人推崇，這些教派的高僧許多都專注於翻譯鑽研佛經，不似大宋的高僧一般精通琴棋書畫。如今大宋的高僧，繪畫篆刻書法，比文人更似文人，在求佛刻苦一道上，自然就落了下乘。

這奉國寺的總祕大師覺慧，更是曾經遠赴婆羅門取經拜師，中原自唐代玄奘大師西行取經後，已鮮少有這樣的高僧問世。

傅念君對佛學只能說略有涉獵，但是比之陳靈之當然好上不少。陳靈之的契丹話本就說得不好，辯經更是聽不懂，所以沒坐多長時間就藉口溜了出去。

告一段落後，傅念君喝了寺裡的清茶，就表示想更衣解手。

她在奉國寺裡轉了半圈，身後的侍女親衛皆是虎視眈眈。

但解手出來的時候，親衛們都避開了，兩個侍女竟然也消失不見。

傅念君看見院落西側開了一扇小小的角門，正露出一條門縫。她會心一笑，心想甄氏還真是用心良苦。

她摸了摸肚子，走向了那道小門，伸手推了推，看見門後似是延伸到後廚，隱約有許多人影在晃動。今天寺裡要準備大量的齋飯，肯定人手不夠，一定也有很多臨時的幫手流竄，忙中又容易出亂，從這裡溜出去是條很好的路線。

傅念君笑了笑，闔上了門，轉身朝另一個方向去了。

夏侯纓還在驛館裡，自然不能扔下她，何況甄氏覺得自己就那麼蠢嗎？憑她這樣什麼都沒準備便貿貿然跑出去，絕對是逃不遠的，甚至悲慘一點去想，自己這個長相，很快就會被外頭的契丹人給擄回去了。

契丹人搶一、兩個漢人女子，官府也沒權說什麼。

而若是逃不掉呢，少不得蕭凜得對自己生大氣。

傅念君覺得這個甄氏還真該開開竅，要知道送佛送到西，做一半算怎麼回事呢，怕真的放走她擔責任，真把人當猴耍了。

傅念君轉過了半爿花園，一路上都想著她的兩個侍女是被甄氏弄去了哪裡？剛走上迴廊，就躍出了幾個侍衛來，盯著她的眼神非常不善，似乎她是個逃犯一樣。

傅念君冷笑，「去找找她們兩個吧，如果不放心，你們一直跟著我好了。」

她表現得如此落落大方，三個侍衛倒也不能再說什麼。

傅念君想回到前頭去，卻意外見到了一個年輕的僧人，似乎站在路邊等人。他見了傅念君便行了個佛禮道：「施主是來聽師父講經的吧？師父已經恭候多時了。」

傅念君覺得他是認錯了人，她並沒有和什麼法師約好聽經，何況以她的佛學修為，對上奉國寺裡的高僧就有點班門弄斧了。

那僧人彷彿知道她要說什麼，只道：「貧僧並沒有認錯。」

傅念君看了一眼身後的侍衛，心想難道這又是甄氏的安排？

左右無事，瞧瞧也無妨。

三個侍衛一個守在門口，一個守在窗前，還有一個就在四周徘徊，這間廂房並沒有別的出入口，傅念君想要逃，除非有密道。

密道……

她覺得自己有點異想天開了。這裡是奉國寺，依山傍水，就算董長寧的手下再有本事，怕是也沒法挖進來。

等她走進禪房裡，卻有些愣住了。房裡的身影並不是穿著僧袍的高僧，而是……

剛剛傅念君親自送走的老道士。

老道士胖胖的身影盤坐在蒲團上，看起來有些可笑。只是和剛才相比，他的眼神卻有一種傅念君從未在任何人臉上見過的明亮透徹。

彷彿是能夠看穿世上所有事物的一雙眼睛。

老道士朝傅念君笑了笑，竟是調皮地舉起手，做了個噤聲的手勢，然後念起了佛經，顯然是念給在外頭的契丹人聽的。

佛經催眠，外頭的三位侍衛原本還全神貫注地聽著裡頭的聲響，漸漸地也就放鬆了警惕。

傅念君驚訝過後又是釋然，對老道士行了個大禮，輕聲問：「道長怎麼會在這裡？道長可是認得我？」

老道士道：「按照輩分，覺慧算我的徒孫輩，我若要他一間禪房，應當不是什麼難事吧。」

老道士雖然給人的感覺截然不同了，說的話卻還是很隨意。

傅念君吃驚了一下，卻立刻相信了。

覺慧大師該有七十歲了吧。他不過是徒孫輩的話……這老道士該有多少年紀了？

傅念君看著他紅潤的臉色，心中有些震撼。

她想到了那個祝怡安，看起來也是最多四十多歲年紀，可實際上似乎已經有五、六十歲了，滿山小道士都叫他一聲「師祖」。這樣想來，他的師父張天師或許也不可能是傳聞中的八十餘歲模樣。

道門中人駐顏有術，也是說得通的。

這老道看起來雖然不像得道的，但高人不露相，得道高人未必是她想像的模樣，畢竟真正的高人，很少有人見過。欺世盜名的道士不少，其中更是不乏仙風道骨之輩，而真正的高人，或許早就超脫世俗，卻又與世俗融為一體了……

傅念君突然明白了些什麼，問出口的嗓音有些顫，緩緩道：

「道長，您可認識洛陽老君山靜元觀中的祝怡安祝真人？」

老道士笑呵呵地摸了摸下頷上不長的白鬚，說道：「妳已經見過我那不成器的徒兒了？」

不成器的徒兒。

傅念君終於知道他是誰了。

那位聞名遐邇的張天師……

當今皇帝、東京城裡無數達官貴人，瘋狂想找到的張天師，張承恩。

而距離最近一次張天師露面，也已經過去十幾年了。傅念君沒有想到，他竟會以這樣的方式出現在自己面前。

「張天師，您……怎麼會來這兒？」

傅念君壓抑不住自己的驚訝，這句話問出來後就明白過來了。

「是因為……我？」

張天師在塵世銷聲匿跡這麼多年，突然在遼境露面，不會是閒著沒事出來體驗生活。

張天師朝她微笑，「居士確實和我道門有緣。」

這是傅念君之前對他說過的話。

傅念君心中狂跳，張天師在此，就說明自己很有可能可以脫身了。

祝怡安尚且有些本事，他的師父被世人這樣推崇，也不會是徒有虛名之輩。

張天師上下打量了一圈傅念君，依然笑得像個慈善和藹的胖員外。

「我那徒兒想必是和妳說過什麼，只是他道行尚淺，恐怕居士心中還有很多疑問吧？」

傅念君心裡積壓的那些問題，一瞬間都浮上了心頭，千言萬語到了嘴邊，卻是一個都問不出來。

張天師似乎看出了她的踟躕，笑道：「現在還不是說這個的時候，等居士脫身，自然還有機會。」

他頓了頓，從懷中掏出一樣東西來。

「這是回夢香，相信妳在貧道那個劣徒之處也見到過。只是我那徒兒從小便學藝不精，怕是反而將人往歧路上引……這是貧道所制，居士若信得過，可以回去試一下，或許能助妳一二。」

傅念君伸手接過，掌心也微微顫抖。祝怡安曾經說過，他的本事都是和他師父學的，卻不及他師父的十分之一。如果是張天師親制的回夢香，一定能夠讓她更清楚地接近自己的前世。

「多謝……真人。」

傅念君握緊掌心那一點暗紫色的香，鼻尖縈繞著的是一股淡淡的香味，使她一瞬間有點失神，彷彿能夠聽見自己胸中怦怦直跳的聲音。

傅念君穩住情緒，很快回神過來。這裡不是說話的地方，而且現在她最首要的問題並不是前世今生的來路，而是要儘快離開這裡。

「真人，小女子實在有個不情之請，不知道您有沒有法子伸出援手，解一解小女子當前的困厄？」傅念君懇求。

她不是不敢跑，但是考慮到夏侯纓和肚子裡的孩子，要安排計畫還需要一定時間準備。如果張天師肯幫忙，她就可以更快地離開。

她實在放不下周毓白和東京城。

張天師摸了摸鬍子，掃了一眼傅念君的腰身，說道：

「居士放心，貧道在這裡，自然會護妳們母子周全。」

傅念君發誓，她的肚子並沒有怎麼顯懷，而且衣服穿得厚，換了尋常人，根本不可能看出來。

而他卻……

張天師望著她肚子的目光十分和藹。

傅念君沒來由有一種古怪的感覺。難道說，張天師是不是為了幫自己，而是為了幫自己肚子裡的孩兒？

此時門外的人影晃了晃，似乎是那侍衛等得有些不耐煩了。

張天師對傅念君說：「居士且去吧，貧道受了妳的銀錢和吃食，自然不會背約，妳放心吧。」

傅念君躬身行了一個禮，準備告辭，可是臨去前，還是鬼使神差般地多問了一句：

「真人與我母子，究竟是為何結下的緣分呢？」

張天師淺淺地笑，「誰知道呢？或許是前世吧……」

傅念君抿了抿唇，推門出去了。

那侍衛上下掃了她一眼，依舊是滿目的不信任，甚至還探首朝門內望了一眼，傅念君想挪步擋住他的視線，可是畢竟身量差別太大，擋也擋不住。

不過侍衛很快就收回眼神，不再有任何過分之舉。

傅念君鬆了一口氣的同時，稍微側眼去看，屋內剛才還坐著一個老道士的蒲團上，再也不見半個人影了……

§§§

傅念君在上馬車前，才見到了自己那兩個契丹侍女，兩個人都是滿臉驚恐、泫然欲泣的模樣，說兩句話便哆嗦地不成樣子。陳靈之好像是知道了什麼，也沒管她們，只對傅念君道：「妳自己的人，自己看著處置吧。」

上了馬車，兩個侍女就對傅念君請罪哭訴，說她們也不知怎麼回事，就在一間禪房裡昏睡了過去。她們不敢訴苦喊冤，但是傅念君看得出來，兩個人神情恍惚、雙目失神，不知是被甄氏的人下了什麼藥。

她揮揮手，阻止她們說下去。

她不會處置她們，她們本來就不是自己的人，是因為甄氏和蕭凜兩個人才被這麼折騰，所以更不關她的事，等蕭凜要查，讓他親自處理。

坐上馬車的時候，傅念君就察覺到自己臀下的坐墊位置有些偏移，但是車內所有東西並沒有半絲被移動的痕跡。

她的手在坐墊下緩緩地摸了一圈，果然摸到一張紙條，便不動聲色地將它捏進手心裡。

兩個侍女只顧著膽戰心驚，竟也沒有發現。

傅念君胸中微燙，知道周毓白在這樣的關口，也沒有放下自己。

幽州城裡完全被蕭凜掌握，何況他又有心防範，郭達他們要再次入城一定不容易，如今甚至還摸清了她今天出門的路線，想辦法在車裡塞了紙條。

這幾乎已經是他們能夠做到的最接近她的方式了。

有陳靈之和蕭凜兩個人和他們手下這麼多侍衛精兵，郭達他們冒險潛入驛館，無異於自投羅網。

傅念君回去之後，先看了字條，是郭達寫的，他不敢寫落腳處，只隱晦地傳信給她，讓她先去蕭凜府上。

傅念君立刻明白過來，拜她所賜，蕭凜近來要接待上京前來的內監和官員，為著殺了耶律弼一事，他不能對皇帝的人稍有怠慢，加之宋夏戰爭，宋朝來使即將造訪，城內外百姓也多有流動，蕭凜只有最近才無法把幽州城守得像鐵桶一般。

她去蕭凜府上，就有機會出席人多的場合。

人多則亂，其中才有機會。

傅念君心中稍定，將那紙條在燭火上點燃燒了。

她喚來侍女，讓她們替自己取一個香鼎來。侍女有點忐忑，懷了身子的女人還能點香嗎？

傅念君早就尋好了藉口，說是奉國寺裡求的佛香，點了能安神助眠。

她讓她們這一晚不要打擾自己，也不用叫起。

兩個侍女知道這位夫人脾氣古怪，況且她們今天犯了這麼大的錯，自然也不敢多說什麼，甚至給蕭凜做耳報神也不敢。

傅念君將回夢香在床頭燃起。

嫋嫋青煙，帶著一股十分沁人心脾的清香。

她想到了上一回自己夢到的情形……

兩個線索，一盆「歐家碧」綠牡丹，還有一個叫自己娘的孩子。

6 沉香再夢

傅念君不太做夢，每次做夢卻都能給她心情帶來極大的震撼。

上一回，通過「歐家碧」那盆今後才會問世的綠牡丹，她便確定，自己夢到的並非是生死輪迴中的「前世」，而是因為某種因素與現在的她截然不同的、另一個「她」的人生。

在那段淺短的夢境裡，她是一個有資格帶著各位女眷，操辦一個奢華盛大牡丹宴的夫人，還有一個五、六歲左右活潑的兒子。

「她」應當擁有著一個圓滿幸福的家庭。

再次入夢，傅念君並不意外自己又重新來到了這個夢境。

畢竟對於她來說，保存著傅寧女兒「傅念君」記憶的那段人生，並不算嚴格意義上她記不起來的前世。她只有夢到「她」的人生的時候，才會充滿了不確定。

……

傅念君此時正靠坐在臨水敞軒裡的鵝頸椅上，手上拿著魚食，正一點點餵池子裡的游魚。

而她身邊正有細柔的女聲在說話：

「娘娘，這池子裡的錦鯉都被您養得又肥又大，怪道太子殿下常常說要捉了牠們吃呢。」

四下跟著響起一片笑聲。

娘娘……

太子殿下……

傅念君在心裡立刻就確定，也非常快地接受——

原來她是皇后了。

水面上的倒影雖然不清晰，但是還能看清幾分。她依舊是她，熟悉的臉，只不過年歲要大些，頭上的釵環更是多了幾分華貴。

張天師的道行比祝怡安高，自然這次的回夢香也不同於上一回，傅念君看在眼裡人和物不再似蒙著一層薄紗，已清晰無比，身體也行動自如，並不似上回只是斷斷續續的瞬間，且沒過多久她就被拉回了現實。

「娘娘，您怎麼了？」

身邊的女官氣度優雅，面容溫和，只是有些面生。傅念君側眼看到她身後一個宮人，卻有幾分眼熟。像是儀蘭，又有點不太像。

還沒看仔細，突然此時傳來了一陣嘈雜的人聲，跟著一個小小的身影在一堆宮娥內監的簇擁下，沿著長廊跑了過來。

「娘、娘……」那孩子一邊喊著，杏黃色的小身影就飛撲了過來。

傅念君伸手一把摟住了他，軟嫩的小身軀讓她心底泛起無限柔軟。

孩子在她懷裡抬起了玉白的小臉。

她知道這是上回夢境裡見到的那個孩子，終於看清了他的模樣……

眼睛和周毓白一模一樣。

長長斜挑的鳳目，如今年歲小，看起來便大一些，此時正閃閃發亮地盯著自己，而鼻子和嘴唇則有點像自己。

他小嘴撅起，伸出手來，對傅念君抱怨：

「今天太傅打了我的手心兩下，妳幫我吹兩下好不好？」

傅念君摸了摸他嬌嫩的小手，對他笑了笑。

「太傅說我荒廢學業，爹爹也不幫我。昨天明明是爹爹說要帶我去看小馬駒，我才沒背書的呀。」小小的人兒爬上了傅念君的膝蓋，傾訴著心底大大的委屈。

傅念君見左右之人都含著笑，似乎對這種情形已經習以為常。

她正想抱著他說幾句話。

「娘娘，是官家過來了。」剛才的女官又湊在傅念君耳邊通報。

傅念君瞇了瞇眼，看到一個穿著緋色常服的挺拔身影，在長廊上不急不緩地步行而來。

傅念君只覺得一顆心不安分起來，隔著這麼遠，她也知道是他！

她從未看過周毓白穿紅衣，這象徵至高無上身分的正朱色，卻比她想像的更適合他。

周毓白緩緩走近，傅念君膝上的孩子躍下去，對著已經到面前的父親撒嬌：

「爹爹壞，你不喜歡澄兒了，你讓太傅打我掌心。」

傅念君正定神癡癡望著自己想了多日的人。

眼前人看起來比她見慣的他年歲大些，眉宇眼梢依然是她所熟悉的清俊，只五官線條卻出落得更深邃，氣質也更沉穩。許是這身衣裳的作用，身上也多了幾分屬於九五至尊的威嚴。

她覺得有點陌生。

周毓白此時正抬眼看在她，眼神交會，傅念君避開，她只覺得他這一眼有點奇怪，視線再回來，他已經低下頭對兒子說著：

「你外祖父要打你手心，就是我也不能說什麼。澄兒，是你自己沒有做好功課，惹得外祖父和舅舅不高興。你乖些受罰，若是還不服氣，爹爹就只能送你去你舅舅那裡，和你表哥一起念幾日書了。」他的聲音語氣是傅念君習慣的清冷和從容。

原來他用這樣的口吻來教孩子啊。

傅念君想明白，原來這孩子嘴裡的「太傅」是傅琨……

澄兒嘟了嘴，不滿地回到母親身邊，又想爬上她膝蓋求安慰。

「不要胡鬧。」周毓白制止他，「你娘會累。」

他低語溫柔，讓這世上無論哪個女人都會心甘情願丟盔棄甲。

傅念君眼前多了一隻手，來自於她的丈夫，骨節分明，修長有力。他身為一國之君，卻還會這樣溫柔地來攙自己的妻子。

傅念君將手放在他手心裡，被他從鵝頸椅上拉起。

鼻尖是一股熟悉的檀木香，傅念君突然有點眼熱。多少天了，她一直想著這個味道。

幾乎是沒有經過思考，她的手便環上了他的脖頸，頭靠在他肩膀上，貪婪而滿足地深深吸了一口。

周毓白被她抱住，反應卻是一愣，然後手心撫上了她的後背，說著：

「怎麼了這是？終於不想和我置氣了？」

傅念君看不見旁邊人的表情，但是澄兒的反應卻大。

他捂著眼睛，正叫嚷著：「羞羞，爹娘羞羞！」

周毓白的手移到她腰間，輕輕地將傅念君推開些。他的眼睛深深地望著她，笑了笑，說道：

「妳看，叫澄兒笑話了吧。」左右的內監宮人似乎都很欣喜的樣子，捂著嘴輕笑的大有人在。

「官家……」周毓白身邊突然出現的內監打斷了帝后，輕聲提醒了他一聲。

傅念君側眼望過去，覺得這人也有些面熟。

似乎就是那個曾在宮裡匆匆見過一面的……桓盈。

他這樣提醒周毓白，一定是有事。

周毓白對傅念君輕聲道：「前面還有點事，我晚上再來看妳。」

跟著他的手掌在她腰間用了收了一下。

傅念君心中一熱，乖順地點點頭。他每回暗示她的時候，都會有這樣的小動作。

抬眸看見的，正好是他帶著笑意的一雙眼睛。

傅念君望著他轉身離去，手心卻緊緊攥了攥。

這是夢境吧？

這個人，是周毓白，是她的夫君不錯，可是隱隱的，她又覺得似乎有哪裡不對。

她想起了那時候在老君山靜元觀中，周毓白風塵僕僕趕來接她，她勘不破這重重迷霧，便問他的看法，他告訴自己，或許這些夢境糾葛中的他們，就像鏡中的人一樣，雖然似乎是一模一樣，但是總會有細微的差別……

他不承認自己是「別人」。

這一點上，周毓白的堅定態度遠不是傅念君能比的。

垂下眼，澄兒正睜著一雙眼睛，笑嘻嘻地對傅念君說著：「娘，妳終於不和爹爹生氣了嗎？妳都好久沒笑了……」

他委屈時的小模樣太惹人憐愛，傅念君忍不住笑起來，俯身親了親他的額頭。

澄兒跳了跳腳，興奮道：「還要！」

傅念君身邊的女官苦口婆心地勸傅念君：「娘娘，官家待您，我們都看在眼裡。您是他最重視的人，這是誰都不能改變的啊，何況您還有太子殿下呢。」

傅念君皺眉，這話聽起來怎麼這麼……奇怪？她和周毓白是因為什麼事吵了很久的架麼？

她想等待會兒回了寢宮，就找個機會尋人問一下。就眼下看來，這次的夢會很長，她有足夠的時間解開自己心底的疑惑。

她剛打算擺駕回寢宮，卻已經有人來催她了。

「娘娘，傅侍郎來了。」

傅侍郎……

從澄兒驚呼一聲後露出的懼怕表情就能看出來。

是傅淵。

他已經是侍郎了……

傅念君回了自己的寢殿，成平殿。

「哥哥怎麼來了？」

外臣進後宮還是多有顧忌的，不過傅淵是傅念君的兄長，在這方面自然不需要如此恪守。

傅淵還是一如既往地嚴肅，甚至只要眼神掃過躲在傅念君背後的澄兒，傅念君就能感覺到他的小手又攥緊了自己的衣裳。

傅淵望著她，神情倒是有些緊繃，看似兄妹之間的關係不算太輕鬆。

傅淵皺了皺眉頭，疏離道：「娘娘，讓人把太子殿下先帶下去吧。」

澄兒被帶走後，傅淵說：「你們長話短說吧。」

長話短說？

和誰呢？

腳步聲響起，走進來一個侍衛打扮的人，大步流星，腰間甚至未解佩刀，傅念君登時愣住。

齊昭若……

她第一反應就望向傅淵，可是傅淵的神情除了有些凝重，卻沒有任何的不妥。

就像……她和齊昭若很熟一樣？

這一點懷疑很快就讓傅念君得到了證實。

這一個「齊昭若」也和她所認識的那個也不太一樣。他看著自己的眼神很明亮，也很真誠，甚至還帶了幾分讓她寒毛直豎的深情……

「他這樣對妳，妳還願意跟著他嗎？」他突然這麼對她說。

傅念君噎了噎。

齊昭若黯了眼神，「我們從小一起長大，我對妳什麼心意，妳比我清楚。當年妳執意跟他，可是事到如今呢？他還記得答應過妳什麼嗎？為了邊境穩定，他就要納高麗翁主。他心懷天下，可是妳呢？妳又算什麼？」

傅念君聽他這麼說，冷靜過來之後的第一反應竟不是憤怒，不是想指責他胡說八道，而是心酸和悲傷……或許她夢中的自己，究竟也不是她。

傅念君想到了剛才女官說的話，明白過來，原來是由於什麼高麗翁主，「她」和周毓白才吵架的。

她克制住自己的情緒，對眼前的齊昭若說：「這終究是我和他的事，與你無關。」

「與我無關，與我無關……」他神情悽愴地重複著這句話，然後深深地盯著她，「我與妳之間，終究是換來了這四個字嗎？」

在他這樣的威懾下，傅念君竟不由自主地有些氣短。

如果說，剛才成為了皇帝後的周毓白和她的夫君還幾乎看不出差別來，那麼這個齊昭若就真的讓她覺得太陌生了。不是她剛醒來時遇到的那個浮浪紈絝，更不是有著周紹敏靈魂的那個人。

明明是一樣的面容，差別卻那樣大。

「罷了，罷了。」他長嘆一口氣，「很快我就要去延州了，常駐邊境，很多年大概都不會回來了吧……西軍驍勇，卻少不得治軍領兵之人，我和他……終究是表兄弟。我離開，對妳來說也是一件好事。」

他對她笑了笑，那張傅念君所熟悉的比女子還嬌俏的面容，如今曬黑了不少，看著這樣的齊昭若，她知道怕是再沒有一個人敢嘲笑他男生女相了。

他身上那股讓傅念君陌生的行伍之氣，使這個齊昭若煥發出截然不同的正直英武。

傅念君垂了眼眸，面對他這樣的真情流露，只能勉強道：「那你一路保重。」

齊昭若點點頭，就要離開，轉身之時，傅念君還是忍不住問他：「現在周紹雍在哪裡，你知道嗎？」

按照她這個夢境裡的時間，肅王府早已經倒台了，不知周紹雍是下了大獄，還是過起了囚禁生活。

齊昭若頓了頓，沒有回頭，「陛下曾經將雍兒帶在身邊幾年，感情甚好，這樣的話，妳不該來問我。」

他回答這句話卻極不自然。

他大步離去了，帶著一股難言的蕭索之氣。

傅淵仍站在廊下負手眺望，他常喜歡這樣做。

成平殿地勢高，角度極好，在此能夠看到右側石頭疊成的小山上的一殿一亭。

「哥哥。」傅念君喚了他一聲。

傅淵皺了皺眉，說道：「妳一向喚我兄長。」

傅念君噎了噎，似乎在夢境中，「她」和傅淵的關係，更近似於普通書香世家長成的兄妹。守禮恭敬，卻不親密。

「齊指揮使走了？」他岔開話題。

傅念君嗯了一聲。

傅淵目光平視前方，臉上是一片冷漠。

「這成平殿，妳還喜歡嗎？」

「太冷清了。」傅念君想了想。

一路上而來，內監和侍女都少得可憐。即便是不習慣太多人伺候的她，都覺得實在太冷清。

傅淵聽了她這話，說：「只願妳覺得值。」

傅念君突然心中一動，體察到傅淵這句話背後之意。

在這個夢境裡，傅琨已經是太傅，傅淵也已經是侍郎，但是看傅淵這樣的態度，甚至將齊昭若帶來，讓她見可能是「最後一面」，就說明他們父子與周毓白的關係並不好。

哪怕他如今已是皇帝。

傅淵說著：「妳從小就是那樣的脾性，這次的事我也知道了。妳今後……就看顧好太子殿下吧。無論何時，我和父親總是在妳身後的，旁的，也都無法更改了。」

傅念君猜測，在這個夢境裡，或許傅琨傅淵父子是因為她，才選擇做了周毓白的靠山，最終助他奪得大位的？所以父子兩人才可以這般同朝為官，領實權在手，無人敢多置喙國丈和國舅一句。

但是這卻和傅琨的抱負和初衷背道而馳了。

都是因為她……

所以傅淵才會說「只願妳覺得值」。

所以他對自己才會這麼疏離和冷漠。

她應聲：「我知道了，哥……兄長，多謝了。」

傅淵只是淡淡地說：「成平殿太大，往後太子殿下不住這裡，妳自己難免覺得冷清，多添幾個使喚的人吧。」

傅念君望著傅淵挺拔的身影離去，心情相當複雜。

她無法相信周毓白是那樣一個人。

雖然這只是她夢境中的周毓白，也或許是存在過的一個「周毓白」，她還是無法相信他會這樣對自己。

很快就到了晚上，澄兒身為太子，每天玩耍的時間很少，晚上自然有晚課要做。

傅念君出神地坐在安靜到幾乎可以聽見落針之聲的成平殿中，想到了傅淵臨去前說的那句話。冷。

隨著內侍的高聲通報，周毓白終於在夜露深重的晚上，踏進了成平殿。

傅念君下意識地便像無數次一般去扶他，替他更衣。

可是他的皇帝服制自己卻不熟悉，最後還是鬆了手。

「等很久了麼？」他坐在桌邊，望著她的時候眉眼柔和，傅念君的心幾乎立刻就軟化了。

他喝了一杯茶，又倒了一杯遞給傅念君。芳香撲鼻，是價值千金的貢茶龍團勝雪。

傅念君一向不喜歡這樣的濃茶。

她啜了一口，輕輕地放下了。

周毓白看了一眼，只說：「不喜歡麼？」說罷拉她進了懷裡，貼在她耳邊纏綿道：「那妳喜歡什麼茶，明天讓他們都送來挑挑吧……」

傅念君說不清心底是什麼滋味，推開他一些，只道：「不用了。」

他的手臂卻收得更緊，說著：「不是剛才都好了嗎？念君，我真想妳，很想，妳呢……」說罷，淺淺的吻一個個落在她脖子上。

傅念君渾身一顫，從腳心泛起一陣熟悉的戰慄。他的手摸上了她的領口，一寸寸地拉開她的衣襟。

「七郎……」

傅念君望著他，有點想看清楚這雙眼睛裡，是否藏著和往日一樣對她的深情。

「真動聽。」

他像是受到極大鼓舞一般，一把橫抱起傅念君，就重重地壓上了床鋪。

他在她耳邊喘氣，一聲聲的，展示出對她的渴望。

這力道讓傅念君立刻回了神。

她在做什麼呢？

就算是夢，也不能是這個夢裡。

他是她的夫君，是她愛的七郎嗎？

雖然長得一模一樣，但是心底總有一個聲音在說：他不是妳的那個他……

他是一個會納別的女人為妃，會將自己留在冷清的宮殿裡，也會利用她算計自己父兄的人……

傅念君一把抓住探進自己胸口的那隻手，避開他的唇，用力將他推開。她坐起身，攏好衣襟，只是淡淡道：「官家，今日還是算了吧。」

周毓白只是盯著她，隨後綻開一抹笑，嗓音溫和：

「到底是怎麼了呢？念君，妳告訴我，我究竟還能怎麼做，妳才肯理我呢？」

聽似無奈，聽似妥協，可是卻無法讓傅念君信服。

怎麼做？

她想讓他卸下這種虛偽的溫柔。她的夫君周毓白是不會用這種腔調和她說話的！

「妾身只是累了。」她側過頭。

明明身體還是一樣的想靠近他、想得到他，可是她掐著自己的手心告訴自己，她是來尋找前因的，並非是來做這種事的。

周毓白坐在床邊靜靜地看了她一會兒，隨後站起身，只是說著：

「今天舅兄帶著他進宮了吧，連掩飾一下都不曾。念君，妳覺得我該怎麼想呢？」

傅念君抬頭望著她，眼神冷冽，「是麼？你不信我，我也不信你，兩相扯平罷了。」

他終究受不住地說：「他和妳說什麼？讓妳和他走，還是讓妳覺得後悔了？後悔當年沒有選擇他？」

傅念君笑了，只道：「聖上這樣聰明的一個人，何妨猜一下呢？你當知我甚深啊。」

「念君，」他板起臉，「休要再說這種話。」

傅念君心涼，耍脾氣不該是一個皇后該有的行為。

她閉上眼，選擇直接躺下了睡覺，似乎聽得他在背後嘆息：

「妳啊，永遠是這樣的性子……」

傅念君沒有回應。

接著他便走了……

大晚上的，外頭風大夜涼，皇帝在皇后的寢宮裡來去匆匆。

到明天一早，後宮所有人都會知道，這兩位的矛盾不僅沒有和解，反而越鬧越大。

傅念君閉上眼，心想或許這一睡著，自己就能清醒了。

這夢境太過真實，讓她忍不住鼻酸起來。

她也只是個女人罷了啊。現在她只能一遍遍地告訴自己，「他」不是周毓白，不是她的七郎。她的七郎，永遠不可能對自己這樣。

他們兩個經歷了無數磨難歷練，才修成正果。哪怕她懷著身孕，還是與他分隔兩地，隔著山水和戰火，她對他的愛也沒有一絲一毫的動搖和遲疑。

如果是她和他之間，怎麼可能為了什麼高麗翁主和齊昭若吵架？甚至是和傅家的關係，他也會尋找一個妥貼的法子解決啊。

傅念君躺在床上，覺得自己越來越想念他了。

躺在床上的傅念君本來以為睡一覺就會清醒了，可是她沒想到，隨著神思漸漸陷入渾沌，她再努力想睜眼，卻是迷迷糊糊地始終無法辦到。

她想到了一件事，她剛才和那個「周毓白」生什麼氣呢？

她還沒問他關於周紹雍的事……

經過一番漫長的掙扎，她能夠聽到耳邊的聲音越來越響，身上的力氣彷彿也漸漸流逝。

她知道自己沒有躺在成平殿寬大華麗的床上。

冷，非常冷。

但這不是寒冬凜冽之時刺骨的冷，似乎是因為她……

流了太多血。

傅念君終於睜開眼，眼前的場景讓她很快就想起了嫁入東宮的那個晚上，那個她死在周紹敏手上的夜晚。

一片狼藉之下，地上正橫七豎八地躺著幾個禁兵護衛，有些人在呻吟，有些人則不再動彈。

傅念君低頭，只見她的胸口，此時正插著一枝黑羽箭。

呵。

她站立不住，撲通一聲跪在了冰冷的地上。

頭上戴著的襆頭落下，她的頭髮散在肩膀上。

跪在地上的傅念君很熟悉這樣的情況。

一回生二回熟。

她又要再死一次了。

這種難以喘息、心跳失控、渾身犯冷的感覺太熟悉了。傅念君掐著自己的手心，咳出了一口血。血噴落在她的前襟上，卻意外地並沒有很突兀。

原來她竟穿著一身紅色。

黑色羽箭與紅色衣服輝映，卻是極度的合稱美麗。多麼相似的場景，簡直就像是宿命的輪迴。

唯一的差別，就是上一次插進她胸口的是冷白的劍刃。

「不——」她聽到有人撕心裂肺的喊聲響起。

可惜傅念君的視線已經很模糊了，痛嗎？

其實已經毫無知覺。

她抬手握著那枝羽箭，手腕微微顫抖，如果就這樣拔下來，她會不會噴血而死？所以到底是誰，這麼狠絕！

她抱著死也要死得明白的心態，撐起所有力氣抬眼。在一群執著刀渾身染血的官兵之中，見到一個穿著銀色甲冑的男人，他就是那聲咆哮的主人。

他將自己手裡的金弓狠狠扔在了地上，然後死命撥開身邊正攔著他的侍從。

傅念君勉力望向他的面容，其實剛才那聲音就已經叫她覺得熟悉了。

齊昭若……

又是他……

她已經一點都不覺得意外了。

傅念君呼出了一口濁氣，但是胸中窒悶的感覺卻越來越重。她的呼吸不再輕盈，也沒有半點力氣去抵抗了。

面對死亡，凡胎肉體，還有什麼好掙扎的呢？

何況這只是一個夢境。

她一遍遍在心底告訴自己，很快、很快就能解脫了。

傅念君原本就已經跪在了地上，想到此處也實在不覺得還有勉力支撐的必要，抽光力氣後便不管不顧地往後一靠。

可是她被一雙手扶住了手臂。

「娘娘……」有人這樣喚她。

傅念君側頭，看見的是一張瘦削的臉，臉頰深陷，花白的頭髮凌亂又狼狽，一雙眼睛倒是顯得格外清亮。

這個人她在不久之前還見過，是周毓白身邊的內監桓盈。
他望著自己的眼神充滿了沉痛。
原來他一直在自己身邊，傅念君終於想明白了。
她穿著的這身紅衣並不是她的喜服，而是皇帝的常服。
是她扮作了周毓白。
「娘娘，您、您何苦這樣呢……」桓盈顫抖著聲音對她道：「您一定要撐住啊！官家……很快就會來的……」
「真的嗎？」傅念君動了動嘴唇，輕聲問。
她並不想得到答案。
其實她幾乎已經能夠猜透前因後果了。這個夢境裡的齊昭若和周毓白就像水火一般不容，何況中間還夾著個自己。齊昭若心死離京，請旨駐守邊境，但他手握精悍的西軍大權，周毓白會不顧忌他嗎？而齊昭若也是一樣，他就甘願臣服，任人剪除羽翼嗎？
他們兩個人，在這樣的立場上，一念之間，很容易便促成了今日這樣的場面。
不過是至死方休罷了。
傅念君知道自己並不是一個願意隨時為他人犧牲自己的人，她會赴死的原因，只會是一個——她不想活了。
所以是這個夢境裡，成為皇后的「傅念君」，不想活了。
是啊，那樣清冷的成平殿，或許「她」也無法忍受吧。
周毓白和傅念君，哪怕她再不想承認，也必須要認清現實。原來相愛如他們，竟然也會走到這樣一種結局。

「算了……」傅念君喘著氣對桓盈說：「很快我就能回去了……」

她說的是回到她自己的生命中去，桓盈聞言，卻是終於忍不住留下眼淚來，顫聲說：

「娘娘，如果可以，小的也希望您能回去，回到從前在王府裡的時候吧。但是您要想想太子殿下，他不能沒有娘親啊，您再撐一會兒，好不好？」他也知道她要死了，說這樣的話不過是對她最後的安慰罷了。

澄兒那個孩子，傅念君想到了那張小臉，心裡無比泛酸。

對面穿著銀甲的齊昭若，此時就像一頭野獸一般不受控制，已經在這麼短的時間內撂倒了十幾個貼身護衛，甚至徒手接他們的刀刃，顧不得手上有多少傷口。

他就像瘋了一般。

眼看就要收不住，他卻突然被躥出來的兩個人箝制，一個素衣年輕人親自執著馬槊，狠狠地摜在了他的膝彎處，齊昭若的左腿咔嚓一聲，應聲而斷，立刻單膝跪在了地上。

他依然雙目赤紅，盯著不遠處在半躺在血泊中的……女人。

「念君……」他的嗓音粗糲得不像是他的。

他身邊無數的官兵侍衛，都在一瞬間靜默無語。

京城聞名的武曲星下凡，齊駙馬的獨子，驍勇善戰的齊將軍，此時滿臉淌淚，任由人打斷腿依然毫無所覺，只是望著那個剛剛才被他射殺的「大宋皇帝」。

他背後的年輕人則是扔掉了馬槊，提著一口刀，一步步微笑地走向傅念君。

他的臉如玉般潔白，只是笑容帶了兩分猙獰。

傅念君再次見到了周紹雍，是完全長成了一個成熟男人的周紹雍，而不是眉眼間還帶著偽裝的天真少年氣息的他。

真是不習慣。

「我的好嬸娘啊。」周紹雍咬牙切齒地對傅念君說著話：「妳還真夠狠的……我七叔真是娶了個讓人羨慕的好妻子呢！」接著他又啐了一口：「齊昭若，他永遠都會毀在女人身上。」

沒有這個女人，或者是她沒有這麼多心眼心思，就不會來這一招李代桃僵，死在這裡的人，就會是周毓白了。

桓盈見到周紹雍，忍不住破口大罵：「亂臣賊子！你爹當年不安生，你也一樣，官家和娘娘待你如何，你心裡明白，如今你卻要犯上謀逆，簡直豬狗不如！」

周紹雍掏出懷中的一塊帕子，擦了擦手中的刀鋒，笑道：

「你要罵就罵好了，我告訴你，老東西，我爹怎麼樣和我半點關係都沒有，我就是要殺光周家人……」

「你、你……」桓盈對著他，再說不出一句話。

傅念君此時只能仰望著周紹雍，他舉起手裡的刀，刀鋒反射著陽光，頗為耀眼。

這一次沒有死在晚上，倒是還能看清這幾個人的臉，她想著。

「娘娘，您一定要撐住啊！」桓盈在逐漸流失意識的傅念君耳邊大喊。

可是沒有用了……

傅念君知道，周紹雍現在這麼惱羞成怒，八成是因為周毓白已經不是他能控制的了。

他那樣的人，一次不死，便不會再給人第二次機會。

所以周紹雍對並肩作戰的齊昭若不用客氣，對恨之入骨的自己更不用客氣。

圖個爽快罷了。

反正結局已經注定，照周紹雍這種性格，他不可能用她的性命去和周毓白換一個活下去的機會。殺了她讓周毓白痛苦，更讓他覺得滿意。

難怪啊難怪……

傅念君想，那時候她不過是出手幫傅淵破了魏氏那個劫，周紹雍便瘋狂地讓殺手追殺自己。因為他的大事，曾經是壞在她手裡的！

傅念君心裡突然一陣舒暢，忍不住用盡最後一絲力氣嘲諷道：

「功虧一簣的感覺，很好吧？」

周紹雍提起刀，顯然不想和她廢話了，笑一笑，揮刀就砍。

「娘娘！」

桓盈用身軀擋在傅念君面前，同時叮的一聲，一枝箭飛快射向周紹雍的手腕，他警覺地一甩手避開了，刀鋒終究沒落下。

齊昭若半跪在地上，手上是一把斷裂一半的弓。

周紹雍側頭對他道：「挺有本事的，不愧是天生的神射手。齊表叔，你真是太讓我失望了，我本來該先殺你的，不過……」

齊昭若之前已經受過傷了，鮮血透過銀甲暈染出來。他整個人面色鐵青，嘴唇發白，沒有半點俊俏郎君的模樣，加之一條腿又被周紹雍打斷，模樣實在太狼狽。

「你殺我！你放過她！」他目眥欲裂地喊著。

他拚命想掙扎著爬到傅念君身邊，可是又被人制住，連這一點都做不到。

「多情深意重啊……」周紹雍嘖嘖稱讚，對傅念君說，「妳看看，現在是不是後悔跟了我七叔？他對妳也就那樣吧，妳最後卻還要為他送命。」

他嘆息著搖搖頭。

「都是世間癡情人啊……不過可惜，」他轉了話頭，對齊昭若說：「我還是要先殺她，讓你看著她死好不好？你何必用這種表情看我，我娘死的時候，我也和你一樣，咱們彼此彼此。再說，殺她的人是你，不是我，她受了你這一箭，可還能活？我不過是幫她結束痛苦而已。小表叔，你還能再用你的金弓『破月』射我一箭嗎？」

齊昭若發出如同困獸一般的哀鳴。

他是真的喜歡她，傅念君想著。

原來命運在某一個流向之下，他們是青梅竹馬，他可以為她做到這種地步……

「娘娘，娘娘……」

在他們說話的當口，傅念君已經連眼皮都睜不開了。

她是死過的人，知道自己離死還有最後一步。

「娘娘，娘娘……」

桓盈的聲音在她耳邊急促地響起：「您聽，快聽，是官家，是他回來救您了！您再撐一下啊！」

周毓白當然會贏。

周紹雍的表情早就告訴她答案了。

她心底挺欣慰的，大概他能夠和高麗翁主平安地過完下半輩子了……

如果這個夢境曾經是真實存在過的，她傅念君這個人大概活得也值了，讓他記自己一輩子多好，免得今後時常在冷冰冰的成平殿裡爭吵不休。

隨著呼聲震天的反攻，皇宮裡這一場政變也終於進入了尾聲。在人聲浪潮中，傅念君突然感覺到溫熱的血液飛濺在自己臉上，隨著刀鋒入肉的聲音而來，不知道是屬於撲在自己身上的桓盈，還是她自己的。

周紹雍的刀還是落下了，那是一定會落下的。

他那樣的人，臨死前總要帶走點什麼。

傅念君閉上了眼睛，心中忍不住感慨：「原來是這個樣子的啊……」

§§

傅念君再次睜眼醒來的時候，床邊坐著的人是夏侯纓。她的眼睛有些凹陷，顯然是沒有休息好，不過看到她醒來的一瞬間，登時有鬆了口氣的模樣。

傅念君坐起身，覺得有點頭重腳輕，夏侯纓忙扶住她，說道：

「怎麼了……」

「妳睡了三天三夜。」

傅念君沒有驚訝的表情，對她笑了笑，「是麼，難怪我覺得有點餓。」

她渾身痠疼，這一場夢這麼長，她早就能料到。

夏侯纓見她左右張望，便將香鼎捧到她面前，「妳是在找這個嗎？」

傅念君捧過來，點頭對她笑道：「多謝。」

夏侯纓望了她一眼，「這是什麼東西？」

傅念君低頭，輕聲道：「能夠幫助我解開謎團的東西。」

夏侯纓有點擔心，卻還是說：「沒有經過妳的同意，我不會看，但是有一點，妳現在需要吃東西，為了肚子裡的孩子。」

孩子。

傅念君出神，想到了夢中澄兒那張俊秀漂亮的小臉，她生的如果是兒子，就是長那樣的。

她摸上了自己的肚子，在心中說道，無論如何，她是不會讓肚子裡的孩子，像澄兒一樣失去母親。她會好好活著，帶他去和他的父親團聚。

7 一線生天

吃過東西，傅念君誰也不想見，擁被坐在床上，想著那夢境中的種種。

她記得聽齊昭若說過，他用回夢香見到的場景是他根本沒有記憶的。他穿著銀甲，站在眾人圍擁中，用金弓射殺了一個人。

祝怡安說這是他心底的「本源」，是他最難以忘卻的深刻記憶。

原來是那個時候……

他殺的人，還是自己。

齊昭若本就是齊昭若，他從來不是周紹敏。他和她一樣，只是在短暫的錯位後，重新回到了自己原本的路上。

真是像一個輪迴啊。

她被他殺了第二次，才能重新變回「傅念君」。

而齊昭若對自己的表白，曾經讓傅念君覺得突兀以及可笑，甚至他也說過「他也不知道自己是為什麼」。

這或許是因為，他曾經留下的那點情意在作祟吧。

但是無論如何，傅念君肯定，現在的她對於齊昭若這個人，從無任何男女之情。那個夢境裡的「她」，或許也是一樣。

傅念君抱著膝蓋，突然覺得或許知道這些事也未必快樂。

起碼那種痛楚，她無法忘懷。

就像一顆種子埋在了心底，如果周毓白闖過了這一關，順利得到儲位，日後登基為帝，還會有什麼高麗翁主出現嗎？

傅念君拍拍臉，逼自己立刻打住這個念頭。

「他」不是他，她也不是「她」，怎麼能混為一談呢？

突然門外傳來一陣人聲，侍女攔不住人，那人直接闖了進來。

正是蕭凜。

他臉上的胡茬凌亂，看起來帶了幾分凶相。

「妳怎麼睡了這麼多天?!妳到底在那寺裡拿了什麼東西回來?!」

好在他還算個人，並不曾在傅念君睡覺時強行闖入，打斷她的夢境。

傅念君對他的火氣視而不見，只是說：「蕭大人現在是以什麼立場向我發火？」

「妳！」蕭凜咬牙切齒，「妳又想鬧什麼事出來？我早就警告過妳，不要再試著逃跑了。」

傅念君心中一跳，立刻就想到了那張郭達留給她的字條，但是很快就又否認了這個猜測。

紙條早就化成了灰燼。

她問：「蕭大人怎麼覺得我要逃跑呢？」

蕭凜冷道：「妳自己清楚。」

「是因為那兩個在奉國寺無故失蹤的侍女吧？」她的反應很坦蕩，坦蕩得讓蕭凜反而有些沒了底氣。

傅念君心想，這個甄氏倒是好本事，賊喊捉賊，先聲奪人。自己睡過去了三天，足夠她在蕭凜面前唱作俱佳地演一場好戲了。

蕭凜現在大概對自己的怒意已經到了一個拚命壓抑才能遏制的地步。傅念君揮揮手，反而滿不在乎道：「既然蕭大人要那麼認為，不如直接殺了我吧！你懷疑我要逃，也請替我想一個高明些的法子。」

蕭凜聽出端倪：「妳這是什麼意思？」

「沒什麼意思。」

傅念君覺得甄氏還是不夠瞭解蕭凜。蕭凜對自己，還不會因為這點憤怒就放手。

「既然蕭大人不放心，把我抓去關著吧。這兩個侍女年歲不大，又不會武功，讓她們看著我，不是很難讓人放心嗎？」她說這話的時候表情沒有生氣，像是陳述一件最簡單的事實。

蕭凜想了想，對她道：「妳住到我府上去吧。妳睡了三天，也該好好補補身子。」

這是他給出的理由。

傅念君無所謂地攤攤手，「清者自清，還有，蕭大人最好先管好自己。住蕭大人府上不是不可以，但是我的要求比較多。」

蕭凜沒有想到她竟會答應，愣了愣後才反應過來，周身的怒火明顯就降了下去。

蕭凜還想多說幾句，傅念君卻不想再留人了。蕭凜臨去前還是說了一句：「到底誰說謊，我自然會找出來，但是有一點妳該明白，我不會傷害妳的。」

最後半句話，竟是帶了些婉轉懇求的語氣。

傅念君沒做理會。

蕭凜走後，天色晚了，陳靈之托人帶了一些進補食材藥材給傅念君，說是第二天再來看她。睡了三天三夜的傅念君，晚上怎麼也睡不著了。

回夢香的香灰也早就處理掉，房裡只餘一絲清淡的香味。

她想到了張天師對她說過的幾句話。

她總有一種預感，張天師似乎對她的前世今生知道些什麼，難道他真有能掐會算的本事？

人這一生，短短數十載，大多數人死了便是死了。而像她這樣，死了卻是一個新的開始，周而往復，聽起來似乎是另一種綿延壽命的方式，可是實際上，何嘗不是一種折磨和痛苦？

簡直就像不死怪物一樣。

尤其傅念君親自去瞭解這前世今生發生的事後，更加覺得這種宿命沒有存在的必要。

她希望這一輩子，死了就是死了，與相愛的人好好度過完滿的一生。若有來世，她可以擁有一個新的人生，而不是又去做另一個「傅念君」，重新陷入無盡泥淖之中。

而現在看來，她也只能從張天師那裡得到一些答案。

如果他真的道法高深，或許可以幫助她，在這一世徹底做個了斷。

§§§

第二天，蕭凜便讓人將傅念君和夏侯纓連人帶物，一起搬進了他的後院。

同一天，宋廷的來使進了幽州城，蕭凜就沒空來管傅念君了。

陳靈之則一路護送傅念君。

傅念君沒興趣瞭解蕭凜的後宅，那些對她虎視眈眈的女人，也沒有一個敢立刻做出頭鳥。

只有甄氏咬碎了一口牙，她算計來算計去，就是把傅念君算計到了和自己同一個屋簷下嗎？

她還沒來得及想出新的對策，但她沒有工夫了。

計畫總是趕不上變化。

傅念君入住蕭家的第二天，甄氏就要負責在蕭凜後宅裡再安排一處院落，用來接待宋朝使臣。宋使原本該住在驛館中，但是因為之前住著傅念君，驛館修得也不好，蕭凜便想將人安排到遼國官員府邸。

府尹的府裡住著上京來的天使，宋使不方便去，在留守家中住了一夜，卻遇到留守之子突發風疾，最後有些狼狽的宋使，只得懇求搬進蕭凜自己的後宅來了。

上京的使節對蕭凜不甚滿意，宋使的到來無疑令蕭凜長了些威風，因此他心中雖有些不願，在宋使的懇求下卻也接受了。但是出於顧忌，他絕不可能讓傅念君和宋使的人見到一面。

簡直是將她嚴防死守鎖在屋內。

傅念君猜測，宋使住到蕭凜府上這件事裡，大概也有郭達他們的插手。只是如今她無法和外頭取得聯繫，也只能隨時見機行事。

蕭凜這些天都很忙，不得不應付同時來自南北的兩撥人馬，無論哪一方都需要拉攏。

傅念君則安心等待著張天師和郭達他們進一步的行動。

只不過當張天師正大光明出現在傅念君眼前的時候，她依然還是震驚得無法相信。

身陷囹圄的她，只能通過微不足道的小聰明，來為自己爭取一個可能可以逃脫的機會，而張天師卻能這般堂而皇之地站在她眼前……傅念君覺得這老道確實越來越玄乎了。

原來現在上京來使之中有位叫做劉浦的官員，他是契丹人，卻慣用漢名，更曾經師從漢人，是少數親近漢人的遼人貴族之一。而且他是大遼皇帝的親信，時常被請入宮與皇帝探討儒學、道學，因著這份信重，走到哪裡都不敢有人輕視。張天師如今是他的座上賓，自然隨劉浦出入蕭凜的筵席、府邸不成問題。

其實張天師並不止在宋境聞名遐邇，遼國境內也有不少人聽過他的傳說，甚至蕭凜的父親蕭溫也曾尋訪過他的蹤跡。

但是傳說到底是傳說，誰能認為這個胖乎乎的老道士便是得道高人呢？

因此蕭凜對他也不過是嗤之以鼻，覺得只是一個投劉浦所好、慣於坑蒙拐騙的江湖騙子罷了。

傅念君不知道張天師是用何方法得以進入自己的院落，或許有劉浦的幫忙，也或許有宋人的配合，此時來不及弄清楚了。

傅念君壓抑著心跳，壓低了聲音問：「真人，您是來救我的？」

張天師對她微笑。傅念君心中大有疑惑，忙道：「不知您是否見過我府上的護衛了？他們潛入了幽州城，我怕他們輕舉妄動。我住到蕭凜府上也是他們的意思。」

張天師頷首，對她道：「居士且放鬆些，妳很快就能得到自由了。」頓了頓，他繼續說：「十一月十日，東南角宋使的院落會起大火，屆時居士要抓住這個機會逃脫。」

傅念君心中怦怦直跳。

「您到時會……」

張天師搖頭，繼續說：「居士跟著妳的人走就是，貧道還有些未了之事，等了結之後，自然有再聚之日。」

傅念君行禮，「多謝道長，我心中也確實有許多疑問，還待來日求道長指點。」

她也知道做人不能得寸進尺，張天師為她露面、出手已屬不易，這段緣分多少人求都求不來，她沒資格再多做要求。

張天師呵呵笑道：「看來居士覺得那回夢香用著還不錯……」

傅念君垂眸，心中沉甸甸的，但是她也知道此時並不是細說這些的時候，她不能連累張天師。

接著張天師向她遞出了幾張符，「一點小東西，或許能解一解居士燃眉之急。」

傅念君接過，再次向他拜謝。

「道長援手，小女子今生莫不敢忘！」

張天師嘆道：「罷了，這也算是貧道的一點補償吧……」

什麼補償？

張天師沒有細說，他離去後，院子裡是依舊安安靜靜一片，連樹葉聲都不曾聽聞。

§§§

傅念君算著十一月十日這天，還有四天。

這四天裡，她只要維持現狀即可。

茲事體大，她打算等到前一日再告訴夏侯纓。

陳靈之如今要晃進蕭府來，也沒有之前那麼容易了。蕭凜將傅念君鎖進後院，意味著陳靈之看管的任務也結束了。雖然他和傅念君相識，但是照著蕭凜如今草木皆兵的模樣，還是會下意識希望他們保持一些距離。

這倒是讓傅念君省了很多心力。

蕭凜這幾日幾乎天天在外有事，回府時總是月上中天，卻再晚都會到傅念君門口來轉一圈，甚至會厚著臉皮問她討茶喝。

傅念君如今的吃食用度皆是甄氏定的，喝什麼茶也和府裡大多數姬妾一樣，她就像是徹底放棄掙扎一般，隨遇而安。

蕭凜見狀，總覺得心裡不踏實。

「妳這裡的茶很好喝。」他睜眼說瞎話。

傅念君勾了勾唇，依然做自己的針線，看起來是要為她肚子裡的孩子做一雙小襪子。

蕭凜突然道：「我聽甄氏說，妳和劉浦身邊的那個道士認識？」

甄氏自然比傅念君有資格參加筵席，見到了張天師也不稀奇。她倒是依舊不遺餘力地找著一切機會在蕭凜面前挑唆。

傅念君對她很失望，為什麼就沒有更強勢一點的招數？

傅念君頭也不抬，飛快地問：「哪個道士？我天天被關在這裡，蕭大人覺得我該認識什麼劉浦？什麼道士？」

蕭凜語塞。

她卻繼續冷笑：「要試探也不該用這樣的蠢法子，不如你打斷我手腳好了。」

蕭凜只是衝口而出的一問罷了，聽她又是一如既往這般尖刻地回話，只道：「我並不是要試探妳，若是試探，這法子也太蠢了。」

傅念君譏誚的眼神好像在說，你以為自己不蠢？

蕭凜咳了一聲，「就是妳曾在奉國寺接濟過的一個老道士，生得頗圓潤……」

「哦。」傅念君想了想，立刻面無表情道：「是啊，我認識，老相識了，不認識怎麼會給他錢呢對不對？怎麼了？沒用你的錢啊。」

蕭凜：「……」

「你不就是想聽我這個答案？」

傅念君繼續低頭縫襪子，似乎在比對該用什麼顏色的線在上頭繡花紋。

蕭凜看著她這動作，心裡的火氣騰騰冒出來，卻不是對傅念君，而是對甄氏。

甄氏嘴碎的臭毛病太膈應人！

他知道自己問的這兩句話都蠢到家了，其實他並不在乎什麼老道不老道，只是想聽聽傅念君怎麼回話。

她對自己說話一向如此，他是不可能在她嘴裡問出真話的。

蕭凜得不到傅念君一點好臉色，只能板著臉，硬聲道：「妳早些休息吧。」便匆匆離去了。

夏侯纓如今和傅念君幾乎算是住在同一個屋子裡，只隔著一道格扇，連通著的房間。

這也是甄氏的安排，蕭凜知道後也並未做什麼改動。

甄氏是有多怕他留宿在傅念君這裡。

聽到蕭凜離開的動靜，夏侯纓才露面。

「他又怎麼了？」平靜的嗓音響起，見怪不怪的模樣。

傅念君冷笑，「估計又要去找女人撒氣了吧。」

傅念君給他多少氣，他就有多少氣朝旁人發洩。夏侯纓對這樣的男人也沒什麼興趣。

「麻煩妳幫我開下窗散散酒氣。」傅念君對夏侯纓道。

她真是厭煩自己房裡有這個男人的氣味。

夏侯纓幫她推開了窗，冷冷的夜風灌進來。

「前兩天下雪了，等到了冬日……」夏侯纓倚著窗框，話沒說完。

到了冬日，她們就更難走了。

§§§

十一月四日這天，天氣依然冷，卻是罕見地沒有下雪。前些日子已經飄起了的雪花，竟是全部都止住了。

只冷，卻不下雪。
傅念君不由感嘆，難道張天師連這個都能算到？
若是有雪，便不大可能起風著火。
這天蕭凜在府上辦筵席款待宋使，上京的欽差多數不屑和宋人同席，只有一個劉浦在席內。
這樣的場合，蕭凜絕對不可能讓傅念君出席的。
畢竟她是大宋的淮王妃，蕭凜就是再囂張，也不敢在宋使面前這般挑釁，何況還有一個代表著遼國狼主的劉浦。
所以，面前這席華麗的契丹裝是誰送來的？
傅念君笑了笑，這就算是甄氏給自己的報復了吧。
當日她送給甄氏一席唐服，今日她就回送傅念君一身契丹服，以折她漢人之節。
甄氏大概猜到傅念君是宋室某位有身分的女眷，卻無法斷定。這些日子她終究是想不到別的好辦法了吧，用了這一招……
傅念君改變了初衷，選擇換上了這身衣服。
夏侯纓很不放心，傅念君告訴她：
「如果蕭凜今天不倒下，我們都走不掉，還是會和上次一樣。」
夏侯纓驚訝，「妳要殺他？」
傅念君搖頭，「殺他影響太大，妳放心，我有數。」
夏侯纓身上早就沒有藥了，即便她是蕭凜的救命恩人，待遇也並不好上多少，現在亦幫不了傅念君半分。
遼人的筵席並沒有宋人那樣講究，蕭凜府裡蓄養的姬妾不少，一部分負責歌舞彈唱，席間伺候酒食的也不在少數。

傅念君露面的時候，特地用從前從那個會易容的老婆子手裡買來的膏藥塗抹了一遍，整張臉黑了一圈，又在眉眼細節處讓夏侯纓替自己做些修整，容貌便藏去了四、五分。當然，對於熟識她的人，還是能夠認出來的。

但是這位宋使並不認識傅念君。

傅念君也不認識他，這些訪遼使臣多出自鴻臚寺和禮部，傅念君對那裡的官員不甚瞭解。直到傅念君坐到蕭凜身後右側時，他才反應過來。

「妳！」他幾乎一瞬間就想把她給拖回去。

傅念君現下膚色很黑，倒是藏不住一雙更黑亮的眼睛，她難得對蕭凜和顏悅色。

「蕭大人，頭菜已經上了。」

一頭烤全羊被搬到了殿堂正中。宋使和劉浦都在等著蕭凜。

蕭凜只好回頭吩咐開宴。

甄氏坐在蕭凜的左側，見到傅念君如她所想的一般出現，忍不住嘲諷地勾了勾唇角。

酒席開始，熱鬧不凡，遼人喜歡大口吃肉喝酒，規矩自然鬆懈。很快的，在宴中守禮拘謹的宋人也被感染，席間宋使和劉浦一起向蕭凜敬酒，那宋使倒是一眼就看到了蕭凜身後的傅念君。

「蕭大人，這是……漢女？」

傅念君的容貌和胡人女子到底還是有很大差別。劉浦看出了宋使似乎對這個女子感些興趣，忙拿眼神暗示蕭凜。

蕭凜一瞬間就黑了臉色，甄氏見時機到了，立刻出聲讓傅念君給宋使敬酒。

傅念君站起身，抖抖衣服，一副不敢違背的樣子。

「等一下！」蕭凜出聲喝止。
劉浦有些不高興，他在幽州城裡就代表著皇帝，蕭凜平素不敢胡亂頂撞他。如今的宋使能有這風光，也有他劉浦部分的出力，蕭凜卻要這樣當眾折他的面子。
「蕭大人，你有些喝多了吧？讓人換一罈不這麼烈的酒來吧。」
這個蕭凜，自己身上的官司還沒摘清楚，還敢拂逆他的意思。
傅念君見狀彎了彎唇，只是端起了自己眼前的酒碗，模樣十分柔順恭敬，就要向宋使敬酒。
蕭凜看著此情此景，只覺得腦中一片烈火焚燒。她對自己從來都是那個模樣，卻甘願為個不認識的漢人男子敬酒！
顧不得旁的，他立刻拍案而起，一把拉了傅念君的手腕，便將她帶離，只甩給劉浦等人一句「失陪」。
契丹人雖豪放，可是蕭凜這樣的封疆大吏，不是那些能夠隨心所欲發洩自己慾火的武士，喝多了就當眾拉著順眼的舞姬離席。
他還記得不記得他是誰！
蕭凜根本顧不得後續會惹來怎樣的麻煩，怒氣沖沖地拉著傅念君走向後院。
昏暗的燈下，傅念君手裡還端著酒碗。她譏誚地望著他，「蕭大人氣什麼？我的酒還沒敬完呢，他不喝你喝嗎？」
就是一杯茶，他也沒從她手裡接過。
蕭凜端起她那酒碗一飲而盡，再將碗朝地上一甩，大聲道：「不許敬！」
蕭凜不知道自己有沒有看錯，在並不明亮的燈籠下，他好像看到她罕見地露出了一抹快意的笑容。但是很快的，這抹笑容就斂去了。

傅念君對他道：「這不是你們想看到的嗎？折辱我，用那種方法不是很好嗎？」
蕭凜回味她這話裡的嘲諷，慢慢道：「又是甄氏……」
傅念君卻越過他，打斷他的話：「這裡似乎離你的書房很近。」
這是蕭凜從她嘴裡聽到的第一句類似「關心」的話。
是啊，這些天她天天被鎖在後院裡，根本沒有來過前頭。
蕭凜心下一軟，「明天讓他們帶妳四處參觀一下……」
傅念君就像是沒有聽到蕭凜的話一樣，提步就走，似乎也不知腳下是往什麼方向。
蕭凜忙跟上她。
他想跟她說走錯了，終究還是沒說出口，想來她這些日子，過得也確實挺委屈的，連踏出房門的機會都沒有。
兩人已經到了蕭凜慣常使用的書房附近。
他是個武人，哪裡會看書，又哪裡需要什麼書房，不過是不想和女人過夜的時候，一個睡覺的地方罷了。
此處並沒有護衛現身，前頭也沒有人來尋。
飲多了酒，攆了個漂亮侍妾離去，還會有什麼事呢？
即便劉浦對蕭凜生氣，也只能明天再說。
傅念君挑了廊柱下的一級石階坐下，遼人的建築不比宋人的精緻靡麗，廊柱都修得極高大，但蕭凜書房附近卻很空曠。
蕭凜正想扶她進屋去，可是突然之間腳步一個不穩，頭暈目眩，只得伸手扶住廊柱。
「妳、妳在酒裡下了藥……」他咬牙道。

傅念君托著腮，反問他：「我哪裡來的藥呢？」

「那我怎麼會……」

蕭凜一屁股坐下，渾身已經沒有半點力氣，四肢百骸不受自己控制。

「誰知道呢？」傅念君回答他：「酒大家都喝了，蕭大人怎麼就特別倒楣一些？」

她笑了兩聲。

蕭凜心中憤怒、心痛的情緒紛紛席捲而來，可是他現在沒有半點力氣，連說話都開始感到困難。

她到底是用了什麼東西？蕭凜想不通，也沒有時間再想。

突然有人聲傳來，隨著人聲的，還有沖天的火光，來自東南角。

蕭凜喘著氣，她還是要走……

傅念君站起身來，拍拍手，對半靠在廊柱上的蕭凜居高臨下道：「蕭大人，我這就和你告辭了。雖然我該殺了你洩憤，但是暫且……先放你這一回吧。你我之間的帳，早晚會算清楚的。」

她已經沒有跟這個男人撂狠話的念頭了。

她厭惡和他說任何一句話。

傅念君怕化在酒裡的符效用不夠，又添了一道壓在他的心口上。

蕭凜的外衣被她解開。

他卻是露出了個笑容，真是罕見，她會對自己做這樣的事。

他們之間距離最近的一次，除了之前他挾持她，就是現在了。

恍如隔世一樣。

他所有心思都是白費罷了。

「為什麼……」他看著她，喃喃地問。

似乎在問，為什麼不能接受他呢？

傅念君擰眉，覺得他真是可憐又可笑，最後對他說：「蕭凜，你並不喜歡我，你不過是想得到我這個人而已。你覺得自己為我付出了很多？我告訴你，我夫君為我付出的，遠不是你所能想像，你可是一、點、都、不、虧。」她笑了一下，然後毫不猶豫地將手心裡的符壓上了蕭凜的心口。

蕭凜悶哼一聲，一下子墮入無邊的黑暗。

最後一絲清醒的意識想著的卻是：她果然還是那麼殘忍。

傅念君前些日子已經用盡各種方法，摸透了蕭凜府上的路線，趁著夜色，一路就往東南方向的火光而去。

路上沒有碰到什麼護衛，她正覺得奇怪，突然身邊灌木叢中一陣響動，就跳出一個人影來。嚇了傅念君一大跳。

來人卻驚喜大喊：「王妃！」

是郭達。

傅念君在驚訝之餘更多的是擔心，「你怎麼敢這樣潛進來！這些契丹武士你不是沒有領教過！」

郭達卻毫不擔心，嘿嘿地笑了兩聲，忙道：「王妃請跟我走吧，咱們很快就能出去了。」

郭達帶著傅念君東鑽西鑽，又走了大概五十步距離，明明府上人的呼喊和叫嚷很多時候都近在耳邊了，卻一直看不到人。

傅念君剛才就覺得奇怪，首先是甄氏，不管那些男人如何，她怎麼也沒有出現？

這沿路上是不是太順利了一點？

「王妃，夏侯姑娘已經到了！我們快走吧！」郭達的臉色映著火光，紅彤彤的。

「好。」

傅念君點頭，終於貓著腰和他一起鑽出了草叢。

§§§

直到坐上馬車，傅念君還是覺得這一次順利得太不可思議。

郭達在外駕車，何丹領著幾個親衛在側騎馬，傅念君也沒有心思問他們什麼。此時此刻，他們只能先顧著逃命才是。

出城要蕭凜或者府尹的命令，傅念君仍有些擔心。

但是他們連出城這一關都很輕鬆，就像整座城為他們大開城門一般。

出城之後，一行人便立刻南奔，再也不回頭。

夏侯纓坐在車上也露出了緊張的神色。

「別怕。」傅念君握住她的手，兩人目光相望，心中總算定了定。

她們太害怕遇到如上回一樣的情況。

傅念君的擔心很容易成真，人馬狂奔了半夜之後盡顯疲態，但是沒有人敢休息，生怕晚一步就被追兵追上。

只是終究有些東西是避無可避的。

身後的馬蹄聲就像是閻羅催命的鼓點……

因為不熟悉路線，傅念君等人還是在天色將明之時，在一處山坡下被一隊精兵追上了。

冷風呼嘯，在野地裡格外刺骨。

傅念君不顧眾人勸阻下了馬車。

她知道，蕭凜這一睡沒有三天醒不過來，所以帶人追上自己的，只會是陳靈之。

趕了一夜的路，陳靈之凍得臉色煞白，一雙眼睛看來卻是通紅。

傅念君在郭達等人提刀防衛的姿態下，還是執意一步步走到離陳靈之二十步的地方站定。

「姊姊，妳好狠心，要走也不說一聲麼？」他翻身下馬，氈帽落在地上，髮絲輕揚。

傅念君對他道：「你該知道，這一次，你攔不住我的。你這些人都是精衛，和我手下這些人拚個兩敗俱傷，有什麼意思呢？我只是一個女人罷了。」

他肯犧牲，這些契丹武士卻不肯。

陳靈之沒有說話。

傅念君嘆氣，反問他：「何況，你既已能調動蕭凜身邊親信，難道不該用他們去做更值得的事？」

陳靈之帶的人並不多，因為事發突然，他根本來不及點齊兵馬。

「幽州城裡，才是你的天地。」傅念君說道。

陳靈之當然明白，她這次離開，一定不會只有郭達這幾個人的相助，定然還有同夥。

「姊姊，妳真的要走啊……」陳靈之盯著傅念君，語氣突然就有些哀傷。

傅念君現在根本不會被他這種裝可憐的模樣所打動，她輕瞪了他一眼，隨後說：「你如今年紀還小，該執著的東西不該是我這麼一個人。練奴兒，我先前沒有誇過你，今天我可以誇了，你將來會是個人物。」傅念君其實很篤定，陳靈之會放她走。

他很清楚什麼時候該做什麼樣的決定。

這是她第一次誇他吧……陳靈之想著。

好狡猾。

不僅僅是他會裝可憐，她也一樣會裝。

她明明那麼厭惡自己的。

陳靈之望了傅念君一眼，突然道：「妳往後……還會記得我嗎？」

他是個家破人亡、孑然一身的人……

這個問題，讓傅念君又重新想起了自己當時救下的那個敏感多疑、不服管教，其實心裡卻比誰都害怕的孩子。

他的姊姊死了，如今他大概也活得很迷茫吧。他把自己當作姊姊的化身，但同時又比誰都清楚，她一直就站在他的對立面。

「當然。」傅念君承諾。

「好。」陳靈之對她笑了笑，「那我希望，我還能再見到妳。」

天涯路遠，他們心裡都清楚，這一句話很可能將成為一句空談了。

傅念君點點頭。

天邊已經有曙色漸露，陳靈之退開半步，他身後的親衛們自然也跟著退開。

傅念君鬆了口氣，轉身回到了馬車上。

郭達駕著馬車，終於從那些契丹人中穿過，換了方向往官道奔去。

8 心之所向

離開幽州城很遠之後，大家才敢鬆口氣。夏侯纓與傅念君兩人經歷了這一遭磨難，彼此之間本來也就沒什麼不能說。

夏侯纓終於忍不住問傅念君，陳靈之究竟是誰。

「他是蕭凜的……弟弟？」

傅念君搖搖頭，若有所思道：「他是蕭凜的血親，但一定不是弟弟。」

這個猜測很早就被她自己否決了。

她繼續道：「但他對蕭凜來說，是個很重要的人，或者說是，很有利用價值的人吧。」

「大概是他的……表弟吧。」

蕭凜這個人，或許天生就很有表哥命。

如果她猜得沒錯，陳靈之的母親，應該是那位曾經在遼國朝堂叱吒風雲的女人——蕭太后。

蕭太后年輕守寡，曾與一位漢臣過從甚密，兩人更是合力打造了如今的大遼帝國。

原本兩人若是情投意合，對遼人來說，太后改嫁之事也並非不可行。只是當年蕭太后與如今的大遼皇帝母子關係並不好，她又不捨得在朝權柄，必然是不可能改嫁的。

陳靈之身世坎坷，年幼就被迫離開遼境，必須隱藏行蹤長大，當然不可能是因為蕭凜這個「兄長」出於嫉恨之情要殺他，十有八九是因為牽扯到了遼國朝廷的權力鬥爭。蕭太后過世，她留下的私生子，完全可以被有心人用來大做文章。

這也就能解釋得通，為什麼蕭凜會選擇將陳靈之全家都殺光，一個不留。

這個孩子是他的親人，更是他的籌碼，他不會允許還有別人洩露祕密。

但是他或許不會想到，這個「祕密」本身，不會甘願做傀儡。

陳靈之往後的路必然將比先前更加難行，他要面對的不止是蕭凜，還有坐在皇帝寶座上的異父兄長。

但是這些，都和她沒關係了，傅念君長舒了一口氣。

她也只是陳靈之生命中一個過客而已，是他太執著，就像溺水的人好不容易抓住了一隻向他伸出的手，怎麼都不肯放。

其實他已經學會游泳了。

路上休整的時候，傅念君終於有機會向喚郭達問話。

郭達比之先前黑了不少，也瘦了許多，想來這些日子沒少餐風露宿。

傅念君心裡對他有些愧疚，郭達倒是笑呵呵地露出白牙，心情大好。

「王妃平安，我們對郎君終於有交代了。」

「你們到底是如何安排的？蕭凜府上的守衛不可能那麼鬆懈。」傅念君不解。

郭達搔搔頭，不好意思地說：「是一個好道士幫忙的……」

果然是張天師。

「他說和淮王夫婦有緣，特來助我們一臂之力。本來我們都打算硬闖了，實在沒法子了。那道長確實有本事，說是在府裡布了陣，逼我背那些古裡古怪的東西，用來記住路線，所以我才能帶著王妃一路出來啊。」

難怪兩人一路在樹叢，蕭凜府上的人聲音在耳邊，卻始終見不到露面。

五行術數、奇門遁甲，傅念君只在書上見到過，那是一門玄之又玄的學問。普通人如她天資淺薄的，根本連《周易》都看不懂。

張天師修為高深，似乎無有不精，不得不說乃是當世奇人。傅念君看著郭達一副滿不在乎的樣子，心想這小子學了張天師一點皮毛功夫，已經是了不得了，他卻還不知道。

「你既學了人家本事，按照江湖規矩也該去拜人家做個師父，只不知道人家還肯不肯收你。」那可真是郭達這小子的造化了。

誰知他卻一個大驚失色道：「我還想娶媳婦啊，我不想做小道士！」

傅念君沒好氣說：「做了道士也能娶媳婦！」

郭達委委屈屈地看了她一眼。

傅念君顧不得和他開玩笑，喝了口茶，繼續問：「殿下怎麼樣了？東京城裡呢？肅王呢？」

郭達道：「殿下都好，王妃放心，他已經離開延州了。我們和王妃在大名府分別後，就火速趕去和郎君會合……」

他把這些天來的事情都簡略地說了說。

延州被圍，但是情況並不嚴重，傅念君懷疑這根本就是周毓白和狄鳴的誘敵之計。

但是郭達描述得再輕描淡寫，她仍是不放心。

畢竟那裡是前線，不親眼看到，她根本無法完全認同這種樂觀的描述。

「……東京城裡的情況就不大妙了，聽說官家已經病倒了。如今是齊王殿下在攝政，肅王殿下如今被軟禁在府中，而徐德妃……已暴斃。」

傅念君睫毛一顫，其實並不意外。

但說到底那是個活生生的人，她從前還刁難過自己好幾次，說沒也就沒了。她終於沒等到做太后的那天。

傅念君嘆了口氣。

她心底裡也有一絲愧疚，畢竟從徐德妃下手，是她寫給舒皇后的信裡提到的首要之事。有時候，後宮的力量不可小覷，雖然徐德妃這麼多年在宮裡的位置很尷尬，但是不得不承認，她是維繫徐家和皇家的一個樞紐。

徐太后已經老邁，傅念君在她身邊伺候多日，其實能夠發現，她對於替肅王爭位一事，早就已經覺得有些疲乏。畢竟哪個孫子做皇帝，她都是太皇太后，活到這個年紀，也沒幾日好活了，再不像前些年那麼爭強好勝。

阻止她退後、不讓她收手的是徐家。

徐家想到的是他們的私利，他們沒有想過天下人，也沒有顧及過他們的親人。

兩個國舅爺這些年做了不少見不得光的事，皇帝對他們一再容忍，百官卻都快忍不下去了，這些陳年舊事需要一個發洩的途徑。

傅念君與舒皇后的信中說的第二件事，就是一定要讓傅琨聯合御史台，在這個當口上疏彈劾徐家。

因為肅王的反意已經露了端倪，而和西夏的戰事在這個時候爆發，一方面確實是可以阻止肅王的行動，但是另一方面，百姓和朝臣都會不自覺陷入一種焦慮和無措。

朝廷日久的不作為，讓百姓一遇到大事就容易陷入慌亂，朝臣們太需要做點什麼事來鎮定民心。所以這個時候，徐家是最適合出來替皇帝「排憂解難」的人選。徐家感受到壓力，自然而然就會轉嫁到徐德妃和肅王母子頭上去。

徐家要保持繁榮昌盛，嫁出去的徐家女子便都是工具。

所以徐家和徐德妃母子兩者之間看似牢不可破的關係，在遇到大事的時候，也很容易分崩離析。而在宮裡，舒皇后做了這麼多年的泥菩薩，這一回總算是出手了。

肅王的事，徐德妃未必件件都清楚，她雖是個糊塗女人，卻一輩子都奉獻給了家族和兒子。邊境戰事一起，首先遇到劫難的是她的娘家，更別說她兒子還背著意圖謀反的罪名。

舒皇后對付徐德妃這些年來早就心裡有數了。

徐德妃只要自己想想明白，或許就會能夠理解，她死了，徐家便沒有理由再逼迫她，皇帝會因著她的一條命對肅王從輕發落，更重要的是，太多東西可以推到她這個死人身上。

肅王府終於不用走向最糟糕的結局。

所以徐德妃只能同意「暴斃」這個下場。

眼下肅王只是被軟禁，徐家也算暫時偃旗息鼓，朝廷和百姓的注意力可以全部放到邊境戰事上去。

一個不算好辦法的辦法吧。

傅念君呼了口氣，「那太后娘娘她老人家如何？身體可還吃得消？」

「今年入冬早，太后娘娘又犯了老毛病，太醫日日伺候在榻前，聽說今年冬日得要熬一熬了。」這話的意思，熬不過的話，怕就是到此為止。

傅念君有點悵然，其實對徐德妃、肅王、肅王府的全部人，傅念君都沒有什麼好感，唯有一直以來看似最難相處的徐太后，還有幾分關切。

徐太后並不是大家閨秀出身，她身上的潑辣、獨斷、護短，都帶了幾分年輕時染上的市井氣息。但是有一點傅念君可以說，她做事當得上光明磊落四個字，哪怕再厭恨張淑妃，她和她的孩子，這麼多年來徐太后也沒有想動過半分。更別說如果不是她壓著，或許徐德妃和徐家那幾位，早不知出了什麼陰損招數去害張淑妃和舒皇后了。

畢竟在之前的很長一段時間，張淑妃和舒皇后仍羽翼未豐，徐家已經是最煊赫的外戚家族了。

老人家總會對後輩有偏心，只是徐太后偏愛的肅王，實在是沒有那個能力做儲君罷了。

如今隨著與西夏的戰事響起，肅王的爭儲之勢卻如江河日下，這並非一朝一夕造成的後果，而是先前所有的矛盾在此時一起爆發……這樣的結局已經比傅念君預料的好上很多。如果西夏人宣戰再晚一步，肅王真的動手打算逼宮，東京城裡就是一片腥風血雨，不僅邊境軍心受挫，多少重要決策被耽誤，整個朝廷的凝聚力會在一瞬間被擊潰。

現在這樣，一切都可以等戰事平定後再做清算。

郭達回答了傅念君的幾個問題，就打算重新鑽出去駕車。

傅念君叫住他：「你急什麼，換個人駕車。你過來，我還沒問完。」

郭達皺著臉，心想王妃的問題還真多啊，明明自己剛剛才脫險，就開始天南地北地操心，這樣對孩子真的好嗎？

「你老實告訴我，殿下是不是和遼國狼主身邊的那個劉浦有聯繫？」

郭達露出些驚訝的表情，然後道：「其實我們也不是很清楚，郎君當時只吩咐我們北上，安排好了路線，說是到城裡就會有人接應。至於是不是王妃口中說的那個劉浦，我就不清楚了。」

「出城的文書也是別人送過來的？」

郭達點點頭，「對方武功很高，我和何丹都是單方面聽從他們的指示，沒有正式見過面。」

傅念君心中已然確定，是啊，周毓白怎麼可能全然信任蕭凜那個小人呢？他一定還留有底牌。遼國狼主身邊的劉浦。

傅念君突然感覺有點揪心，這應該是他最後一招備以防範的棋了。本來應該用在更重要的地方，比如日後促成宋遼結盟抗夏的時候，但是如今卻為了她……

「府裡都好嗎？芳竹和儀蘭兩個呢？懿兒呢？」

郭達說道：「一切都好，有皇后娘娘看顧，旁人也隨意進不來府，只說王妃養病加養胎，再說城裡近來那麼多事，焦點都在肅王府和齊王府，暫且沒有人懷疑。還有，滕王世子被皇后娘娘做主留在移清殿中了，偶爾會去齊王府住上兩天。世子年紀雖小，卻聰明機靈，我聽說齊王妃幾次想探他的話，都被他給擋了回去。」

傅念君心中定了定，還好，所有事情都比她想的樂觀。

§§§

路上休整了一夜，第二天傅念君就已經恢復了精神，神采奕奕的，看起來半點都不像個懷孕的人。

郭達還忍不住對何丹說：「要說咱們小世子厲害呢，這些磨難過來，這不，還妥妥當當的。」

何丹瞪了他一眼，「別說廢話。」

天氣晴好，傅念君登高望了望，便叫來何丹、郭達，說道：「改道往西吧，先到寰州休整，然後再沿著橫山往鄜州方向去。」

何丹和郭達目瞪口呆。

「王、王妃……您是要、要往……」

「是，先去鄜州，殿下不是在那裡嗎？」她反問得理所當然。

郭達和何丹對視一眼，立刻跪下，懇求道：「王妃，請您一定要顧及著身體，前線是萬萬去不得的！如果您出了什麼事，我們兩個如何向郎君交代！」

傅念君道：「你們認識我的時間也不短了，我可是那樣沒分寸的人？我去鄜州，是有幾句話要對殿下說，然後就會回京，絕不是去拖累他的。」

郭達和何丹沉默了。

傅念君笑了笑，「你們覺得我是為什麼要去前線？殿下是一方面的原因，但是關於戰局，我也想盡一份力所能及之事。」

郭達和何丹也知道這位王妃和旁人家有所不同，往常周毓白商量大事時，從來沒有避忌過她，或許她真的有重要的話要和殿下說……

「何況這一路上還有夏侯姑娘，有你們在。我倒覺得現在西去的路，比南下的路更安全幾分。」

誰知道蕭凜接下來還會發什麼瘋呢？如果他派人追趕，多半也是沿著南下的官道。

何丹和郭達勉強答應下來，但是兩人還是不放心，再三向夏侯纓問過了傅念君的身體狀況才稍為安心下來。

一行人改道西行，路上還算平安，因為邊境戰局不好，路上偶有遇上搬遷的百姓。延州如今幾乎全部在西夏人的掌握之內，這些百姓，也多半出自延州。

夏侯纓對傅念君道：「看來情況不妙，民心一旦潰散，將士的士氣也很容易受影響。」

再要奪回失地就難上加難了。

傅念君倒是有不同的看法：「這些搬遷的百姓衣著光鮮，步履也並不焦急，可見是在當地生活比較殷實富裕的人。他們不在乎外遷，因為隨時還能回來，我們一路上見到衣衫襤褸的百姓不多，就可知延州的情況應該還沒有我們想像那樣糟糕。」

對於底層的百姓來說，不到萬不得已，他們不會選擇離開自己的家園。因為他們無法僱車馬、囤糧食，走著走著便會成為流民、饑民，所以延州方向只要沒有大批饑民湧過來，就說明戰況還好，西夏人還沒辦法一口將延州吞下。

隨著越來越往西，路上也漸漸蕭瑟起來，如今又是天寒地凍的時候，傅念君身邊也沒個侍女照料，郭達和何丹在心底開始自責起，是否做了個錯誤的決定。

但是沒想到，他們還沒進鄜州，就先遇到了一位熟人。

一路上，他們遇到行軍的兵士早就見怪不怪了，但是這一支顯然和其餘那些懶怠的宋軍有所不同，步伐整齊、訓練有素，為首的一位小將更是氣宇軒昂，坐在馬上的身姿十分颯亮。

不知是否傅念君這一行人引人注目，一位副將前來問詢，傅念君隔著車簾就覺得這聲音有點耳熟。

沒過幾時，馬蹄聲達達，那位小將也策馬過來，郭達與來人一打照面，立刻就黑了半張臉。碰到誰不好，偏偏碰到這位閻王。

齊昭若自然一眼就認出了郭達，眼神往馬車中一瞟，立刻心領神會。他躍下馬來，兩三步就躍上了車轅，一把掀開厚厚的擋風簾。

傅念君和夏侯纓正坐在車裡，傅念君手裡抱著手爐，渾身被一席裘衣包裹著，露出的臉看起來格外清瘦。齊昭若連她成親都沒有回京，卻猝不及防在這樣的場合下見了面……

傅念君倒是不驚訝，只是微微揚了揚下巴。

齊昭若早前趕赴邊境投身軍中，她就多少猜到會有這一日。

她想起自己那個夢，想來他也是回到了一條本來就屬於他的路上。雖然他生得男生女相，但是骨子裡卻是最適合沙場征伐的人。尤其是此時穿著鎧甲，人更是顯得沉穩了不少，傅念君漸漸覺得他不像是自己所知道的那個人了，而是更接近於她夢中的那個……

齊昭若眸色暗了暗，只道：「妳怎麼會來這裡？」

傅念君答非所問：「希望你能夠保密。」

齊昭若沒有做聲，半晌後才道：「這裡不太平，妳不該來的。」

「我知道。」傅念君平靜地回答他。

太平不太平，她難道不清楚嗎？但是她不得不來。

齊昭若似乎終於覺得尷尬了，放下車簾，轉身見到郭達和何丹已經打算抽刀了。他只是掃了他們一眼，說：「你們打不過我的。」

郭達一口血差點噴出來，這人腦子有病到現在還沒治好嗎？

齊昭若翻身上馬，和自己身邊的副將說了幾句，隨後就揮手讓傅念君一行人過去。

傅念君透過車簾望了一眼，怪道覺得齊昭若身邊那名副將聲音熟悉，原來是那個差點就要與自己有婚約的齊循。

齊昭若在鎮寧軍中和齊循交情甚篤，兩人此後更是一起往邊境來，雖受風沙磨礪，但是戰場升官，如今想來也是年輕一輩中難得的將官了。

一行人被放了行，可是齊昭若卻沒有帶人走開，反而不遠不近地跟在他們身後，叫郭達看了好生火大。

「去鄜州的人又不止我們，他要跟就跟好了。」傅念君說道。

齊昭若跟在她的隊伍後面，心底的滋味確實是五味雜陳。這些時日，他刻意不想留意她在京裡的消息，就是想逼迫自己忘了她。

這樣一個女人，他都不知道自己在牽掛什麼。

何況她已經確確實實成了周毓白的妻子、他的表嫂。

她這是又跑來幹什麼？

做事總是這麼大膽。

§§§

進了鄜州，到達當地治所，郭達已經領了她的命令去見周毓白。傅念君安安靜靜地坐在屋裡等待著。

她已經這麼久沒有見周毓白了，不知道他有沒有瘦了，有沒有黑了？明明知道眼下的情況她並不適合想這些，但她就是有些忍不住，心情竟比當初未嫁人時還要雀躍一些。

聽到門外的響動，傅念君心中一跳，下意識便將目光迎上去……

竟然是換了身便服的齊昭若。

傅念君的笑容就凍結在了嘴邊，齊昭若也是一震，隨後攏拳咳了咳。

傅念君現在實在沒有心情應付他，正在思索該說點什麼把他打發走，齊昭若先開口道：

「他已經離開鄜州了。」

傅念君的一顆心頓時便似落入了冰窖。

齊昭若又接著說：「他現在應當在渭州，好在渭州離這裡並不遠，也比這裡安全，妳去那裡也不過再走一天的路程罷了。」

傅念君點點頭。

齊昭若又頓了頓，「也許他很快就會回來，妳若願意，也可以在這裡等。」

左右這裡還有他。這句話齊昭若只在嘴裡盤了盤，終究沒有說出口。

郭達正走進來，見到齊昭若隔著門和裡頭的傅念君講話，一時也起了個防備的姿態。

齊昭若看了郭達一眼，對傅念君說：「我先出去。」

郭達嘀咕了一句，然後進門來。

傅念君對他說：「我已經知道了。」

郭達頓了頓，「齊……統領告訴您了？」

傅念君點點頭，「反正也到了鄜州，索性再休整一夜。你們這些天趕路也都累了，好好吃點東西，齊昭若在這裡也好，起碼到了這邊，遼人是不敢再對我們動手的。」

話雖這麼說，但是上午才到鄜州，下午時分傅念君便覺得有些無趣了，於是便和夏侯纓兩個人外出走走。

自她懷了身孕，便接受夏侯纓的建議，外出多走動，鍛練體力。

鄜州今天雖冷，天氣卻晴朗，傅念君一行人大概沾了齊昭若的光，住的地方在內城，靠近校場，於是便不可避免地見到了鄜州當地駐軍練兵。

鄜州的軍紀並不嚴明，校場周邊不斷有來往走動的人影，甚至還有好幾個挎著提籃、抱著頭巾張望的婦女，有的還交頭接耳地竊竊私語，她們都是來給自己的夫君送吃食的人。

傅念君站在周邊看了看，只見軍士們大多露出懶懶的神態，拳腳無力，互相之間嘻嘻哈哈已經算不得什麼，甚至還有幾個摸到了牆角偷懶曬太陽。

她忍不住蹙眉，從前聽聞軍隊之中有些兵士連馬都不敢騎，看來真的不是一句虛言。鄜州如今雖然太平，可是若延州失守後，誰能篤定整條橫山的邊防不會被西夏人突破，這裡極有可能淪為第一戰區，但這裡的駐軍就是這樣的準備……

校場上揚起號角，打斷了傅念君的思緒，一個銀甲將軍走上了最前方的高台，似乎在宣布什麼命令，底下的軍士立刻就怨聲載道起來。

傅念君瞇眼看了看，那人是齊昭若。

正好旁邊有個揣著袖子的老兵，身上軍服穿得鬆垮垮髒兮兮的，也在一邊看熱鬧，說道：「這閻王又來了啊！」

傅念君轉頭望過去，那老兵也看過來，隨即就對她露出牙齒笑了笑，「這位夫人看著貴氣，不知尊夫是哪位大人？」似乎是個慣於逢迎拍馬的。

傅念君沒有他想像中各家夫人們眼高於頂的表現，不但沒走開，反而還走近和他攀談起來。

從攀談中，傅念君得知這人諢名叫「鑽地蛇」，因為年輕的時候很會跑。這個跑不是什麼好詞，訓練跑、打仗跑，但凡有點危險的，他總是溜在第一個，誰都找不見，偏又構不成逃兵的罪名，仗著和長官的一點親戚關係，在軍營裡混到現在。如今上了年紀也不用再「鑽地」了，便在伙房裡打打下手，領份餉銀養家。

這裡混日子的士兵，他不是唯一一個，更不是混得最出色的一個。這鑽地蛇愛和別人閒話，這會兒見是這麼一個年輕貌美、氣質出眾的夫人和他攀談，更是三魂飛了七魄，什麼都願意說。

原來齊昭若雖在保安軍中效力，但是也常常被指派到鄜州、渭州等地的兵營裡視察練兵。每回來，鄜州的廂軍就要被他折騰一回，所以暗地裡大家都稱呼他為「閻王」。

他手下的隊伍傅念君是見過的，確實訓練有素。但是冰凍三尺非一日之寒，他要把大宋邊防上所有的軍隊都訓練得和他手下的人一樣，顯然是不可能的任務。

狄鳴費了多少年才養出一支狄家軍？

即便短期內稍有成效，等齊昭若一走，這些人也依舊還是老樣子。

傅念君問鑽地蛇，這鄜州的長官如何？治下如何？

原本以為像他這樣混口公家飯吃的人當對上頭崇敬有加，誰知鑽地蛇卻是連連擺手，「知州大人膽小，聽說西夏人要打過來，就趕緊帶著一家老小去求神拜佛，這香火錢都不知給那些禿驢添了多少。上頭新派來的御史大人、都監大人也多是走個過場，來來去去的官員走馬燈一樣，倒是白白花了咱們老百姓的錢。」

鑽地蛇顯得很忿忿不平，似乎屬於他的一部分銀錢，也被流水一樣的長官給「貪墨」去了。

傅念君頓了頓，問道：「我聽說鄜州不是前段時日來了個皇親國戚麼？怎麼百姓對官府還是這麼不信任？」她想從側面打聽周毓白的消息。

鑽地蛇嗤笑了一聲，「還皇親國戚呢，真的皇親國戚怎麼會來這兒呢？頂多是個沒本事的宗室，來邊境轉一圈，看看能不能在軍費裡撈點好處吧。」

傅念君沉默下來。

她從鑽地蛇的話中也能聽出些端倪，或許在鄜州這樣的一線邊防重鎮，軍隊戰鬥力已經不是最關鍵的東西了。軍心、民心早已經被多年混亂的吏治、軟弱的官府打擊得一擊即散，百姓身上已經看不到半點願為保家衛國犧牲的血性了。

傅念君和鑽地蛇說了會兒話，就重新回到了居住的驛館，心裡因為這番談話而有點沉重。

鄜州是這樣的狀況，那其餘幾個州鎮呢？

如今戰事迫在眉睫，陣前練兵已經來不及了，到底還有什麼辦法，能夠在短期之內提高軍隊的戰鬥力和軍心呢？

傅念君固然有一些想法，但是眼下也沒有人可以說，她想等見到周毓白後，再細細與他商議。

總之明天她就啟程去渭州，免得夜長夢多。

只是，老天爺卻不給她這個機會，鄜州城在當天晚上，竟然遭到了西夏人的攻擊。

城裡可以說是毫無防備，明明白天還歌舞昇平，誰能想到晚上就會遇到敵人來犯。

鄜州城內竟是廢弛到這般田地，直到兵臨城下才得知消息。

「他們到底是從哪裡來的？」

「有多少人來的？」

「他們打算攻城嗎？」

每個人都想知道答案。

郭達和何丹第一時間護住了傅念君，齊循也領了人馬過來。

齊昭若雖稱不上身經百戰，但是也與西夏人交手了數次，現在他一定被請去了府衙商量對策。在這個當口，他也不忘記吩咐齊循護送她離開。

「西城門開了，夫人快些隨我們出去吧！」

齊循如今稱呼傅念君為夫人。

傅念君卻是聽著窗外慌亂的人聲，鎮定道：「齊副將，我問你，開了西城門，走官道，到最近的一個城鎮大概多少路程？」

「兩個時辰可到。」

「好，兩個時辰中，如果路上遇到百姓要跟從你怎麼辦？又或者路上遇到西夏人的散兵怎麼辦？若是附近的城鎮也被西夏人侵擾，請問你敢肯定他們一定會開城門嗎？」

齊循語塞。

傅念君肅容，繼續道：「齊昭若和你手下領了多少兵力進城，我是看在眼裡的。這些兵士都是你們手下的精銳，現在卻要護送我一個婦人，那鄜州城呢？今天白天我看到了城中駐軍練兵，齊副將，你覺得憑他們開城門迎敵，勝算能有幾何？我若帶走了你們手下的精銳，哪怕僅僅是一個人，我都無法向鄜州城中的百姓交代！」

齊循心中微有動容，這個女人的膽色和見識非尋常女子可比。

齊昭若雖未明言，但是他也多少能猜到，她就是齊昭若心上所繫之人，更是傅相的嫡長女，淮王殿下的王妃。

傅念君站起身，對齊循道：「現在，請齊副將帶我去官衙，與你們共同商議守城之策。」

§§§

齊昭若見到那個渾身包得毛茸茸的女人出現的時候，心下並不震驚，但是臉上依然露出不快。他迎上去，語氣有點嚴厲：「妳來這裡幹什麼？」眼神卻是狠狠地落向了旁邊的齊循。

齊循被他盯得低下頭來。

和齊昭若一起的還有幾位將官，鄜州知州、防禦使、兵馬鈐轄等人。眾人見傅念君的氣度，再看她與齊昭若說話，立刻就對傅念君的身分有了自己的猜測。

大概是齊統領的夫人了……

柳知州是第一個表達不滿的，「怎可讓婦人進來，快些請出去安頓才是。」

這知州是個文人，傅念君一眼便能將他和鑽地蛇嘴裡那個篤信燒香拜佛的人給連起來。

傅念君不理會他，只道：「我有幾句話要與諸位商議。」

幾人面上都是不敢苟同的神色，齊昭若卻是一言不發，將齊循腰間的刀抽出來，一下拍到了桌上，並且陰惻惻地問了一句：「大人們聽不聽？」

柳知州等人立刻變了臉色不敢說話。只有那位張鈐轄冷哼了一聲，依舊表現桀驁。

傅念君無暇與他們爭意氣長短，只說自己的話：「西夏人剛剛攻下延州，必然損失不小，理應沒這麼快整頓軍力、攻取別城。何況鄜州離渭州只有一日的路程，鄜州只要守住一日，便可等來援軍，到時合圍包抄，他們就會居於劣勢。試問，西夏人為什麼還要冒險來攻城？」

道理是這麼個道理，但因為她是個婦人，幾個人便不想承認她說得對。

只有齊昭若一個人仔細在聽。

他一直都知道這個女人有經國之才，帶兵打仗或許不在行，但是分析局勢遠在自己和這些人之上。況且鄜州城裡不管官民，多數都是對西夏人聞風喪膽，哪裡還能冷靜地剖析對方的動機。

「所以我猜測，他們很可能只是佯攻，為了爭取這一夜的時間。」

「一夜的時間？他們能做什麼？」問這話的是剛才最桀驁的張鈐轄，他已經換上了一副認真的神色。

傅念君臉色微沉，「或許是因為，他們在延州得到的東西，遠比他們想像的要少。」

她一直都知道，延州是個這麼重要的戰略位置，有周毓白坐鎮，卻還讓西夏人輕易取了，很有可能是他們定下的計謀。那麼延州很可能已經將大部分物資搬離，只留給西夏人一個空架子。

今天冬天來得格外早，地處西北的西夏人比往年更缺衣少食，所以才會定下快攻計畫，已經又過了這麼長的時日，或許這城下的一隊人不過是哪個將軍手下自主行動的軍隊，看上了鄜州來打牙祭的。

當然，這只是傅念君一個人的猜測，在軍事上，她並不敢托大。

齊昭若很快明白了她的意思，當即傳令下去，「快讓人鎖城門，不許放百姓出去！」

柳知州忙要阻止：「這不可啊！鄜州城裡百姓膽小，一聽到戰事就容易亂，不讓他們走，他們反而會鬧，內外交困，這就難辦了啊！」

齊昭若冷哼：「若是西夏人真的意不在攻城，而在劫掠物資，那放出城的百姓豈不是送給惡狼的羊群？西夏人難道會給他們留活路？」

柳知州冷汗涔涔，對他這樣的文官來說，仗怎麼打是他們武人的事，他需要治理的，是底下這些百姓。

「知州大人，或許你的百姓，並沒有你想得那麼貪生怕死。」傅念君說道。

柳知州責備她：「妳年紀輕輕，又知道什麼！」

齊昭若冷哼一聲，將桌上的刀舉起，一刀就劈了一塊桌角。

「柳大人，這把刀的年紀也不大！」

柳知州咬緊後糟牙，對齊昭若這種暴行很是看不慣，嘴裡忍不住嘀咕著：「你竟不敬上官，待事了後老夫定要參你一本……」

齊昭若投軍後，便不再對外人說自己是邠國長公主的兒子，因此柳知州等人也只當他與齊循不過是族中兄弟，雖是出身不錯，卻也不是得罪不起。

大宋朝素來文官就壓武官一頭，柳知州也是正經的進士出身，現在竟被這個黃口小兒如此威脅，焉能不氣。

「別和我來這套！」齊昭若朗聲道：「陣前殺敵，難道靠的是你的筆桿子，這會兒你不聽我的聽誰的？你不管百姓軍民死活，我的兵可還在城裡，我不願意讓他們白流一滴血！」

他威勢攝人，眾位年紀可以做他父親的將官，都一時無人反駁。

齊循等人領命下去關城門了。

張鈐轄倒是個唯一考慮正事的，他對傅念君提出了自己的看法：「既然西夏人只是佯攻，不如我們開了城門殺出去，取他娘的首級，痛快殺幾個西夏人，士氣自然就回來了，百姓們也不會就惦記著逃！」看得出來，張鈐轄是一員悍將，如今大宋的軍官裡，找一個不怕死的都難。

「不行。」傅念君搖頭，「若這些西夏人是遠途而至，必然是騎了良馬來。城內駐軍以步軍為主，即便有重甲，依照城外的地勢也不便行動，到時候若是損兵折將，反而給了西夏人攻城的機會。」西夏出良馬，而宋軍的騎兵卻一年不如一年，以血肉之軀阻擋他們的鐵鷂子，根本是無稽之談。

齊昭若也說：「何況城外究竟有多少人，我們並不知道，這些西夏人流竄行動，可以隨時來去，若有援兵，一旦我們亂了陣腳，鄜州便很難守住。」不是他看不起這裡的駐軍，但真要拎出去，沒一個能打的。

張鈐轄說的話也不錯，士氣需要激勵，然而一旦吃些敗仗，士氣也將很快兵敗如山倒。沒辦法，近些年來邊境上吃的敗仗實在是太多了。

「那這麼說，豈不是只有死守這一條路了。」有人出聲說。

傅念君道：「城內物資充盈，只守一、兩天的話應當不成問題。至於城內百姓，知州大人，則需要你想法子了。」

「我、我？」柳知州有點舌頭打結。

一番商議過後，眾人定下計策，便火速行動。

有人忍不住問齊昭若，「你這位夫人，到底是什麼來頭？」

齊昭若只是沉著臉道：「巾幗不讓鬚眉的人物。」

§§

城內百姓很多聽到動靜的，都收拾了細軟跑出了家門，隨時準備離開，但西城門被封後，憤怒的百姓自發湧到官衙門口，更有潑皮無賴帶頭向衙門裡扔爛菜葉子吐痰的。

這樣紛亂的時候，最適合趁火打劫。

齊昭若的部下現在就領了治安的差事，傅念君說，這是大亂之時城內最最重要的一件事。最怕城外敵人還沒有來，城內已經亂成一片。

齊昭若的精兵都是訓練有素，很快就帶頭捉了幾個趁機搶劫的潑皮，讓人跪在府衙門口，有官差就噹噹噹地開始敲起了大鑼。

柳知州站在臨時搭建的高台上，向城內百姓喊話：

「大家不要慌，不要急，我們已經準備好了守城之計，保證不會讓西夏人攻進城來！大家不要出城，待在家中，最多兩、三日，西夏人必退！」柳知州難得慷慨激昂一番，百姓們卻很難被鼓舞。

他們依舊是惶然不知所措的樣子，直到官差將府衙和柳知州私人的庫存糧食全都搬了出來。

柳知州一陣肉疼，但是沒法子，他只好說：「每個人都過來領口糧，大家聽我說，只要熬幾天，鄜州就會太平的。這些糧食多的，還能讓你們留下過個好年！」

他沒有忘記傅念君對他說的話，這些糧食本就是為百姓而囤，若此危急之時不用，還要等到何時呢？

人群裡有人問：「那大人你呢？」

柳知州揣起手邊的一張乾餅子，換了副悲壯表情，揚起嗓子道：「我和大家一起堅持下去！我們等渭州的援軍過來！」

百姓們見到糧食，終於有些動搖了。

邊境重鎮，練兵支出更勝別處，城裡的百姓每年都要向官府繳納不少糧食充作軍餉，要說看見官府吐出來，還真的不多見。

剛才還顯得有些焦急狂暴的人群，此時漸漸竊竊私語起來，似乎是被知州大人難得同甘共苦的精神所感染，願意聽從官府的安排。

可人群裡仍有幾個不學無術的小混混，吹著口哨說風涼話：

「城內養著這麼多官兵，真有本事為什麼不打出去？光來忽悠我們老百姓有什麼用。」

「就是，打出去打出去！」

「有本事別只說不做啊……」

這些小子當然不是什麼熱血之士，完全是屬於沒事挑事的，百姓們被這樣一煽動，立刻又開始動搖了。

俗話說狗改不了吃屎，他們還不知道城裡的官兵將官是什麼德行？平素倒是風流場上的將軍，紅粉帳裡的英雄，真要打西夏人，十次裡得輸八次，剩一次講和，再剩的那一次也是因為西夏人餓了一冬天面黃肌瘦而致的。

眼看著人群又騷動起來，齊昭若終於忍耐不住，一個箭步跳到了柳知州身邊，朗聲道：

「聽我說！」

百姓們肅靜了些。

「誰說我們不敢打？我手裡這把刀，砍了不下百個西夏人的頭顱；我這把弓箭，射穿了不下百個西夏人的心肝，我們當然敢打！但是要看看值得不值得，因為城裡還有你們！」

少年將軍站在台上的身影筆挺，左手上的刀刃銀光閃閃，右手上的金弓則鍍著一層淡金。

他雖年輕，可說的每一個字卻都重於泰山。

「打仗，不是為一時意氣而打，而是為了守護百姓和土地！」

他將武器朝齊循一擲，隨後空著雙手朝台下眾人抱拳，聲音朗朗：「希望你們再信我們一次。這一回，西夏人必將如喪家之犬，被趕回賀蘭山北！」

9 守城大計

傅念君在台下望著齊昭若，心裡的滋味也有些複雜。

戰場無疑是個讓男人成長最快的地方。

眼前的這個齊昭若，大概不用過多久，便會有大將之風吧。

她又忍不住想到了自己夢境裡……

做了皇帝的周毓白，和手握兵權的齊昭若，是不是終將會走上那條容不下對方的路呢？

她止住思緒。

台下的百姓多少被這個貌美卻氣盛的年輕將軍震懾，終於被安撫下來，紛紛開始領取糧食，準備回家。城裡的駐軍總算有足夠的精力應付外面的西夏人。

城樓上點起了火把，能夠看到不遠處有一個個暗影移動。這些西夏人膽子肥，竟絲毫不懼宋軍的守城官兵，甚至站在城樓上還能聽到有人說著西夏話挑釁著。傅念君也跟著站上了城樓，她看了看那些隱約移動的暗影，對身邊的齊昭若說：

「距離並不算遠，如果用重弓的話，想來能夠破甲！」

齊昭若卻是苦笑了一下，然後道：

「城內沒有多少超過一石的弓，歷來武器都是由三司冑案負責，每年能按時送來就不錯了！」

他從前在京城的時候，還不知道邊境的境況會是這樣，到了如今才算是深有體會。

三司管錢管物，但軍隊的武器裝備不過由底下胄案這個二級部負責，那些文官對武器裝備完全是外行，由他們監製的武器，刀刃不鋒利，長短大小也不合適，弓箭則偷工減料，一拉即折。上陣殺敵，沒有馬就算了，連兵器也過不了關。

「何況即便配有這樣的弓，也沒有幾個人能拉開。」他繼續說，話中充滿了無奈。就他一個人拉得開有用嗎？上陣殺敵不是逞個人英雄的時候，也要看看整個宋軍的配置啊。

傅念君無言，她差點忘了，這還是三十年前。即便三十年後的宋軍依然不盡如人意，但是好歹經過傅琨主持的新政，在軍備方面多有改善，漢人聰慧，知道在什麼方面補足。

改進武器是今後朝廷大力發展的方向。

但是現在……真可以說是巧婦難為無米之炊了。

難怪會吃這麼多敗仗！

「這樣不行。」傅念君沉默了一下，然後說：「由著對方挑釁，顯得我們太窩囊，長他人志氣滅了自己威風。咱們把城樓上的火把點亮一些，找城內那些好嗓子的打更跑堂的，到城門上來吆喝，還有，煮上幾鍋熱氣騰騰的羊肉，配幾罈燙酒來，犒勞軍士。」

齊昭若身後跟著的幾個文武官員都聽得一愣一愣的，倒是張鈐轄大手一揮，二話不說就吩咐了下去。

這在城樓上喝酒吃肉，軍紀何在啊？

衙門裡的一個主簿忍不住向齊昭若提一些「建議」，柳知州現在被百姓纏得脫不開身，這裡自然只好讓心腹看著了。

張鈐轄一拍那主簿的肩膀，大聲道：「還談什麼軍紀，這鄜州城裡的軍紀早就不像樣了，給弟兄們吃點酒肉又算得了什麼，說不定明日就是一場惡戰，咱今日就喝個痛快！」

這張鈐轄頗有幾分江湖漢的豪情，幾句話一說，城門樓上原本凍得瑟瑟發抖的兵士們，立刻雙眸都亮了。

傅念君還未開口，齊昭若倒是很懂得接話，立刻笑道：

「張大哥，酒肉只是犒賞，以後有的是！打贏了西夏人，要吃什麼吃什麼，現在大家就好好吃一頓，饞一饞底下那些餓肚子的西夏人！」城門上有笑聲稀稀落落地響起來。

傅念君也勾了勾唇，齊昭若倒是比她想像得更能和這些人打成一片。

現在齊昭若手裡有兵，腰板子硬，所以傅念君的話也很快能被眾人接受。

城門上架起了大鍋煮羊肉，羊肉香味混著酒香味飄下城樓，叫來的那些打更跑堂的人都有一副好嗓子，吆喝起來極其熱鬧。就算底下的西夏人聽不懂漢話，也很容易被帶進氣氛裡。

城樓上是熱熱鬧鬧和和氣氣的一片，底下的西夏人就更顯得饑寒交迫，流了一地口水的同時，還要忍受宋軍對他們的精神折磨。

齊昭若推開軍士遞上來的一碗酒，對著旁邊正啃著羊腿的張鈐轄道：

「硬仗不行，只得攻心了。」

張鈐轄很得意，一腿踏在城牆上，時不時就揮著手裡的羊肉，對底下的西夏人大喊：

「格老子的，有種你們這幫狗娘養的殺上來啊！爺爺在這兒等你們呢？看見了沒？想吃不，想吃不？我呸！」然後就扔一堆骨頭下去，抹了把大黑鬍子哈哈笑：「就你們這幫狗，只配啃骨頭，來啃啊！」

就是因為這班人粗俗，齊昭若早早讓傅念君下去了，當然也得顧及著她的身體，免得她吹了風不好。

張鈐轄喊過一通散了散酒氣，就對齊昭若豎起大拇指。

「齊統領，你這個婆娘娶得好！有腦子，一般人怕是降不住。你生得俊，還算能占幾分好處。」

齊昭若：「……」他就知道這人是喝多了。

齊昭若下了城樓，傅念君就近在旁一處徵用的百姓家裡休息，夏侯纓也趕到了，正端了一碗藥給她。齊昭若隔著窗望著她的側影，想到了張鈐轄那幾句醉話。

可惜他沒有那個福氣，娶她做妻子。

「妳也太胡鬧了，再怎麼說也該想想自己的身體，妳肚子裡還揣著個孩子的……」夏侯纓沒說完，就被門口一陣響動給打斷了。

齊昭若神色有點尷尬，望向了傅念君。

「妳……懷孕了？」

傅念君一口喝完了夏侯纓的藥，擦了擦嘴，才對他點點頭。

「是啊。」

齊昭若的臉色更加難言，「太胡鬧了，妳懷著身孕怎麼能來這種地方，現在就回去……」

他這急切的模樣，倒真容易讓人誤會他才是孩子的父親。

傅念君笑道：「就是現在我想走，可怎麼走？」

齊昭若覺得自己是被風吹傻了。

他都在做什麼？

他還讓她上了城樓，還讓她跟著自己一起熬夜。

傅念君倒是很淡定，「等鄜州這一關過了，我自然會走，你不用趕我。」

齊昭若呼了口氣，動作有點僵硬，不自然地對傅念君說：

「我讓他們拿些熱的飯食過來，妳先吃一點吧，然後……好好休息。」接著，竟然有些落荒而逃的模樣，奪門而去了。

傅念君和夏侯縵對視了一眼，都在彼此眼中看到了莫名其妙。

這一夜，傅念君就歇在這間小屋裡，齊昭若除了讓下屬拿來了飯食，還多加了幾個炭盆，將屋子裡烘得暖融融的。

其實傅念君過來的時候已經是後半夜了，在這裡歇了沒半個時辰，天也就亮了。

她擔心鄜州城內的情況，根本沒有心情睡覺，很早就到了城門上去。

幾個信差在一出事的時候就出了城，鄜州被西夏人圍住，渭州方面不可能不知情。

所以整個白天，全城軍民幾乎都在等援兵。

到了日暮的時候，張鈐轄讓人請了傅念君上城樓。

狀況有點不對了。

渭州的援兵沒有趕到是其一，而城樓下的西夏兵也出現了異樣……

「夫人妳看。」張鈐轄指著不遠處的幾縷炊煙。

這些西夏人在昨天後半的時候，因為受了宋軍挑釁而顯得非常暴躁，甚至還有一、兩個人不顧長官的警告自行靠近了城門口，被齊昭若帶人射殺，受到鼓舞的宋軍因此守了一夜城都沒有顯出疲憊來，個個都是難得一見的精神抖擻。

但是到了晌午，這些暴躁的西夏人突然就偃旗息鼓了。按照傅念君的推斷，如果這股西夏人並不能代表大軍的決策，在見到鄜州並不那麼容易打秋風後，他們便應該離去才對，但是這些人在晌午就冷靜下來了，甚至在傍晚的時候，還比鄜州城裡的軍民先一步等來了援兵。

西夏人跟進的援兵並不多，卻帶來了營帳和食物，炊煙嫋嫋。傅念君看在眼裡，一時有些額頭冒汗。

張鈐轄和齊昭若的作戰經驗比她豐富，這時候也都表情凝重了起來。兵馬未動，糧草先行，這個徵兆，很可能代表著大軍就要壓境而來。

也就是說，傅念君可能猜錯了。

「不過一個未及雙十的小娘子罷了，哪裡就有本事替全城軍民做決定了。」

柳知州第一個表達了對傅念君的不滿，一時附和者眾。

「就是啊，若是早些放百姓出城，也不至於兵臨城下、束手無策了！」

「柳大人以民為本，才是設想周到，如今卻是我們連累了全城百姓啊。」

「昨日才允諾過他們，若是戰況有變，只怕剛剛安撫下來的百姓就要動亂成暴民了！」

竟是千錯萬錯，都成了傅念君的錯。

齊昭若冷哼一聲，一拍桌子，厲聲道：「誰敢多廢話一句！」

眾人噤聲，但是面上表情皆是不服，知道他齊小將軍護妻，卻也不是這麼個護法的。

武力是談判時最直接的方式，卻不是最服人心的方式。

傅念君站出來，示意齊昭若不用再說。她環顧了四周一圈，然後說：

「我比大家更不想見到鄜州城淪陷，只是如今別說西夏人尚未攻城，即便他們開始攻城，我們難道就要不戰而降，棄城而走？柳大人，你是鄜州的父母官，自然是為民請命，事事為百姓著想，但是有時候，並不是讓百姓逃命求生就是最好的方法。這裡是他們的家園，若是家園守不住，即便他們逃往別處，也不過是流民災民，甚至更快成為西夏人的刀下亡魂。」

她氣度從容，語調平和，說的話非常在理，既保全了柳知州的面子，又勸說了心中惶惶一片的文官。固然在兵力懸殊之下丟了鄜州，朝廷未必會治罪下來，但是對這幾個讀書人來說，往後升官卻是再也無望了。

在能順利保存性命的前提下，他們當然也不想隨便就棄城而去。

「那依妳之見，眼下又該如何？如今西夏人或許就要增兵城下，而渭州又並未派援兵過來，可見妳全盤都猜錯了。」柳知州身邊的主簿不客氣地說。

她一個小娘子，硬要充什麼幕僚，原本就是胡鬧。

傅念君搖搖頭，「我並不覺得我猜錯了，渭州城沒有派援兵而來，只有一個可能性……渭州城裡出事了。」

柳知州等人瞪大了眼睛。

傅念君話說得平靜，可是她心裡的焦急不比他們少，畢竟她的丈夫也在渭州城裡。

他們夫妻兩個一路多舛，明明相隔這麼近了，卻還是無法相見。

「這這這，這如何可能……渭州若失，大宋邊防豈不崩潰？妳這小娘子，胡說八道也要有個限度！」柳知州不滿地指責，越來越覺得傅念君是個不懂裝懂、只為出風頭的愚蠢婦人。

延州已經失了，若渭州再失，這仗還有什麼好打的？何況朝廷點的那麼多兵，難道又都是吃素的？

樞密使、安撫使等人都在渭州啊。

「大人莫急，我說渭州出事，並不是指西夏人，極有可能是出了內鬼。就如大人所說，渭州非是鄜州可比，城內守將官員都是朝廷肱骨，即便出了事也會很快穩住。所以我認為，渭州城一旦得安，就會立刻增兵營救鄜州。」

何況渭州城裡有周毓白啊！他在那裡，就一定出不了大亂子。

柳知州卻是不肯相信，「妳這小娘子，分明就是巧言令色，一遍遍地麻痹軍心，是何用意？若是我們全城軍民都指望著救兵，卻沒等來怎麼辦？西夏人大軍一至，我們就是送死！」

「那你倒是來說說，還有什麼更好的辦法啊！」張鈐轄忍不住嗆聲。

他從角落走出來，啐了一口，罵道：

「格老子的，你們這些文官，平時處處壓著咱們作威作福的，那倒是懂點練兵之道啊！你柳大人知道不知道，就現在城裡這些鳥人去打西夏人，十有八九要被嚇得尿褲子，而且昨天齊統領和這小娘子就說了，咱們馬沒人家好，兵器沒人家利，怎麼著，就比比看是不是皮比人家更厚更耐砍啊？要比皮厚那你們怎麼不上？」他憋得久了，上來就是一頓粗言粗語，柳知州是文雅人，哪裡應付過這些粗話，一時臉色很難看。

平日裡張鈐轄這種官職的，哪敢得罪柳知州等上官，也就是戰時，他實在聽不下去這些人的嘰嘰歪歪，早就憋了一肚子鳥氣。

從前西夏人打不到鄜州，雖在邊境上，城裡軍民也勉強算得上高枕無憂。可是今次西夏人奪了延州啊，再怎麼樣鄜州城裡也該有點戒備吧！齊小將軍時時過來練兵，可是這些爛泥扶不上牆的呢？上行下效，連底下的士兵都學了一整套的陽奉陰違。

就算是好好練上一個月的兵，今天也不至於遇事慌亂成這樣。

現在倒好，一個個沒本事，還要盯著個小娘子責難。張鈐轄雖然很想開城門痛打西夏人，但是掂量了一下軍力，也心知肚明死守是目前唯一的法子。

就算要殺敵，也肯定是齊小將軍帶著他的人衝在前頭，人家都沒怕，這幫只會躲在後面說風涼話的龜孫就怕成這德行。

傅念君聽張鈐轄說的這幾句粗話，就忍不住想笑。

不過她到底還是忍住了，平靜地對面色鐵青的柳知州說：

「現在我們無法和附近其他州寨通信，因此便只能自行分析戰局。若是渭州還沒放棄我們，我們就先放棄了自己，這才是最大的損失。我們不是輸給了西夏人，卻是輸給了自己的怯弱。多少年了，漢人兒郎，難道就一定要向胡人卑躬屈膝嗎？」

柳知州沉默了。

她用的是「我們」這個詞。

她已經把自己完全地融入了鄜州軍民這個整體。

齊昭若看了她一眼，頓時有點眼熱。

曾經的很多年，他一直認為女人不過如此而已，全天下的女人在他看來都沒有太大的差別。即便傅念君是那個被他一劍殺死在東宮的太子妃，是個人人誇讚的聰明人，但對他來說，這個女人也沒有多少不同，頂多是比旁人更有心計，更會算計人罷了。

但是現在他才明白，她或許是天生那個最適合母儀天下的人。她對未知的西夏人的布署毫無懼怕，因為她打從心底堅信，他們會贏。

就像他不想承認卻無法忽視的、她對周毓白的信任那樣……

她就是那種篤定了心中的信念，便永不回頭的人。

他從來沒有在哪個女人甚至是男人身上，見過這樣義無反顧的勇氣。

「不錯！」齊昭若揚聲道：「今天我便在此立誓，誓要保住鄜州城！只要我齊昭若站在這裡一日，大宋的軍旗便永不會倒。我旗下將士雖然不多，卻個個都是絕不輕易認輸的熱血兒郎，西夏人便是大軍壓境也不用膽怯，鄜州城裡水米充足，我們軍民團結，總能熬過難關！」

「願隨將軍共守鄜州城！」齊循和幾個部下拱手肅容應聲。

柳知州等人也沒有話說了，現在的形勢根本不是他們手裡沒兵的人說了算的。

傅念君有了齊昭若和張鈐轄的擁躉，一顆心暫且也放了放，但是終歸形勢比人強，即便現在只能苦守，也不能一點其他的辦法都不想。

張鈐轄帶著傅念君在幾座城門處都轉了轉，詳細地解說了一下鄜州城內外的地勢圖。

離鄜州最近的保安軍和綏德軍先前都投入了延州戰局自不用說，失了延州後，大部分兵馬被調派拱衛渭州，鄜州這個地方並不需要派駐大量的軍隊，因為一來這裡並不算是個養兵的好地方，二來鄜州周圍的地勢尚算不錯，守城的難度比傅念君預想的小。

她更加確定了自己先前的判斷沒有錯。

但奇怪的是，西夏人到鄜州來後不肯走的原因是什麼？只是為了補給掠奪物資的話，他們完全可以向別的州寨伸手。

在經過昨夜，知道鄜州是塊硬骨頭的情況下還要硬啃，這種意氣用事實乃兵家大忌。

若她是西夏主將，應當占先機直取渭州就是。哪怕渭州很難攻破，但是損害一定宋軍兵力對他們來說也是值得的，何必執著於鄜州？

這戰術怎麼想都太過奇怪。

無論怎麼盤算，她都找不到西夏人在戰略上必取鄜州的原因。

傅念君心念一動。所以，會不會是西夏人是臨時調整的布局？

因為……他們突然發現了鄜州城裡有什麼重要的東西？

傅念君打斷了猶自滔滔不絕的張鈐轄，說道：

「抱歉張大哥，我現在要去見一下齊統領，突然想到有點事要和他商量。」

張鈐轄為人雖然魯直，但是幾次對她仗義出言相護，傅念君不自覺在心理上也與他親近了幾分，便直接跟著齊昭若稱呼他為張大哥。

張鈐轄頓了一下，隨即竟是換上了一副了然狀，哈哈一笑，說道：「妹子莫擔心，齊統領年紀雖輕，本事卻不小，我瞧著也沉得住氣，妳該對他放心些。」

他認齊昭若這個「老弟」，也就不用夫人來夫人去地稱呼傅念君，叫一聲「妹子」也不算太失禮。

傅念君覺得他這話聽來有點奇怪，「張大哥，你……是不是誤會了什麼？」

張鈐轄瞪大了一雙銅鈴大眼，「妳、妳不是他媳婦？」

傅念君哭笑不得，「他是這麼跟你說的？」

張鈐轄唔唔了兩聲，好像是沒直接說過。

他滿臉不相信，「可他對妳這一副上心的模樣，還讓我好好照顧妳，什麼不能吹風，按時喝水，身體一有不舒服就要停下歇息啥的，妳不是他媳婦還能是啥？」

那是因為她懷了身孕，齊昭若看上去比她還害怕。

不過現在這當口也不適合解釋她是京城裡的那個淮王妃，傅念君索性不多說了。

「反正我們不是那種關係，張大哥別多想，現在請帶我去見他吧，我有正事和他說。」

張鈐轄砸了砸嘴，心道這兩人莫不是沒經過家人同意的那種野鴛鴦？他越想越覺得可能，齊昭若這等俊秀人物，繁華的東京城不待，跑到西北來吃苦本就夠奇怪的。這小娘子又是嬌滴滴的，一個人千里萬里也來吃風沙，沒道理啊。

只有男歡女愛能讓年輕人頭腦這麼熱。

張鈐轄決定看破不說破。

§§§

齊昭若自然忙碌，他隨時要做好對付西夏人的準備，一旦城破，他也得帶人頂上。城裡那些駐軍他是知道斤兩的，不要說打衝鋒，就是跟在後頭撿輜重，他都嫌他們沒力氣，能打的還是只有他手下這些。

他和齊循親自給將士們挑選稱手的兵器和盔甲，制定了一套最後關頭時能夠支撐片刻的城內作戰方案。

他手底下的軍士多訓練有素，有一部分還是一路跟著齊循從鎮寧軍編過來的，是他父親的老部下。雖然他們稱不上「齊家軍」，但好歹比一般的宋軍戰鬥力強上很多。

「這些西夏人也沒什麼值得怕的，比體壯力大還能強過契丹人嗎？他們不過是仗著馬匹好，又懂得威嚇，也就是嗓門大。你看你，鄭保，臉太嫩了，西夏兵瞧見你這模樣，還不盯著你哇哇大喊，先喊去你一半士氣。」齊昭若揮了揮馬鞭，指著一個細皮白面的老部下說道。

眾人忍不住發出一陣訕笑。

有人還戲謔道：「鄭保你快去剪了張鈐轄的一把大鬍子貼上，壯壯膽氣唬唬人，說不定還能多砍兩個西夏兵！」眾人的笑聲更響了。

那叫鄭保的兵士面露委屈，低頭咕噥道：「將軍還說旁人呢……」

全場就沒一個比齊昭若長得更漂亮細緻的男人了。

齊昭若正色，對他們說：「男人的勇武並不在於外表。以前北朝的蘭陵王貌柔心壯，一樣勇冠三軍，成就一代殺神。鄭保，男人長相秀氣並非是劣勢，西夏人輕視你，難道你也輕視自己？他們越是輕視，便越是你我的機會。我們宋人身量天生不如胡人，這是無法改變的事實，可是漢朝時的霍去病不一樣將匈奴驅逐於千里之外？漢人骨血並不輸胡奴半分，打仗，不止靠武藝，更靠這裡。」他指了指自己的胸口。

這些軍士沒有念過多少書，但是一些淺顯的歷史故事還是聽過的，齊昭若很懂得帶動他們的情緒，當下便有幾個年輕的熱血激昂起來。

「先人能守住的土地，我們憑什麼守不住！」

「不錯！先將党項人趕回賀蘭山去，再北上殺光那些契丹狗賊！」

齊昭若經齊循提醒，回過頭來，見到傅念君正在不遠處看著自己，好像已經聽了有一會兒。

他清了清嗓子，神色有點尷尬。

部下裡有幾個大膽的，立刻抓住機會起鬨。這可難得了，他們從沒見過齊昭若這副模樣啊。

齊昭若臉一黑，朝他們冷道：「再胡鬧，軍法伺候。」

眾軍士：「……」這變臉變得可真快。

傅念君對齊昭若輕輕點了點頭，「你說得很好。」

齊昭若咳了一聲，說：「陣前總是要激勵軍心的，這沒什麼。」

「你前段時間跟著狄將軍學的？」

「有一部分吧。」

兩個人竟這樣不鹹不淡地聊了幾句。

誰能想到他們兩個有朝一日會進行這種談話呢？

傅念君自己都覺得不可思議，明明之前厭恨他到了極致，恨不得此生不要再見到他。

戰爭面前，很多東西都會改變。其實她自己也清楚，做過那個夢之後，她解開了很多迷惑，早晚會放下對齊昭若的一段恨意。

如今見到這樣的他，她知道自己是該提早放下了。

他們兩個人的宿怨糾纏，在充斥著黃沙和戰鼓的西北邊境，顯得如此微不足道。

「我是來和你說一件事的。」

傅念君平靜地把剛才想到的問題和齊昭若說了一遍。

齊昭若擰眉，「西夏人不走，妳是覺得，鄜州城裡有他們想要的東西？」

「或者人。」傅念君補充。

齊昭若定下腳步，看向了傅念君，隨後又很快便撇開頭，輕聲說：「不會的。」

傅念君笑了下。

他何必呢？

他其實也想說吧，自傅念君進城後，西夏人便來攻鄜州，如果算是巧合，那麼西夏人不離去反而增兵，結合她現在這個推斷來看，最有可能的還是因為對方知道鄜州城裡，有值得他們冒險的重要人物，可以做為和渭州談判的籌碼。

如今看來只能是她行跡洩露，西夏人來捉她這個淮王妃了。

傅念君不是把自己看得太重，而是她明白，她這樣從遼境離開，蕭凜和陳靈之那邊是不會那麼便宜她的。蕭凜且不說，他大概不會讓自己陷入這樣的險地，只有陳靈之那個陰險的小鬼，小小年紀，卻知道怎麼攪渾水。

陳靈之並不恨傅念君，甚至對她的很多想法很推崇，他是篤定了她不會讓自己陷入危險。而其他人，周毓白也好，大宋也好，他對他們有什麼感情呢？鄜州和渭州一團亂、死很多人又和他有什麼關係呢。

那孩子當真是個可怕的孩子。

他怎麼會這麼輕易放她走呢，一定是悄悄地派了人尾隨自己的。

他可以不把傅念君交給蕭凜，但是他也要得到放走她應得的報酬。

傅念君對齊昭若說：「如果西夏人真是要淮王妃呢？」

「隨意找一個給他們。」齊昭若淡淡地說。

傅念君無語了一下。看吧，其實他內心裡還是這樣，在他眼裡，宋室百姓是宋室百姓，但是其中一個人的性命是可以隨意犧牲的。

罷了，他就是這樣的人。

「算了，也或許他們是想要邠國長公主的兒子，畢竟長公主在朝廷上說話很有『分量』。」

傅念君換了種輕快的口吻。

齊昭若勾了勾唇。她竟然會和他開玩笑。

兩人之間又一陣短暫的沉默。

「無論想要誰，他們都不會如願的，我一定會守住鄜州。」齊昭若說。

這是他唯一可以對她做到的承諾了。

傅念君擰眉，看向了齊昭若，他發現她的眼神竟如此清亮。

是他這樣的堅定，促使她把還在猶豫的話說了下去。

「齊昭若，或許我會猜錯，因為我下面說的話，我自己也只有五成把握，你可以選擇信或者不信，還有五成的可能性，我們只能看老天的意思了。」傅念君長嘆一口氣。

齊昭若點點頭，不自覺地屏息，聽她繼續說下去。

傅念君望了望天邊，然後說：

「如果西夏人的目標在於逼迫城內守軍交出淮王妃的話，必然會進行猛攻突擊，讓你們一開始就招架不住。我覺得，他們甚至會派兵四面圍堵，讓城內軍民形成最大的恐慌，或者……情況會比我說的更糟，千軍萬馬的陣仗該怎麼形容，我沒見過，但是你應該比我更清楚。」

齊昭若沉默。

「不過有一點，西夏人也許信我在城內的消息，卻未必盡信。我以己度人，西夏主將不敢將全部籌碼壓在鄜州，所以他們對我們只會有最強的一波快攻，而再無後繼。因為他們剩下的兵馬，應該說善於山地作戰的精兵，會分散到渭州附近，隨時伺機而動。這世上很少有人能有破釜沉舟的勇氣，西夏人對鄜州破釜沉舟不值得，對渭州破釜沉舟則太過冒險，但凡是人，就會有投機取巧的心思，對於他們最完美的作戰方案，應當最多派來三分之二的西夏兵圍堵鄜州，一方面麻痹了渭州附近的大軍，另一方面，他們也不虧。無論是劫到人質還是奪取鄜州，都可以為他們下一步攻取渭州做準備，而如果是渭州城裡的內亂先一步擴大，他們還能用隱藏的三分之一的兵力偷襲……」

傅念君說到這裡頓了頓，看向了齊昭若，眼裡有很多不確定。

「但是我只有五成把握，因為我不知道這次西夏的主將是什麼人。做最壞的打算，他若是個難得的決絕厲害人物，索性將全部大軍壓到鄜州，鄜州必然守不住，我將會成為他們推到陣前的人質，而同時鄜州也會落在他們手裡，與渭州成對峙之勢。即便渭州的援軍再來，僅僅一分之差，宋軍就處於這一分之差的劣勢了。」

渭州的軍力不容小覷，但是儘管如此，鄜州能奪回來也將是座空城，而他齊昭若和傅念君，也毫無疑問會落到西夏人手裡。

這一局，他們在賭，西夏人也在賭，賭誰的膽子大，賭老天站在誰那一邊。

一天，渭州到鄜州的路程只有一天。

早一天破城晚一天破城，就是這一天的差距。戰場上，只一天，也足夠拉開鴻溝般的距離。

「所以，齊昭若，你要不要賭？」傅念君平靜地問齊昭若。

她只能告訴他這些話。

因為除他以外的任何一個人，八成都會選擇將傅念君送到西夏人面前去。

不，依照柳知州等人的作風，定然會曉之以情動之以理，讓傅念君自己心甘情願地走到城外去。犧牲一個她，或許就能保住鄜州，為什麼不做呢？

齊昭若笑了一下，笑容極為輕鬆。

「賭？這算賭嗎？我覺得我們必贏。」他這麼說。「因為我相信，西夏人當中出不了更勝妳一籌的將領。」無比認真的語氣。

傅念君垂下了眼睛，心裡也有點感慨。

他這麼相信她嗎？

明明她自己只有五成把握，可他對她的相信卻有十成。

如果她賭錯了，鄜州城就要和她一起陪葬啊！

他手下那些這麼相信他的將士的性命，還有他在柳知州面前立下的軍令狀，怎麼辦呢？

他都不管了。

「好。」傅念君抬頭，語氣堅定，「我也相信，西夏人沒有你這樣的膽氣。」

齊昭若看了一眼遠處的城樓，然後說：「我昨夜就估算過了。西夏兵主力二十萬，奪延州不計死傷以及留守，能出的兵馬頂多十五萬。按照妳的說法……若是十萬以下的兵馬，三天，鄜州最多能夠抵擋三天。」

若是超過十萬，那就是他們賭輸了。

「三天。」傅念君重複了一下，然後道：「足夠了，三天，渭州的援兵必至。」

她現在只能期盼她和周毓白夫妻兩個真的能夠心意相通。他並不知道她在鄜州城裡，但是他肯定也不會願意見到鄜州淪陷。

三天時間，傅念君相信足夠周毓白處理乾淨渭州城內的事了。

§§§

既然決定了，齊昭若便立刻行動起來，三天時間，決定所有人生死。

他要做的第一步，就是……

先把柳知州鎖起來。

傅念君覺得他有時候做事還真是挺野蠻的，他卻對此振振有詞。

「沒人有工夫總是和他費口舌，太耽誤時間。總之等鄜州的劫難過去，他要怎麼向朝廷參我，也隨他去了。」皇帝對他這個不成器的外甥難道還罵得少嗎？他早就無所謂了。

柳知州「稱病」，張鈐轄倒是在一定程度上被放開了手腳。他也樂得裝聾作啞，反正柳知州的事和他沒關係。

西夏人的大部隊到達鄜州城外的時候，城裡幾乎每戶人家都感覺到了，因為地面時不時就有輕微的顫動。小孩子都窩在娘親懷裡不敢抬頭，婦人們也都緊張地盯著自家漢子，時不時就要問幾句「情況如何了」。別說是百姓，守城的宋軍官兵聽到這樣的動靜，都忍不住心底發怵。很多人都只在說書先生的嘴裡聽說過十萬鐵蹄，可是這一次，這種陣仗似乎第一次離他們這麼近。

傅念君站在城樓上，目光倒是平靜。

越是動靜大，或許就越證明西夏人也在虛張聲勢，五萬兵馬只要稍微做做手腳，就能有十萬的效果，而若是真正的十萬大軍，卻未必會有這樣的動靜。

在馬蹄揚起的煙塵之中，西夏人開始對鄜州進行第一輪試探性的攻城。

齊昭若和張鈐轄等人準備充分，守城軍士先前也已經吃飽喝足，力氣充沛。因此在攻守有序的指揮之下，對付起西夏人來還算能夠應付，很快西夏人就停止了攻城的步伐。

守城的將士們十分高興，齊昭若卻是頂著一臉黑灰，沉著道：「還不是高興的時候。」

傅念君不被允許再待在城樓上，可是她也不願意離開太遠。

「這只是來打了個招呼。」她這樣對寸步不離守著自己的郭達和何丹說。

他們兩個看起來比她更緊張。

「打完招呼，就該來談談正事了……」

傅念君笑了笑。

10 壯志凌雲

西夏人暫停了對鄜州城的進攻，當然，宋軍的士兵就算再天真，也不會認為他們是就此把這座城給守住了。就像傅念君說的，這只是西夏人打的一個微不足道的「招呼」而已。

他們派出了懂漢語的來使，站在城下高聲談判。

傅念君知道，齊昭若之所以沒有通知她，就軟禁了柳知州和他的親信，便是知道這樣的情況早晚會來，他們都能猜到西夏人要幹什麼。

西夏人大聲要求要鄜州城裡守城的將士，乖乖交出大宋皇帝的兒媳婦，淮王妃。

好在只有為數不多的守城將士能夠聽到這個喊話，但他們很多都是齊昭若的親信，自然也不會像其餘幾個年輕小子一樣竊竊私語、交頭接耳。

淮王妃出現在鄜州城裡嗎？

他們覺得不太可能，所有人都半點不知情，難不成西夏人比他們還清楚？

倒是之前很多人都聽說過官家的七皇子淮王殿下從京城到了邊境，只是可惜，一直都是捕風捉影的消息，官府從來沒有大肆宣揚過。

是了，皇子一般都無法領兵權實權，皇子監軍，多半和皇帝「御駕親征」起的作用一樣，只是激勵軍心罷了。所以到了邊境卻沒有大動靜的皇子，這又算怎麼一回事呢？

西北邊境很多軍民，都是和那天傅念君詢問過的「鑽地蛇」一樣的想法，覺得這事多半有以訛傳訛、誇大其詞的成分在內。
現在又冒出個淮王妃來……實在讓人一頭霧水。
因此西夏人自然得不到讓他們滿意的答覆。
張鈴轄想了想，還是覺得有點奇怪，那西夏人攻城就攻城吧，也沒道理胡編個理由來啊。硬要懷疑的話，他突然就想到了齊昭若的那個「媳婦」。
她說她不是他的媳婦來著？
張鈴轄想去找傅念君問問看，卻被齊昭若攔住了去路。
「張大哥真想找個『淮王妃』出去送給西夏人？」
「那也得有個淮王妃啊。」張鈴轄說道。
齊昭若挑了挑眉，故意說：「我以為只有柳大人會做這樣的決定。西夏人說城裡有聖上的兒媳婦，我們就得找個兒媳婦出去，那等一會兒他們說要聖上的兒子、孫子，甚至是皇后呢？咱們也一併去找出來？」
張鈴轄反應慢，想了想才終於聽懂了齊昭若說的話。
他是說柳知州那樣的慫人，肯定會滿城去找「淮王妃」給西夏人求饒。
但他老張可不是那樣的人！
張鈴轄立刻就連去問問傅念君的想法都沒了，一把黑鬍子氣得一抖一抖的。
「去他娘的！老子才不會對這些胡奴認慫，他們要誰咱們就得給他啊？管他真的淮王妃假的淮王妃，說好了要守住這座鄜州城，咱就一個人都不能放棄！」
齊昭若哈哈大笑，拍了拍張鈴轄的肩膀，說道：「張大哥果真讓人敬佩，有你這份豪情在，我們焉有輸的道理！」

張鈐轄立刻調轉了方向，虎虎生威地重新踏上城樓，粗著嗓門對城牆上的士兵喊著：「狗娘養的西夏人，隨便找個由頭就想讓我們低頭！我呸，不管他們要誰，都是咱們大宋的子民，一個都不能少！把他們直接打回老家去，讓他們找自己老娘去！」

喊完了想想還不夠解氣，張鈐轄不是柳知州，他知道這場守城之戰避無可避，慫一點是打，剛一點也是打，他怕什麼！於是大手一揮，讓人去城裡找了幾件倒泔水、夜香婆子的臭衣裳，扔下了城樓送給西夏使臣，並且大喊道：「老子賞你穿的，聞聞看香不香啊？呸！你怎麼這麼有種，還敢問你爺爺我要人，再敢來就倒一桶屎尿下去！」

城樓上的士兵全都哈哈大笑，底下的西夏人氣得無不暴跳如雷。

這些宋人真是瘋了！

齊昭若是貴胄出身，自然做不來這些粗鄙的事，但是他也沒阻止，甚至覺得張鈐轄這樣鬧，確實還……挺痛快的。

郭達手下的一個護衛，隨時向傅念君彙報城樓上和城外的情況。傅念君聽他說了齊昭若和張鈐轄的對話，也忍不住莞爾。

郭達在旁邊咕噥道：「這齊郎君，倒是變化挺大的，以前他還真……」

算了，不說他壞話。

傅念君笑了笑，心底卻還是有些憂慮，最後終於對郭達說：「今晚是個最難過的坎兒。郭達，就當我拜託你，從現在開始，請你先把我的個人安危放在第二位。」

郭達臉色略變，「夫人，我……」

其實何止是齊昭若變了，傅念君知道，郭達也不再是起先自己認識的那個半大小子了，會抱怨會撒氣，整天喪著臉和芳竹鬥嘴……他已經是個知道輕重的男人。

「屬下明白。」郭達抱拳，臉上的神色嚴肅。

傅念君不需要多說什麼，他心裡知道的。

「夫人把鄜州和城裡百姓放在自己之前，我又如何能自私？夫人請一定要照顧好自己，我與弟兄們，也會竭力守住鄜州城。」

傅念君眼眶有些熱。

在戰爭面前，沒有主僕，沒有齟齬，他們都是族人手足，都為著抵禦外敵而努力。

「謝謝……」她說道：「你們也一定要照顧好自己，我們一起……等殿下來接我們！」

「是！」郭達也朝她笑了一下，笑容十分澄澈。

§§§

西夏人發起了強攻，撞擊城門的聲音比所有人想的還要可怕，咚咚咚之聲經久不息，似曠野裡的驚雷，含著劈開天地的氣勢。不僅如此，除了主城門，其餘各城門外也時有喊打刀兵聲響起。若非齊昭若早有布防，恐怕慌亂的百姓就足夠衝破城門了。

城裡不斷有孩子哭泣的聲音傳來，甚至在大街上的聲音是最響亮的，因為許多焦慮的父母在家裡坐不住，自行出來在衙門口徘徊。

「柳大人在哪？柳大人為什麼不出來？他是不是跑了？」許多人都有這樣的疑問。

傅念君知道自己不能再乾坐著。

她和夏侯纓帶著幾個兵士，將衙門的燈全部點亮，松油的味道飄散開來。整座城裡，過分明亮的衙門是百姓們唯一一處心安之所。

傅念君知道，現在這個時候，在受生死威脅的這個當口，金銀、食物，都無法再安撫百姓。

他們需要的只有一樣東西，那就是安全。

無論她有沒有，她都必須給他們。

「請大家不要慌，這裡的大門將徹夜敞開，如果有不安心的百姓，請依次進入府衙，我們提供熱水和乾糧……柳大人為了鄜州軍民，帶了先鋒人馬在城西挖地道，一旦鄜州有失，婦孺還能有條退路！」幾個軍士提著大鑼，不斷重複著這幾句話。

其實這幾句「謊言」根本經不起任何推敲，柳知州怎麼可能會去做這樣的事呢？

而且說起地道，又如何是那麼好挖的。

但是很多時候，百姓不過就是想要尋個心理慰藉罷了。

傅念君還讓人把柳知州府上供著的佛龕找人搬了出來，並免費發放一人一炷佛香，一時間青煙陣陣，每個人都在此刻無比虔誠。

士兵在前頭守城，後方的婦孺能做的，也僅此而已。

§§§

沖天的喊殺聲、撞擊城牆的聲音，甚至刀劍入血肉的聲音，在夜空糾纏交織。

「守住！西後方，梁大興，頂上！」

齊昭若站在城頭，眼神專注，不斷拉弓放箭，一邊抽空對著某個親衛大喊。

他渾身看起來都有些狼狽，沾染了斑斑點點的血跡，都是身邊兵士的。

張鈐轄的情況也好不了多少，連鬍子上都沾上了血，冷風一吹，凝結成血塊，看起來更加猙獰。

「左小隊，守住雲梯！別讓他娘的爬上來，快砍！」張鈐轄粗著嗓門朝幾個年輕軍士大叫著。

所有的軍士幾乎全部投入了最大的努力守城，郭達、何丹等人也在守衛城門的隊伍中。西夏人的攻勢又快又猛，城內所有軍士必須要不斷地頂替上陣，拚盡全力才能勉力維持。

而傅念君除了要顧著安撫民心之外，還一邊看顧著傷兵的救治。城裡幾個藥材舖和藥堂的老闆早就同意支援戰事，年輕力壯、甚至半大的小子們也都加入了後勤救援的任務。

其實鄜州城裡的百姓並沒有那麼懦弱。

傷兵營裡，傅念君坐下給這些年紀不大、臉上都帶著幾分惶恐神色的兵士講故事。

她的故事比齊昭若說得更好，她也知道，沒有人比他們這些傷兵更期盼勝利了。因為一旦城破，這些不良於行的傷兵甚至連做俘虜的資格都沒有，敵人會第一個選擇殺光浪費藥物和糧草的他們。

傅念君說起了她和齊昭若都很嚮往的大漢朝發生的一個故事。

東漢時候，匈奴圍困西域疏勒城，他們把城內水源的上游壅塞住，城內漢軍挖井十五丈都不見水，而與此同時老天爺亦不保佑，渴極了的將士，甚至用布榨出馬糞的汁來喝。不死即降，只有兩個選擇，將軍帶著軍民整衣拜天，終於從井裡等到了湧出的甘泉。

城外匈奴誓言要困死漢軍，當時附近的國家都已經投降，隨著時日推近，城中漢軍因為不斷有人戰死、病死、餓死，只剩下了數十人，卻依然沒有人想要投降匈奴。

將士們甚至已經餓得把身上的皮鎧甲放進鍋裡煮，吞嚼充饑。皮甲吃完之後，就將弩也拆了，把上面綳著的皮條和用作弓弦的獸筋同樣煮了吃。

軍士們最重要的兩樣東西，護具和武器，都成為了食物。

但是依舊不投降。

故事說到這裡，不僅是傷兵，連搗藥敷藥的藥童和幫忙的百姓都聽得入神。

原來這世上，真有那麼慘烈的守城之戰。

傅念君在大家期盼的目光中說了下去。

後來匈奴單于親臨城下，他嘆服於城裡漢軍的堅守，便提出招降主將，放過所有兵士。

但是守城主將卻假意投降，將匈奴使者騙進城裡，親手擊殺，然後就在城上，對著匈奴的大軍，將屍體的肉割來烤著吃，用血腥而殘暴的一種方式，再次挑釁了匈奴。

在死和降之中毅然選擇了前者。

眾人都倒抽一口氣。

這麼比起來，張鈐轄只往城下丟女人衣服這樣的挑釁手段，其實已經相當溫和了。

吃胡人血肉這樣的事當然聽起來太過驚悚，因為宋人受庠序教化已久。可是他們也知道，曾經，不知道有多少漢人淪為過胡人的軍糧，卻從未聽說過漢人也有這樣的時候。

「後來呢？」一個娃娃臉的士兵追問傅念君。

「他們都死光了嗎？」

漢人畢竟是漢人，到了吃人肉的那一步，也就意味著到了絕境。

傅念君搖搖頭。

嚴寒的天氣下，漢朝的救援軍在風雪中西出玉門關，甚至援軍都認為西域已經完全丟了，不可能再有人活下去。存著一點微小的希冀，也或許是老天的旨意，援軍還是到了疏勒城。

「這時候，城內只有二十六個人了。」

傅念君用這句話為故事結尾。

「二十六個人，守住了一座城嗎……」

那娃娃臉的士兵喃喃自語。

「他們守住的不只是一座城。」傅念君微笑，「他們守住了漢人的脊骨，守住了漢軍的軍魂，也守住了整個大漢王朝的威嚴。」

傷兵們都定定地出了神。

傅念君笑了笑，拍拍手，說道：「現下城內糧草充足，水源乾淨。我說這個故事，不是要嚇唬大家，只是想告訴你們，你們的潛力和骨氣，或許遠在自己的想像之上。還有，我們要相信，只要我們不放棄大宋，大宋就不會放棄我們。」

風雪之中深入千里而來的援軍，抱著渺茫的希望死守最後一份尊嚴的守軍，其實都是一樣的。

他們不是孤軍作戰。

靜默了半晌後，突然有人站起來，說著：「我的手傷了，但是腳還能走，我還能繼續守城！」

有人附和：「雖然我的腳中了箭，但是我的手還能拉弓，我一定要報這一箭之仇！」

「還有老子，老子瞎了一隻眼，就剩一隻眼也能滅了這幫胡人！」

不斷有傷兵請命，要重新回到戰場。

傅念君吩咐軍醫，一定要讓他們量力而行，輕傷的，如果他們願意，就去請命齊將軍。

屋子裡的傷兵慷慨激昂，甚至還有幾個年輕力壯的小夥子都來向傅念君請命，要為守城獻出一份力，傅念君沒有都答應，而是說：「家中有老母妻女的，斷不可隨意憑一時意氣，置家人於不顧。」

再有幾個無家無室的小混混，從前還在人群裡說風流話，如今一定要去的，她也不敢隨便送往城頭上去，只叫臨時編進駐軍，叮囑他們：「等過了這一關，再得想想是否願意好好投軍報國才是。」

而那個年輕時做慣逃兵的「鑽地蛇」，甚至也出現在了傅念君面前，對她說：「夫人，我做了一輩子逃兵，在鄜州城裡不說吃香喝辣，卻也享了這麼多年的太平。我這把年紀了，如今還想再做一次英雄，您看行不行？」

總歸伙房裡的事誰做都一樣。

傅念君看著他微笑，只是說：「謝謝你。」

鑽地蛇聽她這句謝，頓時胸中豪氣翻湧，說道：「夫人不是鄜州人，都願意陪著它同生共死，我們又怎麼能輸給您呢。」

傅念君糾正他：「只有同生，沒有共死。」

傅念君一下就成了整個後方的統管。現在幾乎所有人都盯著她，似乎她說的話，不管怎麼樣，都能叫人信服兩分。

她突然想到了一件事，抽空問了問郎中和軍醫：「不知道各位知不知道，現在城中有沒有蒺藜？」

眾人都覺得很奇怪，「夫人難道懂醫？要尋蒺藜做什麼？」

蒺藜有輕微的毒性，也做藥用，卻不常見。

傅念君倒是眼前一亮，聽他們這意思，城中必然是有的。

她立刻吩咐了兩個纏著自己請命要打仗的半大小子，讓他們去將城中所有蒺藜都找出來。

「這也是件大事，你們辦好了，也要記軍功的。」

熱血少年們很能被這樣的話鼓動。

傅念君嘆了口氣。她自己也清楚，軍心和民心只是一部分，即便城中軍民所有的骨氣和血性都被激發出來，他們也不是故事裡的漢朝將士，這是無法改變的差距。

臨時造兵器的想法她先前就有，但是知道怎麼樣都來不及了，只能琢磨個歪門邪道。她剛才看見軍醫們的用藥，突然就想到了這麼一個主意。

能成不能成，權且一試了。

§§§

西夏人在晚上的攻勢並沒有絲毫減弱，齊昭若等人甚至連抽空吃口飯的工夫都沒有。

「打起精神！西夏人不過是虛張聲勢，他們的輜重根本就跟不上，大家一起撐過今晚！」

他還要時不時就這麼喊兩句振奮士氣。

但他自己也知道，這樣的話，恐怕還要再喊個兩天。

突然，齊昭若被張鈐轄的一聲大吼拉回了神。

「這他娘的是什麼鬼東西?!」

齊昭若走近城牆，瞇了瞇眼朝西夏人陣前看去，也徹底愣住了。

西夏人陣前，正擺放著一座前窄後粗、長管形似筒的東西，似是武器模樣，渾身是青綠色的，大概是銅做成的，很是堅固的模樣。

「看起來像是投石車，又不像。齊老弟，你見過嗎？」張鈐轄忍不住問齊昭若。

齊昭若渾身發冷，他怎麼會不知道。

這是火炮！

在三十年前的現在，根本就不該出現在這裡的東西，西夏人竟然提前擁有了！

「快！去……去請她！」

這個她，不言而喻，就是傅念君。

齊昭若這樣的神色和語氣，讓張鈐轄也愣了愣。

「這東西有這麼駭人嗎？」張鈐轄心底犯嘀咕，忍不住提問。

齊昭若還來不及回答，對面的西夏人已經架起了火炮，正朝著城牆。

這座火炮和齊昭若見過的還不大一樣，應該說是個並未完成的東西，炮筒無法抬高太多，只能朝著城牆底部。

城上的守軍原本見西夏人暫退，還悄悄鬆了口氣，誰知他們就祭出了這樣的東西。

大家都看愣了。

只見旁邊的西夏人退後幾丈，由一人在火炮的後座擺弄，然後疾奔而去。濃煙滾滾中，那大傢伙仿似有生命的一般，長管裡有聲聲響動。

張鈐轄也是第一次見這玩意兒，一下子看傻了。

齊昭若卻是心中警覺，忙大叫道：「快蹲下！護住頭！」

他身邊幾人立刻隨他蹲下了。

隨即有什麼東西重重地撞擊在城牆上，撞得他們腳下都晃了三晃。

張鈐轄站起身，瞪大了眼睛道：「乖乖！好大的威力。」

齊昭若倒是鬆了一口氣，幸好……幸好只是這樣，幸好這是個未完成的火炮。

對面西夏人那裡濃煙滾滾，火炮的影子都被遮住了，看來他們自己都還無法熟練使用這武器。

齊昭若對張鈐轄交代了幾句，立刻轉身下了城樓。

傅念君已經趕到了。「出了什麼事，剛才的動靜是怎麼回事？」

齊昭若盯著她的眼睛，一字一頓道：「西夏人搬出了一樣東西，看起來很像……三十年後的火炮。」

傅念君驚訝了一下，卻也只有一下。

齊昭若猶豫了一下，還是帶她上了城樓，此時西夏人正在準備第二發炮彈。

「你先帶我去看看。」

傅念君見到這火炮後，便沉默不語。

無疑的，這東西定然是周紹雍交給西夏人的，這就說明傅念君先前的推測裡，有一個結果錯了。在她夢裡，那個「齊昭若」和周紹雍謀反後，周紹雍並沒有被殺，而是不知以什麼方法多活了很多年，所以他見過火炮。或許他很有遠見，篤定這東西會有很大的殺傷力，成為日後戰場上的霸主。

而他重生成為這一世的周紹雍後，有了周昭的基礎，有錢有人，一定開始研究這個在戰場上戰無不勝的寶貝。

但是顯然那一世的他並沒有活很久，見到的火炮只是個雛形。所以造出來的眼下這個，雖有他自己的改進，卻是個四不像。

傅念君和齊昭若都明白，火炮之所以威力巨大，是因為一樣東西的輔助——火藥。

這東西的配製遠非他們這樣的門外漢能夠捉摸的，顯然西夏人還沒有掌握，否則，他們的炮裡打出的就不會只是鐵彈丸了。

「當心！」突然間張鈐轄大聲叫喊。齊昭若眼疾手快，立刻護住傅念君蹲了下去。

這是西夏人打出的第二發炮彈。

城牆又晃了晃。

傅念君側眼看了看自己身邊的齊昭若，只見他也是鬆了半口氣的模樣。

如果是真正的火炮，他們這場仗根本不用打了。

只要兩發，便足夠轟開厚厚的城牆。

而現在，西夏人的鐵彈丸只是起到了撞擊的作用。也就是說，他們的火炮只是個空架子，充其量便是個力道大些的投石車，只能起個威嚇作用罷了。

「妳先下去。」

齊昭若體貼地用手護著傅念君下了城牆。

「這東西出現在西夏人手裡，是因為……」傅念君正要說，卻被齊昭若打斷了。

「因為幕後之人賣國。」他短暫地下了結論，然後看了傅念君一眼，「他是誰，請妳過了這一關之後再告訴我。現在，我的個人仇怨，沒有此刻鄜州城的安危重要。」

他不想分心。

傅念君點點頭，然後道：「幸好他沒有掌握火藥的祕方，否則後果真是不堪設想。」

其實哪怕到了三十年後，火炮這東西在宋軍輕易也是不敢用的，多半被鎖在儲備庫裡。

原因也很好理解，太危險。

有好幾次，炮彈沒發出去，反而炸死了周圍的士兵，更別說火藥的特殊性，很難遠端運輸，而且兩軍交戰，說得誇張一些，敵方只要派一個細作出來，彈一點火星，就能炸了己方半個營地。所以即便是三十年後，火炮也不是宋軍的第一選擇，要駕馭這件武器，還需要漫長的過程，來完善各方面的準備。

是周紹雍太過心急了。

「即便如此，也得快些毀了那東西才好。」

齊昭若擰眉說：「這架火炮雖然威力不及後世十分之一，但是鑒於我們的守備實在太差，前幾天我親自去看過城牆，修築實在不佳，若鐵彈丸一直擊打，也極容易形成坍口。」

所以說敵方配備不高，但是我軍更差。

傅念君心底暗恨這大宋邊防上尸位素餐的貪官，築城這等大事也敢偷工減料。她說：「鐵彈丸造價高昂，我看他們並不會一直進攻。」頓了頓，然後道：「如果我猜得沒錯，這東西原本是要拉去對付渭州時祭出來的殺手鐧，但是他們現在見鄜州難攻，便索性先拉出來遛遛。」從這點來看，這西夏主主將也是個沉不住氣的人。

齊昭若點點頭，看了一眼傅念君，「妳有法子？」

傅念君苦笑了一下，「算半個法子吧，因為我完全沒有把握。」

齊昭若卻吐出了一句安慰之語：「這場守城戰，從一開始，就沒人有把握。」

傅念君呼了口氣，「我去試試，但是請你們務必要守住。」

齊昭若笑了笑，笑容中多了兩分符合他這般年紀的少年意氣和自信。

「這是自然。」畢竟他都誇下了海口。

「西夏人的鐵彈丸不會浪費太多在鄜州，所以我覺得，你們如果對這火炮表現得稍微……驚駭一點，或許他們就會減少使用。」傅念君說出了自己的建議：「當然，如果你覺得這有損我軍軍威，就當我沒有說。」

守城是齊昭若的事，傅念君沒有指揮權，齊昭若該怎麼做，都是他自己的決定。

傅念君抓緊時間，她現在需要儘快把腦子裡的想法付諸行動。

三十年後的大宋，火器製造方面已經有了長足的進步。傅念君多謝自己從前喜歡看閒書的習慣，這閒書並不止市井的話本子，甚至還包括了關於火器製造方面的《武經總要》，而傅寧在這方面從來不會限制她。

太過複雜的武器，短時間內不可能憑她的記憶就造出來。

但是有一樣東西，卻是有可能的——「火蒺藜」。

火蒺藜此物，是用配製好的火藥，連同鐵片等殺傷物，還有毒物蒺藜拌和，用多層紙糊固成球形外殼，殼外塗上易燃的引火物，再待曬乾後使用。

她曾經還感嘆過，發明這東西的人必然是個全才，不僅懂武器，也通藥理。

火蒺藜當然不可能同火炮的威力相比，在兩軍交戰時，也多燃燒用做障礙、遮蔽等作用；雖然破壞性不算巨大，但是就目前來說，卻非常合適。

因為天公作美，從昨天晚上起就颳起了東南風。

而西夏軍隊正好處於下風處，也就是說，火蒺藜燃燒後的煙霧會因為今天的風向有加倍的效果。

事不宜遲，傅念君動員了城裡的婦人，開始用已經搜羅完畢的蒺藜草製作火蒺藜。

火藥是無論如何都沒有辦法在這個時候就變出來的，但傅念君早就想好了對策，城內有煙花爆竹的鋪子，過年和正月裡要用的爆竹都囤了不少，如今可以一併徵用。

爆竹當中主要有硝、泥土等物，與火藥還是有極大的區別，但是產生的濃煙和巨響也已經足夠了。

傅念君剛才看過西夏人的火炮之後，就猜測其實周紹雍的想法也是如此，西夏人陣前濃煙滾滾，或許他們也是借用了煙花爆竹來增加「火炮」的威力。但是因為這東西本就是宋人慣用，西夏人行軍已久，這幾天路上常下雪，隨軍的爆竹煙花肯定已受潮，所以開炮時的聲音不算巨響，煙霧倒是巨大。

傅念君也從中受了些啟發，立刻下令城內的婦人和她一起緊急製作火蒺藜。

由於她的時間不夠，自然不可能在工藝上再做改進。她用了紙和蠟來封裝，在進行短暫的講解後，手巧的婦人們立刻就能夠上手完成一個個簡易的火蒺藜。

但是問題也緊隨其後，蒺藜畢竟不是常用藥材，城裡的儲備實在有限，傅念君不拘一格，詢問大家，但凡只要能起到相同作用的東西，都可以試著添進火蒺藜中。

有幾個藥材舖的掌櫃提供了一些草藥，也有農婦說可以試試桔梗，因為它燃燒後的黑煙極其嗆人。

傅念君全部都採納了。

到底哪個好用，她已經沒有空驗證，只能交給戰場。

11 齊心協力

在傅念君和一批城內婦人的趕工下，上午時分，第一批火蒺藜就能夠投入使用了。

在空地上試驗了一下，收穫了許多百姓目瞪口呆的驚訝神情，傅念君終於鬆了口氣。

齊昭若也是見過火蒺藜的，但是沒想到傅念君能夠做出來。

傅念君兩個晚上沒有睡覺了，臉色蒼白，一雙眼睛顯得格外大，倒還是神采奕奕的。

「試了很多種配方，自然比不上真正的『火蒺藜』，權且一試了。」她這麼對齊昭若說。

齊昭若拿起一個看了看，只道：「難為妳了。」

傅念君搖搖頭，壓下浮上眼皮的疲憊，對他道：「因為不是成品，引信等部分尚有不足，但是我覺得它是目前最合適的，也是因為我們有能耐使用。」

她勾唇笑了笑。

齊昭若一瞬間覺得自己可能是有點眼花，她的笑容裡似乎藏了幾分對他的信任。

傅念君接下來的話倒是肯定了他的疑惑。

「——你和你的部下，我想就算找遍大宋和西夏，大概都不會有這麼出色的神箭手了。」

齊昭若心中一怔，終於明白了她的意思。他手上有箭，便可以用箭做引，歷來火箭一直都是在天公作美的情況下殺傷性極大的武器，但是因為近來都是雪天，火箭無法發揮威力，現在有了這些「火蒺藜」，無疑就能夠使用火箭了。

兩廂配合，火蒺藜便能夠發揮它們的作用。

但是前提是，射箭的人必須箭術高明。

齊昭若心中立刻就有了譜，眼中眸光陡亮，對傅念君道：「妳放心，我自有分寸。」

傅念君微笑。

真是奇妙，這各種各樣的條件限制下，火蒺藜配合火箭是唯一的辦法。就像她和齊昭若，竟然也能如此和諧地並肩作戰。

傅念君走下城樓後，腳步就有點不穩了。

夏侯纓及時扶住她的手臂，說道：「妳不想活了？兩個晚上不休息，妳還記得自己懷著孩子嗎？」傅念君臉色有點白，由夏侯纓扶著，帶了點狡辯的口吻慢慢說：「我這不就打算去睡了……」

回到臨時休憩的小屋，桌上不知怎麼多了一鍋子香噴噴的魚湯，還是熱饅頭、麵條……整整放了一桌子。

傅念君詫異地看向夏侯纓，她早前已經加入了救治傷兵的軍醫隊伍中，是哪裡有本事變出這麼一桌早飯來的？

夏侯纓顯然是早知道的，說道：「是城裡的百姓為了感激妳送來的。」看了一眼魚湯，補充了一句：「似乎是知州大人後院裡養的。」

傅念君微訝，然後才輕鬆地笑起來，「看來這世上，還是善意多一些的。」

夏侯纓端著大夫的架子，把保胎藥重重地放在傅念君面前，不客氣地說：「先看顧好自己，再來演活菩薩吧。」

傅念君喝了一口，覺得有點燙嘴，立刻放下，感嘆道：「我這一輩子，也就演這麼一次了，所以，盡量賣力點吧。」

她只是個普通人，度過這一次的劫難，她只想好好地和自己的丈夫、孩子平平安安地生活在一起。

§§§

傅念君終於入睡了，期間沒有人打擾她。可是即便如此，身處這樣的環境，她也沒有辦法真的放鬆，但是為著孩子，她知道自己應該要休息。

等她再次睜眼醒來的時候，已經快日暮了。走出門口，覺得天氣似乎又冷了些。風裡瀰漫著一股刺鼻的氣味。

郭達出現在傅念君身邊，似乎是剛剛洗乾淨臉，一雙眼睛卻還是顯得十分疲憊。

傅念君讓他趕緊下去休息，郭達卻是拒絕了，理由是主將都還在堅守。

傅念君這才知道，齊昭若身先士卒，自己一次都沒有下來休息過。

他是打算熬第三個晚上了。

傅念君側耳細聽，似乎還能聽到弓箭不斷發出的嗡嗡低鳴聲。

她都能夠想像齊昭若站在城頭上拉滿弓的樣子，他竟然這樣堅持了一個白天嗎？

真是瘋了！

「現在戰況怎麼樣？」傅念君問郭達。

郭達回答她的時候，疲憊的眼中露出興奮的神采。

火蒺藜的出現確實極大振奮了宋軍的軍心，西夏人原本祭出了火炮，見宋軍已然露怯，正打算一鼓作氣攻入城內，卻不料宋軍也扔出了他們沒見過的武器。

一個個火蒺藜在他們眼前爆開，因為處於下風口，一時間陣前就很快濃煙滾滾，而且這煙霧還極其嗆人眼鼻，讓人幾乎睜不開眼。

蒺藜的毒性雖然不至於使人昏厥中毒，但是極不好受卻是真的。

因此西夏人暫時退後了，郭達也有了這個機會能休息片刻。

傅念君讓郭達趕緊去勸齊昭若下來休息。

「他該知道，他想死在城頭上是他的決定，明天過後，絕沒有人攔他。」

他實在是胡鬧……算了，他本來就是那種偏執的人。

郭達領命去了。

他對齊昭若一向是不喜的，但是這一次守城戰，顯然心態改變的不止是傅念君一個人。

當生死大事落在眼前的時候，人也會不由自主地豁達吧。

城裡的火蒺藜還在製作中，剛才跟著傅念君「學習」的婦人們個個與有榮焉，不等吩咐就自行繼續製作火蒺藜，但是能供應的數量卻已經極其有限了，因為再多的草藥、桔梗、爆竹也會有用完的時候。

一個年輕人急忙過來請示傅念君接下來該如何，傅念君告訴他們，不用繼續再製作了。

年輕人有點失望。

傅念君又嗅了嗅空氣中的味道，西夏人也在等風向轉變吧……

原本她做火蒺藜就是為了拖延時間，並不指望能以此退敵。

火蒺藜只不過佔了個「措手不及」的優勢罷了，何況她能夠聞到這陣陣飄來的刺鼻味道，就證明今夜的風向確實要變了，屆時再使用火蒺藜，就是給城裡的百姓和守軍自找麻煩了。

今夜，再撐過今夜吧。她在心底默默地說。

不止是鄜州城，她也已經快到極限了。

七郎，你快點來吧，我和孩子，都在等你……

§§§

齊昭若在張鈐轄的堅持下，終於被齊循和郭達扶著給強制「拖」下了城樓，按到一間民居的床上。

「兩個時辰！」郭達很囂張地朝他比出兩個手指，「就睡兩個時辰行了吧。就算是打仗，西夏人也得吃飯的！」

齊昭若大概自己都不知道，他現在的臉色有多駭人。

他躺在床上，不太喜歡以這樣的角度看著面前這兩個人。

「知道了……」他也確實疲憊，尤其是兩隻手臂，似有千斤重。

齊循和郭達見他聽了話，這才雙雙出門。

但是齊昭若並沒有睡多久，甚至可能還沒有兩個時辰，一聽到敲鑼聲就立刻從床上躍了起來。雖然身體依然很疲憊，但是對於在戰場的他來說，已經習慣了。

他快速套上甲冑，齊循已經推門而入。

「怎麼回事？」齊昭若忙問。

「是西夏人。」齊循皺眉說：「他們改變了戰術。」

齊昭若已經快速穿好了靴子，他聽到的敲鑼聲，其實是因為城裡的西北角失火了。

但是讓百姓奔走慌亂的卻不是這個原因。

西夏人改了戰術，此時的鄜州城內，似乎漫天都有敵人震天喊殺聲傳來。而同時，四下裡有百姓不斷往西邊湧去，都在說著：「是不是西邊沒有人了？西夏人撤了？不打西邊？我們還能逃出去？」

西夏人甚至還將原本在西側城門口徘徊的小隊都調走了，直接在北門和東門加大了兵力。

這叫做「圍三放一」，是戰場上的高明招數，示敵生路，告訴敵人即便失敗還有生路，有這一條生路，就有可能讓對方存有僥倖心理，不會拚死作戰。西夏人如今是打著這個念頭。

齊昭若在心中篤定，西夏人既然選擇了這個方法，就說明他們大概是不會再有援兵來了。

他和傅念君賭對了。

但是在此之前，他們得先保證百姓們不會被這圍三放一的計策所迷惑。

百姓素來就是愚昧的，且禁不起嚇。戰局好的時候他們自然有信心，但是不代表他們就會一直有信心下去。

齊昭若對齊循說：「你和張鈐轄繼續守城。」自己隨著人流，準備大步往西而去。

齊循見他暫時不打算回城牆上，猶豫了一下，還是拉住他追問：「不用調派人手到西城門去嗎？」百姓已經在西城門口越積越多，如果突然發生暴動，外面的人要打開城門很難，但是裡面的人要出去卻是相對容易。

建城池一般都很有講究，西城門外是一條護城河，且地勢頗險，敵人是不會選擇這裡攻城的，但是卻很適合做為西夏人圍三放一的缺口。

齊昭若抬眼望著西方的火光，沉著臉說：「這火來得湊巧，城裡已經混入了奸細。」

齊循頓了頓，說道：「傅……夫人也是這麼說的。」

齊昭若點點頭。

如果不是她在主持大局，他大概連兩個時辰的睡覺工夫都沒有。

或許是她特地讓齊循他們不要叫醒自己的，這麼想著，齊昭若心裡便泛起了暖意。

「所以，」齊昭若說：「一旦我們布防有變，不知道會引起怎麼樣的麻煩，守城……已經耗盡了鄜州全部的兵力了。」他們不可能再將士兵分流，分出一部分來攔住百姓。

齊循心裡也沉了沉。

不止是西夏人已經沒有更好的法子，他們也是在勉力支撐而已。

齊昭若到西城門口的時候，傅念君帶著幾個年輕人正站在西城門口，郭達防備地看著眼前烏泱泱的人群。

「夫人，咱知道您說的，咱也為將軍們守城了不是？現在有條出路為啥不能走啊？我們走了以後，你們趕緊把門關上唄！」一個大嬸不解地問。

她昨天還跟著傅念君一起做火蒺藜的。

「是啊，夫人。」另一個抱著孩子的婦人說：「城裡的肉糧都供了軍爺們了，家裡沒存糧了啊。畢竟這是打仗的時候，我們也不會說什麼。但是夫人您看，我娘家就在城外二十里地，我帶著孩子先回娘家吃點，也給城裡減輕些負擔不是？」

這都是實話。

傅念君、齊昭若、張鈐轄等人商議再三，決定在伙食上奢侈一些，讓守城的將士們可著勁兒吃，只有這樣，他們才能使出最大的力氣。

這些大小夥子個個都是填不飽的肚子，這幾天吃的東西，幾乎抵了全城半個多月的口糧。

從柳知州官衙裡搬出來的糧食都是陳糧，不能給將士吃的，許多百姓都囤著打算等戰事過了，再去換成新糧。

鄜州已經到了極限，不止是人人疲憊，在糧食方面，遲早會迎來這樣的問題。

好在現在的百姓們都還吃飽了肚子，否則就是多一天，傅念君知道，他們都會衝出城去的。

「各位叔伯嬸娘，我們是為了大家的安危。一旦你們從這裡出去了，守城軍士的軍心必然渙散，即便西夏人不會對你們進行圍追堵截，但是對於鄜州城來說，依然是個巨大的冒險。」

傅念君盡量用最淺顯的道理向他們解釋。

但百姓是聽不懂此中厲害關係的，他們只知道西夏人已放棄從西面進攻，過了護城河，一個西夏人都沒有，他們為什麼不能走？

「夫人，我們倚仗您，但您也不能逼著我們陪全程軍士守城啊！我們不是不相信你們，您自個兒的故事裡，守城的大將軍不也是讓百姓能先逃就先逃嗎？」有個大嬸的語氣很激動。

人群裡有個年輕的小娘子很是仰慕傅念君的風采，替她說了句話：「不如夫人和我們一起走吧，城裡有軍爺們呢……」旁邊幾位大娘也附和起來。

她們對傅念君已經生出了些同生共死的情誼，但是也僅僅這麼一點，不可能事事都聽她的。

傅念君嘆了口氣，這就是西夏人的目的了。

他們已經不指望將鄜州城斬盡殺絕，他們願意放過這些百姓，只要拿下自己和守城的這些軍士。

城裡這個時候著火，說明已經有奸細混入，一旦她此時隨著百姓們離開鄜州城，奸細必然會跟上。

她從一開始就沒有選擇。

齊昭若見到百姓們四下都圍著傅念君發難，不由心一沉，大步走到傅念君身邊，朗聲對百姓們說：「你們要走也行，但是要知道風險。有親人在城牆上的，你們走了，他必然心裡著急，一個著急，個個都開始著急，一旦失了半點分寸，鄜州守不住，你們倒是走了，你們的親人就得死在這兒！」

他把話說得比傅念君更淺顯，甚至帶了幾分恐嚇，果然有百姓猶豫了。

「我、我侄兒還在守城……」
「我家男人和大伯也在。」
有些婦人漸漸改變心意了。
但是人性之中，往往還是自私占多一分，隨即在短暫的沉默後，有女人的聲音就響起：
「我、我家沒人在守城……」
「我家也是……」
她們還是想出城的。
傅念君無奈地看了齊昭若一眼，意思是說：看吧，沒用的。
齊昭若心裡一陣煩躁，他已經不太想對這些愚昧的百姓多說什麼了，如果這是他們的選擇，就隨便他們吧。此時的人群裡已經有爭議聲傳了出來，因為剛才出聲急著說明自家沒有人上戰場的幾個婦人，遭到了別人的聲討，這種自私涼薄的行為讓人看不過眼。
人群之中罵罵咧咧的越來越顯得雜亂，甚至還有發展成推搡的趨勢。
傅念君見齊昭若的臉色越來越差，立刻對他說：「你去守城，這裡的事不用擔心。」
「但是妳……」
「齊昭若，你清醒一點！」傅念君板著臉直呼他的名字，「你別忘了自己許下的諾言。你是這場戰事的主將，不能浪費工夫和婦人口舌，你最該做什麼，難道到現在還不清楚嗎！」
齊昭若清醒了一下，臉上的憤懣之色也漸漸退去。
是了，他一定會守住這座城……和她。
他答應過的。
「這裡有我，不會有問題。」傅念君繼續說：「我們就快贏了，不是嗎？」

就快贏了……

「是！」齊昭若篤定地回答她，然後呼了一口氣，對她道：「妳小心。」

他該更相信她一點的。

他們兩個人，不能被這些百姓左右，無論如何，他們都有自己需要堅守的事，有他們自己的任務。

齊昭若走開後，傅念君長吁了一口氣，看了一眼旁邊的郭達。郭達會意，立刻敲響了一面大鑼。

人群中的爭執聲漸漸小了。

傅念君揚高聲音，對眾人說：「抱歉，大家今天如果想出城的，只能……先把我交給西夏人。」

什麼意思？

人群安靜了一下，郭達急了，大聲道：「夫人！」

傅念君對著他笑了一下，然後轉頭，在郭達驚恐的眼神中對人群說：「一直以來沒有告訴大家，其實我就是西夏人第一天在陣前要求鄜州軍民交出的人——淮王妃傅氏。」

百姓似乎都沒有反應過來，靜默了一下，隨即就爆發出比之前更響亮的聲音。

「淮王妃！淮王妃怎麼可能來鄜州！」

「難道西夏人不是騙人的？他們真是衝著淮王妃來的，不然他們為什麼要打鄜州？」

「不可能的，她是齊將軍的夫人！怎麼可能是淮王妃呢？」

一時間各種聲音都出現了。

傅念君望著惶惶不安的人群，平靜地說：「我沒有必要騙你們，我身上有官家在大婚時賞賜的玉佩可以證明身分。我來到這裡，是為了尋我的夫君。」

原來真的有皇子到了邊境，百姓們想起那似是而非的傳言，心中的震驚無以言表。

他們只聽傅念君繼續說下去：

「我不能攔著大家求生，也不能要求所有人都死守在鄜州城裡，但我是淮王妃，對於西夏人來說，他們一開始的目標是我。所以，如果大家現在要將我交到陣前，西夏人便可以退兵，鄜州城也可以守住，你們誰也不用走。」

她頓了頓，笑容在火光的映照下，顯得十分蒼白無力。

「但是如果我下令開了這座門，就代表著用所有守城將士的性命來換你們的生機，我不能對不起他們，也不能對不起你們，所以，如果大家要出去，先將我交給西夏人吧！」

傅念君說完之後，目光便落在百姓們身上，似乎在等著他們做決定。

她的話說得很明白了，她不會離開鄜州，而開了這座城門，鄜州的將士很可能會守不住，為了他們，她就一定不會讓。

唯一的解決辦法，她提出來了，讓他們將她交給西夏人，那麼還有可能鄜州之困立解，守城的官兵和他們這些百姓，全都可以保住。

「王妃……」郭達看著傅念君，心裡忍不住地絞痛。

人群中果然有含著怨氣的聲音響起：「都是她！不是她西夏人就不打鄜州了！」

「是啊！原來都是她害的……」

「她還來裝活菩薩！」

愚昧的百姓是永遠不能指望他們理解太多的。

傅念君聽著這些謾罵，依舊只是微笑。

「妳如果真的想護住鄜州，為什麼不早點出去！」

「是啊，妳貪生怕死！」又有人這樣指責她。

傅念君看著他們，一字一頓地說：「因為西夏人要用我威脅渭州，我為什麼要去？我也不是貪生怕死，因為我始終如一地堅信，即便我不出去，鄜州也能守住，不相信的人，是你們。

「我不怕死，我也不願意放棄鄜州，但是如果你們放棄了，我……沒有資格阻止。」

大家突然沒話說了。

傅念君張開手，繼續抬頭道：「將我綁了送給西夏人，一切都還來得及。我是大宋的王妃，我不會怪你們。」

她一步步朝人群靠近，笑容絕豔，可人群卻反而漸漸被她逼迫地退後了幾步。

郭達看得屏息，他有點明白傅念君的意圖了。

置之死地而後生，就是這樣吧？

她讓百姓們自己選擇，是要選擇苟且，還是選擇拚搏。

用她自己的性命做賭注啊！

郭達發誓，他真的沒有見過比她更膽大的女人了，但是事實證明，她確實每一次都能賭贏啊。

在壓抑而沉悶的氛圍之下，百姓們暫時都失語了。

他們突然發現，自己沒有資格再罵那些狗官棄城而走。因為現在，這個年紀看起來還不到二十歲的年輕女子用實際行動告訴他們，決定權其實在他們自己手裡。

是他們選擇要不要棄城，不是那些高高在上的官爺軍爺。

是把這個和他們一起同甘共苦的王妃娘娘綁了送給西夏人，還是相信她，死守到最後一刻？

她究竟是真的為了鄜州城，還是為了她自己？

所有百姓腦中的思緒都忍不住翻飛。

這時，靜默無聲的人群中，突然響起了輕輕的啜泣聲，是剛才那個替傅念君說話的小娘子。

「王妃也是人，她不應該隨便就去送死吧？她已經為我們做了好多事，如果不是她，西夏人早就打進來了吧……」她只是直觀地說出了自己最真實的想法。

城裡有很多像她家這樣的人家，他們不像柳知州這些當官的，也不像那些員外商人，甚至連代步的驢子都找不到一頭。離開鄜州，他們就只能做難民流民，有親戚投靠的還好，若是沒有的，便如風中浮萍，連下頓飯在哪兒都不知道。

如果不是她娘拉著，她也不想走，她覺得鄜州城完全守得住啊！

這個淮王妃這樣厲害，她還能造武器！她聽說西夏人陣前那個轟隆隆似雷神發威一樣的武器，都敵不過她帶著她們做的那些火蒺藜。

難道這些還不夠證明嗎？

「我是沒有見過什麼王妃公主，見過最大的官老爺是知州。可是我、我也是到了今天才知道，不是所有有權有勢的人只會逃命的……」那小娘子弱弱地補充。

起碼傅念君就告訴了她，什麼是不屈和堅毅。

一石激起千層浪，許多人都回想起了這幾天的種種，終於也有人感嘆，聽來是個讀過書的。

「家國之戰，何是一個婦人能左右？西夏胡人多次對國朝背信棄義，即便交出人質又豈會真的放過一個鄜州城啊……」這句話，只有從他們自己嘴裡說出來才是有分量的。

傅念君自己是永遠不會說。

她把自己的性命交到了眼前這些百姓手裡，他們……

總算沒有讓她失望。

郭達在傅念君身後，攥著刀柄的手心裡已經冷汗涔涔，這以退為進的招數還真是不適合常玩。他都已經想好，激憤的百姓擁上來時，他該怎麼抽刀威嚇他們了。

可又不能真的砍，實在是難辦。

但是幸好，這些百姓的態度漸漸出現了扭轉。

「她其實早就可以逃的吧，但她沒有走……」

「是因為真的想守住鄜州城？可、可是為什麼啊？」

「鄜州城或許真的能守住吧，所以她不走啊。」

百姓們議論紛紛。

傅念君依舊平靜，等到所有目光都集中到自己身上時，才繼續對著百姓們說著：

「父老鄉親，我留在鄜州，是因為我會履行做為一個王妃應盡的義務，同時，也因為我相信我的丈夫，在渭州的淮王殿下，他必然會來解鄜州之困。他不知道我在這裡，但是我從不懷疑他會放棄鄜州，因為他和我一樣，不會忘記身為皇族的使命，不會忘記對大家的責任。」

她伸手指著城牆上，「而在那裡浴血奮戰的將士們，更代表著我無可放下的尊嚴。他們為大宋流血，我也想為大宋保護他們。我還是想向大家爭取一個機會……」她頓了頓，說道：「請大家最後再相信我一次，明天，渭州的援兵必至！」

傅念君說完，百姓們的議論聲更大了。

良久，終於有人猶豫的聲音響起：「是不是真的？都三天了，援兵真的還會來嗎？」

「一定會的！」回答的人不是傅念君，而是剛才那個小娘子。

她目光略帶憧憬地看著傅念君，低聲說著：「如果淮王妃是這樣的人，那麼那位淮王殿下一定也是這樣的人吧……我願意相信他們！」

「那……我也再等等吧。」

「就再信這麼一次吧。」

「明天援軍不來就要開門！」

「是啊，我們再多等一晚。」

百姓們做出了最後的讓步。

這已經比傅念君預想的好太多了。

百姓們的情緒漸漸被安撫，夏侯纓在這個時候及時送上了大桶的驅寒湯藥，傅念君帶頭分發下去。她說話做事的風度絲毫沒有任何變化，甚至人群中還有隱隱約約的疑惑聲：「她真的是王妃嗎？」

王妃會是這個樣子嗎？

傅念君忙完後，拒絕了夏侯纓提出讓她去歇息的要求。

她只是在下風口尋了一處民宅的屋簷下坐著，不遠處是在熱氣騰騰中交談著的百姓。

她對夏侯纓說：「現在他們的情緒就像是緊繃的弓弦，稍微不注意，箭就射出去了。」

「所以妳憑一己之力就要拖住這麼多人。」夏侯纓淡淡地說，語氣有點不敢苟同。

「不是還有妳嗎？」傅念君對她笑了一下，目光真摯，「這一路上，幸好有妳。」

夏侯纓嘴唇動了動，望向天邊依舊暗沉的天色，然後說：「別說這樣的話。」

她不喜歡傅念君用這種似乎等不到明天的口吻說這樣的話。

她在齊昭若面前，在所有百姓面前，不是那麼信誓旦旦嗎？

她其實內心也會感到不安嗎？

「妳就沒想過如果剛才失敗了，妳會怎樣嗎？」夏侯纓問。

傅念君笑了下，然後也抬頭望了望天，說：「只能說是佛祖保佑了……其實當我真的到了這個地步才知道，所有的計謀計策在生死問題面前，都是沒有用的。我已經沒有辦法了，最後能夠仰賴的，只有百姓們願意回饋我的一點善意而已。」

她用盡所有的力氣堅守這座城，最後唯一能夠指望的，就是人性裡的善良這種虛無縹緲的東西，一種她以前並不相信的東西。

「幸好啊……」傅念君嘆了口氣，「只能這麼說了。」

「如果有下次，還賭嗎？」

「我真不希望再遇到下次了，畢竟我也只是個膽小自私的普通人罷了。」

兩個女人在陰暗的屋簷下相視而笑，夏侯纓遞上了一碗熱熱的湯藥，對傅念君說：

「喝吧，撐到天亮會冷的。」

12 援軍來到

夜色褪去，天邊漸漸露出魚白，鄜州的清晨是很冷的，許多百姓的頭髮上甚至掛著白霜，但是他們依舊不想回家。

昨夜那一晚熱湯的效力已經被驅散了，聚集在這裡的人臉上都有著疲憊和木然。

而西夏人在城外的動靜依舊響亮，支持了這麼幾天，他們也該疲憊了吧。

傅念君身上被迫裹上了厚厚的裘衣，桌上是熱氣騰騰的早飯，這個時候還有這般的早飯，完全是因為夏侯纓這個不世出的神醫，親自洗手做羹湯。

「妳、妳還有這樣的手藝……」

郭達對夏侯纓表示震驚，然後臉上就露出了些高深莫測的表情。

傅念君看在眼裡，勾了勾唇對他道：

「你想讓她做你嫂子，不該是這個表情。你大哥他……尚且長路漫漫。」

郭達：「……」被看穿了。

齊昭若從城牆上下來，第一件事就是來找傅念君。

他又帶著人在城牆上堅守了一夜，身上的銀甲似乎更耀眼了，上頭滿是厚厚的白霜。

他見到傅念君的那一刻，神色就有了明顯的放鬆，然後十分自然地端起她對面的一碗熱粥，唏哩呼嚕地吞了下去。

他沒有再問城裡的百姓，因為他知道她是真的能夠搞定他們。他只是大口地吃著，還對傅念君說：「味道不錯，一會兒我帶點給張大哥和齊循。」

傅念君等他吃完，就吩咐郭達：「去把人帶來吧。」

郭達和何丹很快把一個五花大綁的年輕人拎了進來。

「這是……」齊昭若不解。

「昨天放火的奸細。」傅念君說。

「妳竟然抓到了？」齊昭若有點驚訝。

在這樣的當口，她還沒忘記這些事？

「確實費了點工夫。」傅念君說，是辛苦了郭達和何丹，一個巷子一個巷子去找，「總得在日後給他一些懲處。」

「日後？」齊昭若問：「妳現在打算放過他？」

「不能說放過吧，難道齊將軍要在這麼多百姓跟前殺了他？」

齊昭若明白她的意思，現在城裡的百姓正如驚弓之鳥，奸細之類的事情還是等贏了這一仗再說吧，免得又引起不必要的慌亂。

那個跪在年輕人瑟瑟發抖，卻還是抬起了下巴，對他們大喊道：「我們大夏的鐵蹄必將踩爛你們這些卑賤的漢人，大夏皇帝陛下萬歲！太子殿下萬歲！」

齊昭若冷哼了一聲，把他踹倒在地，「你萬歲的太子殿下大概現在正在城外束手無策，否則怎麼會動用你這個廢物？我倒是很好奇，你在城裡是怎麼和他們通信的。」

西夏的太子，李元宗，是這次伐宋的主將。

那個奸細換成了他們自己的語言開始嘀咕，齊昭若也沒有真的指望從他嘴裡聽到答案，只是摸了摸腰間的佩刀，居高臨下地說：「反正早晚有機會盤問你。」

傅念君讓郭達把他趕緊拎下去了，再看一眼齊昭若這副「囂張」的樣子，真是眼熟啊。

她忍不住說了一聲：「你嚇人的本事不減當初，還是說原本就喜歡這麼威嚇俘虜？」

齊昭若知道她是提到了前世的那個場面。第一次，他的臉上不是難言的陰鬱表情，反而有點訕訕地說著：「都已經是那麼久遠的事了……」

傅念君冷哼了一聲，但是當她抬頭的時候，卻意外見到齊昭若的目光落在自己臉上，非常熱切而專注。

傅念君立刻發現了兩人之間氛圍的轉變。

一開始在鄜州城外相遇的時候，他們之間是故意疏離的尷尬和冷淡，但是經過這幾天的「同生共死」，顯然他們之間不可能再這麼冷漠了。傅念君不可否認慢慢將他視為自己並肩作戰的「戰友」，但是她不知道齊昭若的心境……

她臉色微變，不知道在這個當口該怎麼來說這些話。

幸好旁邊的夏侯纓也看出了不對勁，立刻咳嗽了一聲，齊昭若回神，才轉開了視線。

這時突然外面衝進來一個小兵，臉上是激動的狂喜和興奮，甚至語無倫次起來：

「將、將軍……援、援軍……城外……」

傅念君陡然站起身。

援軍終於來了嗎！

齊昭若立刻大步往外走，聲音洪亮，「什麼方向過來的？有沒有看清旗幟？」

他這麼說，是要親自確認，卻無法逼自己趕走心底的另一種情緒。

在焦急等待援軍的這幾天裡，到了現在、此時，他竟然，有些隱隱地期盼他們再晚點過來……因為在鄜州這個封閉的城裡，他才第一次感覺到了和她這麼近的距離。援軍的到來，將會讓這一切灰飛煙滅。

周毓白也會一起到來吧。

他才是她的丈夫。

這個殘忍的事實像一條無形的鞭子，抽打在他的心上。

齊昭若逼自己清醒一點，他現在是鄜州城的主將，竟然把兒女私情放在第一位嗎？

他會看不起這樣的自己。

傅念君終於沒有忍住，也跟著齊昭若登上了城樓。她能夠看到不遠處隨著煙塵而來的大軍，宋軍的旗幟迎著風飄揚，士兵的吼聲和戰鼓的鼓點，是她這輩子聽過最動人的樂曲。

終於來了！

鄜州，守住了！

傅念君捂住嘴，第一次有了這麼強烈想落淚的衝動。

「我們贏了。」

齊昭若的聲音響起，他此時正微笑著，然後朝著身邊有些呆愣士兵們，再加大聲音喊道：

「我們贏了!!」

所有的軍士似乎突然就清醒了，歡呼和吼叫在一瞬間爆發出來，像是要把這幾天所有的壓抑和害怕宣洩出來。震耳欲聾的聲音，充滿了新生的喜悅和征服敵人後的快感。

這就是勝利的滋味吧……

所有在前一刻還灰頭土臉、滿臉疲憊的年輕官兵們，每一張臉上都煥發出了無比燦爛的神采。

「贏了！」

「贏了啊！」

張鈐轄都忍不住一把抱住了自己的副官，差點老淚縱橫。

「太他娘不容易了啊！差點就再也見不到我家寶貝女兒了！」

齊循在旁見狀，也整了整盔甲，竟是有點期待地看向齊昭若，可是卻看見對方早在第一時間轉身，看著十步外兩個一樣情緒激動的女人，久久不能回神……

齊循眼巴巴地看著齊昭若，真的第一次替他感到揪心。

人家那是有婦之夫了啊，還是皇家的兒媳婦，你自己的親表嫂。

這重重的身分壓下來，兩個人之間早就沒可能了。

齊昭若扭回了頭，在此時與齊循的目光對上。他頓了頓，然後大步走過來，拍了拍齊循的肩膀，說道：「辛苦了！」齊循心想，沒你辛苦，不管從哪個方面來說……

大軍一至，城下的西夏軍隊就兵敗如山倒，再也沒有一開始的氣勢了。相反這次的宋軍卻是士氣高昂、井然有序，面對一向有些懼怕的西夏軍隊，竟然絲毫不見懼意，守城的官兵們見到這樣的境況，因此更加興奮。

援軍不僅來了，而且比他們想像的更加氣勢如虹！

「太好了……」

傅念君握住了夏侯纓的手腕，眼神有點恍惚。她望著那些衝殺的宋軍，明明知道現在是不可能見到她想見的那個人的，可是眼神還是忍不住四下尋找起來。

好像心頭一塊大石終於重重落了地，傅念君身上的疲憊感也翻江倒海地湧了上來。

她大概……沒力氣撐著看百姓們歡欣鼓舞地迎接援軍進城了吧。

夏侯纓扶住傅念君的肩膀，輕輕嘆了口氣：「妳撐得也夠久了……」

傅念君終於闔上了眼睛，是啊……就先讓她休息一下吧。

齊昭若站在城樓上，聽見張鈐轄在自己耳邊興奮地喊著：「開城門！開城門！」

開城門……

西夏人敗局已定，到了此時，鄜州城的城門已經不用他們來守了。

原來，西夏人留在這裡的軍隊或許連七、八萬都沒有。

齊昭若在他們潰敗的陣勢中看出了這一點，竟比傅念君猜測的情況還要好。

他笑了笑，再回頭，已經沒了傅念君的影子。

終於，結束了啊。

§§§

傅念君再次睜開眼的時候，有點分不清現實和夢境。她看到自己床前坐著一個朦朦朧朧的影子，被日光淡淡地籠罩著，淡金色從他衣袖上流瀉下去，顯得格外靜謐美好。

「七郎……」她伸手。

有人握住了她的手，溫暖的掌心和她的交疊。

傅念君重新閉上了眼睛，睫毛微顫。

「果然，是夢吧。」

隨即她聽見一聲長長的嘆息，然後是略帶責備的聲音，清越而動人心弦。

「妳真是……讓我說妳什麼好呢？」

不是夢！

傅念君猛然坐起身，身體快過了腦子的反應，只是立刻伸手抱住了來人的脖子，緊緊地不肯鬆手。對兩人來說，這是一個無比熟悉的擁抱。

周毓白也回抱著傅念君，輕輕淺淺的呼吸落在她的耳邊。

「七郎，不是夢嗎？」傅念君的聲音微顫，她想再一次確實。

「不是夢。」他輕聲說著。

傅念君輕輕地咬了面前人的脖子一口，然後問：「你先告訴我，你痛不痛？」

周毓白笑起來，「怎麼突然變傻了？」

他將她推開一些，熟悉而久違的面容，傅念君看著他，一樣那麼俊秀，微揚的眼眸裡是她所熟悉的溫柔，只是他看起來似乎比她更累，眼下有隱隱的青黑。

傅念君鼻子一酸，「我……」

周毓白已經吻住了她。

他的氣息讓傅念君迷醉。他們夫妻已經好幾個月都沒有見面了，無數次、無數次，在夢中的會面，都抵不上這一刻。

兩人氣喘吁吁地分開，周毓白用額頭抵著她的，手從腰間已經摸上了傅念君的小腹。

她不穿著厚厚裘衣的時候，肚子已經有點明顯了。

「他還好嗎？有沒有給妳添麻煩？」

傅念君沒有想到他會說這樣一句話，他先問的不是孩子的安危，問的是孩子有沒有給她添麻煩。她撒嬌似地重新埋進他的肩窩，「他很乖，是我，我不是個好娘親。」

「那我就更不是個好父親了。」

「七郎，你終於來了，我們等了你好久……」她感嘆著。

幸好終於等到了。

「對不起。」

周毓白說道，在傅念君沒有看到的地方，他的手正緊緊地攥著被子，攥得骨節發白。

他不敢想像，如果他再慢一步，她和孩子，就要陪著鄜州城一起……

他心中的情緒翻江倒海地騰湧著。可是在她面前，他依舊逼自己克制，不想讓她看到那樣的自己，害怕差點瘋了的自己。

從知道她被綁、離開皇宮的那一刻，周毓白就覺得自己失常了。他所有慣用的運籌帷幄都像是個經不起推敲的笑話。

他突然發覺，其實他遠沒有自己想的那麼無所畏懼。曾經他堅定不移的江山與美人都要的決心，突然之間像座山一樣壓住了他，讓他覺得難以呼吸、渾身發寒。

難道這是老天爺在懲罰他太過自信嗎？

當時他連續幾個日夜沒有睡覺，最後是被單昀敲暈的。再次醒來的時候，周毓白才恢復了正常，屬下們都以為他會不顧一切地趕到王妃身邊，但是他沒有。

周毓白知道自己該做什麼，他不能落入周紹雍的圈套，只能憑著一口氣撐下去。他不能再有半點慌神，這場仗他一定要勝利，他一定要贏。她，也一定要奪回來！

在短短幾個月時間裡，周毓白等的就是將西夏人全殲。延州的局早就設下了，但是渭州城裡突生的變故，讓他的腳步有所牽絆。

其實在得知西夏人突然圍攻鄜州的時候，他就已經在猜測，傅念君是不是在這裡，周紹雍從他身上唯一能找到的弱點，就是傅念君了……

而她果真在這裡。

他差點，又一次沒來得及救她。

幸好，她一直都比自己想像中更堅強。他在渭州，她在鄜州，他們做的卻是同一件事。前因後果他已經聽郭達說清楚了，她努力地將西夏人擋在城外，堅信著他一定會來救她。

周毓白緊緊地抱住自己的妻子，顫抖著聲音，再次對她說：

「對不起……」

傅念君終於發現他有點不對勁了，可是他卻只是抱著她不肯鬆手，更不肯讓她抬臉看自己。

傅念君心裡軟得一塌糊塗，他和她，其實是一樣的，他們都沒有那麼勇敢，他們都那麼害怕失去彼此啊……

夫妻兩人並肩躺在並不寬敞的床上，傅念君的手被緊緊攥在周毓白手裡，兩人都捨不得分開。

傅念君有無數的話想和周毓白說，但是她想到了他眼下的青黑，最後還是說：「你先睡一會兒吧。」周毓白也確實累了，側頭靠在了傅念君的頸側，嗯了一聲，閉上了眼睛。

傅念君看著他的睫毛，心裡一陣柔軟，忍不住想，如果肚子裡的孩子像他，該有多好看……腹部是一陣溫熱，周毓白的手掌正好覆蓋在了那裡，傅念君也把手蓋在了他的手背上，閉上了眼睛，不知不覺又睡了過去。

等到兩人醒來的時候，陽光已經變了顏色，看來是快入黃昏了。

傅念君想起來，兩人似乎都還沒有吃午飯。

周毓白已經坐起身來，眼睛裡有著剛睡醒的朦朧之色，傅念君有點出神地盯著他。

「先吃點東西吧。」他有點好笑地對她說。

小別過後，她看著他的目光倒似沒成親前那樣癡迷了。

傅念君有點不好意思，夫妻兩人一見面就躲在屋裡睡覺，怕是要被人笑話了。

來送飯的人竟然是單昀，他說傅念君身邊那些人，包括齊昭若，都已經去休息了。這幾天他們日夜守城，每個人都已經到了最疲憊的邊緣，現在援軍入城，一切都可以讓他們接手了。

「啊！」傅念君放下筷子，然後看著周毓白，有點心虛地說：「鄜州城的知州還被關著呢……」

周毓白笑了一下，看著她說：「放心，已經處理了，有我呢。」

有我呢……

傅念君心裡一軟，是啊，他來了，她就可以什麼都不管了。

兩人快速吃完了飯，傅念君便要周毓白說說渭州城裡的情況。

「本來也沒什麼大麻煩，為了營救王相公，費了點工夫。」

樞密使、參知政事王永澄。

傅念君嘖了嘖舌，聽他把話說完。

王永澄此人，雖然在朝時和傅琨多意見相左，也比較固執守舊，不願意打仗。但是唯有一點，就是忠君愛國。他出任樞密使後，統領這次戰事，反而是對戰局有利，所以傅念君從來不擔心周紹雍有能耐能夠策反王永澄。

但是他身邊的人，就太不好說了……

渭州必然有此一難，沒有兵行險招，就始終埋藏著巨大的隱患。

傅念君心裡也替周毓白捏了把汗，又是延州的戰事，又是渭州的官場，他還是個無法領兵掌權的皇子，她難以想像他做這些事有多艱難。

「幸好臨行前，爹爹給了我一道密旨，幫我省去了很大的麻煩。」周毓白說。

傅念君立刻說：「是王大人那裡的麻煩吧。」

王永澄怎麼可能對傅琨的女婿和顏悅色呢？

若非皇帝的信任，多給了一件法寶，怕是周毓白即便救了王永澄，還要被他反過來懷疑。

「總體來說還是好的，李元宗也不過爾爾。他派了五萬人悄悄逼近渭州，其餘的便大張旗鼓來取鄜州，最後沒想到兩頭都落空了。」

「那五萬人全部都……？」

周毓白點點頭，嘆了口氣，「實在不容易，渭州附近的駐軍有不少被周紹雍的勢力滲透，朝廷派的親兵又是那種樣子。妳知道的，我和狄將軍花了好幾個月工夫練兵，甚至一一拜會了曾經的西軍世家，連人家家中的老遺孀都請動了出山。」

他輕描淡寫的幾句話，傅念君卻能從中聽出了艱辛。

她面對的僅僅是一個鄜州城，城內駐軍加上百姓，也沒有多少人，就已經這樣艱難了。可想而知他面對著整個不堪一擊的大宋軍隊和千瘡百孔的邊境邊防，該有多麼辛苦。

「你不願意暴露身分，就是因為皇子的身分，反而限制你做這些吧……」

傅念君心疼地摸上了周毓白的臉。

如果這場仗贏了，他無疑是其中最大的功臣，但是卻沒有資格領功。在這裡，他一直扮演著一個隱形人，一直都只能充當著樞密使和經略使身邊幕僚這樣的角色。

「現在也不用隱瞞什麼了。」周毓白蹭了蹭傅念君的鼻頭，「我有個這麼出色的王妃給我長臉，我真高興，恨不得讓所有人都知道。」

傅念君卻是蹙了眉，有自己的擔憂，「我當時是無計可施了，本來我一直都不想暴露身分的，傳去東京城肯定會有閒言……」

「別怕。」周毓白擁住她。

「這場仗結束，在東京城裡的事情也該有個了結。沒人會盯著妳這個過錯，更何況妳守住了鄜州城。」

傅念君不想認什麼功勞，只想和他平平靜靜地過日子。

「了結……」傅念君重複了一下這兩個字，也替周毓白感到開心，「等贏了這一仗，官家想必也能念著你的功勞，那儲君之位……」

周毓白卻突然掩住了傅念君的嘴巴，輕嘆著說：「經過這一次，其實我倒是偶爾會想，只要我把周紹雍除了，再將張淑妃定了罪，或許那個位子，由六哥來坐也沒有什麼。念君，能夠和妳還有孩子在一起，我就……」

傅念君反過來伸手捂住了他的嘴，有點生氣地看著他。

「你在胡說什麼！你得到你應得的東西有什麼錯，你看著這樣的軍隊和天下，難道還能說出這樣的話來嗎？你忘了曾經你說過的那些誓言麼？還有、還有你答應過我的事呢？我是不想做皇后，我只想做你的妻子，但是你是最適合做皇帝的人，我和江山社稷從來不是你的二選一，你去選擇江山，我選擇你，我們一家人永遠不分開，這難道有什麼問題麼！」

周毓白愣了愣，眼中有瀲灩的光芒閃過。是他太多慮了，是他鑽牛角尖了。

他怎麼能懷疑呢，無論經過多少事，她始終都是那個他們初見時堅強大膽、不懼一切的她。

她沒有那麼柔弱，也沒有那麼容易被打敗。

「我知道了。」周毓白吻了吻她的唇，呢喃道：「我說過的話，我一句都沒有忘記。念君，我要妳陪著我。」

傅念君因為他這句話身子一軟，紅著臉說：「我當然會永遠陪著你。」

但傅念君覺得奇怪，周毓白怎麼一句也不問她在遼境時的事呢？

「七郎，你就……不懷疑我的貞潔嗎？」傅念君認真地看著他。

「又胡說八道。」周毓白擰了擰她的鼻子。

「我當然知道妳是安全的，其實當時的情況，我不在京城裡，妳在外面，反而比留下更安全。」

東京城啊……

他是怕她牽涉到肅王那件事裡。

東京的事暫且他們兩個都插不上手，傅念君嘆了口氣，「你在遼國安插了劉浦這個棋子，但是因為我，現在就動用了，會不會覺得可惜？明明可以用在更重要的地方……」

「我現在只慶幸，幸好我認識劉浦。」周毓白感慨。

傅念君將自己在遼國的經歷都和他說了一遍，對於蕭凜這個人，周毓白倒是表現得還算平靜，只是眼光非常沉冷。

「這筆帳，我遲早會同他算的。」

傅念君忍不住湊過去親了他的臉頰一下。或許女人聽到自己的丈夫說這樣的話，總會感到開心的。

「那個陳靈之，倒真是繼承了契丹人骨血裡的幾分忘恩負義，也確實該讓他吃點教訓。」周毓白說著，順便也回親了一下她的額頭。

傅念君道：「他在遼境，過幾年倒也是個能興風作浪的人。遼人這次怕是不會出兵的，宋使也不知道有沒有回京了？」

「本來也沒指望他們出兵。」周毓白說：「豺狼與虎豹罷了，哪一方都不能掉以輕心。只是遼與宋盟約已久，自然不能隨意就起兵戈。念君，我只怕妳……因此覺得委屈。」

傅念君微笑，「當年秦滅六國少不得使合縱連橫之術，兵強馬壯之時尚且要顧慮周全，更何況如今大宋的軍力，不可能與周邊各國都起紛爭。我與他們的仇怨，實在不值得七郎放在心上，當作一樁大事。」

周毓白握住了她的手，只是承諾：「我不會再讓妳碰到這種事了。」

傅念君點點頭，「我相信。」頓了頓，她才問：「周紹雍呢？他到底如何了？抓到他了嗎？」

差點忘了最重要的事。

「沒有。盤查了整座城，他不在渭州城裡，當然也不會在鄜州。」

其實這個答案傅念君也多半猜到了，如果這麼容易被找到，他也不會是周紹雍了。

周毓白替傅念君倒了一盞熱茶，看她咕咚咕咚地喝了下去。

「他倒真是狡兔三窟。」

傅念君帶著氣將茶杯放到桌上。

「大概在李元宗帳下吧……他沒有地方去了。」

周毓白叩了叩桌子。

依肅王府現在的狀況，他這個肅王世子回京不過是接受監禁而已，而遼人那裡，蕭凜現在自身難保，哪會有什麼閒暇來照管他。

他只能到西夏人那裡去，哪怕西夏人現在敗勢已顯，但是編整了殘兵後，又有延州做後方，怕是他們還會有一次進攻。

這不僅是李元宗，更是周紹雍翻身的機會。

「所以你是什麼時候懷疑蕭凜的？」傅念君問他。

「硬要說起來，或許從我那一次北上遇刺之時，便一直不太信任他吧。」

傅念君驚訝，「你遇刺之事，不是耶律元他們做的嗎？」

周毓白之前告訴她的也是，他中的那一刀換來了與蕭凜的締結盟約，有手段和膽量做這樣的事的人，也只有蕭凜的仇人，遼國的攝政皇叔耶律元了。

不是她大驚小怪，她對蕭凜這人也算是有了點瞭解，不覺得他會自導自演這麼一齣戲。

周毓白笑了笑，「已經不重要了，或許周紹雍也不是只有蕭凜這一手呢？」

他和周紹雍，不過是彼此彼此。

傅念君恍然。

實在是……太亂了。

「妳有了孩子，不要再想這些事了。」

她總是好奇心特別重，真是個讓人頭疼的習慣。

周毓白說：「熱水送來了，妳先沐浴，要不要……為夫伺候？」

傅念君紅了臉，嗔怪他：「什麼呀，這些日子，我事事都是親力親為的。」

他只是不置可否：「如果要我幫忙，儘管開口。」

兩人洗漱沐浴完畢，夫妻雙雙重新躺回了床上，睡不著的兩人就這樣躺著說話，感覺也非常溫馨，他們都很眷戀這樣的滋味。

傅念君起了話頭，又對周毓白說起了遇到張天師的事。

周毓白沒有非常驚訝，因為他從郭達的嘴裡已經聽說了，那是一個隨意就能教授他五行術數的老道士。

張承恩張天師，竟然出現在了這裡。

說起這位得道高人，傅念君便少不得提一提他和自己的淵源。

「還記得回夢香嗎？」

燭火點著，傅念君側頭忐忑地看了周毓白一眼。

「妳又入夢了？」

周毓白眉心微蹙。其實傅念君一直都知道，周毓白並不是特別支持她探尋前世記憶，他怕她心裡承受的負擔太重。

「沒事的。」傅念君握住了他的手。

「那妳都夢到了什麼？」他問。

傅念君斟酌了一下，還是把夢裡的場景對他描述了一遍。

周毓白很有聽故事的興致，一開始聽到「自己」的出現，表情倒是還好，只是微微挑了挑眉，聽到他們擁有了一個叫做澄兒的孩子時，甚至還勾了勾唇，但是慢慢的，他的表情就越來越不對勁了。

「高麗……翁主……」他重複了一下這幾個字，看著傅念君的眼神有點難言。

傅念君努了努嘴，想到了在寢宮裡兩人的爭吵，心裡雖然有點不痛快，還是決定先把故事繼續說完，再來提這個高麗翁主，等說到關於齊昭若的細節後，周毓白就徹底沉默了。

「……後來我就醒了，當時足足睡了三天，真的是太累了。」

傅念君笑了笑，有種如釋重負的輕鬆感。

「那麼……妳對這個夢有什麼看法呢？」他慢悠悠地說。

傅念君趴到周毓白的胸口，眼神對上他，「看法麼？關於高麗公主啊？我覺得真可惜，沒看看她的樣貌就醒了。」

周毓白的手握住了她的腰，微微用了點力氣就聽見她哼哼：「仔細捏疼了你的孩兒……」

周毓白知道她是裝腔，拿她沒辦法，說道：「妳現在倒是嬌氣，什麼高麗翁主，不過是個夢裡的人罷了，我倒還沒有提齊昭若。」

他不吃醋蕭凜，卻吃醋齊昭若。

傅念君也跟著笑起來，「七郎，我又不是真的犯傻。不管那是前世也好，還是只是一場為了給我預示的夢境也罷，我不會把裡面的人當作你，也不會把裡面的『皇后娘娘』當作我自己，所以……沒有高麗翁主，也沒有齊昭若。」

她不過是鬧著他玩的，吃飛醋的心思哪裡抵得上對他的思念。他們兩個人如今在一塊兒，她實在不願意花心思去鑽牛角尖。便是日後有那真正的高麗翁主出現，她也一定會早早打發她賜婚給宗室，不許他多看她一眼。

她不想像夢裡的自己那樣，為了愛他就吞忍下去。

傅念君以為周毓白聽她這麼說該感動一下，然後來親親自己，眨了眨眼，發現他卻沒動靜，還是只盯著自己，然後啟唇淡淡地說著：「沒有高麗翁主，齊昭若卻是就在眼前的，你們一起經歷這場慘烈的戰事，也稱得上『同生共死』了。」

聽聽，真的是太酸了。

傅念君驚訝，他是真的吃醋了？這是真的？

周毓白這樣的人，竟也有和她使小性子的時候？

她興奮地要爬起來，卻又被他摁了回去。

「念君，我太知道人與人之間的感情是如何而來的。妳我之間，最早的相知相許難道不是由一次次的危險和意外促成的嗎？妳知道我有多害怕、多不甘嗎？在那樣的時刻，站在妳身邊的人卻是他……」這是他第一次對她說出這麼自私、孩子氣的話。

他其實能夠想像到她夢裡那個「周毓白」的心情。因為他本來就不是一個那麼大度的人，他不是下凡的謫仙，只是一個普通的男人而已。

「我在城樓上見到他的那一刻，需要從他口中得知妳的安危的那一刻，念君，妳不知道，我的內心有多像被烈火燒灼、滾油澆灌，我沒有妳想像的……那麼強大。」

「七郎……」

傅念君聽了這樣的話，反而心裡一酸，她揪緊了周毓白的前襟，緊緊攥在手心裡。

生死劫難會改變很多東西，傅念君知道，但是……

「我只愛你一人，不管是以前、現在、還是未來。哪怕與齊昭若沒有那些糾葛，我和他也不可能。你看，其實那個夢就印證了，我和他的緣分，早就斷了。」

他殺了她，不止一次。

宿命，有時候就是難以逃脫的。

「我只會成為你的妻子。」

傅念君仰頭，吻了吻周毓白的下巴。

他的眉眼舒展，說不出的漂亮清俊。他在她的眼神裡能夠看到，和從前一樣對自己的熱情和依賴。

她一直都不會變的。

這一點讓他無比安心。

有一點他沒有告訴她，他覺得，夢裡的「周毓白」和「傅念君」，或許是他們的前世，或許擁有和他們一樣的性格，但是命運往往會讓人做出不同的決定。

周毓白願意把自己陰暗、自私的一面暴露給她，就是知道她會願意接受這樣的自己，無論怎樣，她都會愛自己。夢裡的「周毓白」會走到那一步，或許只是因為他沒有那個勇氣罷了。

兩人之間的氛圍旖旎，周毓白不想忍耐，一個翻身，便虛虛地困住了自己的妻子。他的臉壓了下來，傅念君立刻臉上泛紅，推住他的肩膀，「不行……」

「可以的。」他輕輕柔柔地說：「早已經過三個月了不是嗎？而且，妳不想我嗎？」

他把尾音拖得很長——不想我嗎？

他竟然這麼誘惑她……

當然想啊，甚至在那個夢境裡，她都差點把持不住自己。

傅念君越想臉越燙，但是轉念一想，她都是做母親的人了，還裝什麼閨中少女啊？她做閨中少女的時候就學不來羞怯，她那麼想和他在一起……

傅念君索性心一橫，攬住了他的肩膀，仰起脖子承接住他溫柔的輕吻。

燭火跳動，卻沒有人再注意它，讓它靜靜地燃了一夜，竟似他們大婚之夜不滅的龍鳳喜燭那般……

§§§

早上起來的時候，傅念君紅著臉趕緊開窗，好在兩人現在一切從簡，身邊也沒個丫頭服侍，不然真是不知道該怎麼解釋了。

周毓白也有點不放心，怕弄傷她和孩子，說著：「請夏侯姑娘再給妳把把脈吧。」

兩人分別了那麼久，他有點高估自己的控制力了。

傅念君卻是比周毓白更神清氣爽，整個人容光煥發，簡直一眼就能被人看出成了什麼好事，她卻毫不自覺，聽聞他這話還有點害羞，「我……我挺好的，每天都喝安胎藥。」

她雖和夏侯纓共過生死，情誼不同以往了，但是這種事被人家知道，還是不太好吧，人家夏侯姑娘還沒出閣呢。

何況他們兩人不知道的是，郭巡一進城就堂而皇之地霸占了夏侯纓這個神醫，腿疼脖子疼腳疼哪兒都疼，又是要她開藥又是要她扎針的，就連親弟弟郭達滿含熱淚覺得經歷了這場生離死別，見到久違的兄長一定要上來擁抱一下，都被他嫌棄地一腳踹開了。

閒言少敘，今日對淮王夫妻兩人來說，注定是無比忙碌的一日。

周毓白昨天處理了一些城裡的事，但是大部分時間還是用來陪久別的妻子，今天休息夠了，卻是不得不繼續辛勞了。

城裡的柳知州被放了出來，得知關自己的是淮王妃，心裡就算再不喜，暫且面上還是只能忍著，畢竟這座大佛得罪不起。

還有鄜州城裡的百姓，更加需要安撫，這可是活生生的皇子啊。周毓白到了如今也不必要遮掩了，在放糧之時索性站在一邊讓百姓打量，得到了無數讚嘆和癡迷的目光。

不過和京城裡以花癡小娘子們占多數的目光不同的是，這裡的百姓，都會在欣賞完淮王殿下的風姿後說一聲：「殿下和王妃，真的是天造地設的一對啊！」

13 天師之祕

傅念君聽了百姓們的讚嘆倒是樂了，抽空還要揶揄自己的夫君，對周毓白表達不滿，「我為他們做了這麼多事，可說是置生死於度外了，怎麼你只要往那一站，就算和我『天造地設』了呢？」

周毓白微笑凝望著她，「確實是在下高攀了娘子，也沒有旁的辦法，只能請妳多多擔待了。」

這般耍賴反倒是傅念君被他看得臉紅，只得尋個由頭離他遠點。

淮王夫妻倆這副甜蜜深情的模樣，能讓附近十里的單身漢們都看紅了眼。

張鈐轄先前總是懷疑傅念君是齊昭若的夫人，如今看了這情勢，終於承認是自己眼瞎了，同時他又有點同情齊昭若。齊昭若的存在無疑是最尷尬的，等到人們想起來這位立了大功的齊小將軍時，他已經帶著自己剩下的親信，默默地離開了鄜州城。

齊昭若沒有和旁人告別，甚至是傅念君。

而周毓白是知道的，只是也沒有刻意去攔他，兩人匆匆見了一面，沒有提到傅念君，說的都是正事。

中午周毓白沒有和將官們一起吃飯，再次選擇陪伴自己的夫人。

「他還有事要去辦，現在應該快到渭州了。」周毓白是這麼和傅念君說齊昭若的。

傅念君看著他的眼神馬上就多了幾分調皮。周毓白哪裡會不瞭解她，在找機會嘲弄他這方面，她一直不遺餘力，索性便配合她，「很遺憾？想去送送？畢竟也做了一陣子的『齊夫人』。」

傅念君一口茶差點嗆住了。

周毓白替她順了順氣，「滿意了？」

傅念君笑了笑，「七郎，我知道你不是那樣的人，是他自己要離開的。只是，我還有很多事沒有和他說明白。」甚至，周紹雍的事，她答應在守住城後要告訴他的。

周毓白笑了笑，揉了揉她的頭頂，「總有機會的。」

傅念君點點頭，她現在對待齊昭若最好的方式，就是離他遠一點，沒必要就別去招惹他。

否則……他就真的有點可憐了。

飯還沒有吃完，單昀就來尋周毓白和傅念君，原來是有樁事要請他們拿主意。

王永澄和狄鳴都沒有到鄜州，但是和周毓白一起過來主持大局的武將文官倒也有幾個，傅念君都去一一拜會過了的。他們見到了這個本該在千里之外東京城裡的淮王妃出現在這裡，不能說毫不吃驚，好在這幾個人看來與周毓白也有些交情，因此並沒有說什麼逾矩的話。

西夏人暫退，但鄜州城裡卻不能放鬆，百姓們有了信心、駐軍們穩了軍心是一回事，布防依舊要跟上，當然這些並不是傅念君的責任。

西夏人離開得匆忙，不過因為他們的行軍能力原本就很強，所以馬匹和俘虜並不算繳獲太多，但是對於宋軍來說，這一次依舊收穫頗豐，西夏人的輜重、食物都被拉進了鄜州城，還有那個造成了守城軍士一度恐慌的龐然大物——火炮。

宋軍將士們都對這東西很好奇，之前見識過它威力的守城將士則胡吹一通，將它形容得十分可怕。因此到底該怎麼處理，底下人拿不定主意，索性來請周毓白和傅念君定奪。

周毓白對這東西倒是沒什麼驚奇之處，傅念君則說了：「這東西還是個沒有完全成功的武器，若真有那麼厲害，西夏人豈會就這樣隨意丟棄。」

旁邊的將官們聽了她這話，全都眼前一亮，誰不知道這位淮王妃是個厲害人物，靠著自己造的什麼「火蒺藜」，可是真真地擋住了西夏人。也難怪誰都沒見過的這東西，只有她能說出來路。

「若是這東西能夠改進一二，用在我軍陣前的話，也是樁好事。」有位蔣御史說道。

傅念君看了他一眼，「這是個不錯的主意，只是目前有些難辦。若是能夠將它運回至東京城裡，必有能工巧匠能夠改良。」

「王妃您不能？」

傅念君覺得他們還真是高估了自己，這是把她當作神仙呢。

有人立刻接口：「王妃都能製造出『火蒺藜』了，大宋與西夏還有戰役，若是王妃願意的話，我們就……」

周毓白打斷他們，「火蒺藜的製作方法，她已經告訴了軍備營。各位大人，內人並非在朝將官，有些事也不能插手太過。」

一向待人溫和的淮王，很少會用這樣的口氣說話，一時間，這些人都不敢言語了。

周毓白看了傅念君一眼，只說：「回去休息一下吧。」

但這兩天傅念君幾乎都在睡覺，根本沒什麼好休息的。

她對眾位大人說：「火器的研製不是一朝一夕的事，我會為大宋與西夏戰局盡幾分棉薄之力，但是在戰場上，最該仰仗的不該是……如此機巧之法，我對我大宋軍隊有信心。」

蔣御史只得訕訕道：「王妃說得是。」

傅念君也知道他們這些人不過是見鄜州守住了，有幾分急功近利罷了。

火炮若是如此輕易就能被研製出來，周紹雍這幾年早就有了萬夫莫敵的本事。

和周毓白回到屋裡，傅念君還是說：「七郎，其實我一直想著火器之事，蔣御史的話也有幾分道理……」

周毓白說：「打仗的事妳且不要管了，這東西是很多年以後才會出現的吧？妳也不用瞞我，妳想鑽研，也不是眼下，等回到東京城裡，妳盡可以發揮所能。我看這火炮還是毀去好，免得軍隊裡有人生出依賴之心。」

傅念君嘆了口氣，「其實也沒我說得那麼難的，只要有一點火藥就夠了……算了，這個時候也沒法找火藥。齊昭若離開了，不然或許他知道些什麼。」

「妳就是愛操心，齊昭若有軍務在身，這個時節，也沒工夫想這個。」

傅念君點頭，心裡也有點遺憾，若是可以，她真的想讓火炮發揮它應有的用處，哪怕一次也好。

周毓白雖不和她說明，可她也明白，現在的宋軍對上西夏人所有的兵力，勝算並不大。所有的詭計和陰謀都不再起作用時，到了最後，還是真刀真槍的武力對決。

果然，傅念君還在為火器研製而動腦筋的時候，周毓白卻是對她說：

「再過兩日，妳休息好了，我就讓郭達他們送妳回京，鄜州這裡不安全。」

傅念君心中一沉，她當然知道自己必須要離開。在確認他已經安全了，又知道將有大戰發生，她留在這裡只是拖他的後腿而已。

只是兩人才相見了這麼短的時間，她還有些……捨不得。

周毓白彷彿知道她心中所想，握住了她的手承諾：「放心，我很快就能回去了，妳先回京等我。」

傅念君點點頭，她的確不能不回去了，淮王妃已經在東京城裡消失了太久。

「徐德妃死後，京裡張淑妃必然猖狂，妳回去以後，和我母親兩個人，一定要小心。」

傅念君點點頭，然後說：「肅王謀反這件事，還是有很多不對勁的地方。七郎，周紹雍會犯那樣的錯誤嗎？」

周毓白笑了笑，握住她的肩膀耐心說：「念君，我是人，他也是人，我們都沒有那麼大的本事，可以將一切都掌握在手裡。妳的事，是我的疏忽，或許在京城裡，也有他疏忽的人吧。」

「你覺得會是誰？」

周毓白搖搖頭，眉眼間都是笑意，「妳回去看看就知道了。」

傅念君靠進他懷裡，「這些日子，皇后娘娘大概也過得很累，我不是個孝順的好兒媳。」

「那麼把妳守住了一座城的事告訴她，讓她聽了也高興高興。」

§§§

傅念君下定決心打包行李離開鄜州，給周毓白減少麻煩，但是隔天，卻有一個人的出現拖住了她的腳步，時辰掐得真是好。

「張道長！」這無比激動的聲音，卻不是從傅念君嘴裡發出的。

雖然她也很驚喜，張天師竟然會在鄜州城裡現身。

郭達飛速從傅念君身邊躥了出去，比起來，張天師還教了他兩天的五行術數，當得起他半個師父了。

「小友別來無恙啊。」張天師依舊是和氣富態的模樣，對著郭達很是慈祥。

郭達還不知道他的身分，只覺得這老道士有趣，也有兩分本事，搔了搔頭，說著：「王妃和我兄長知道我受了道長兩天教導，都說要讓我遵守江湖規矩，給您敬茶磕頭。」

「磕頭敬茶就不必了，貧道年紀大了，近幾十年來都不收徒了。」張天師笑呵呵地說。

換來郭達的哈哈大笑：「道長說幾十年不收徒，從二十歲開始就不收嗎？哈哈哈……」

這小子！

傅念君忍不住白了郭達的後腦杓一眼，他知不知道自己在和誰說話？

她忍不住清了清嗓子，後知後覺的郭達終於反應過來，閃開了去。

「幽州一別，道長別來無恙。」傅念君對張天師作揖。

張天師說：「這次來找居士，主要是為了一點小事。」

高人的小事，也不會是小事，傅念君趕緊請他入座。

再大的事，傅念君在這樣的天氣裡也不會讓張天師乾巴巴地坐著說，就吩咐讓人擺了熱騰騰的飯菜上來。

原本想著方外之人大概忌口，她還特地琢磨著讓下頭的人弄兩個清淡簡便的菜色，沒想到張天師卻吸了吸鼻子，感嘆道：「這樣的雪天，最懷念的還是熱鍋子啊，汆羊肉也妙，卻是不及汆狗肉來得香……」

傅念君想收回心底對這老頭子的尊敬。

不過想想第一次見面時候他的樣子，她也就釋然了，便吩咐下頭按他的喜好去準備。

她自己是沒有吃過這個的，淮王府裡那些個護衛倒是常常喜歡這樣弄來吃，他們男人，就是無肉不歡。

「居士身邊適才那個小友卻是很會吃的。」張天師摸了摸鬍子繼續提議。

郭達！

傅念君再次無言以對，她想她可能知道了為什麼張天師獨獨教了郭達兩天的原因。

一切都準備妥當，據說還是郭達的「獨門醬料」，張天師便大快朵頤起來。傅念君聞不得羊肉膻味，吃得少，只坐在一邊親自替他斟茶。

張天師胃口很好，讓一個臨時替傅念君灑掃屋子的小媳婦看在眼裡，都差點覺得他是來騙吃騙喝的，竟然還能得到王妃親手奉茶。

好在吃肉歸吃肉，張天師卻是不愛喝酒的，不耽誤正事。他吃得告一段落，就摸著肚子呵呵地笑，「多謝居士款待了。」

傅念君微笑，「上回得了您那樣大的幫助，這一頓粗茶淡飯還不足以表達我的謝意。若是道長願意，可以再這裡多留幾日，讓我好好招待您。」

張天師擺擺手，摸了摸下巴，說著：「這裡人太多。」

不是人多，而是將和官太多。傅念君知道，張天師的聲名太響亮，若是被人曉得了，大概這裡的門檻都要被踏破。更有甚者，近日應該是張天師躲得最厲害的時候，因為京裡的太后病重，甚至皇帝也纏綿病榻，現在滿朝上下，不知有多少人想將他綁進京裡去。

傅念君還聽周毓白說，皇城司的人如今不做別的事，都出動來尋他了。

誰能料想，此刻他會在宋夏戰爭的前線小城裡，吃羊肉吃得這般歡騰。

傅念君是個感恩且知禮的人，因此再見面，她不為尋求張天師任何幫助，甚至沒有讓人去通知周毓白，因為不確定張天師願不願意見他。

「居士的夫君，現在何處？」張天師自己卻主動問起了。

傅念君道：「在軍營中。若是道長願意，稍後我可為你們引見。」

張天師不置可否，讓傅念君又有些捉摸不準他的意圖。

張天師又喝了杯茶，而後才說：「吃人嘴軟，禮尚往來，我便送居士一些東西吧。」

說罷，他從懷中掏出一包東西，放到傅念君面前。

傅念君實在有點哭笑不得，在旁人嘴裡就是挖地三尺也找不到人出來救命的張天師，在她這裡格外樂於助人。

「那就太謝謝您了。」

「妳先打開看看，再說謝也不遲。」張天師說著：「哦，記得離這炭爐子遠一些。」

他自己拿著筷子躑躅了一下，又繼續開始大吃。

在傅念君打開這一個小包袱前，她先把它放在手上掂了掂，能夠感覺這彷彿是一包粉末狀的東西。

真是奇怪，她還以為張天師會送她一大塊回夢香，或者，其實能夠得到他一、兩道符給孩子保平安，就已經是傅念君的意外之喜了。

打開一看，傅念君就愣住了。

這是……

在這一瞬間，她差點壓抑不住心頭的激動。

硫磺和硝石的刺鼻氣味撲面而來，但是傅念君卻覺得天下沒有比這個更好聞的味道了。

這是火藥。

「這、這東西，道長……」傅念君有點不可思議。

張天師放下了筷子，對傅念君微笑，「不多，只有這一點，希望能幫居士一點忙。」

這何止是一點忙啊！

傅念君瞠目結舌，要說這是天大的忙也不為過了。

她以前就知道火藥一開始是出自於道門，因為道家煉丹，無意中發明了這東西，後來才逐漸完善、推廣，官府也籌備了專門的火藥作坊，慢慢才有越來越完備的火器出現。

這張天師……果真能夠預知後事不成？他竟然會將火藥送到自己面前。

即便只有這麼一點，但如果依樣畫葫蘆，按照這個配方去試，很快就能找到適合戰場用的火藥了！

傅念君猶自在震驚中，正在這時，下人卻來通報，周毓白回來了。

原來根本不用傅念君去請人，郭達就去通報了周毓白，並且是十分興奮地第一時間就親自跑去傳達。

郭達的想法很簡單，他覺得這道長是個高人，何況周毓白先前似乎對這老道十分感興趣，問了他很多問題，所以他覺得周毓白一定很想見見這個老道士。

傅念君收起了手裡的「大禮」，先問張天師：「道長如果不願意的話……」

「無妨。」張天師呵呵地笑，「我正想見見居士的夫君。」

傅念君心裡微微安定了。

§§

周毓白對張天師也早有耳聞，同樣沒有想過會在鄜州城裡這樣見面。

還是他們兩個人單獨——這是張天師要求的。

更沒想到的是，張天師見到自己時說的第一句話竟然是：

「居士，許久不見了。」

周毓白愣了愣，隨即道：「在下……與道長何時見過？」

張天師摸著鬍子神叨叨地說：「或許早已見過，只是居士記不起來了而已。」

周毓白隨即作了個長揖，對張天師道：「懇請道長解惑。」

「居士有何惑？」

「在下內人之惑，即是在下之惑，關於……前世今生的諸般糾葛。」他說著，猶豫了一下，又說：「若是可以，可否也請道長贈與一些回夢香？」

張天師笑道：「看來居士是有所發現了。」

其實周毓白早就懷疑，為什麼只有他沒有前世記憶呢？

他和齊昭若、傅念君、周紹雍幾人的命運緊緊聯繫，關係密切，甚至說，所有的事都是圍繞他發生的也不為過。可卻獨獨只有他一個人，不知前世，不知來生。這種奇怪虛無的感覺最近越來越強烈，他這個人很少做夢，甚至是不做夢，但是近來，醒來後的他常常覺得自己在夢裡見到了什麼，只是卻忘記了。

白茫茫的霧氣，明明近在眼前，卻無法看清，就是這種感覺。

而張天師卻在這個時候出現，周毓白霎時明白，其實他不是特地來見傅念君，而是，來見自己的。

「不知前事，興許也是上天對居士的恩賜啊。」張天師感慨。

周毓白看著張天師，還是踟躕了一下，然後問：「道長，在下與道長的因緣際會，是否……並不是從這一世開始？」

張天師笑了笑，「居士果真十分敏銳。」

就算他沒有任何記憶，依然比齊昭若和傅念君擁有更加敏銳的感覺。他也是第一個能夠將所有人的命運準確聯繫起來的人。

聽完傅念君這次做的夢，結合在洛陽老君山上她和齊昭若的夢境，以及傅念君曾經對他敘說過的「三十年後」的事，周毓白幾乎快要準確地推斷出一條完整的線來。

「只是……一點猜測。」周毓白說。

「無妨，居士不如說來聽聽。」張天師坐下了，一副打算好好聽故事的樣子。

周毓白嘆了口氣。

在他看來，如果一切都回到最開始的時候，應當是這樣的狀況：

傅念君是傅琨的長女，不是那個瘋瘋癲癲的花癡小娘子，而是正經傅相嫡出的閨女、傅淵的妹妹，教養與性格應該同她現在所差無多；而齊昭若作為邠國長公主的獨子，也並不是那個紈綺子弟，他精明強幹，就如傅念君那個夢裡一樣，武藝高強且頗有作為。

這才是真正的傅念君和齊昭若。

並且，他們兩個還是青梅竹馬，彼此之間有著與旁人頗為不同的情感。

而傅家和齊家，結親的可能並不大，因為邠國長公主和傅琨無論在哪種情況下，都是不會選擇對方作為親家的，這一點毋庸置疑。

而他周毓白呢，依然是他，也確實娶了傅相的女兒為妻，但究竟是先愛上她再求娶，還是為了傅家而求娶，這一點不得而知。但他們一定曾結為夫妻，且多半傅家在此中頗有犧牲，所以在傅念君的夢中，傅淵對待做了皇帝的周毓白反而態度冷淡，卻同意讓妹妹見即將離去的齊昭若。

有齊昭若的存在，以及傅家橫亙在兩人之中，周毓白與傅念君在那樣的情況下在一起，兩人之間也注定是有問題的。

因為所處的位置不同，人的選擇也不同。

今生，傅念君和周毓白是兩情相悅，甚至說他們是在不適合的情況下勉強讓「現實」妥協，為此都付出了極大的代價，兩人之間的感情也很純粹熱烈。

周毓白想的比傅念君多，如若他還是他，她也是她，只是換一種環境，他會不會先看上的是她「傅相嫡女」的身分呢？依她的性格，必然在這段婚姻裡會充滿不幸。

所以那一世的「周毓白」和「傅念君」沒有善終，結果就是她代替他而死，香消玉殞在齊昭若的箭下。

§§§

「居士請繼續。」張天師閉著眼睛，悠悠地對周毓白說。

周毓白擰眉，其實要做出剛剛那個假設，已經讓他覺得十分不快了。

他從來不曾在傅念君面前承認過她夢裡的那個人會是他，但是很矛盾的，在他心裡最陰暗的角落，有一個聲音一直重複不斷地告訴他：承認吧，周毓白，你確實是這樣的人。

人與人之間的緣分本就千奇百怪，如果有一條線繫錯了，或許就會造成日後解不開的誤會。這一點，他不得不承認。

周毓白長吁一口氣，繼續說下去。

如果他剛才說的都成立，在最初的那個世界裡，傅念君死了，而齊昭若和周紹雍謀逆未成，自然是失敗者。但周紹雍卻不知用了什麼方法，帶著記憶重生了，妄圖改變歷史。

這就是傅念君和齊昭若所知的第二個「前世」。

關鍵就在於，重生的人不止他一個。

傅念君和齊昭若也重生了，但是他們沒有記憶，並且不是重生為他們自己，而是變成三十年後的人：傅寧的女兒傅念君，以及周毓白的兒子周紹敏。真正的傅念君和齊昭若，則被不知什麼人替代了。至於那一世的周毓白呢，傅念君早就告訴了他答案：他的雙腿殘廢，被幽禁了十年，最後娶了傅琨的庶女漫漫，生下了「周紹敏」。

這就是周毓白想不通的地方，他太清楚自己是什麼人，即便什麼記憶都沒有，但會被人家輕而易舉算計到這個份上嗎？還娶了一個比自己小十幾歲的女子為妻？

還是說，那個「自己」，其實是早就知道些什麼呢？

總之，似乎又是因為某種因由，傅念君和齊昭若再次死去，並且帶著記憶重新回到了現在，回到了他們本該在的位置，做回他們自己。

像是經歷了很多，卻又像是什麼都沒發生一般——重頭開始。

周毓白說完了，所有線索似乎都能夠對得上了，包括傅念君用「回夢香」時，為什麼只能夠見到第一世的場景，因為對她來說，她確實只有那一個前世。

她成為三十年後的「傅念君」，彷彿只是一個輕微扭曲的錯誤。她的死，是為了重新讓她回到屬於她的世界裡來。

周毓白隱隱覺得自己和這件事大有關係，但是他所能做的只有猜測，他並沒有半點記憶，甚至，他不做夢。

張天師的聲音響起：「回夢香對居士是沒有用的。你和他們不一樣，你沒有辦法做夢。」

「為什麼？」周毓白追問。

張天師卻只是笑笑，「既然周居士同貧道講了一個故事，禮尚往來，不如也聽聽貧道的故事吧，或許會對你有所啟發。」

「道長請說。」

「貧道……曾經有過一個師弟。」這是張天師故事的開端，從他的師弟講起。

大名鼎鼎的張天師有一個師弟，天下人皆不知。

因為他的這個師弟已經死去了很多年。

「說起來，他還有個俗家的名字，你也認識，他是我師父臨終前的關門弟子，是你們皇族中人。」

周毓白的瞳孔微縮，就連他，也從來沒有想過會聽到這句話。

「他的俗家名字，叫做周昭。」

周昭！

竟然是周昭……

道門中的事，從來玄乎得很，張天師也並不是真的能夠神機妙算到盡知一切，很多年來，他也像周毓白和傅念君一樣，要自己去尋找答案。

原來，周毓白對於周昭的猜測，依然太過簡單。

他是道門俗家弟子，少年早慧，死的時候張天師人在外遊歷，對張天師來說，這死訊只有「不可置信」四字能形容。

雖然周昭修道時間不久，又是半個俗世中人，但是像他們這樣的人，不說活到一、兩百歲，卻不至於如此短壽。

因此張天師知道，周昭一定是做了什麼事，以致天不假年。

究竟是什麼事呢？

因為他就是那個助周紹雍重生的人。

張天師說：「逆天改命要付出的代價遠比想像的大。道家修為，不足以主宰天地，世間眾人，不過是因運而生，聽命而為。若要改變，必要付出極大的代價。」

張天師當年進京，以至被周氏皇族惦記了那麼多年，其實並不是因為旁的，只是為了要調查他師弟的事罷了。

重生的人是周紹雍，周昭是沒有第一世記憶的，所以和周毓白的猜測相悖的是，不是周昭找上周紹雍，而是周紹雍自己找上了周昭。

周昭死後留下過一本手札，是留給張天師的，記載了很多他的想法。

他雖沒有第一世的記憶，但是他也知道，周紹雍能夠重生，必然是自己已經在之前做出了選擇，那是自己心愛女人的孩子，前世他既然選擇了答應，那今生也只能繼續支持他。

周昭在手札上留下的字句只有滿滿的無奈。他知道自己命不久矣，決定逆轉命運的結果由他替周紹雍承擔，他只願周紹雍此生能夠心想事成，但是周昭在最後也懇求了自己的師兄，如果這孩子走火入魔了，請張天師能幫就幫一把。

「那齊昭若和內子又是……為什麼呢？」

張天師回答周毓白：「我師弟沒有前世的記憶，所以他並不能清楚地記下每一件事，但是依我對他的瞭解，齊居士的事，大概也是他出手的。」

周毓白再一次感到震驚。這些年來，還沒有什麼時候能像今天一樣，一次又一次給他帶來巨大的震撼。

當時傅念君已死，齊昭若所求的，一定是一個與她相聚的來世，一個能夠與她廝守的機會。周昭為什麼幫齊昭若尚且不得而知，或許是因為惻隱之心，也或許是旁的，但是他選擇了一個對大家都好的方式，可能也是齊昭若要求的方式——

將他和傅念君的下一世，送到三十年後。沒有周紹雍，沒有周毓白，只有他們，給他們一個新的開始。

「但是，做這樣的事是要有代價的。」張天師再次強調：「周紹雍的代價由我師弟承擔，但是齊居士的，就只能由他自己承擔了。」

由齊昭若自己所付出的代價嗎……

周毓白想到了前幾天他離去時臉上的寡淡與灰心，似乎有些明白了。

如果這是齊昭若的選擇——

他和傅念君雙雙都沒有了記憶，是新的開始，也是新的機會，但同樣也是新的冒險。

他失去了和她的回憶，也失去了和她青梅竹馬一起長大的機會。

或許他曾經指望著，在不同的環境中，在三十年後的世界裡，他和她就能毫無阻礙。

但是，顯然命運對他沒有那麼仁慈。

齊昭若踏上了一條重複宿命的道路。

再一次，殺了她。

再一次，錯過她。

也許這就是齊昭若付出最大的代價了。

對於齊昭若的故事，周毓白並沒有深究的興趣，他想要的，是關於自己的答案。

「居士，」張天師朝周毓白微笑，「齊居士和尊夫人為什麼能夠『回來』，你已經猜到了吧？」

他用的詞是「回來」。

也就是說，在周昭和齊昭若締結的契約裡，確實只是讓齊昭若和傅念君重生在三十年後，而他們重新回到現在，是因為另一個緣由。

「是因為，我。」周毓白說道。

話音裡沒有驚訝，也沒有惶恐，只有釋然。

張天師微笑不語。

周毓白擰眉，他什麼都不記得，為什麼只有他什麼都不記得？

「道長，莫非我在前世，與您的師弟、我的族叔，也有過什麼契約？」

張天師笑道：「我師弟既然已經答應幫了肅王世子，又怎麼還會答應居士你的請求呢？更何況，逆天之舉，無法任由他隨心，一而再再而三地施行。」

是了，周毓白也覺得自己是多此一問，周昭一直都是周紹雍那邊的人。

「與居士締成契約，幫助居士重入輪迴的人……」張天師頓了頓，嘆了口氣，「如果貧道沒有猜錯的話——應該就是貧道本人了。」

周毓白愕然。

可是轉念一想，除了他們師兄弟，又有誰還有那樣的本事？

張天師自己也不記得那早就化為煙塵的第一世了，而他們方外之人，是半隻腳踏出輪迴的，所以他們不會做夢，回夢香也起不來作用。

張天師是自己推測出來的。

這很好猜，能助周毓白成事的，不是他的師弟周昭，就只能是他了。

張天師看了一眼周毓白，「貧道這幾十年來常覺天象有異，但是尋找多年，卻始終不知根因何在，直到見到了我師弟的手札後，才對此事漸漸有了些眉目……」

張天師如今行走世間，求的是大道，順應的是天命，被篡改過的世道，他先前就已經發覺了異常。周昭用自己的性命做代價成全了周紹雍，不惜篡改天命，犯下道家大忌，其實張天師不需要有記憶，都知道自己面對那樣的狀況會做出怎樣的選擇。

在周昭答應幫助周紹雍之後，他一定也希望能夠扭轉師弟犯下的錯誤。

人。

周毓白沉默不語，微微側頭，陷入了沉思。

在他腦海中，第一世的脈絡繼續延展——

做了皇帝後的周毓白在經歷了宮變、喪妻，重新壓制暴動取得勝利後，卻成了真正的孤家寡人。

他當然是愛她的。

齊昭若想求一個再續前緣的機會，他又何嘗不想呢？

所以很可能是那個「周毓白」求到了張天師的面前，懇求一個機會，能夠和自己的亡妻重新開始。

他會那麼做的，周毓白篤定，沒有人比他更篤定。

他忍不住問：「道長，在當下的情況之下，若我提出重生之請求，您會讓我……用什麼來當作代價？」

張天師微笑，然後搖了搖頭，「這個問題不該問我。貧道和貧道的師弟都是道士，不是商人，居士要得到你想要的，就要付出同等的、對你來說最重要的東西作為代價，這是你的選擇，而不是貧道的。居士不妨想一想，你願意用它來交換一個重生機會的東西，會是什麼？」

對他來說，最重要的……

同時也是他在重生後失去的。

是了，答案呼之欲出。

皇位。

他付出的代價，是皇位。

齊昭若最珍視的，是他和傅念君之間青梅竹馬的感情，在重生後，他們之間成了陌生人。

而周毓白最重視的，則是皇位，所以在重生後，他注定會成為失敗者。

要有所得，必有所失，和蒼天談條件，一樣如此。

所以這也就能解釋了為什麼傅念君記憶裡的淮王會那麼狼狽，雙腿殘廢，被幽禁十年，一無所有……

因為是他自己選擇用這些，去交換一個和她重新開始的機會。

並不完全是重生後的周紹雍打敗了重生後的周毓白，也是周毓白他自己，選擇了那樣的方式……

但是命運對齊昭若不友好，對周毓白也一樣不友好。

他癡等的人，比他晚出生了三十年。

「原來如此。」周毓白扯了扯嘴角，露出一個笑容。

很多事情，在此刻終於都明白了。

他付出了代價，卻沒有得償所願。在重生的第二世，他只是一具行屍走肉，一直在等一個久久不出現的人罷了。

周毓白想起來他很早以前聽傅念君說過，她的這個名字，據她娘說似乎還是當時的淮王殿下給取的。

傅……念君。

幫她取名的淮王，是周毓白，是終於等到她，卻已經等了三十年的周毓白。

「難怪了。」周毓白又笑了一下。

當真是造化弄人。

「道長，在下還有一問，重生後的人，是否還能再求一個重生的機會呢？」

張天師頷首。

所以，第二世的周毓白，再次找到了張天師，又做了相同的事，齊昭若和傅念君才能「回來」。可笑的是，「周紹敏」因他而到那個世界，更因他而離開。

「不過是……化不開的執念罷了。」

周毓白閉了閉眼睛。

他們三個人之間，原來是早就注定的宿命糾纏，一次又一次，似乎不斷重複著悲劇。

所以他的第二個機會，又是用什麼代價去換的呢？

14 世間癡兒女

已經沒有皇位和雙腿的周毓白，是用什麼來換取第二次重新開始的機會呢？
想來想去，也只有一樣東西了。
他的這條命。
周毓白睜開眼，目光澄澈，望著張天師。
「道長，我眼下，是否死劫將至？」問出這句話的時候，他其實已經得到答案了。
張天師嘆氣。他之所以出現在鄜州，之所以選擇在這個時候出現，確實是因為這樁事。
就如同周昭在第一世幫了周紹雍，他在第二世依然需得償還代價——用他那些壽命。
那麼對周毓白來說，也是一樣的。
他為了求得今生和傅念君的重遇、相守，已經定下了即將付出的代價。
世上的事，一直都公平地殘忍。
「可有解法？」周毓白問張天師。
「天命難違。不過……」張天師頓了頓，「到底事在人為。」
逆天改命的事，不正是他們一直都在做嗎？
可見沒有什麼是一定絕對的。
周毓白笑了笑，他並不怕死，但他怎麼能甘心就這樣去死呢？

他還有那麼多的事情沒來得及做，他還沒見到自己孩子出生，還沒好好陪伴他的妻子。他和傅念君經歷了這麼多磨難，原本以為柳暗花明，幸福唾手可得了，等來的卻是這樣的結果。

周毓白對自己前世今生有過很多種猜測，只是沒有想過「宿命」會來得那麼快。

眼下就有一場大戰。

或許……他會死在這場戰事裡。

當然也或許不會，上天不會預告什麼要讓他「還債」，但是只要他還活著，就隨時面臨那樣的威脅。

因為這是他本該付出的代價。

「居士……可會覺得後悔？」張天師悠悠地問他。

「沒有什麼值得後悔的。」周毓白說：「雖然我對於前世沒有半點記憶，但是我知道，我確實是個對執念放不開的人。即便是今生，如果同她再次錯過了，我也一樣會做出那樣的選擇。」

因為他知道自己放不下，放不下那個為了他甘願死在叛軍箭下，從此後只能冷冰冰地躺在棺槨裡的她。

張天師長嘆了一口氣，「皆是塵世癡兒女啊……若是今次，你可會選擇再次改命？」

周毓白搖頭，「不需要了。我已經得到我想要的，道長。我只願能陪伴我的家人到老，甚至帝位，也可以不要。只不過現在看來，是我癡心妄想了。」

他心中已沒有任何不平，不想重頭再來了。

如果今生他注定早死，其實也是有好處的，起碼傅念君不用再那樣悲慘地死去，更不用再為了他而死。

可正是這種天人永隔的痛苦，對於彼此相愛的人來說太殘忍，所以如果可以，他一點都不想讓她孤孤單單地守著餘生。

張天師摸著鬍子，「居士不是個容易認命的人吧。」

「自然。」周毓白站起身，向張天師做了一個長揖，「多謝道長特意提點，在下一定會加倍小心，無論如何，我都要為內子和自己爭取一下。」

他不想死，就要有足夠的準備應對隨時可能發生的危機。

人活著這一世，不可能因為知道自己要死，就放棄生存。

他早明白，自己一向是個執念很深的人。

他不會放棄任何機會。

「貧道……相信居士。」張天師也站起身，肅容打量了一下面前的年輕人，然後說：「如果可以，貧道也會盡量助居士一臂之力。」

他沒想到周毓白卻淡淡地否決了，「道長幫我們夫妻的已經夠多。您是方外之人，只因令師弟之事再次入世，甚至無端牽扯於皇權鬥爭之中，在下懇請道長就此收手吧，不要……再給在下任何機會了。」他的意思是，他不想再有第三次去苦求張天師，再求一個逆轉天命的機會。

他們幾個人，遲早要結束這樣生生世世的糾纏，不能永無止境地輪迴下去。

他心愛的女人已經死了兩次。他只希望，她這一輩子可以壽終正寢，如所有平凡人一樣，再也不要被他，或者被齊昭若的執念束縛。

她才是最無辜的人。

所以，這一次，周毓白逼迫自己不要再借助道家的力量。他會靠自己抓住周紹雍，然後，結束這一切……

短暫的靜默之後。

「居士，凡人最難的便是在欲望和痛苦中保持清醒。貧道……現在也理解了為什麼自己會幫你兩次。」

他沒有後悔。

周毓白鞠躬，「多謝……道長了。」

可是低下頭的時候，周毓白自己也無法形容內心裡那種煎熬、焦灼的感覺。

這麼多年了，他從來沒有感受過這種切膚之痛。

他心中有無數後悔，為什麼之前不多珍惜和她在一起的時間呢？

§§§

「怎麼會聊到現在？」

傅念君看著逐漸暗下來的天色，心裡禁不住擔憂。

因為坐不住，她早前已經拿著火藥去了一趟軍備營，和幾個武官仔細商討過了火藥的用法，然後才回來，而周毓白和張天師卻還沒有出來。

他們到底在說什麼呢？

她的不安越來越強烈。

郭達倒是在旁邊不怕死地勸她：「王妃，我覺得道長的『有緣人』不是您，也不是我，是咱們殿下呢。他最後的目的，說不定就是衝著殿下吧？」

郭達是無心之言，傅念君卻不自覺地感到一陣涼意。

是啊，她也有這種感覺。

張天師，和周毓白有什麼淵源呢？

終於兩個人現身了，傅念君打量著周毓白的神色，想從他的臉色上看出些什麼來。他卻只是微微轉頭，朝她輕笑，「怎麼這副表情？我與道長論道，一下便誤了時辰。道長畢竟遠道而來，晚上備些好酒菜吧。」

傅念君暗暗放心了些，立馬叫人去準備晚膳，張天師在旁邊摸著鬍子，依然很不客氣地多點了兩道菜。傅念君想了想，索性自己下廚做了幾個菜，她也沒什麼其他方式能感謝張天師的，還是這樣最實在。

晚上點了燈，一頓飯吃得賓主盡歡，周毓白確實同張天師談了些老莊道學，甚至是周易八卦，皆是旁人難以涉獵的東西。

傅念君在席間胃口不佳，便吃得少些，索性就像尋常婦人一般，時不時就看幾眼自己的夫君，添些茶水過去。

何況她的夫君又是怎麼看怎麼好，怎樣也看不夠的。

周毓白的表現與平時無異，但若他們是尋常夫妻也就罷了，兩個人太過瞭解彼此，傅念君終究還是發現了他的不正常。

周毓白眼底那一絲難以讓人察覺的晦暗，證明了他心底壓著事，而且還不打算讓人知道，藏得極深。

只是此刻她也不方便問什麼。

飯畢，傅念君早就讓人備下了客房和香湯熱水請張天師留宿，心想若是他明日有空，她還想繼續找他談談火藥之事。

張天師依然是笑呵呵的模樣，離去前只對傅念君留下了一句叮嚀：

「居士，世人常常有各自放不開的執念，貧道只是想說，或許追尋前塵往事過多，只會給當下帶來負累，還是……惜取眼前人吧。」
傅念君愣了一下，還沒來得及回應，就看見張天師拍著腦門說：
「哎呀哎呀，貧道是喝多了……」隨即就左搖右擺地離開了。
喝茶也會喝多嗎？真是再得道的高人也會來裝瘋賣傻這一招。
傅念君無語了一下，但是很快她又搖搖頭，自己笑出了聲。
其實她十分明白張天師那番話，即便他不說，她也會那麼做。
不知道是不是因為鄜州這一仗讓她再次接近了死亡，還是因為肚子裡的孩兒越來越大、越來越有活力，她已經漸漸地想像尋常婦人一樣，只守著她和周毓白的小家庭，相夫教子，平淡度日，而不是像個女鬥士一般，勇往直前地向前衝。
再多的恩怨糾葛，始終都會留給昨天。她不想像夢裡的那個「傅念君」一樣，將自己困鎖在無望的生命裡，最後只能用那種慘烈的方式結束一切。
她還想和周毓白……好好過一輩子。
晚上夫妻兩人回房，周毓白難得捧著一本書在燈下發呆。
傅念君當然知道，這不是他尋常為一件事苦惱時的模樣，應該有更嚴重的事。
「七郎，你的書拿反了。」她走到他身邊，故意這麼說。
周毓白看了一眼，放下手裡的書，對她笑了笑，「妳又拿我取樂。」
她替他倒了一杯溫茶放在他面前，然後問他：「到底發生什麼事了？張天師和你說了什麼，能讓你這麼心神不寧？」
周毓白反而把問題丟給她，「妳覺得什麼問題能夠讓我心神不寧呢？」
傅念君嘆了口氣，坐進他懷裡。

周毓白伸手摟住她，手正好放在她肚子上，輕輕地撫摸著，像是和未出世的孩子打招呼。

「總不會是什麼小問題。你不願意告訴我，也不願意告訴你自己的孩子？」傅念君摟著他的脖子，這麼說著。

周毓白側臉親了親她的脖子，「機靈鬼。」

傅念君心底卻有點喪氣，周毓白這是第一次有事瞞著不告訴她，而且看樣子，是要一直瞞下去了。

「念君，以後，只替我和孩子操心吧，好不好？」

他在她耳邊輕語，很容易讓人一聽就麻了半邊身子。

「我……當然。但是你、你也不要太勉強自己才是……」

周毓白站起來，一把將她橫抱在懷裡，然後走向了床鋪。傅念君還沒來得及多說什麼，他的人就已經壓了下來。

後來，她就什麼話也問不出了。

晚上迷迷糊糊睡去之前，傅念君心頭還是有個巨大的疑惑，他竟然不惜對自己用上了美人計，也不肯老實交代。

§§§

第二天，張天師已經早早離開了，還是無聲無息離去的，給他準備的廂房彷彿沒有人住過一樣。

「高人就是高人。」郭達幾人是這麼評價的。

傅念君知道，張天師只會在他們需要他的時候出現，反正也沒有人能摸清他的行蹤。

原本周毓白該準備一下出發去滑州了，但是單昀來問他的時候，他卻說：「再晚幾天吧。」

單昀覺得奇怪，周毓白很少有這樣臨陣變卦的時候。

郭巡替單昀解了這個惑，「我都恨不得不要走，郎君當然也是，捨不得王妃嘛。」

單昀聞言忍不住白他一眼，「你和夏侯姑娘，同殿下和王妃能一樣嗎？」

郭巡卻心情很好的樣子，爭辯道：「很快就能一樣了！」

郭巡雖然經常說些不著四六的話，單昀也總是當他胡說八道，但是這一次，他確實是說對了。

周毓白是捨不得。

傅念君滿腦子想的都是改進火器的法子，想用張天師給她的火藥配比出大量適合戰爭用的火藥，但鄜州城顯然太小了，能人異士也沒有那麼多，所以她回京之後又多了一項任務。

她有很多想法要對周毓白說，但是單昀替周毓白傳的話卻是……

「騎馬？」

傅念君有點不可置信。

「你說殿下……要帶我一起去……騎馬嗎？」傅念君不確定地重複了一遍。

單昀尷尬地點點頭。

這還真是……

他們也不是剛成親了，怎麼他會突然這樣心血來潮呢？

但周毓白確實是說真的。

今天的天氣在冬日看來很不錯，有陽光，積雪也不厚。

傅念君想問周毓白原因，他卻說：「只是城外的一片臘梅開得好，想讓妳去看看。」

這話從他嘴裡說出來，就顯得格外纏綿，傅念君還沒反應過來，已經被他摟著坐上了馬背。

因為她懷著身孕，自然不能經受太重的顛簸，周毓白坐在傅念君身後擁著她，用暖洋洋的大鑾將她整個人包住，只露出半張臉，一點都不覺得冷。

傅念君是側坐著的，臀下的馬也很乖巧，一步步慢悠悠地晃著。

「還不錯呢。」傅念君從大氅裡抬頭，對周毓白說。

他把她摟得更緊些，在她耳邊說著：「淮王妃，妳比城裡大多數官員都還忙。偶爾，也停下來散散心吧。」

傅念君卻是甜言蜜語哄他：「只要和七郎在一起，我就很開心，哪裡還用得著散心。」

周毓白的笑容在陽光下熠熠發光，讓傅念君的心情也跟著好起來了。

鄜州城外經過西夏人的蹂躪，本該是滿目瘡痍，但竟然還保留了一小片臘梅林，此時開滿了臘梅。

「他們也算是憐香惜玉了。」傅念君感嘆。

地上有積雪和汙泥，這兩天化雪，更加難行，所以在穿過這一片臘梅林的時候，傅念君還是坐在馬背上，由周毓白下來替她牽馬。

她順手折了一支梅花，在手裡一甩一甩地把玩，居高臨下地對周毓白說：

「堂堂淮王殿下竟然做了馬夫，真是妙得很。」

周毓白拂開了眼前一簇梅枝，抬頭朝她微笑，「王妃可還滿意？」

傅念君笑容更大，說著：「還不錯，一會兒給你些賞錢。」

梅花瓣落在他肩上和帽子上，在傅念君眼裡卻是無比美麗的景象。

兩人到了一處乾淨的小山坡上，周毓白才將傅念君抱了下來。

「冷不冷？」

周毓白又要重新把她裹回大氅裡去，傅念君卻推拒了一下。

和。

「也不是多冷。」

在這裡能夠俯瞰到那一片臘梅林，迎著風還能聞到陣陣香味，雖是冬日，傅念君卻覺得很暖

「讓我想到了我家裡那一片梅林。」她說著。

「想家了？」

她點點頭，「我爹爹和哥哥……我畢竟有很長時間沒見到他們了。」

傅念君轉頭看著周毓白，然後笑了笑。

「不過反正我很快就能見到他們。七郎，今年過年，大家不能一起過了呢。」她臉上有點惆悵，隨即又說：「但是我們還有很多機會，以後的每一年，我們兩個和孩子都會在一起吧，想想府裡該有多熱鬧啊。」

奔跑的孩童，戲耍的笑鬧聲。她伸手拉住了他的手，暖暖的掌心和他貼在一起。

她眼底有著毫不掩飾的興奮和期待，周毓白對上了這樣的目光，卻不由心中一澀。

「是，打完這場仗，我就不會離開妳了。」他承諾。

傅念君投入他懷裡，抱緊了他的腰，用鼻子在他胸口蹭了蹭，「剛剛沾上了梅花香，真好聞。以後我要每年都和你出來看梅花，你不能偷懶，說好帶我去看我娘家那片梅林。」

「當然，相國寺裡面也種了很多梅花，妳若喜歡，我們就去那裡看。」

「那裡很熱鬧。」

「妳不喜歡熱鬧嗎？」

「熱鬧是好，但是坊間的小娘子多數不講規矩，我的檀郎這般俊俏，要是被人吃了豆腐去，那可怎麼辦？」

「有妳在側虎視眈眈，想來她們是不敢的。」

夫妻倆一來一回說起俏皮話來，最後說不過了，也不知是誰先動的意，兩個人就吻到了一處。

誰說踏春一定要等春日呢？在這樣的冬天出去賞梅，也是一件賞心樂事，傅念君這般想道。

可是周毓白給她的驚喜遠不止如此，他讓傅念君多休息的同時，自己也空了下來，下午時便親自彈琴給傅念君聽。

他的琴當然彈得很好，甚至比傅念君都出色些，指法流暢、姿態恣意，如詩畫般動人。

在他彈琴的時候，傅念君就坐在旁邊做給孩子的繡活，兩人偶爾對視一笑。

雖然這個地方簡陋，甚至連個貼心的使喚侍女都沒有，但傅念君卻覺得十分自在，甚至比在京城王府裡的時候更加沒有拘束。

《詩經》裡「琴瑟在御，莫不靜好」，大概就是這個樣子了吧。

到了晚上，原本周毓白打算畫畫卻沒有畫成，因為傅念君磨著墨就沒了耐心，拉著他又去房裡讓他念《周易》。

「妳迷上了這個？」他好笑道。

傅念君拉他坐在美人榻邊，搖頭說：「《周易》難懂，我不過是想叫七郎念給我聽，也是提前念給肚子裡的孩子聽，你不願意？」

周毓白現在是不會拒絕她任何要求的，只是說：「他連耳朵都沒長出來呢，哪裡聽得懂。」

「長出來了。」傅念君強辯：「而且一定是和七郎你一樣的耳朵！」

她不懷好意地湊過去，輕輕朝周毓白的右耳吹了口氣。

這隻耳朵上還有一個小祕密，別人都不知道，只有傅念君知道的，一顆極為小巧的痣。

「最好連這兒都是一樣的……」

她輕輕用舌尖和那顆痣打了個招呼，臉上淨是詭計得逞後的小得意。

周毓白卻不是總會縱著她的，他順了順氣息，立刻就用手指在她玉白光潔的額頭上彈了彈，警告她：「不許調皮，為了孩子著想，少來勾我。」

她不甘示弱：「是誰勾誰？昨天，還有上次……」

她被他捂住了嘴巴，那雙斜挑的鳳眼裡滿是無奈，「帳且記著，叫妳下次好好還。」

他終究還是聽話地念起了《周易》。他的聲音原本就極清冷，可是剛剛經歷了自己妻子的一番調情，此時無端染了幾分暖意，有如溫泉水流過心房，說不出的熨帖愜意。

傅念君靠在他肩頭繼續作怪，閉著眼睛呢喃：「繼續念呀七郎，孩子說他喜歡聽。」

他頓了一下，這才繼續念下去，心裡卻想，以後再看到《周易》，他還怎麼靜下心來好好看？

而傅念君卻是知道的，今天她的夫君對她千依百順，並不是因為一切平定後的安逸，它更像是一種安撫和歉意。這種想法讓她感到惶恐，可是她什麼都做不了。

在他身邊，她現在唯一能做的，就是不要再讓他分心。

他是這樣了不起的人，總能順利解決各種各樣的麻煩，她怎麼能不信任他呢？

就算只有這兩天也好，在她離開鄜州前的兩天，先讓她在相思和等待之前，盡情撒嬌無賴地享受他一切的溫柔和體貼吧。

他已經用實際行動告訴她，她可以向他提出一切無理的要求。

傅念君突然睜眼，翻身壓住了正在念書的周毓白，然後抬起秋水盈盈的一雙眸子盯著他，軟聲撒嬌說：「聽完七郎念這一段，我更加不想讓你把『帳』記到日後了，怎麼辦？」

周毓白臉上終於有了一層可疑的紅暈。

傅念君在心底大笑，這也是某種程度的「作繭自縛」吧。

15 回返東京

又一場大雪即將席捲鄜州之前，傅念君不得不離開了。

這幾天以來，她幾乎時刻都和自己的丈夫在一起，兩人即便在新婚之時都沒有這樣膩歪過，在底下人眼裡，這也算是淮王夫妻難得的一次放縱了。

畢竟兩個人都還這麼年輕呢，難免的吧。

周毓白親自騎馬將隊伍送出了幾十里，身後還有不少自發為傅念君送行的百姓。

前一次周毓白離開的時候是傅念君送他，這一次換成了他送她。

登上馬車前，傅念君留下的最後一句話是：「七郎，我等你回來。」

周毓白點點頭，在百姓們的歡送聲中，目送她的馬車漸漸離去。

這一次的行程不僅有郭達、何丹幾個高手，還有一隊精兵，沿路上走的也是官道、駐軍多的州府，一切都為了保障傅念君的安全。

周毓白內心的情緒無人可知，但是他身邊郭巡的不捨之情倒是人人都看得出來，長吁短嘆的，比人家正主兒都惆悵。周毓白其實也想過讓他護送傅念君回京，但郭巡還不至於這般不懂事，執意不肯。

「戰事不勝，屬下便不回去。」他這麼慷慨激昂地對周毓白說著。「何況不立些功勞，怎麼娶媳婦呀？」

原本他是調侃之語，素來周毓白就不理會這樣的話。郭巡喊著要成親也喊了有十年了吧，大家都聽得耳朵生繭了，卻沒想到這一次，周毓白竟然會接口：

「等這次回京，讓王妃替你把親事辦了吧。」

「啊……啊！」郭巡一時沒回過神來，驚喜之餘卻覺得有點淡淡的不對勁。

事後他悄悄地找到單昀，對他說：「你覺不覺得，郎君有點不一樣？」

不是因為捨不得王妃離開他而情緒低落，而是……

一種說不上來的感覺。

他們都跟了周毓白很多年，已經對他太熟悉。

單昀沉默了一下，心中想的卻是，原來不是他一個人這麼認為。

殿下似乎……從那個老道士走後就不太正常了。

「罷了，你別添亂了，快些收拾行裝護送郎君去渭州吧，那邊的事情也不少。」

單昀拍了拍郭巡的肩膀，「打退西夏人，什麼都好說。」

§§§

傅念君依舊和夏侯纓同坐一輛馬車，這些日子過來，夏侯纓臉上也不復往日白皙，頗有些風霜之色。傅念君對她心懷歉疚。夏侯纓卻淡淡地搖頭，「如果不是親臨戰場，也不知道原來戰爭……是這個樣子。」

她在軍醫營內幫忙這些日子，似乎感觸頗多，之前甚至還有幾分意思想留在邊境，但是最終被傅念君勸服了。

「妳留在這裡，只能幫助十個人、百個人，但我知道妳的本事遠不止如此。回京後若是能夠將妳的良方古法都化作看得見的東西，這才是救千個人、萬個人。」

戰場上的士兵，沒有那麼多空閒等郎中去救。他們沒有那些養尊處優、請得起名醫的貴人們那麼嬌弱，神醫對他們來說有時候還不如一帖虎狼藥管用。

夏侯纓的醫術劍走偏鋒，她精通藥和毒，在傅念君看來，若是她能夠做出幾帖改良的軍用藥來，就是件功德無量的大事了。

如今在夏侯纓臉上，傅念君也看不到往日的淡漠疏離了。她是江湖漂泊慣的，什麼都見過了，出世之人再入世，多麼難能可貴。

傅念君提起郭巡的事，「若是妳不願意，千萬別勉強，我和殿下不會看著他胡鬧。」

沒想到夏侯纓的反應讓傅念君始料未及：

「且看著吧，我不是什麼聖人，但也不是隨便低頭的普通人。」

不鹹不淡的問答，卻也……沒有拒絕。

她身上有幾分江湖兒女的颯爽，隨遇而安就是了。

傅念君嘆了口氣。

「妳最近有心事。」夏侯纓說著。

傅念君回答：「當然是因為——」

「不是因為離開了淮王殿下。」

夏侯纓先一步截斷她的話。她能夠看得出來，傅念君眉間一直有沒化開的輕愁。

傅念君苦笑，原來她表現得這麼明顯。

§§§

周毓白在臨行前就仔細叮囑郭達一定要好好照看傅念君，路上萬不可讓她操勞。但是郭達一上路就很頭疼，因為王妃根本就不聽話。

趕路的第一天晚上，她就抱著新買的筆墨紙硯回了房，然後油燈長久不息。

郭達和何丹出於安全考量都會守在她房門口，但是他們連連咳嗽了好多次，都快到天明了，屋內的燈才熄。

第二天晚上又是如此。

他們兩個人都是一個頭兩個大，難道王妃還想考狀元，所以夜夜苦讀不成？

就這樣在路上又過了兩天，傅念君頂著眼下的青黑，叫郭達進了房。

屋裡沒有旁人，傅念君的神色又太過嚴肅，一下子就讓郭達心慌了兩分，差點膝蓋一軟跪下。

他做了什麼十惡不赦的事？

沒有吧。

「郭達。」傅念君將手邊的幾卷紙朝他推了推，「你看看這個。」

郭達疑惑地展開，看到了一幅幅圖紙，畫得很精細，正中是一截巨竹筒樣的東西，但又不一樣，在開口處似是能冒火的，旁邊還有各種文字標注。

郭達是眼看著傅念君造出火蒺藜的，立刻眼前一亮，明白過來，問道：「王妃，這是新的……」

傅念君點點頭，「我稱它為——突火槍。」

原來王妃這幾天沒日沒夜地躲在房裡，是在畫這個啊！

郭達真不知該怎麼說他們這位主母了。殿下讓她好好養胎，她卻偏愛操心。不過她確實聰慧過人，火蒺藜就已經夠他大開眼界了，現在竟然又有了這個新玩意。

雖然他橫看豎看都有點看不明白，但還是感覺這東西應當厲害無比。

傅念君無視郭達異常興奮的眼神，開始仔細給他講解圖上的東西。

郭達雖然覺得奇怪，但是傅念君講，他就只能聽著。

這突火槍的前段是一根粗竹管，中段膨脹的部分稱為「窠室」，名字也是傅念君取的。外壁上有一點火小孔，而後段是手持的木棍。

傅念君說著：「在我的想法中，突火槍發射時以木棍拄地，這樣……左手扶住管腔，右手點火，就能射出窠室中的子窠。」因為沒有實物，她只能空手演示給郭達看。

她點了點圖上的「子窠」。

「原本這裡該是填火藥或者火藥製成的彈丸，但是時間緊迫，我給殿下留的火藥又有限，真的到了危急時刻，不能指望著那一點火藥，塞一些鐵片、瓷片，甚至石子都能夠應急。」

她又繼續演示了一遍。

「當然最關鍵的，是要立刻找工匠把它制出來，如果可以按照西夏人銅火炮的法子，將竹管換成銅的就更好了。」

郭達越聽越糊塗，為什麼王妃突然和他講這些。

「郭達，現在，我把這個交給你了。」

「啊？」郭達有點吃驚，為什麼要交給他呢？

傅念君看著他，對他說：「我畫了三份圖紙，一份我會帶回京裡，還有兩份你拿去。一份交給殿下，另一份……拿去給齊昭若，讓他看看，或許他會知道哪裡需要改進。」

傅念君對於軍械武器一類到底只是粗通皮毛，三十年後的突火槍也不過就是在腦子裡有個原型，她只能靠自己的記憶先畫出來，能否順利在實戰中發揮最大功效，只能待她回京以後尋人做出來，再做改進和研究。

「齊、齊……統領？」郭達結巴地重複了一下。

傅念君點點頭。

齊昭若，或許他是用過突火槍的，那便是最適合提出改進意見的人。

傅念君看著郭達驚異的臉色，平靜地說：「郭達，我對這突火槍還沒有十足的信心，但是……我沒有時間了。」

她頓了頓，又從懷裡掏出兩張符來，是張天師上次給她留作保命之用的。

她把這兩張符一併遞到了郭達面前。

「還有這個，你都要交到殿下面前。」

郭達愣了愣，突然間明白了，傅念君這是要讓他回去。

「王妃，這……」

傅念君搖搖頭，然後對郭達說：

「我知道你要說什麼，但是你先聽我說。我在殿下身邊已經幫不了他，只有我和孩子安全，他才能毫無後顧之憂地去做他想做的事，所以我不能讓他操心。但是同樣的，這是我最後能夠為他做的事。」

她指了指桌上的東西。

「突火槍或許還不能成功研製出來，但即便是個試驗品，也對他的安全多一分保障。這件事只能由你來做。還有張天師這兩張符，你一定要讓殿下貼身帶著，危急時刻……是能夠保命的。」

「張天師？」

王妃指的是那個老道士吧？

張天師這名號怎麼這麼耳熟？

「你也算得過他幾日指點，該知道他確實是個高人。郭達，現在只有你能幫我做這些事。你去他身邊，也算是讓我安心。」

她最後能做的，就只有這麼多了。

「王妃……」郭達真的希望自己是看錯了，他竟看到傅念君放在桌上的手隱隱在顫抖。

他不知道主子們到底是什麼想法，但是他確實知道，他們為了彼此，都在盡自己最大的力。

「我一定會送到的。」

郭達長吁了一口氣，他已經違背郎君的命令不止一次，再多違背一次也無妨。

他不止是周毓白的下屬，也是傅念君的下屬。

他去周毓白身邊，她才能安心吧。

郭達將圖紙和符都鄭重地收進自己懷裡。

傅念君微微抬頭，目光平靜，「我這裡一切平安，你也要……多加小心。」

郭達拱手，「王妃放心，屬下一定不辱使命！」他領命之後就騎快馬離開了。

傅念君想著，他確實比先前長大了吧。從前她吩咐他做事，他總是懶懶散散的，要不就是東一句「郎君說的」西一句「郎君沒說」，但是今天，他一句多的話都沒有。

他應當是理解了自己的這份心意吧。

不知不覺中，身邊所有人都在漸漸變化……

傅念君抬手抹去了眼角的一點濕意。希望，她還能為周毓白幫上最後一點忙。她先回家去，是為了將一切準備好，等他回來……

§§§

沒有人多問郭達的離開，車隊照常上路。終於，在過年前兩天，傅念君一行人回到了京城。

王府裡有江埕處理一切事宜，早一步接到消息的他，不敢明目張膽歡迎王妃歸來，只是派了幾個不起眼的家丁出城迎接，而傅念君一眼就發現了其中女扮男裝的芳竹和儀蘭。

兩個人花了很大的力氣才沒有當場哭出來，憋紅了一張臉，讓傅念君看了忍不住直笑。

淮王妃出京的事畢竟是個祕密，起碼在東京城裡依然是，所以傅念君不能直接回淮王府，而是先到了她早已熟悉的周毓白的書畫鋪子裡換衣裳。

芳竹和儀蘭因為一刻也不願意多等，所以今天都扮成了小廝，也要來接傅念君回家。

一到了鋪子裡，兩人就齊齊跪在她腳下流淚不止。

傅念君無奈，「妳們做什麼？這不是妳們的錯。」

「娘子在外受了那麼多的苦，我們卻半點忙都幫不上，實在是太該死了！」

兩個人紛紛開始自責。

傅念君清了清嗓子，「妳們這個哭法，是要我舟車勞頓、懷著身孕，還要來安慰妳們？」

她們兩個意識到自己的不懂事，立刻不哭了。

「小世子還好嗎？」儀蘭忙問。

傅念君摸了摸肚子，「妳看。」

她現在的腰身已經很明顯，整個人豐腴了一圈，卻比先前更添了幾分溫婉。

因為是母親了啊。

芳竹和儀蘭怯生生地伸手去摸了摸，然後又驚又喜地看著自己的手。

傅念君笑著搖搖頭。

經過一番輾轉，傅念君終於回到了闊別多日的家。

芳竹和儀蘭雖然很多地方都帶了點孩子氣，但是府裡和她房裡都照顧得井井有條。熱水、乾淨的被褥、她喜歡的食物，都準備妥當了。

「娘子先睡一覺休息休息吧，再多的話，也得等會兒問。」

儀蘭看出傅念君的意圖，先一步把她勸住了。

「倒是個膽大的丫頭。」

傅念君拗不過芳竹和儀蘭，最終還是躺在了床上闔目小憩。

終於回到了東京城。這裡比鄜州暖和很多，就連下的雪，都沒有那麼猖狂。

躺在熟悉的床上，現在只有她一個人。

倒也不是，肚子裡還有一個呢。

傅念君摸了摸肚子，現在她什麼都不怕了。

§§

好好睡了一覺，傅念君醒來之後第一件事，就是召來了江埕問話。

她離開的這段時間，東京城裡發生的最大的事，就是徐家和肅王府的轟然倒塌。

肅王私藏兵械一事被抖出來以後，整個東京城就像平靜的湖面被投入了一顆石子，漣漪越來越大，全都亂了套。

「……甚至在京郊的軍營裡也發生過幾次小規模的暴動。好在禁軍統領都是陛下的人，都沒有鬧大。有幾個抓進牢獄的，多是和肅王或者肅王世子有過接觸。雖然民間議論紛紛，但是一直都沒證據能夠證明肅王和謀逆之事有直接聯繫。」江埕說著。

傅念君鬆了一口氣，看來事態還是控制住了。

「所以肅王現在只是軟禁停俸……這已經是最好的處理方式了。」

這帳，現在算不起，只能等日後。

江埕嘆了口氣，「樹倒猢猻散，肅王府出事，朝上參奏徐家的摺子也多了起來。」

這是傅念君知道的，她在信裡也提過，要傅琨父子將徐家拖下水。

其實她不說，她相信他們也會這麼做。

「徐家有點亂了腳步，但是隨著徐德妃一死，徐家就將能脫身的罪名全甩到她身上了，畢竟還礙著太后娘娘呢……本來張淑妃一黨是不會善罷甘休的，肯定要藉此機會將肅王和徐家逼入絕境，好在朝中有傅相，後宮還有皇后娘娘……」

傅念君再一次無比慶幸，這一回是傅琨坐鎮朝廷，王永澄上戰場。

「傅相如今在朝上有絕對的話語權，官家生病，無力理政，徐家……其實也是傅相放的。」

即便江埕不說，傅念君也能猜到。

她點頭道：「徐家確實不得不放。張氏一黨已經瘋魔了，她只顧眼前不顧往後，也不想想，如今西北在打仗。遼人那裡我不說，江先生也知道有多危險，現在朝中亂不得。幸好，幸好一切都趕得及。」

換句話說，傅琨和舒皇后不止是放了徐家，更是壓下了肅王的謀逆罪。先有私鑄兵戈這個大罪在前，肅王本來又不擅用人，手底下一堆牛鬼蛇神，以張氏如今的風頭，只要稍一運作，底下人肯定競相攀咬肅王，就是他不想反，都會逼他反。

傅琨和舒皇后不知道要花多少力氣才能壓住這事。

只要肅王這個皇長子沒有謀反，一切都還好說。一旦他起事，朝野上下各懷鬼胎的小人全都有了名頭可以出來作威作福，討伐肅王的、支援肅王的、討伐張氏的，甚至聲援周毓白的，可想而知會有多少聲音，幾十年未立儲君之弊，將會在一瞬間全部爆發。

內憂外患，家國危矣！

江埕說著說著也擰眉：「咬死不肯放過徐家，張淑妃實在是……太輕狂了。」

連他都這麼說，可見朝上官員對張氏如今的看法。

但是張淑妃要的，恐怕也就是這一次輕狂吧。她或許是篤定了周毓白回不來，或者是贏不了這場仗，那她兒子的皇位就坐穩了！

傅念君長嘆一口氣，讓自己冷靜下來，何必為個愚蠢婦人動氣。

傅念君感嘆：「皇后娘娘她……著實不容易。」

後宮裡那些女人，徐太后、徐德妃、張淑妃，個個都不是好相與的。舒皇后對著她們忍了幾十年，一朝之間，就要與她們全部為敵，尤其是張氏，擋住她的鋒芒談何容易。

江埕還算就事論事：「朝內知道輕重的人還是有的。甚至監國的齊王殿下，聽說此前也與張淑妃多有紛爭。齊王殿下……是個君子。」

傅念君知道周毓琛是個仁善之人，無論是從小到大與他不對付的兄長肅王，還是與他感情親厚的弟弟周毓白，他能感覺到，他對他們都沒有抱持過強烈的敵意。

用句傅琨曾經說過的話，他確實是個方方面面都最像當今聖上的人。

與此同時，傅念君心底又有一絲隱憂。如果齊王是個趁虛而入的小人便也罷了，可他確實是個坦蕩的君子，甚至不願同自己的親娘沆瀣一氣、殘害手足。這樣的人，等朝廷的風波平定，當今聖上的身體略微好轉，如果周毓白還沒回來的話，那麼太子之位恐怕就……

傅念君搖了搖頭，心中暗罵自己狹隘，現在哪裡是想這些的時候。

「還有太后娘娘，」江埕說著：「娘娘的大限之期，恐怕就在這幾天了。」

傅念君心頭一驚，她知道徐太后的身體一直不好，但竟然這麼快？

「這次的事，多少對她老人家還是有些影響的吧。徐德妃死了，肅王夫妻被軟禁，肅王世子至今下落不明，徐家的兩個國舅爺又貪生怕死，聽說為了讓御史台少參他們幾本，花費了不少家資。」甚至也送了不少過去傅家，只是都被退回了。

對於一輩子都氣勢逼人、活得昂首挺胸的徐太后來說，她大概最不願意看到這種局面。

肅王做不做皇帝或許已經不重要了，但是她看到的是徐家的末路已經就在眼前，就像她的生命一樣，終將走到盡頭。

傅念君心底也有些酸，「我明天就進宮去看看她。」

或許也見不到幾面了。

江埕嘆道：「王妃還是應當先保重自己的身體。現在局面已經擺在這裡了，您多操心也無濟於事。傅相在朝堂上還說得上話，一時之間穩住局面不成問題，只盼西北的戰事能儘快了結才是。」

傅琨必然是要見上一面的，但是傅念君剛回來，身邊的事太多了，千頭萬緒纏繞著她，讓她莫名有些煩躁。

「江先生，府裡這些日子都有勞你了。麻煩你明天安排一下，能否讓我兄嫂過府一趟？我『大病』那麼久，也該讓人出去透個聲兒了。」

江埕點頭，然後想起了一件事，提醒傅念君：

「王妃，齊王殿下雖然是個君子，但是齊王妃卻著實不好相與。她是否與您有過節？這些日子以來就數她上門最勤，恐怕是已經察覺了。」

傅念君心裡一沉，裴四娘這個女人……

江埕苦笑著補了一句，話中很是同情周毓琛：「齊王殿下哪裡都很好，卻有這樣的妻子和親娘。若是他承了大統，依小人之見，往後的齊王妃，也不過是今日的張淑妃罷了。」隨即他又覺得自己妄言了，忙說：「是小人胡說了，王妃別往心裡去。」

傅念君卻覺得他這句話說得極對。

她嘆了口氣，「她那邊我會想辦法應付。現在京裡不太平，她不至於在這個當口來抓我的把柄。」

現在齊王府正是得勢的時候，周毓白又不在京，他們孤兒寡母的，裴四娘要來找麻煩，實在是很容易讓人詬病。

「話雖如此，王妃還當多加小心才是。」江埕說：「若非必要，還是少出門為好。」

傅念君知道輕重，她既然「稱病」不出了這麼久，那就繼續躲在府裡好了。好好地將孩子生下來，是她當下最重要的事。

傅念君突然想到了周紹懿，問江埕：「懿兒現在在何處？他可還好？」

江埕道：「小世子經常留在移清殿中，他自己不願意去旁處，只願意親近皇后娘娘，王妃放心。」

傅念君的心安了安，所有人裡頭，她最不放心的就是周紹懿了。這孩子是個聰明的，可憐卻無依無靠，好在他知道什麼人值得倚靠。

江埕知道傅念君旅途疲憊，不敢多耽擱，說完了話就趕緊離開。傅念君給傅家去了口信，得到錢婧華的回音，說是明日就會到淮王府來，而傅淵如今進了吏部，恐怕平日裡抽不出空來，但是一有機會就會馬上過來。

傅念君一口氣沒鬆下來，要進宮的牌子也還沒有遞，這天傍晚，卻有內侍先一步叩開了王府的大門。

這個時候來，一般都是有大事。

因為徐太后……恐怕不行了。

傅念君趕緊讓人服侍著換了衣裳，很快坐了宮車進宮。

聽說是徐太后親自開的口，想見淮王妃一面。

傅念君也沒想到，就差這麼一天。

到了燈火通明的慈明殿，傅念君見到了很多久違的面孔。

見到她露面，顯然她們都有點驚訝。

舒皇后瘦了很多，但是眼中的神采更勝往昔。她對傅念君的事是知道內情的，婆媳兩人相見，千言萬語盡在不言中。舒皇后重重地握了握傅念君的手，只說：

「好孩子，平安就好。」

其餘眾人對傅念君的神色各異。屋裡站了滿滿的女眷，張淑妃無疑是最奪目的一個。她身邊站著女兒安陽公主和兒媳齊王妃裴四娘，三人臉上見不到多少悲悽，只有欲蓋彌彰的得意。

還有一位身分最高的，就是齊昭若的母親邠國長公主。

邠國長公主是變化最大的人，彷彿一夜之間，從前站在白鳥之中昂然抬頭的孔雀突然便失了光彩，黯淡憔悴下來。

邠國長公主是肅王一派的，與張淑妃更大有過節。如今的形勢，肅王府已經失勢了，她的兩個舅舅也都選擇了明哲保身，再加上老母親即將過世，這個驕傲的女人再也沒有傲氣逼人的資本。

儘管她還是當今皇帝的親妹妹，但是往後的境遇如何，還是要看新帝怎麼對待她這個姑母。與丈夫感情不睦，甚至連兒子都不在身邊……伶仃又孤獨的一個女人。

邠國長公主的目光木然地掃過傅念君，似乎不認識她一般，視線又很快放到了別處。

「淮王妃。」徐太后身邊的老尚宮在喚傅念君。

傅念君抬步走進兩重帳幔，外頭的人都成了朦朧的影子。徐太后躺在床上，人已瘦脫了許多，盡顯油盡燈枯之相。

「娘娘……」

鼻尖滿是藥味，傅念君走近，握住了徐太后的手。徐太后聽到聲音，吃力地抬了抬眼皮。

「是妳啊……」她費力地說著：「妳終於回京來了。」

傅念君愣了一愣，不知該如何回答。

「娘娘，我……」

徐太后喘了口氣，輕輕擺了擺手，「我都是要死的人了，不想再追問這些，妳回來就好……」

她因為氣虛，說話很慢，但是依舊帶著些往日對待晚輩不容置疑的口吻。

「我兒子娶的那幾個媳婦，和幾個孫兒娶的孫媳婦，也就妳……還算入得了眼。」

傅念君知道，這老人家性情古怪挑剔，她能開口說，便是真心這麼覺得的。

「我要死了，有些話也只能對妳說說……我一輩子都偏心徐家和徐家的孩子，因為我也是徐家人，但是也許正是我的偏心，造成了他們一個個的蠢笨……」

徐太後邊說邊劇烈咳嗽起來，傅念君和楊邊的老尚宮立刻將她輕輕扶起順氣。

徐太后整個人就像沒有分量一般，傅念君再一次感到心驚。

「這麼多年了，我也真的累了。皇帝那裡，我已經和他說過了，也讓人封了旨意，我是屬意七哥兒做太子，畢竟他是嫡子，還有，那孩子也娶了個好妻子。」

傅念君有些訝異。

此時，徐太后枯瘦的手一把握在了她的手腕上，觸目驚心。

傅念君對上了她的眼，突然有些不敢直視這雙眼睛裡射出的凌厲目光。

「妳不會成為第二個我，好孩子。妳會是一個合適的皇后，甚至太后。」

「娘娘，我……」傅念君聽到這樣的話，實在有些腦門冒汗。

徐太后嗓音的越來越沙啞，對傅念君步步緊逼：「妳這孩子很聰明，知道我要的是什麼……」

這是傅念君第一次和徐太后說這麼多話。

徐太后一直很厭煩和不必要的人浪費口舌，如今卻撐著最後一口氣，也要把話和傅念君說明白。

傅念君的手腕被徐太后緊緊地攥在手裡，她對著這樣的將死之人也不想再說些場面話，表態道：「娘娘，若是孫媳真有那一日……我只能說，我會盡力護著徐家。但是娘娘，我不可能答應您，去納徐家的女子。」她有她的原則，她不想騙一個老人家。

徐太后卻是笑了，然後說：「妳果真、有點我當年的風範……」她閉眼吸了一口氣，才緩緩地說：「徐家，是出不了人才了，我比誰都清楚這一點。妳會是個好皇后的，妳想怎麼做就怎麼做吧……」

見徐太后慢慢閉上了眼睛，傅念君心頭一驚，輕喊了一聲：

「娘娘！」

徐太后沒有回答。

傅念君將手覆在徐太后枯瘦的五指上輕輕推了推，卻又被徐太后重重地攥住了手腕，力氣甚至比前一次更大。傅念君驚愕地再看向徐太后，只剩皮包骨的老人暴睜著一雙眼睛，嘴裡急促地說著：「妳替我殺了她！殺了蕭氏！她是個禍害！」

傅念君難以置信，一時無法回應。

徐太后像是徹底神智不清了，說完後，手就無力地垂了下去。

「娘娘，娘娘……」身邊的宮人見狀不對，立刻上前又是灌藥又是掐人中。

傅念君心有餘悸，正躕躕著要不要上前。徐太后身邊的老尚宮就制止了傅念君，搖搖頭對她道：「淮王妃，還請先出去等候吧。」徐太后要和她說的話已經說完了。

傅念君出去了，腦中不斷回想著徐太后那句「殺了蕭氏」的話，肅王妃蕭氏……

沒過多久，皇帝就在內監的攙扶下出現在了慈明殿。

比之傅念君上次見到他，皇帝也老了很多，臉頰瘦削，形容憔悴，時不時間歇地咳嗽著。

張淑妃見到皇帝現身，立刻殷勤地要上前攙扶，皇帝卻對她頗為冷淡，只是朝舒皇后走過去。

聽說本來皇帝要親自留在慈明殿侍疾的，但是因為他自己近來身體也不好，舒皇后便代替他日日住在慈明殿中，而皇帝依舊每日都會過來。

他見到傅念君時，並沒有多大的關注，只是問舒皇后：「怎麼樣了？」

舒皇后與他低語了幾句，就攙扶他進入內室。眾人明白，這大概是他們母子間最後的敘話了。

慈明殿中今日的火燭格外明亮，內侍們紛紛安排傅念君等人在偏殿落座，端上了熱茶。只是沒有一個人敢戲說談笑，甚至平素的交談聲也沒有，每個人都低著頭看著自己的手出神，倒是邠國長公主木然的臉上似乎有幾道淚痕，張淑妃偶有不耐煩地抬眼掃一圈，也因為無人回應她而作罷。

約莫坐了半個時辰，突聞內室一聲響動，便能聽到隱隱的哭泣聲傳來。

隨後便有宮人帶著泣音傳報：

「太后娘娘……崩了。」

眾人紛紛站起身，愣了愣神後，紛紛整理好情緒準備哭喪。

§§§

等傅念君從慈明殿出來的時候，天邊已經露出曙光了。她看著那曙光，像是見到了屬於徐家的落日餘暉。

折騰了一夜，每個人臉上都露出十分疲憊的神情，傅念君換上了宮人早就準備好的素服，突然覺得頭腦很空。

她因為懷著身孕，也不能多操勞，舒皇后便讓人先送她回家，婆媳兩人沒有空說話，而且舒皇后必然還要忙上幾天。

張淑妃和裴四娘想找傅念君不痛快，也得看著些場合。哪怕張淑妃再想知道徐太后臨終前和傅念君說了什麼，也沒有辦法在眾目睽睽之下逼問傅念君。

傅念君回到淮王府後重新補眠，但是耳邊喪鐘的聲音卻彷彿一直沒有停過。

國喪期間，素服舉哀，輟朝五日，軍民一律服素、停嫁娶、禁絲竹。皇帝親自寫了訃告，在慈明殿痛哭哀悼亡母，朝中重臣也一律都要進宮，可想而知傅琨和傅淵一定更忙了。

但是這天，傅念君還是見到了錢婧華。

「妳到底……發生了什麼事？」

錢婧華見到傅念君後忍不住落下淚來。

「我和妳哥哥，還有父親……我們有多擔心妳。」

傅念君哭笑不得，開始轉而安慰起自己的嫂子，說了好些俏皮話才把她哄住。

傅念君多少覺得奇怪，錢婧華從前可不是這麼個性子，怎麼這一次回來就突然多愁善感了呢？經過她身邊的侍女笑嘻嘻一說，傅念君才明白過來緣由。

「我要當姑姑了？多久了？」她忍不住驚喜地看向錢婧華的腰身。

錢婧華有些不好意思，「還沒多久，也就兩個月。」

傅念君替他們夫妻感到高興，到時候兩個孩子差不多年紀，也好一起玩耍。

錢婧華總算不哭了，肅容又問起正事。傅念君把能說的和她都說了一些，但沒有說出蕭凜這人，只說遼人心懷不軌，意圖算計周毓白才綁了她，甚至鄜州之戰也略略帶過，饒是如此，依舊換來了錢婧華的不住唏噓。

「妳在外這些日子，也受了太多苦。」

錢婧華重新仔細打量了一番傅念君，握住她的手，只覺得她憔悴了很多，更加心疼。

「妳哥哥和父親那裡，也一直放心不下妳。好在殿下一直有來信，才稍稍安撫了一下妳的父兄。」

周毓白自然知道傅念君的擔憂，早前他便與傅家通過聲氣，而傅念君剛才的描述中也將自己身陷險境的情況都略去了，因此錢婧華和傅琨父子只認為傅念君在西北的時間比較久。

「王妃私自離京是不被允許的，以防萬一，還是要想辦法讓皇后娘娘那裡拿個主意。」

錢婧華對傅念君建議。

傅念君哪裡不知道這個，她在鄜州時想隱瞞身分就是知道其中嚴重性，只是當時又是那樣的情況，使她不得不自報身分。

她對錢婧華苦笑，「恐怕我這個窟窿不是皇后娘娘能擋的了，除非……」

除非是皇帝親自替她開脫。

畢竟是涉及到皇家尊嚴法度的事，除非聖上首肯給傅念君密旨出京，否則單憑舒皇后，或哪怕徐太后的包庇，還是會讓張淑妃婆媳抓住把柄。

但是，這事又該怎麼向皇帝開口呢？

傅念君畢竟是女人，又是皇家的兒媳，皇帝如果不弄清楚來龍去脈，並且堅定不移地信任她，怎麼可能替一個聲名有可能受損的兒媳婦遮掩？

周毓白甚至還不是他最親厚疼愛的兒子。

傅念君話才說到一半，芳竹就著急忙慌地來通報：

「齊王妃來了。」

錢婧華眉心一蹙，冷哼了一聲，「倒是來得快。」

傅念君勾了勾唇，「請吧。她能憋到現在才來，已經不容易了。」

錢婧華說：「妳不用怕她，雖然如今齊王得勢，但是妳也不輸她。何況妳是太后娘娘看重的人，太后娘娘剛走，她也不敢造次。」

傅念君倒是不擔心裴四娘這樣的出身會到她家裡來撒潑，只怕裴四娘背後的張淑妃坐不住，見她現身便來害她的孩兒。

現在傅念君別的不怕，最擔心有人傷害這個孩子。做了母親，也意味著有了最大的軟肋。

16 別無選擇

裴四娘再次來到淮王府，可是人事都已大有變化，現在她幾乎是整個東京城人人巴結的對象。

周毓琛早前就在府裡開設了學館，如今門下文人才子絡繹不絕，更偶有不世出的大儒造訪，全京城的人都說齊王府乃是最最清雅的場所。

加之如今肅王府倒台，淮王又遠在西北，皇位最有力的競爭者都不在此。周毓琛在皇帝病後就一直協助處理政事，這不是監國太子的架勢又是什麼？

若是周毓白在西北表現亮眼也就罷了，可自他離開後，不但局勢並未改變，甚至失了延州，皇帝聞報還當場氣得昏厥了過去。

如今的聖上，是對西北戰局不抱有太大希望了。

即便最後這場戰爭是大宋贏了，但在西北軍務上默默無聞的淮王想回來爭儲，幾乎已經是不可能的事。

現在對於張淑妃來說，唯一的障礙就是傅家了。傅琨和傅念君這對父女，成了她僅存的眼中釘。

裴四娘對傅念君笑道：「弟妹，好久不見了。」

她的眼神落在傅念君鼓起的肚子上，閃過了一絲羡慕。

傅念君也招呼她坐，「我懷了這孩子後身體就不好，到了近日才能出來見人，實在是對不住兩位嫂子了。」

裴四娘看了旁邊對自己虎視眈眈的錢婧華一眼，應付地打了個招呼，然後對傅念君說：

「不知弟妹生的什麼病？幾個月不露面，也太古怪了吧，甚至連太醫院都沒有留脈案。」

江埕在淮王府裡防備得很好，戲也做得足，每隔幾天就有大夫上門給淮王妃把脈抓藥。會讓外人起疑心的地方，他都提前想好了對策。

傅念君臉色不變，錢婧華接了口：「念君是王妃，卻不是宮嬪，輕易尋太醫診治豈不是太過勞師動眾。還是說，齊王妃是慣常請太醫過府請脈的？」

大宋皇室崇尚節儉，即便如張淑妃，在最輝煌受寵的時期，也不敢學前朝的妖妃們窮奢極侈，而作為小一輩的皇子和他們的夫人，更沒有資格矯情嬌氣。

裴四娘看向了錢婧華，瞇了瞇眼，正要回嘴，就被傅念君打斷了：

「多謝六嫂關心，既然妳覺得太醫院的太醫好，那麼過些日子，我就厚著臉皮向皇后娘娘提一提，也請個穩妥的太醫就是。」

裴四娘被她引開了話頭，「說到太醫，弟妹認不認識先前在太醫院供職的張林壽太醫呢？」

傅念君面色不變，「倒是不熟悉，不過六嫂既然提及，想來本事是不錯的，不如請六嫂幫忙引薦一下？」

張林壽早已是死人，他知道的事太多，周紹雍是不會留他的。

裴四娘頓了頓，才道：「他幾個月前病逝了。」

張林壽最早是張淑妃那邊的人，也是他死的時候太稀奇，引了張淑妃的懷疑，裴四娘想試試傅念君，結果自然是白費工夫。

錢婧華道：「一個過世了的太醫還要提，也不知齊王妃是要觸誰的楣頭。」

「傅少夫人倒是牙尖嘴利。」裴四娘瞪向了錢婧華，卻到底不敢太囂張。

錢婧華不是別人，她不僅是傅琨的兒媳，更是吳越錢家的嫡女，也曾是張淑妃替周毓琛百般算計求娶而未成的人。裴四娘見到她本就心裡不痛快，今天又連續被她刺了兩回，更是滿腔忿忿。可是小不忍則亂大謀，她不是來和錢婧華鬥嘴的。

這對姑嫂可都不是善茬。

裴四娘決定不理錢婧華，只是套傅念君的話：「我先前聽聞一個有些可笑的消息，說是弟妹這幾個月竟是不在京中，倒是跑到外頭去了。我先時不信，但外頭傳得有鼻子有眼睛的，讓我好生擔心，自然是要來多嘴問一句。」

傅念君淡淡地說：「既然是謠言，又何必費心證實，六嫂不像是這樣的閒人才對。」

裴四娘不為所動，「弟妹如果有事，我是做嫂嫂的，本來就該多加關心，回頭官家和娘娘那裡問起來，我也好替妳多說幾句。」

傅念君心中一凜，她竟然用帝后來說事。這話若回答得不夠周全，就要被扣上一個欺君之罪的帽子了。

她在鄜州現身，有不少人能夠出來證明，張淑妃她們遲早會得到消息。如果傅念君現在咬死不認，那麼裴四娘去帝后面前替她一頓「辯白」，到時候證據再被拿出來，傅念君的一個欺君之罪就難逃了。

傅念君鎮定道：「多謝六嫂，不過官家和娘娘因為太后娘娘之事傷神傷心，這個時候不適合拿閒事打擾他們。六嫂若真是有心，此時怕是不會出現在我這裡了吧？」

裴四娘一改氣勢，咄咄逼人起來：「怎麼弟妹就是不肯說到底有沒有離府過呢？妳只要說一句，有還是沒有，都是一個說法！」

一腳是火海，一腳是刀山，傅念君自然沒這麼容易被她拿捏。

她站起身凜然道：「我的事自會親自向官家和娘娘交代！六嫂與我平輩，和我都是欽封的王妃誥命，今日我倒要問問，妳拿什麼因由這樣威逼於我？莫不成，是太子妃的身分嗎？」

裴四娘咬牙，「弟妹，妳這話什麼意思？」

傅念君只是盯著她說：「沒什麼意思，只是提醒提醒六嫂而已。還有，請不要認為如今我手裡一件籌碼也沒有，沒資格和妳談條件。六嫂在進我淮王府之前可曾想想清楚，妳真是身不沾塵？」

裴四娘自覺做人問心無愧，剛要回嘴，見到傅念君臉上自信的笑容，卻心中一震。

莫非，太后臨死前真的和她說過什麼？

她自己雖然沒有任何可指摘之處，但是她的婆母張淑妃就未必了。

裴四娘素來就有幾分怕張淑妃，在沒得到張淑妃的首肯前，她不敢輕舉妄動，惹急了傅念君。

她緩了緩神色，喝了口茶，說道：「弟妹是懷著身子的人，不能隨意動氣，還是快快坐下吧。我本是一番好意來看妳，幾句話倒是說得讓妳誤會了。」

傅念君的臉色也變得很快，立刻坐下說：「六嫂自然是為我好的。我懷了身子後，脾氣難免暴躁些，還請六嫂海涵了。」

兩人都是世家出身的千金，女人之間的口舌來往再熟悉不過，立刻就把這篇給揭了過去，像什麼都沒發生一般聊了會兒家常。

§§§

裴四娘離開後，錢婧華便忍不住問傅念君：

「妳剛才那話說的，什麼叫『親自向官家和娘娘交代』，這不是間接承認自己離京了嗎？」

她替傅念君感到擔憂。

傅念君倒是一副不急的樣子。

「接下來妳要怎麼辦，難道真的去和官家坦白？這樣一來，豈不是也拖了皇后娘娘下水？」

這段時日張淑妃格外囂張，並且熱衷於結交朝廷內外文武官員，後宮裡皇帝和太后的身邊事都是舒皇后在操持。人心都是肉長的，因此這段時日裡，皇帝對舒皇后更為看重些。

傅念君笑笑，「讓她推我到官家面前，倒不如我自己先去說清楚。嫂子放心，其實我離京這件事，說輕不輕，說重不重，如果處理得當，應當不會有大礙。裴四娘就是把這件事看得太重，覺得抓到了我這條小辮子，就能打翻身仗了。」

「她三言兩語就被妳唬住了，倒也不是個多聰明的人。」錢婧華見到裴四娘剛剛的表現，鬆了口氣。

傅念君說：「她是怕我捏著她婆母的把柄，畢竟太后娘娘臨終前，獨獨召了我說話。」

錢婧華倒是無意探究徐太后和傅念君說了什麼，她自己非皇室中人，知道某些事沒資格去管，只是感慨：「太后娘娘此舉，無疑將妳推向了風口浪尖，妳還是要多加小心張淑妃。」

傅念君應諾：「張淑妃如今該比我更著急，且看她打算如何吧。」

錢婧華嘆了口氣，心想傅念君一向是有主意的，她既然敢和裴四娘說那樣的話，想必已留有後招，只對傅念君道：「不論怎麼做，妳一定要想法子好好護住肚子裡這個寶貝，他現在才是最重要的。」

傅念君點點頭。

錢婧華不能留在淮王府過夜，到了天色擦黑，意猶未盡的姑嫂兩人才依依分別。

夜深人靜之際，傅念君也開始細細琢磨徐太后死前對自己說的話。

徐太后臨終前拉攏自己無可厚非，她是絕對不會容許張淑妃做太后的，徐家放在那裡，張淑妃和裴四娘恐怕都沒有那個度量。

還有，她說要殺了肅王妃蕭氏。

這件事傅念君當然不做考慮，別說她沒有這個資格，就算有，也不可能真的讓自己手上染血。

但是，徐太后為什麼會說這樣的話呢？

就算再不喜歡這個孫媳婦，也不至於如此才是。

傅念君不由得猜測，或許肅王妃就是周紹雍計畫裡的那個「變數」……

肅王藏在皇陵裡的兵戈是怎麼被人發現的？是誰走漏的消息？

或許真的和肅王妃脫不開關係。

傅念君重重地嘆了口氣。京城裡的事亂成一團，她本不想管，此時卻又覺得自己每件事都繞不開了。

§§§

裴四娘第二天特地進宮去見張淑妃，將傅念君說過的話悉數轉告。

張淑妃聽了後頻頻冷笑，「那丫頭素來伶牙俐齒，比妳嘴皮子厲害不知道多少，不然太后也不會那麼看重她。」

裴四娘低了頭不語，這樣的奚落，她早就在張淑妃這裡聽慣了。

「也不知道那老……太后臨終前到底和她說了些什麼……」

張淑妃皺眉，兀自低語。

「怕是她不會說的。」裴四娘小心接口：「我聽她的意思，太后娘娘或許是和她說了些重要的話，說不定是關於我們……」

「就會給我添堵！」張淑妃恨恨地罵道。

罵的是誰不言而喻。

「得想個法子好好治治她。」張淑妃看著自己的兒媳，挑眉問：「妳有什麼想法？」

裴四娘心裡一驚，終於還是要做到這步田地嗎？

她早就知道張淑妃不是個善茬，但是害人這種勾當，若非有萬全準備，不可輕易為之，否則就是徒將把柄送到對手手上。

張淑妃如今氣勢不同了，自覺懲治傅念君已經到了時機，自然不想再忍。

裴四娘本來就不是心思歹毒之人，夫君周毓琛也多不苟同張淑妃的做法。

她只得硬著頭皮輕聲道：「這、這個，媳婦不知，媳婦不曾做過這樣的事……」

「真是沒用。」張淑妃從鼻子裡哼了聲。

這個媳婦真是越看越沒本事。

「她的肚子倒是爭氣，七哥兒剛離京就診出有了。妳與她同時進門的，怎麼還沒有消息？」

張淑妃突然話鋒一轉，問起了這個。

裴四娘聞言更覺羞愧，她進門的時日並不算久，張淑妃說這樣的話，不僅僅是為了給她難堪，更是暗示……

「娘娘，這不行的。」裴四娘理解其意，突然跪下，額頭上冷汗直冒，「她那個孩子，若是動了，恐怕日後有大麻煩……」

張淑妃見她這懦弱樣就來氣，揮了揮手，「我幾時說要算計她的孩兒了？妳胡說什麼？快起來！」

裴四娘這才站起身來。

她還有腦子，不能由著張淑妃就這麼把自己往火坑裡推。
張淑妃見裴四娘一副如受了驚的兔子模樣更是生氣，正想多罵幾句。
這時外頭的宮人恰巧進來，倒是暫時解了裴四娘之危。
宮人通報：「滕王小世子來請安了。」
周紹懿尋常只有初一十五來會寧殿請安，張淑妃素來就不喜歡這個孫子，後來周紹懿又喜歡同傅念君、舒皇后親近，就更加惹她的厭棄了。
今天不是初一，也不是十五，周紹懿卻來了。
張淑妃蹙眉問：「什麼事？」
宮人回報：「小世子似是要出宮了。」
張淑妃聞言立刻冷笑，「七哥兒媳婦在太后娘娘那裡得臉，是聽了她老人家遺詔的，我們誰有這個資格？這宮裡見風使舵的人先不說，連他也是如此。從前就住在淮王府裡不知道回家，現在想乾脆搬進去了不成？」宮人和裴四娘皆不敢接話。
張淑妃也不是真的想難為自己的親孫兒，何況他還是個孩子，周紹懿也不可能真的搬去淮王府上，她不過就是指桑罵槐罷了。
周紹懿進來請安，和這位親祖母一如既往沒什麼話說，只中規中矩地稟告自己要出宮，是因為滕王妃近來身體不好，似乎是過度思念兒子所致。
張淑妃對滕王妃一向刻薄，更不耐煩應付他們母子，慣常隨意回了幾句。
也難為這麼小的孩子，在她面前素來乖巧，不敢有絲毫逾矩。
「你七嬸近來病好了，你有沒有去看過她？」張淑妃問道。
周紹懿多少知道些傅念君的事。當日她失蹤，他才剛和她分開，當然清楚他七嬸不可能突染什麼怪疾。但對著旁人，周紹懿從來沒多說過一句錯話。他低了頭回答：

「孫兒今天就會去的。」

傅念君已經向舒皇后請示過，今天要接周紹懿去淮王府住。

張淑妃的臉色更冷了，就在周紹懿覺得她要責罵自己之時，她卻一反常態說道：

「你七嬸畢竟不是你親嬸子，你倒愛去麻煩她。先在我這裡吃過午膳再出宮吧，正好你六嬸也在，等會便讓她送你過去。」

堂中所有人都微微吃驚，張淑妃竟然會留自己這個調皮、不受寵的孫兒在身邊用膳。

周紹懿抬頭朝這個所謂的祖母看了一眼，卻在她臉上看到了一絲笑容。

而另一邊的裴四娘則有些怔忡。她似乎能聽到自己越來越急促的心跳聲……

一整天下來，裴四娘都有些渾渾噩噩的，似乎從早上進宮去見張淑妃開始，她就一直處於一種緊張的狀態。

將周紹懿送到淮王府門口時，他臉上藏不住的輕鬆和愉快，她都看在眼裡。

她只是提醒了他一句：「小世子，現在是國喪期，在外你更該謹言慎行。」

周紹懿在她面前倒是比在會寧殿中自在，只是不馴地朝她說一句：「知道了。」

§§§

齊王周毓琛進房的腳步聲，打亂了裴四娘的思緒，她連忙站起身，恭迎自己的丈夫。

周毓琛身邊有一正一側兩位妃子，都是長輩做主娶的。要說多喜歡也論不上，但是府裡人人都知道，側妃盧氏確實比裴四娘更得些他的喜愛。

裴四娘想到這些，心裡就泛苦。

她還記得新婚之夜時，自己這個溫文爾雅的丈夫曾對她說：「妳我姻緣，皆是父母之命，但是既成夫妻，自當相互扶持，共同勉勵。妳出身世家，想來也是秀外慧中，此話自不用我多說。」

他對她輕輕一笑，便如暖陽化春雪。

裴四娘當時只是覺得羞怯難當，連看他一眼也不敢。

從前她屬意七皇子周毓白不假，畢竟天下間再無比他更好看的兒郎。那是年少慕艾，少女情思，但是嫁人後自然不同，何況周毓琛同樣是這麼出色的一個人。

她除了偶爾見到傅念君時，心裡會有些泛酸之外，其實對周毓白已無當初的情意。

雖然有個側妃盧氏，但是成為齊王妃，並沒有她從前以為的那麼難熬。

可是漸漸的，她的夫君會頻頻對她蹙眉，用明顯帶著不悅的溫潤嗓音問她：

「妳今天進宮和淑妃娘娘說什麼了？」

或者是：

「聽府裡的人說，如今家務多由盧氏負責？」

「妳舉薦妳娘家表舅兄給了陳太尉？」陳太尉是張淑妃的心腹。

裴四娘知道他不喜歡自己多和張淑妃接觸，更不喜歡她插手外面的事，而是希望她像盧氏一樣安心相夫教子，不問世事。

「殿下，您該知道，她是您的母親，我、我沒有選擇……」裴四娘經常這般對他說。

她不敢不從張淑妃，她是自己的婆婆，更是皇帝身邊最得寵的妃子。裴四娘和她的家族，都需要依附張淑妃才能活下去。

不要忘了妳自己是誰，張淑妃總是不斷提醒著她。

她別無選擇。

而兩人之間的關係真正出現裂痕，是在某次宮宴之後，回府時他擺著冰寒的臉色對她說：「聽說妳今天和姊姊一起給七弟妹難堪？」

他嘴裡的姊姊就是安陽公主。

裴四娘辯解：「殿下，不是您想的那樣，是公主她……」

安陽公主要刁難傅念君，她不過在旁邊冷眼旁觀罷了。

周毓琛卻一言指出她的心思：「妳要說妳什麼都沒做麼？沒有主動挑起紛爭，便沒有任何過錯了？好精明的裴家千金！」

這是他動了大氣。

裴四娘忙要解釋：「殿下，不是的，我不是刻意為難誰。姊姊要如此，我又有什麼辦法呢？」

周毓琛冷冷地打斷她：「沒有辦法，別無選擇？妳告訴我，真的是這樣嗎？所有的一切，都是妳自己選的。是我『以為』錯了。妳，和我母親，一直都是一類人。」

秀外慧中的妻子嗎？

她不是。

當晚周毓琛負氣離開，從此對裴四娘越發冷淡。

她才知，周毓琛這樣的人，便如冰下之火，一旦冰裂，再無修復可能。

原來他對她，也是有過期待的。

此刻裴四娘心情十分激動。因為今晚，他又過來了，還是主動的。

是不是，他們之間依然有轉圜的可能？

但周毓琛進了門，臉上卻沒有裴四娘所期待的表情。

他固然對誰都是溫和有禮的，但是此時，裴四娘在他眼中看到的卻是……

失望。

周毓琛素來不太會發怒，也不會輕易對人對事動氣，更遑論是自己的妻子。

但是有時候，裴四娘寧可他對自己生氣。

裴四娘忐忑道：「殿下，是否有什麼話想對妾身說？」

周毓琛看著她，直截了當地問：「妳先前是不是接觸過一個出身湘西的遊方郎中？」

裴四娘說：「殿下說的是誰？好好的，妾身怎麼會和走江湖的人接觸？」

周毓琛沒有說話，屋裡的沉默讓裴四娘有點心慌。

「殿下，您、您怎麼了？」她小聲地問。

周毓琛長嘆了一聲：「妳真的……不打算對我說實話？」

裴四娘的腦門上漸漸冒了汗，心底的恐懼也慢慢升騰上來。她的確是接觸過一個來自湘西的江湖郎中，甚至還……

「妳問他買了什麼藥？」周毓琛直白地問。

裴四娘愣住了，張口結舌：「我、我……」

「又是我娘的囑咐是不是？」周毓白平靜地說著：「所以呢？她打算用來害誰？」

面對丈夫接二連三的逼問，裴四娘覺得自己後背的衣裳都快被冷汗浸透了。

「殿下，這件事情您聽我說，或許娘娘是想懲治宮裡的宮人，那個藥，據說不是什麼烈性的毒藥，不過是能叫人半身不遂罷了……」

罷了？

罷了！

周毓琛笑道：「我娘可真是娶了一個好媳婦。」

裴四娘懼怕張淑妃，面對他這個丈夫更是不說實話，還要千方百計為她遮掩。其實裴四娘心裡更苦，她不是想替張淑妃開脫什麼，只是不想讓周毓琛以為自己是個惡毒的女人。她一直都沒有害過任何人。

「她用過了沒有？」周毓琛又問裴四娘。

「沒有！」裴四娘回答得很快。

「是麼……」周毓琛笑了笑。

「真的沒有。」裴四娘克制住心慌，強調道：「不是殿下想的那樣。淑妃娘娘再怎樣也不會用這樣不入流的手段去害人，更不會去害、害七弟妹……」

周毓琛沉默了一下，最終似乎還是相信了她。

「我希望，妳這次說的是實話，如果……」他深深地看了她一眼，「妳們繼續做一些我無法認同的事，那麼我……是了，我能有什麼辦法？妳們仗著的不過就是如此而已。但是，妳齊王妃所期待的榮光，恐怕我給不了妳了。」

他說完這句話，深深望了她一眼就離開了。

周毓琛其實很知道該怎麼拿捏張淑妃，唯一能夠要脅她的東西，其實只有一樣，就是他自己。

裴四娘忍不住流下眼淚，他用一樣的方式對待她了。

她所期待的榮光？

他覺得她是為了太子妃，乃至於皇后的榮耀才做這些的。

裴四娘想告訴他，不是他想的那樣，但終究覺得自己都無法說服自己。

何況今天……當時她見著張淑妃的模樣就無端心驚。

然後再連結到她留小世子下來吃飯。

她怕自己猜測的事情成真！

想到剛剛周毓琛離去時的神情，裴四娘揪緊了心口的衣服。

她該怎麼辦？

她是厭恨傅念君不錯，可是真想讓她死嗎？

她真的要學張淑妃一樣，犧牲無數無辜的人來達成自己的目的嗎？

思來想去翻騰好一會兒，裴四娘總算在心裡有了決定。她拉開格扇，對外面的下人大聲道：

「備車，我要出門。」

侍女們都驚住了，「這麼晚了，王妃要去哪兒？」

裴四娘咬牙，「去淮王府！」

§§§

周紹懿在淮王府裡有如自己家一樣過得開心。他最喜歡的七嬸終於平安回來了，雖然七叔還在邊境打仗，但是他相信，七叔很快就能回來和他們團聚。

傅念君叮囑他不許玩得太晚，明天他還要回自己家去陪滕王妃。

滕王近來的狀況好了不少，傅念君也替周紹懿感到開心。雖然滕王妃還是不理睬自己，但是她覺得害周紹懿的人大概不會輕舉妄動了，所以他回家去住，應當也沒有太大的問題。

周紹懿纏著傅念君和她說了很多話，講到了宮裡的種種，說的最多的是舒皇后。

舒皇后教了他很多東西，雖然有時對他比較嚴格，但是大多數時候更讓他覺得佩服。

「怎麼說呢……我覺得皇祖母和從前不大一樣。」

周紹懿是個感覺很敏銳的孩子，雖然年紀小，觀察力卻很強。

傅念君摸了摸他的頭，「那你喜歡皇祖母嗎？」

周紹懿點點頭。傅念君笑了笑，舒皇后若是肯用心教導他，這孩子必然受用不盡。再聰明的孩子，也要有個合格的領路人。

傅念君和周紹懿玩了一會兒，正打算讓他睡了，卻見芳竹匆匆忙忙地來稟報，面露驚恐。

「齊王妃……又、又來了。」

現在傅家的下人幾乎都默認齊王妃上門就是來找麻煩，況且之前都是白天來，現在連大晚上了還不放過，這不是故意不讓人安生嗎？

傅念君內心倒是沒他們那麼多亂七八糟的念頭，裴四娘這個時候來，恐怕是真有什麼事。也好在大宋沒有宵禁，能讓她這樣想出門就出門了。

傅念君看著自己身邊張著一雙大眼睛的周紹懿，說道：「你先睡吧，七嬸出去看看。」

傅念君隨意理了理儀容，就將裴四娘迎進了門。

「六嫂，妳這是……」

傅念君看著裴四娘步履匆匆的模樣。大家閨秀裴氏女，竟然也會腳步踉蹌。

裴四娘的一雙手冰涼，傅念君過去搭了一把，就感覺到冬夜的寒冷。

「懿兒呢？」裴四娘盯著傅念君問，眼裡有著傅念君第一次見到的惶恐和害怕。

「他吃晚飯時吐了沒有？人怎麼樣？」裴四娘連連追問。

看來……果真有事。

傅念君扶住她，「懿兒都很好，六嫂，妳先喝碗薑茶……別慌。」

慌？她看起來的樣子很慌嗎？

傅念君朝她點點頭，親自扶她坐下。

「有什麼事，慢慢說好不好？」

慢慢說……

她該怎麼慢慢說？

裴四娘一坐定，四肢百骸都感受到屋裡的暖意，整顆心才似乎漸漸恢復了正常跳動。

她看著眼前的傅念君，青絲逶迤，素面朝天，對著她的表情也很溫和，竟是與昨天氣勢凜然、不肯稍有退卻的人判若兩人，渾身只有一股子因為做了母親而獨有的淡淡女人味。

這種氣質，讓她望塵莫及。

傅念君見她的樣子實在不好，親自遞上了一碗熱薑茶，說道：「六嫂，妳不要擔心，府裡有大夫，已經讓人去請了。懿兒一直都沒什麼問題，放心。」

裴四娘低頭，有些侷促地絞著手。

傅念君看見了，輕聲問：「到底……發生了什麼事？」

裴四娘沉默了半晌，最後才緩緩說：「沒什麼事。」

或許，一切都是她太多心了吧，張淑妃不至於做出那樣的事來。

是她自己沒有用，嚇成了這樣。

她到底都在做什麼啊？

裴四娘現在只覺得一陣陣尷尬瀰漫上心頭。

周紹懿很快被人帶出來了，見到裴四娘，喚了一聲：「六嬸。」

裴四娘見他平平安安的沒有半點問題，終於才放下心。

「我也……沒什麼事，既然如此，弟妹，那我就先回去了。」

裴四娘喝完了薑茶就起身告辭，傅念君也攔不住她。

所以這到底是……怎麼回事？傅念君和淮王府的下人連同周紹懿盡皆一頭霧水。

這齊王妃也太古怪了。

傅念君回想起，午後裴四娘送周紹懿過來時就有些心神不寧，心中想著，看來只能問懿兒了。

夏侯纓替周紹懿看過後，也對傅念君說：「小世子沒什麼問題。」

「辛苦妳了。」傅念君對夏侯纓道謝，才讓人再將她送回去。

周紹懿打著呵欠正準備鑽進被窩，傅念君卻在此時進了門。

她說著：「你六嬸已經回去了。」

周紹懿嗯了一聲，然後摸了摸肚子，砸著嘴說：「七嬸，我有點肚子餓。」

他沒有把裴四娘的來去匆匆放在心上。

傅念君不接他的話，只說：「你六嬸不可能無緣無故走這一趟。懿兒，你老實和我說，你都做了什麼？」

周紹懿看著傅念君嚴肅的神色，咕噥了一句：「我沒有做什麼……七嬸，我答應過妳，不會再調皮的。」

傅念君坐到他床邊，認真地扶住他的肩膀，看著他說：

「懿兒，這不是調皮的問題，你現在一樁事一樁事地告訴七嬸。從今天早上開始，到你六嬸送你過來，每一件身邊發生的事，你都詳細複述一遍。」

裴四娘這副樣子太不對勁，想來想去，傅念君覺得一定是他們在宮裡時有什麼事發生。

裴四娘今早進宮，應該是去張淑妃面前告自己的狀，然後碰到了懿兒在那裡請安。

他們兩個之間會發生什麼事？

周紹懿依言乖巧仔細地把今天發生的所有事，都對傅念君說了一遍。

「我去會寧殿請安，祖母對我說……」

張淑妃說的每一句話，他幾乎都能複述下來。

「……後來她讓我留下吃午膳，說吃完再讓六嬸送我過來七嬸這邊。」

「那時候，你六嬸什麼反應？」

周紹懿想了想，「六嬸好像也有點怕祖母，一直都在流汗，有兩次我叫她，她都不理我呢。在馬車上有一大半時間，她也都在發呆。」

傅念君想了想，又問：「午膳你都吃了什麼？是誰陪著你的？有沒有奇怪的人說什麼奇怪的話？」

周紹懿捂著腦袋哀嚎了一聲，在傅念君要求他認真點後，他才盡力回憶著午膳吃的東西，把吃了幾口一一彙報給傅念君。

「哦，還有！」周紹懿突然想起什麼似的，「午飯後，祖母身邊的姑姑端了一盅枇杷葉甜湯來，我喝了一口覺得怪難喝的，就沒有再喝。」

傅念君心跳立刻就跳漏了一下。

周紹懿這幾天稍微有點咳嗽，他又不喜歡喝藥，舒皇后就會命人用枇杷葉煮了梨子水給他喝。張淑妃命人也端給他沒什麼說不過去的，一定要說哪裡奇怪，就是她竟然會對周紹懿這麼上心。

「後來呢？」傅念君追問：「你沒喝，把那盅枇杷葉甜湯怎麼處置了？」

她期望這孩子只是尋個角落倒掉就好。

周紹懿用手磨著被褥上的花紋，甕聲說：「我不喜歡喝，就騙姑姑說鬧肚子，讓姑姑陪我解手，我再偷偷從窗戶裡溜出去，想回去把那碗湯給倒了。」

這孩子素來就調皮，尤其喜歡翻窗，傅念君早就知道他的招數了，可見會寧殿裡的宮人當真是一點都不熟悉這位小世子。

周紹懿搔搔頭，「但是我沒找到好地方，姑姑又快來尋我了。我就溜進隔壁小廚房裡，正好一個宮人在裡頭看著爐子打瞌睡，我索性把甜湯都倒回爐子上的鍋裡去了。」

他覺得這個法子特別好，有些小得意。

「姑姑來尋我的時候，我就說我喝完了甜湯，特地把瓷盅給端回來的。她不僅沒說我，還誇我呢。」

「你又把湯給倒了回去？」傅念君聞言，瞠目結舌。

「是啊。」周紹懿點點頭，「反正她們誰愛喝誰喝吧，我不喜歡喝。那個湯和皇祖母給我喝的不大一樣，有股子藥味。」

他皺了皺鼻子，覺得自己這個解決方法沒有什麼問題，和他從前搗過的蛋比起來，只能算九牛一毛，再說他就喝了一口，他的口水也不髒啊。

傅念君閉了閉眼，所以裴四娘那麼緊張，是知道張淑妃在會寧殿裡，給周紹懿吃了什麼不該吃的東西吧？

或許就是那盅甜湯。

裴四娘知道內情，但是她一直在做心理鬥爭，直到晚上，她終於坐不住了奔來，等見到周紹懿平安，她才鬆了口氣。

而張淑妃要害自己的親孫兒，還能是為什麼呢？

只能為了嫁禍給傅念君。

這一番有驚無險，傅念君真的不知該說什麼好了。

她顧不得對張淑妃生氣，心裡只想著，幸好這個命途多舛的孩子沒事。

17 自食其果

「七嬸？怎麼了嗎？我是不是哪裡做錯了？」周紹懿忐忑地問傅念君，一雙眼珠像黑葡萄似的。

傅念君摸了摸他的頭，「沒有，你什麼都沒有做錯。」

這孩子出身於這樣的家庭，已經是很大的不幸了。如果他知道自己的親祖母竟想將他當作一個算計人的工具，傅念君真不敢想像他的心情。

有些事，他長大後就會想明白的，如今暫且讓他不要想這麼多吧。

「先睡吧。」

傅念君替他掖好被子，離開了他的房間。

躺回到自己床上的時候，傅念君還在想，周紹懿倒回鍋裡去的那碗湯，最後被誰喝了呢？

她但願誰都沒有喝。

但是世事往往總是朝人們不期望的方向發展。

周紹懿還是活蹦亂跳無憂無慮的，裴四娘自到淮王府裡走了一趟，就心神不寧地一夜沒睡好，不為別的，只因為她走這一趟，幾乎已經將自己的意圖暴露了。她怕張淑妃知道後多想，再來難為她。

但是事實上，張淑妃根本沒空來理會她。

隔日下午，張淑妃莫名突發了惡疾，昏死在自己的床上，醒來後半邊身子就動彈不得，說話也支離破碎，更是表情僵硬，流涎不止。太醫院所有太醫都戰戰兢兢地在會寧殿中候命診治，最後得出的結論是，張淑妃身中七種毒藥。

皇帝聽到這個說法，當即便昏死過去，引得太醫們在會寧殿中又是一場混亂。

宮裡竟然會發生這樣的事，自然要徹查！

敢下毒謀害嬪妃，這樣的事自大宋建朝以來，還是聞所未聞。

傅念君得知這個消息時的第一反應即是，莫非老天真是生了一對眼睛不成，周紹雍那碗倒回鍋裡的湯，竟然是被張淑妃喝了啊。

她想拿自己的親孫子算計傅念君，卻自食其果了。這件事匪夷所思的程度，說出來怕是沒有一個人會信。

當然這個消息不可能外洩，傅念君會得知，完全是因為舒皇后派人來通知她。

毫無疑問的，張淑妃出了這樣的事，皇帝醒過來後，第一個懷疑的就是身邊的皇后。

可憐這段時日以來，每回都被張淑妃針對，向來不主動尋釁的舒皇后，第一個就被扣上了這樣的罪名。好在舒皇后早已百煉成鋼，應付心性原本就容易動搖的皇帝，倒還不算太大的問題。如今皇帝年紀大了，也做不出年輕時為了張氏不顧一切的姿態來。

傅念君趕忙找來了夏侯纓，將張淑妃的症狀說給了她聽，問她可知道是什麼毒藥所致，最關鍵的是，「這毒不是立刻發作，中間還隔了一夜多，我實在不知這天下還有這樣的毒藥。」

如砒霜、牽機那樣的藥都是烈性猛藥，見效極快，幾乎飲下就會命喪九泉。她沒見過那樣能隔一夜再發作的毒，太奇怪了。

夏侯纓素來就比較瞭解毒物，聽完傅念君的描述之後也不驚訝，想了想說：「我知道這樣的毒物，由七種毒藥配合製成，有個名字，叫作『邪太歲』。這毒不是用來害人性命的，我診治過的一個員外，就是被家中十幾房小妾的某一個下了這種藥，以致半身不遂，口歪眼斜，無法再作威作福，而且隔夜才見效這一點，也能夠讓下毒的人輕鬆脫身。」

傅念君微愕，所以張淑妃千方百計挑了這種「邪太歲」，想給周紹懿用了來對付自己。

還真是……蠢到家了。

「後來查出來了嗎？」

「這毒出自湘西。那位員外的小妾之中，有一個就是來自湘西的。」夏侯纓說。

「妳告訴衙差了？」

夏侯纓搖搖頭，「我不打算說。她本來就是個可憐女子。邪太歲主要是將人身上的血脈經絡麻痹，卻不在取人性命，可見她並非窮凶極惡之人。我只是與她談過一次，說隔天就會離開，但她膽子太小，太害怕，沒等到天亮，當晚就懸樑自盡了。」

夏侯纓在江湖上，已經見慣了太多這樣的事。

那個小妾膽子這般小，卻敢給自家老爺下毒，可見已經被逼到了什麼地步。

「若是讓妳替她解毒，能解嗎？」傅念君問夏侯纓。

夏侯纓看了她一眼，說：「只要不是當場死了的，這樣的毒一步步試著看，總是能解一部分的，但想完全治好是不可能的。妳當真確定她中的是『邪太歲』？」

傅念君苦笑，「八九不離十。」

夏侯纓頓了頓，認真道：「妳想讓我救她？」

傅念君回看了她一眼，「妳覺得我是個以德報怨的人？」

夏侯纓微笑，「為了孩子，或許很多人會選擇變成那樣的人。」

傅念君摸了摸自己的肚子，感嘆道：「我覺得替孩子積德這事也太過假托神佛了，倒更希望他先學會善惡分明。」張淑妃的事輪不到他們出手，再怎樣，宮裡還有這麼多太醫呢。

「也許吧。」夏侯纓說著：「對於某些人來說，這樣也挺好的。」

躺在床上做個廢人，起碼就她知道的那個員外來看，他再也不能做欺男霸女之事。

張淑妃出事，齊王周毓琛和齊王妃裴四娘，第一時間被傳喚進了宮裡。

裴四娘見到張淑妃一句話都說不出來，卻還是要兇惡地盯著自己嗚嗚發聲，面目極為猙獰可怕，見狀更是害怕地往後縮了縮，連要為這個婆母流淚都差點忘了。

裴四娘幾乎都能夠猜到張淑妃要罵什麼了，如果她還能說話的話。

因為這個毒藥正是她去弄來的，現在，只有她能說出真相。

但是，為什麼張淑妃會自己吃下去了呢？

裴四娘不至於覺得張淑妃會用這種方式來嫁禍旁人，她現在這副樣子，連話都不能說，談何嫁禍？

那麼，到底是誰給她下的毒？

張淑妃用這樣的眼神看她，是不是覺得下毒的人是自己？

心底一連串的問題幾乎將裴四娘擊潰，讓她差點站不住腳。

「妳還好嗎？」

裴四娘聽到周毓琛溫和的聲音在耳邊響起，隨即感覺他的手略略扶了扶自己，但是又很快鬆開。

她忐忑地望向丈夫，非常害怕他看懂了張淑妃的眼神，對自己也記恨起來。

幸好周毓琛並沒有像她想的那樣表示狐疑，只對她說：「如果站累了就去歇歇。」

他到了張淑妃榻前，半蹲下身子，握住她的手，像從前無數次那樣，像個乖兒子一般問道：

「阿娘，妳怎麼樣了？」

張淑妃的回應是更加憤怒地盯著他身後還沒有離開的裴四娘，嘴裡費力發聲。

裴四娘被這樣的眼神盯得又倒退了兩步。周毓琛微微側頭，對裴四娘說的卻是：「還不走？」

裴四娘聞言，趕緊轉身離開了。

躺在床上的張淑妃突然心涼起來。

周毓琛握著她的手，聲音溫和：「阿娘，妳別怕，妳不會有事的。這段時間，妳就先好好休息吧。」

張淑妃繼續「嗚嗚」地抗議。

她這輩子從來沒有這麼狼狽過，躺在床上無法清楚地說出一句話，還像個廢人一樣任人擺布，所有的威風都被踩在腳下，這怎麼能夠！

「娘娘這是……想說什麼？」身邊的宮人不解地問周毓琛。

都說母子連心，張淑妃這樣嗯嗯啊啊的，太醫們聽不懂，宮人們也聽不懂，或許只有齊王殿下能夠瞭解一二了。

周毓琛眸光閃了閃，只抬頭對宮人說：「大概是渴了……去把藥碗端來。」

剛煮好的藥端了上來，周毓琛親自一勺一勺地餵給張淑妃喝，極其細心，看得宮人們紛紛在心底感慨，齊王殿下可真是個孝子，不枉張淑妃如此疼愛他。

「喝了藥才能好。」

周毓琛替張淑妃揩了揩嘴角，不顧她抗拒的眼色。

「阿娘，不喝藥病怎麼會好？聽話。」他像哄孩子一樣，細心地哄著自己的母親。

一碗藥喝完，張淑妃臉都綠了一半。

太醫們對於解毒並不算擅長，又各有各的說辭，直到現在都在外頭爭論不休。張淑妃體內的邪太歲少說有七種毒藥配製而成，自然要解毒，而太醫們覺得最有效的法子就是不斷地灌解毒湯劑。

張淑妃若是能像平日一樣罵人摔碗，怕是早就已經摔了不下十個碗了。這些藥真的太難喝了。

果真，被周毓琛餵完了這樣一碗，張淑妃就忍不住吐了出來，連同先前吃的流食，全部吐在自己的前襟上，頓時整個房裡的味道都難聞不堪。

宮人們怕齊王殿下沾了穢物，忙要上前伺候，卻被周毓琛阻攔了。他處變不驚地替母親清理了乾淨。張淑妃依舊只是盯著自己的兒子，不斷「嗚嗚」地出聲。

救我，琛兒，救我，讓你媳婦去找那個湘西的郎中，去找解藥，救我！

張淑妃的內心不斷地喊著，可惜，她的親生兒子似乎半點都沒有理解到她的意思。

「殿下，娘娘好像是有話對您說呢……」

「是，她覺得太吵了，你們都下去吧。」

周毓琛竟是這麼理解她的意思。

張淑妃氣得想捶床，但是無論是什麼情緒，她現在能夠做出的表情也只有一種而已。

「阿娘，妳不要動氣，好好休息，我一定會盡力將妳的病治好的。害妳的人……我也會去找。妳現在，就好好休息好不好？」

周毓琛這麼說著，替張淑妃掖了掖被角。

「對了，妳好像不喜歡看到裴氏，以後，我會讓她少過來的。如果妳悶的話，會有二嫂和姊姊陪妳說話，二哥雖然是那樣的情況……畢竟二嫂也是妳的媳婦。」

說完他就轉身離開了。

張淑妃卻猶如被冰水當頭澆了一頓，喉嚨裡連一絲可憐卑微的聲音都發不出來。

她的兒子，她那個聰明的兒子，讓她這個做娘的引以為傲的兒子，難道真的不懂她想表達什麼意思嗎？

尤其是他最後那一句，讓裴四娘不要來了，正正說明他明白，他根本就全都明白！

他卻當著裴四娘、當著宮人的面，說了那樣的話。

這還是她的兒子嗎？

他、他是不是，根本就不想讓她好起來？

張淑妃被這個可怕的念頭徹底震懾住了，隨即很快又將這點疑慮掐滅，不可能的，不可能！

她這輩子都是為了琛兒，為了她的寶貝兒子，為了他能夠順利繼承帝位。她做了多少事，他不可能這樣對她！

一定是那個裴氏，是裴氏攛掇了他，等她好了，她一定要狠狠地懲治那個女人。

§§§

裴四娘一直站在廊下發呆，會寧殿裡熱熱鬧鬧的，可她耳裡卻什麼聲音都聽不進去。

「不冷嗎？」周毓琛的聲音再次在她身後響起。

裴四娘轉身，看著自己丈夫溫潤清秀的臉龐。他的臉型很像張淑妃，帶著幾分南方人的秀氣。

「淑妃娘娘……還好嗎？」她問。

「以後妳不用多來了。她不能說話，見到妳也容易情緒激動，讓她好好養著吧。」他只是這麼說。

裴四娘攥緊了拳頭，在心底下了決心，她想把所有事情都告訴他，哪怕他會因此徹底厭棄了自己，也好過她現在這麼受折磨。

那裡頭可是他的母親啊，他永遠都不會原諒自己的！

「殿下，我有點事想和您說，關於淑妃娘娘中毒一事……」

周毓琛卻打斷她：「妳能有什麼好說的？爹爹已經讓人將會寧殿裡外接手過阿娘日常飲食起居的人都盤查了一遍，相信明日就會出結果了。妳又不是宮裡人，妳能說什麼？」

裴四娘噎住了，他這是什麼意思？

周毓琛淡淡笑了笑，「妳不用把事端都往自己身上攬，也不用什麼都歸咎於自己。那晚妳去七弟妹那裡，我知道。」

裴四娘一瞬間只覺心神俱滅。他說他知道，怕不止是知道這件事吧？他這個態度又到底是……她覺得自己眼花了吧，怎麼這會兒的他，竟比那天晚上的他要溫柔幾分？

裴四娘愣愣地盯著自己的丈夫。周毓琛側頭對她笑了笑，然後竟是伸手拍了拍她的頭，「不算太聰明。」在這一點上，不如他們那個七弟妹。

不過好在，總算還能挽回。

「殿、殿下，您這是……」裴四娘覺得自己的舌頭都捋不順了。有一種……驚喜得很像驚嚇的感覺。

周毓琛呼了口氣，「就這樣吧，現在的情況，不適合再更複雜了。」是就此打住的意思嗎？

裴四娘點了點頭。

他知道她為張淑妃尋訪過湘西的一味毒藥，他也知道那一晚她的反常。

或許，很多話根本就不用她說出來。

她真是蠢了。

裴四娘在心底對自己一遍遍說著，不要忘了，妳是他的妻子，他是妳的夫君，無論何時，妳都要相信他、依靠他。

§§§

皇帝下令徹查會寧殿中的事，最後終於在一個煎補湯的侍女那裡查出了貓膩。到底怎樣審的，細節又是如何，外人無從得知。總之最後的結果是，會寧殿裡被處理了一大批人，包括兩個張淑妃的心腹。

而張淑妃，依然只能在床上躺著。

國喪期間，又發生了這樣的事，皇帝的心情差到了極點。

皇帝對張淑妃的感情很深，兩人畢竟年少相識，相互扶持過了幾十年，比夫妻更像夫妻。正經的嫡妻舒皇后也知道，在論情分這一點上，她是無論如何都不能和張淑妃相比的。

皇帝還因為張淑妃的事落了好幾次淚，他坐在她榻邊，看著昔日容光煥發的愛妃憔悴伶仃地躺在床上，口不能言，無法動彈，若不是身邊內侍攔著，怕是都要作好幾首悲痛的詩詞出來了。

當然，皇帝對張淑妃再深的感情，也是禁不起消耗的。尤其是九五之尊一國之君，平素見到的女人哪個不是衣衫端正、妝容整潔？張淑妃這狼狽模樣頭幾次看了，確實能讓人生出些憐惜之情，可是當有一次她沒忍住，在皇帝正津津有味地回憶他們兩人幸福過往的時候，直接在床上解手後——一切便都不同了。

皇帝當時臉就綠了，聽說回到寢宮又臥床了兩天。

經過了張氏這番「驚嚇」，他甚至開始相信宮外的道士，絡繹請進來論道不止，還怪力亂神地要在宮裡擺神壇，被上了幾份摺子才好歹被稍稍勸住了。

張淑妃簡直羞憤欲死，其實她比誰都希望皇帝不要留在她這裡。她這些年能夠籠絡住皇帝的心，靠的不僅僅是兩人年輕時的感情，她更知道該怎麼應付一個男人，尤其是皇帝這個她無比熟悉的男人。

而她的方式裡，絕對不包括現在這種情況。

但是還有什麼別的辦法呢？太醫們日日都到會寧殿去替張氏解毒，依舊收效甚微。

夏侯纓對傅念君說，張淑妃這樣的情況就和她當年治過的那個員外一樣，經年累月地治，是能夠有改善的。但問題就是時間能夠改變太多東西了，躺在床上不良於行幾年，昔日的仇家誰都能來害她，她就是一個毫無抵抗之力的傀儡罷了。

即便她命大，熬過了最痛苦的時候，五年十年後能夠重新說話走路，但還能恢復昔日的光景嗎？她還是不可一世的張淑妃嗎？

傅念君只能唏噓：「想不到她會是這樣的下場。」

甚至……都不需要去對付，這個敵人就這麼無聲無息地倒下了。

只因為敗在了她自己那點可鄙的壞心之上。

或許張淑妃心裡會懷疑平安無事的周紹懿，也會懷疑知道內情的兒媳婦裴四娘，但是這兩個人，她怎麼能去追究？她還有什麼能力去追究？

即便她再要作威作福，也是以後的事了。

周紹懿依舊過著他的日子，齊王府上裴四娘也並未有任何動作，在張淑妃中毒這件事裡牽扯最深的兩個人，似乎都有意無意地將這個難以探尋的真相給壓了下去，做好了讓歲月掩埋的準備。

於此同時，張淑妃的突然患病，在朝堂上引起的震動，遠比後宮大得多。

先前拚命阿諛巴結她的人一下子都懵了，誰會想到看起來至少還能活三十年沒問題的張淑妃，會突然碰到這些事呢？

那些經過她提拔而高升發財的張氏族人，都陷入了群龍無首的境地；以傅琨為首的忠於皇帝之當權派，也趁機剪除了幾個沒用的人。當然大動作還是不能有，理由還是和之前一樣，西北的仗沒打完，朝廷就不能出內亂。

如今為軍務提供錢糧遠比黨爭重要得多，傅琨和三司使孫秀這幾天甚至一直往城外跑，只為激勵民心，為馬上到來的春耕做準備。前線的將士們固然勞苦功高，但是在大後方的後援一樣不是個輕鬆活。傅琨並不適合帶兵打仗，但是在敦促民生、提高賦收這方面，能力確實出眾。

自然，如今齊王周毓琛是東京城的一枝獨秀了。

那些不論有沒有巴結上張淑妃的人，都只剩下他這一個目標。

甚至幾個與傅琨交好的大臣，包括傅淵的上峰，昭文館裡的大學士都說，官家大概是著意立齊王為儲了。張淑妃這種轟然倒台的情況，在他們這幫清流看來，其實是對周毓琛的好事。

中書門下幾位響噹噹的相爺，也會替身體日漸不行的皇帝考慮儲君之立。

周毓琛為人如何，他們也都看在眼裡，沒了張氏的指手畫腳，他們反倒更希望周毓琛繼承大統，就和曾經不願將傅念君許配給周毓白的傅琨一樣的想法。

不過現在大家都知道，傅琨是淮王殿下的泰山，他的意見尤為重要。

當然其中也有人是不同意現在就立儲的。

「畢竟淮王西去，你們也都看過了密報裡的內容。淮王殿下是個既能收軍心又能服民心的良主，這個時候我們擁立齊王為儲，讓身為嫡系的淮王和皇后娘娘如何想？更何況張氏的朋黨尚未清算，難道你們就敢放心把朝政交給那些烏合之眾？」

這話說得也很在理，畢竟周毓白的嫡系身分確實讓人沒有話說。

看來皇帝應當還在糾結，兩個孩子都沒有出錯，兩個孩子都很好，這才造成了他真正糾結的源頭。

一邊是更像自己、自己更疼愛的兒子，而另一邊則是能力人品出眾、身為嫡子的兒子。

他和臣子們就像玩著一場拔河，左搖右擺，無法定錨。

「都已經拖了這麼久了，也不在於這些時日，等到王相和淮王班師回朝再議吧。」傅琨最後這麼下結論。

他和王永澄就是皇帝的左膀右臂，他也如此尊重王相，兩人雖為政敵，卻光明磊落，幾位大人也都沒有話說了。

§§§

齊王府上日日賓客迎門，今日卻少見地迎來了一位貴客。

傅念君要見的人不是齊王妃，而是齊王。

周毓琛是有點訝異的，私下見弟妹，還是弟弟不在的情況下，這多少有點於禮不合。

所以屋裡還留了一個他的幕僚林長風。

這人之前在肅王用和氏璧之事陷害周毓琛時，出過不少力。

傅念君沒有任何異議。

她說道：「之前一直想過來見六哥，可惜被很多事耽誤了。」

周毓琛一想，似乎確實是如此，自她露面開始，京裡就又發生了不少事，從太后病逝到張淑妃中毒和朝堂紛擾。傅念君不再多說，將懷裡的火藥和再次修改過的突火槍圖紙，放到了他面前。

「這個東西，交給六哥是最穩妥的。」

周毓琛和林長風面面相覷，他們誰也沒見過這東西。

「弟妹，妳這是……哪裡得來的？」周毓琛猶疑道。

傅念君微笑，「六哥一直都很為人著想，所以很多話大概不會問我。但我想明說，沒錯，我確實離開了京城一段時日。」周毓琛沒有驚訝，他一直都知道，自己的七弟娶了個女中豪傑。

他手上有線報，鄜州城疑似出現過淮王妃的身影。但他壓下了這個消息，沒有讓張淑妃知道。也說不上為什麼要這麼做，可能只是不想她一個弱女子被自己的母親對付。

當然現在，張淑妃也沒機會用這件事來針對她了。

她本可以不用說的。他從來沒有想過她會這樣站在自己面前，大大方方地承認。

傅念君態度灑脫，「六哥現在心裡大概會覺得我衝動，其實我真的不怕這個，我也願意去官家面前坦白，因為……我覺得我做的值得。」她指了指桌上的東西，「為了這個，我覺得很值得。」

「這到底是何物？」周毓琛問她。

傅念君說：「我認識一個高人，此去就是為了尋訪他。這是火藥，從他手裡而來，配合著突火槍，能夠在百步之外，洞穿人的胸口。」她指了指自己的心臟，「威力巨大。」

對於沒見識過的人，她很難形容出這東西的威力。

好在周毓琛不是見識短淺的人。

「妳就是靠這個守住了鄜州城？」周毓琛擰眉問她。

他果然知道。

傅念君笑道：「不全是。」

她接著向周毓琛描述了一下突火槍和火藥的使用方法，然後說：「我為什麼要去西北，是因為我知道，這個東西能夠給大宋軍隊帶來截然不同的生機，它也能夠救我丈夫的命。」

周毓琛愕然，「那妳為什麼會選擇交給我？」

難道他不該是傅念君最該防備的人嗎？

傅念君坦誠：「因為只有齊王殿下才能夠讓它發揚光大。我藏起這個東西來，它就永遠不能發揮它該有的價值。它不該只是用來保全我夫君性命的最後一道護身符，它應當成為大宋軍隊揚眉吐氣的利爪！任何東西，只有經過不斷的試驗和操作，才能純熟精進，不是嗎？獨木不成林，百花方為春，我只能把它畫出來，匠人能把它造出來，但是只有現在擁有權力和金錢的齊王殿下，你才能讓它成為萬夫莫敵的武器，從而拯救更多大宋軍民的性命。」

林長風和周毓琛雙雙啞然。

這個女人，這個女人……

他們此時深信不疑，她確實是個能夠帶領軍民在西夏人的強攻之下守住鄜州的女人。

這份心胸氣魄，多少男人都難有。

「妳就……這般相信我？」周毓琛猶豫著，還是問了出來。

她沒有把這個交給皇后，也沒有把這個交給她的父兄，卻選擇交給了他。

傅念君笑道：「是我夫君相信你，而我相信他。」她頓了頓，說：「齊王殿下本可以趁這個機會順利取得儲君之位，不是嗎？只要你想，現在的東京城裡，沒有你得不到的東西，但是你沒有，因為你是個君子。」

君子……

周毓琛覺得這兩個字就像她剛才形容的突火槍彈藥一樣，猛地貫穿了他的心房。

周毓白何嘗不是君子呢？他明知道這一去會面臨什麼，也從來沒有猶豫過。

他們兩個人，似乎從小就被無數勢力硬生生地打上了標記，告訴他們：你們是要注定站在鴻溝兩側的兄弟。

可是周毓白從來沒有動搖過吧？周毓琛瞭解自己的弟弟，他一直都是那樣的人。

哪怕他有那樣的能力和心計，他也不會做那些別人所臆測的事。

周毓琛長舒一口氣，「七弟妹，從前，是我看輕妳了。」

這個女人，絕對不是外人嘴裡說的那個婚前不貞、生性風流的女人。她有著這世上大多數女人都難以企及的智慧和胸襟。

傅念君微笑，「或許我也是存了些私心吧。即便現在突火槍能大肆投入使用，也來不及救渭州的遠火了。但願這東西的面世，能夠讓未來邊境的安寧多些時候。也能讓他……不要再離開我了。」

這是周毓琛第一次見到一個女人這麼直白地表露對丈夫的思念和愛意。

說實話，他竟然有點嫉妒。

「那麼，這份厚禮，我就收下了。」周毓琛鄭重道。

突火槍如果問世，周毓琛無疑將是最大的功臣，傅念君便是把這個榮耀拱手讓給了他。

他看出她並不是個願意出風頭的人。

她卻說：「是我要謝謝六哥願意嘗試。」

只有他願意去試，才會有後面的一切。

臨走前，傅念君還對周毓琛說：

「我那裡有一桿並未完全研製成功的突火槍，如果六哥願意，我可以讓人拿來去校場試試。但是我找的工匠顯然不如三司冑案的工匠，六哥如果要印證它真正的威力，還是要重新做。」

這是沒有辦法的事情，很多東西，都是在一遍遍的失敗中走向成功的。

周毓琛應允了。

她離開後，林長風才忐忑地問周毓琛：「殿下真要聽她的話，去試這個東西嗎？」

周毓琛反問他：「難道你沒有被她的話打動？」

林長風默了默，然後才慨嘆一句：「這位淮王妃，真是個人物。」

年紀輕輕的小娘子，卻有這樣的本事。

「我不如七弟聰明。」周毓琛意有所指地說著：「不過還不算太笨，相信她，才是聰明人的選擇。」

「但是殿下，此招可能是以退為進，試探您有無窺探儲君之心啊。」林長風依舊盡著一個幕僚的本分，揣測了一下傅念君的用意。

周毓琛笑著搖頭，「她何必呢？林先生，你不是不知道我要的是什麼。」

到底儲位是對他重要，還是對他身邊之人重要？

爭儲是他的夢想，還是他身邊之人的夢想呢？

林長風啞口無言了。

周毓琛看著手裡的圖，想像了一下突火槍真正使用時的樣子，不知為何，竟是渾身血液都有些熱了起來。

這麼奇妙的東西，不知道是哪位高人想出來的。

即便最後突火槍和火藥並不能發揮傅念君所說的效果，周毓琛卻像被挑起了畢生興趣一樣。

他心底無比地期待著，那樣的武器問世的一天。

18 不死不休

傅念君離開齊王府後並沒有直接回家，因為她遇到了一個人。

蘇選齋，那個才高八斗的蘇才子，如今是齊王府學館裡的學生，更是孫計相的二女婿。

他是周毓白安排的棋子，傅念君一直都是這麼認為的。但是事實上，他並沒有接收到周毓白任何類似於細作的指示，哪怕他已到了周毓琛府上。

他這次是悄悄來見傅念君的。

「王妃，如今在下尚無功名在身，幫不了殿下什麼。但是無論何時，在下都沒有忘記過殿下的知遇之恩。」

傅念君打量這人確實不像是說假話，可能只是有幾分讀書人的傻氣。

她說：「殿下未必是想讓你如何賣命，蘇舉人。你本就有機會成為國之棟樑，想的當是盡心為百姓、國家謀福祉才是。報恩……或者說是替殿下做些『背後』的事，這不該是你放在第一位考量的？」

蘇選齋的臉色變了兩變，才對傅念君說：「王妃說得有理，是在下狹隘了。」

「那麼，你究竟想和我說什麼？」傅念君喝了口茶，切入正題。

蘇選齋肯定不是閒著無聊找她談心。他冒險這樣直接和自己見面，一定是要告訴她什麼很重要的消息。

「是……齊王殿下，和馮翊郡公有往來。」蘇選齋思索了片刻，還是決定說出來。

周雲奢！

傅念君心中一跳，仔細聽蘇選齋講了一遍經過。

「你是說……他們是在肅王出事之前見面的？」傅念君重複了一遍。

而且還牽涉到周毓琛身邊的幕僚林長風。

蘇選齋點點頭。

「那麼這件事，蘇舉人怎麼看呢？」傅念君反問他。

蘇選齋頓了頓，想到了京城裡如今眾說紛紜、沸沸揚揚的各種版本，肅王和齊王之間的明爭暗鬥。他不敢抬眼直視對面的人，想了想還是說：

「在下不過是個讀書人，對於各位王爺之間的事不甚瞭解，也沒有資格置喙，只是這件事一直壓在心上忘不掉，今日總算能告訴王妃了。當然，也許一切都是在下以小人之心度君子之腹，還請王妃見諒。」

蘇選齋能說出這番話來，就說明他的志向暫且還不在政治上。如今紛亂的局勢裡，憑藉他的身分其實也能做些事，但他似乎沒有忘記讀書人的本心，今天說這話，確實是因為要報答周毓白，而留心到了周雲奢和周毓琛。

傅念君總算放心些了。

§§§

和蘇選齋短暫地談完了，傅念君回到府裡，就找江埕商量。

江埕說：「王妃現在懷疑肅王殿下那樁事，是馮翊郡公做的？」

傅念君苦笑，「實在想不出更合理的解釋。」

江埕微微頷首，「按理說，馮翊郡公雖然重獲了自由，但是待遇地位大不如以往，他又是閒散宗室的身分，要做這些事恐怕……」江埕不知道周雲詹和周紹雍的關係。

傅念君只說：「我想讓先生去查查，我不在京城這段時日中，他的動向如何。」

江埕一口應下了，隨即問了傅念君一個有點耳熟的問題：

「對於齊王殿下，王妃就那麼放心嗎？」

江埕是覺得她奇怪，寧願懷疑沒什麼實權的周雲詹，也隻字不提周毓琛。

傅念君笑了，對江埕說：「江先生，我年紀輕，很多事情也不是很懂，但是總是覺得，猜疑這種事，很多時候更像是互相的。有一方先起了疑心，另一方自然而然便也跟著疑心了。我且不論齊王殿下是怎麼想我們府上的，但是在根本的原則上，我和殿下，不會先去做那個小人。」

江埕感慨：「王妃年紀雖輕，眼光卻比我等更長遠。」

傅念君搖搖頭，只說：「或許是因為在邊關時經歷了一些事吧……江先生，我忽然覺得，很多事情，本來就是不必要發生的。」

江埕點點頭，「今日是在下受教了。」

傅念君想起蘇選齋，又對江埕說：「聽說先前都是江先生在照管他。我個人的意見，他是個可造之材，只是心中『報恩』的念頭太急切，倒反而幫不上太大的忙，不如先讓他晾在一邊？」

這件事畢竟是她的想法，需要徵求江埕的同意。

沒想到江埕卻微笑，「蘇選齋的問題，其實殿下早就吩咐過了，和王妃的意思差不多。」

傅念君微訝，隨即便低眸，不受控制地又想起了周毓白。

§§§

如今的肅王府，早已不復昔日的光鮮和熱鬧，門庭冷落，還有禁兵把守，便如已經被查封抄家一般。

現在連街頭三歲小兒都知道，肅王被軟禁在了這座府邸裡。

傅念君好不容易爭取到能夠進來的機會，眼見這般寥落衰敗的場景，心中還是有點感觸。在她的記憶裡，肅王的結局並不好，抄家之後貶為庶人，也是在別院中鬱鬱而亡。起碼現在的情況，沒有那麼嚴重。

但傅念君沒有見到肅王，並不是見不到，而是肅王誰都不想見。

肅王雖然活了三十幾年，然而說直白一點，在徐家和祖母、母親的庇護之下，他被養得頭腦簡單，日子只知一帆風順地過下去，如今突逢大變，便像個手足無措的孩子一樣，不知該如何面對。

傅念君見到了肅王妃蕭氏。

蕭氏除了衣衫比以往更素淨，釵環盡褪，幾乎看不出任何變化。但她依舊像天宮裡的仙子一般，不染塵埃，不沾世俗，即便是在這個無論誰都會覺得落魄的境地之中。

蕭氏見到傅念君，似乎還想了一想，然後才說：「這是七弟妹吧，我都快認不出來了。」

「大嫂。」傅念君向蕭氏問候，見到她手頭還沒來得及收起來的春衫。

她們現在連衣裳都要自己做了。

蕭氏讓人泡了茶來，和上一次傅念君在這裡喝的，自然是天壤之別。但是蕭氏毫不在意，甚至連對待傅念君的笑容和態度都是一樣的。

「七弟妹，外面冷，喝點茶暖暖身子吧。」

傅念君喝了一杯茶，打算直入主題。

「大嫂，妳不擔心世子嗎？他到現在都還沒有消息。」

蕭氏的表情略微僵了僵，然後說：「他……這一切本來就不關他的事。」

「但是他身為皇孫，有詔不回，等同犯上謀逆。」

蕭氏苦笑，「七弟妹現在覺得他的消息還能有誰來告訴我呢？妳嗎？」

傅念君四下看了一圈，狀似不經意道：「難道馮翊郡公沒有來看望大嫂？」

蕭氏臉上終於出現了凡人才該有的神情，頗為震驚。

「妳、妳說什麼？」

「我說什麼？」傅念君微笑，「當然不是指他們的私交。而是在幾個月前的宮宴上，我難得在宮裡見到大嫂，真是不巧，卻看到了妳與馮翊郡公在一起。」

蕭氏保養得宜的手微微顫抖，「怎、怎麼會呢，七弟妹，妳眼花了吧……」

「我有沒有眼花，大嫂應該比我清楚。」

傅念君的眼神不自覺落向了右側一間閉著格扇的耳室。

面對緊張的蕭氏，傅念君繼續說：「當然，大嫂放心，我不會想到那些齷齪方面去。即便是那種讓彼此都難堪的境況，我現在來和妳說，又有什麼意思呢？」

蕭氏驚訝，對面這個年紀輕輕的小娘子，似乎是把她的想法看穿了。

傅念君一下就否定了最可能的一個猜測。

「那妳……是什麼意思？」

蕭氏有點忐忑。

「沒有什麼意思，姨甥敘舊的場面不小心被我看到了，只是有所感懷罷了。畢竟我只有一個舅父，卻沒有姨母呢。」

她對蕭氏笑了笑，好像只是隨便拉了幾句家常。

蕭氏的反應卻不再是剛才的驚訝，而是整個人似乎一瞬間被抽了魂一般，顫抖著嘴唇說不出話來。

她說「姨甥」……

「大嫂也沒有必要再辯解什麼，妳看，該知道和不該知道的，我都知道。」

傅念君的笑容有一絲狡黠，帶著幾分孩童的天真，蕭氏卻只覺得冷汗已爬滿了後背。

傅念君繼續看著那扇緊閉的格扇，嘆了口氣，「能成為骨肉親人，是難得的緣分，只是有時候，也是要命的羈絆吧……」

格扇一下子被人推開，耳室裡走出來一個年輕人，眼神幽深，容貌俊挺。

正是馮翊郡公周雲詹。

不應該出現在這裡的人。

蕭氏站在中間，看看傅念君，又看看周雲詹，無所適從，但是感覺告訴她，現在最好不要再開口說話。

周雲詹看著眼前膽色過人的女子，問：「妳，到底想要什麼？」

傅念君微笑，「這句話，該我問你。馮翊郡公，你呢？你想要的是什麼？」

周雲詹眼裡閃過一絲晦暗，傅念君知道，那是殺意。

看吧，這人果然還有一手。

只是，從一開始他們就判斷錯了。以為他是幕後之人，以為他和周紹雍一定是一根繩上的螞蚱，甚至以為，他會是周紹雍計畫裡那個完美的傀儡皇帝。

他們都低估了這個人的實力。

他們，也包括周紹雍。

「肅王私藏兵械這件事，是你……或者說，是你們做的吧。」傅念君用的是陳述語氣：「只為毀了肅王府。」

周雲詹沉默以對。

傅念君覺得有點口渴，又喝了杯子裡剩下的半杯茶。這樣的粗茶，竟然也品出點味道來了。

「然後呢？你們打算離開嗎？徹底遠離京城？說實話，我是覺得有點意外。畢竟很少有人會拋棄榮華富貴，甚至是更高的權勢地位，選擇帶著自己的姨母遠遁。」

在這一點上，她沒有辦法真的討厭這個人。

她自己都在權力和富貴場之中浮浮沉沉，而周雲詹在這樣的年紀，就已下定決心要脫身。

「確實。」周雲詹像是不會笑一樣，木然地說：「看來淮王妃來之前都已經打聽清楚了，我也不必再隱瞞。」

「詹兒……」蕭氏淚盈於睫，似乎想阻止他。

周雲詹沒有理會她，只是說：「我做這些，不僅僅是為了離開的計畫，也是為了報復。如果不是他……姨母不會忍受二十年這樣的日子，我們所有人的命運，都不會如此。」

他嘴裡的「他」，就是肅王。

而「我們」，是周昭、他的母親、蕭氏、他自己，還有周紹雍。

因為肅王霸占了蕭氏，引發了後續無數的事端：周昭與蕭氏姊妹的恩怨情仇，周紹雍和周雲詹兩個表兄弟之間的命運糾纏。

表面上平靜如水，實際上這底下的暗流卻洶湧了二十年。

對於周雲詹嘴裡他們這些人的恩怨糾葛，傅念君不覺得在這個時候適合拿出來討論。

傅念君看著旁邊不斷哭泣的蕭氏，心裡也有了些猜測。蕭氏大概不是太贊同周雲詹的做法吧，先前是自己把她想得太能幹了。其實外表如何且不論，蕭氏或許根本是一個無力也不願去和命運抗爭的女人。

二十年不是一段很短的時間，肅王是什麼人傅念君也算了解。只能說，這對夫妻，有他們自己的問題。徐太后把所有的錯都怪在蕭氏身上大可不必，卻也並非毫無道理。

傅念君轉向了周雲詹，說道：「如今肅王府成了這樣，徐家也敗落，宮裡的徐太后和徐德妃也已經相繼過世，我想你的目的也該算是達到了。對於馮翊郡公來說，現在應該只差最後一步，便功成身退了吧？」她笑了笑，「你和齊王殿下是怎麼說的？他願意放你一馬？」

周雲詹挑了挑眉。

他是去見過周毓琛不錯。他沒有想到這個女人會這麼敏銳，還這麼篤定，就像是……親眼看見的一般。

或者說，她如此瞭解自己和周毓琛。

他說道：「沒有和淮王妃知會一聲，看來是在下的疏失。」

周雲詹想怎麼對付肅王和徐家是他們的事，他要和蕭氏離開京城更是他的事，傅念君自覺並不代表正義，沒有立場指責他。

「我想你誤會了，我此來並不是要拆穿你們的計畫，更不是來多管閒事的。我只想問一句，關於肅王世子……當然現在他不是世子了。關於周紹雍，你打算怎麼處置？」

蕭氏再次聽傅念君提到周紹雍，似乎有些緊張，豎起了耳朵。

周雲詹想了想，才慢慢吐出了和蕭氏一樣的答案：

「我不知道他在哪裡。」

「所以也不知道他做過的事了？」傅念君又問。

周雲詹譏誚道：「我知道淮王在找一個人。因為這個，我被軟禁了一年多。怎麼，現在你們懷疑到他頭上了？」

傅念君只說：「我們找人的因由不需要向你交代。我只想知道他下一步還有什麼打算。」

周雲詹擰眉不語。

傅念君轉而對蕭氏說：「大嫂，我不知道對妳而言，兒子和外甥哪個重要，或者說妳依然覺得在經過這麼多事以後，他們都能全身而退。這世上，沒人規定被虧欠的人就一定能得到補償，不是麼？」

蕭氏的呼吸似乎在那一瞬間窒了窒，「弟、弟妹，妳、妳要做什麼？」

「姨母！」周雲詹喝斷蕭氏：「這位淮王妃只是在試探我們，妳先別慌，紹雍的事，我來和她說。」

傅念君有點意外周雲詹倒是視自己如豺狼一般了。

但他的眼神裡也收斂了殺意和戾氣，似乎是終於確信傅念君的意圖不在他們，而在周紹雍身上。蕭氏卻有些急了，「你、你不是說，雍兒他、他到時候會來和我們會合——」

「姨母！」周雲詹再次提高聲音。

蕭氏住口了，左看看右看看，最後在周雲詹眼神的逼迫下，轉身先去了次間。

傅念君知道該抓緊時間，早些把話講明白，正好周雲詹也有此意。

「我本無心與京城的權力紛爭，如今姨母年紀也大了，我想帶她離開。雖然麻煩，但也不是全無辦法。這件事，還望淮王妃能夠睜一隻眼閉一隻眼。」接著他又說：「周紹雍是她的心頭肉，我沒有辦法把詳盡的情況全都告訴她。」

傅念君明白，先斬後奏嘛。

「何況，他的情況，我確實也不全然知情。」周雲詹說著：「雖然從小，我就和他親近些。」

「他……是肅王的兒子嗎？」傅念君問。

周雲詹猶豫了一下，還是慢慢點點頭，「應該是的，只是他可能不相信吧。」

畢竟是長輩之間的糊塗帳了，他們這些小輩，多少都不是太清楚，端看他們願意信哪種情況了。顯然，周紹雍能將肅王算計了，就沒有把自己當成他的兒子。

是不是親的又有什麼關係？他自己心裡怎麼認定最重要。

周紹雍這樣的人，本來就不需要父親。

周雲詹繼續說：「從小他就和別人不太一樣，我比他大幾歲，卻從來感受不到年長的優越。他也很少在人前表露真面目，只除了我。當然從前，我只把這一切當作他對我的信任和親近罷了。」但其實，周雲詹也是周紹雍的一張擋箭牌。

周雲詹說了一些和周紹雍小時候的事，基本上和傅念君想的差不多。周紹雍早已露了端倪，但只在周雲詹面前。

「我知道他心中想成大事，但我確實幫不了他什麼。還有姨母，妳也看到了，她不適合留在這裡。」周雲詹吁了一口氣，「我決定在他離開京城的時候安排這些，也是我知道他或許……並沒有那麼容易平安歸來。」

傅念君微愕。

「他離開前就沒有很大的把握。我是第一次看到他臉上有那樣的表情，像是……不死不休的模樣。為了我自己和姨母考慮，我不得不這麼做。如果他能夠按照計畫除掉他想除掉的人，今後就順利走他自己的路吧。我真的累了，不想再爭什麼。但如果他出了什麼事……起碼我還能替他照顧母親。」周雲詹這種想法才是正常人的想法。

周紹雍本來就是……幾近瘋魔。

傅念君不自覺攥緊了手，她之前一直都以為周紹雍利用西北戰事，是要做局拉肅王府和齊王府下水，他應該還有進一步的計畫，沒想到他其實這麼快就選擇要和周毓白分出勝負。

是了，她怎麼那麼傻。他敢綁了她，其實就已經做好了和周毓白你死我活的打算。

所以，周毓白的處境，比她想的還要危險。

「那他在離開前，還說過什麼奇怪的話嗎？」傅念君的神情有些緊張，繼續問周雲詹。

周雲詹頓了頓，看著她這副樣子，心裡哪還有不明白的。果真，周紹雍一直以來的目標，只有淮王周毓白一個。

而這個淮王妃，知道的事比他多。

既然他已經決定不管這些了，自然也不想再問。

「奇怪的話嘛……有一次酒多了，他倒是說過一些話。像是什麼『大不了重頭再來』『他還能再活一次』之類的，還問我知不知道死的感覺如何。」

周雲詹也不知道為什麼要和傅念君說這些，這些酒後的瘋話本不該拿出來說的，但他還是說了。這些年來，其實他有很多次都懷疑起周紹雍不正常，有哪一個人可以這麼算無遺策、提前預知的呢？

要說聰明過人，眼前這一位的夫君就不遑多讓，而周雲詹便也沒有放縱過自己的念頭，往那些怪力亂神上猜去。

傅念君聽完後在心底冷笑：周紹雍，難道他還想再重來一次？

他就這般有恃無恐，這般輕賤生命麼？

因為他是一個得到上天庇佑重生過的人，所以絲毫不怕是嗎？他到底哪來的底氣？

想到這裡，傅念君不由得又開始冒火，最近為了肚子裡的孩子，她已經很克制自己的脾氣了。

要論智謀，他是勝不過周毓白的，既然上一次他輸了，那麼這一次他自然也會輸。

所以他打算提前動手，哪怕兩敗俱傷嗎？她不由自主開始擔心起周毓白的境況。

畢竟敵人的強大並不可怕，怕的是敵人要魚死網破，而己方卻還有所顧忌。

傅念君逼自己穩住心緒，對面前的周雲詹說：

「好，我已經明白了。馮翊郡公放心，今天這趟，我會當我沒有來過。」

周雲詹沒有回話，就目送她告辭了。

蕭氏在傅念君走後才重新出現，有點忐忑地盯著自己的外甥，「詹兒，現在該怎麼辦？」

周雲詹看了她一眼，只淡淡說：「沒事。」

「那雍兒……」

「他會安全的。這個時候，難道姨母想讓他現身？」

蕭氏不說話了。再怎樣她也知道，現在的東京城，周紹雍回不來了。

19 傳來噩耗

傅念君回到家裡，就想著要給周毓白寫信，要讓他多提防周紹雍嗎？難道他會比自己不清楚？現在她在這裡，本來就什麼都做不了。

已經有一陣子沒收到他的家書了，傅念君有點擔心，少不得又翻出了前一封信來重新讀了一遍。裡頭還夾著從他們去過的梅林裡摘下的兩朵已經乾癟的梅花，信紙上縈繞著一股淡淡的梅香。她嗅了嗅，就閉上了眼，半躺在床上，不知不覺捏著信紙睡了過去。

醒來的時候天已經有些暗了，儀蘭在挑燈花，對傅念君捏著信紙睡著的行為有些心疼，說著：「娘子，我知道您也想殿下，不過在此之前，還是要先顧著肚子裡的小世子呀。」

傅念君摸了摸越發渾圓的肚子，無聲地笑了笑。

芳竹匆匆忙忙地闖進來了，滿臉的喜氣，說是江埕要見傅念君。

都這個時辰了，江埕不是不懂規矩的人。儀蘭忙問：「這是怎麼了？是殿下的消息？」

能讓芳竹激動成這樣。

傅念君很快就知道了情況，原來竟是邊關打了勝仗！此時捷報已經傳得人盡皆知，靜靜聆聽甚至能聽得到外頭鼎沸的人聲，全都是自發走上街頭慶祝的百姓。

其實前兩天京城裡的風向已經悄悄轉變，尤其是幾個當朝大員，臉上似乎都露出了許久不見的喜色，甚至傅家也來人多少透了個底。

但是傅念君一顆心還是揪著。仗打得如何是一說，周毓白的情況呢？她只想要他的消息。江埕卻對傅念君搖搖頭，說他也不知道殿下的消息，但是想來就是這幾天了，周毓白留在那裡最多還有一些善後工作。傅念君只能逼自己再耐心等幾天。

東京城的捷報終於公布，渭州大捷後大宋軍隊乘勝追擊，將李元宗徹底打回了老家，甚至還將先前失去的延州都收復了。

這樣的結果無疑是意外之喜。

城裡已經沉悶了幾個月的氣氛，因為這個振奮人心的消息徹底一掃而空，百姓們重新開始喝酒耍樂，聽戲唱曲，整個京城一下子又重新有了之前的繁榮景象。

皇帝比誰都高興，他也與歡欣鼓舞的百姓感同身受，因此雖是太后國喪期間，也對民間放鬆了規矩，由著百姓們先慶賀一下。

好消息和春風一起吹進京城，具體的印象漸漸在人們面前浮現。

西夏人的幾十萬軍隊如今多數已被俘擄、剿滅，剩餘的殘兵敗將也注定難成大事。

而大宋的御史和西夏的使節開始正式的戰後談判。御史是傅琨挑的，難得的硬脾氣硬骨頭，誰的話都不聽，連王永澄都拿他沒法子，這樣的人倒是談判時的好人選。西夏使臣原本還想藉著大宋一貫的「好脾氣」再多撈點好處，誰知這次卻碰上了頭鐵的，再多的虧也只能往肚子裡吞。

但傅琨也是有頭腦的，知道對西夏不能斬盡殺絕。西夏人因為過了一個難熬的冬天，國內已經餓殍遍地，東京城如今迎來了春日，可西北依舊是風雪交加，食物難以為繼，將他們逼上絕路，只會引起不必要的殊死抵抗，還不如給人留條活路。於是傅琨便決心效仿澶淵之盟，與西夏人做起了「生意」，提供他們一些能緩過危機的糧食，卻簽訂了極有利於宋朝的買馬契約。西夏人也知道一旦宋朝發展起騎兵，無疑是對他們最大的傷害，飲鴆止渴的方法不可取，但是眼前就是白花花的糧食，朝中官員皇族挺得住，國內百姓可挺不住，最後在再三討價還價之後，只得同意契約。

戰事終於要結束了，而且這一次的結束，少說能保宋夏邊境幾十年的和平。

西夏人沒有那麼多精力再捲土重來，何況傅念君知道，財帛是最能麻痹人心的東西。如今西夏人是還沒有嘗到甜頭，等他們知道與宋朝的馬匹生意能給他們帶去什麼樣的生活後，恐怕他們將是最不願意打仗的人。

如今京城形勢一片大好，唯一美中不足的，是傅念君依舊沒有聽到關於周毓白的確切消息。她挺著肚子進宮了兩次，舒皇后總勸她如今就不要再挪動了。傅念君也知道，但就是放心不下。旁人也都說，既然已經打了勝仗，淮王殿下自然就會順利歸來。然而傅念君總覺得心裡十分不安，似乎總有不好的預感縈繞在心頭。這種預感自她要離開鄜州時就有，一直潛伏到現在，已到達了頂峰。甚至她還兩次在睡夢中無端驚醒，只發覺肚子裡的孩子在動，而她只能摸摸肚子，同時安慰自己和孩子，爹爹很快就能回來了。

§§§

傅念君被請到舒皇后宮裡的時候，就察覺到氣氛不對了。

舒皇后這樣的臉色，傅念君還是第一次見到，像是一夜沒睡的樣子。

「念君，這件事，我希望妳聽到了以後不要驚惶，因為還沒有確定……」

舒皇后說這句話的時候，傅念君就有心理準備了，但是聽她說完後，依然控制不住心緒。

周毓白失蹤了……

他在被截斷後路和不知前路的雪谷裡，生死未卜，前方唯一的線報是——凶多吉少。

傅念君突然一陣暈眩，眼前一黑，就只聽見周圍有人在喊她的名字，可她無力回應，一下子就陷入了黑暗……

再次睜眼醒來的時候，傅念君還是在舒皇后的移清殿裡。

她身邊圍繞著幾個人，都在喋喋不休地說話，但傅念君一句都沒有聽進去，滿腦子都勾畫著周毓白深陷雪谷的情形。

「……他為什麼要做這樣的事？他難道、難道不知自己的妻兒在等他嗎？這孩子！」

外頭傳來皇帝的聲音，帶著幾分焦躁，舒皇后卻在一邊勸他：

「官家不要太擔心了，現在的情形還不知道呢，我們再等等看……」

兩個人的反應倒像是倒了個個兒。

有宮人服侍傅念君喝藥。傅念君無知無覺地任由人擺布著，心裡想的卻是，周毓白為什麼會這麼做？他不是將軍，不是都統，他是皇子，何必要身先士卒？

只不過沒有人會比她更清楚了，一定是因為周紹雍。

周紹雍用自己做餌，周毓白就不得不應戰。

難道到了最後，還是這樣的結果嗎？

傅念君感覺腹中的胎兒一陣陣地翻動。她摸了摸肚子，輕聲說：

「孩子，你也相信爹爹是不是？相信他一定能贏的……」

舒皇后送走了皇帝，才轉身進來，到了傅念君床邊，婆媳兩人視線相對。傅念君才看清了舒皇后一貫以來沉著外表下隱藏的悲痛。

「念君，妳今天先歇在這裡吧，別怕……」

傅念君點點頭，回握住舒皇后的手。

在移清殿歇的這一夜，傅念君當然沒有休息好，但是舒皇后的樣子她也看在眼裡，原本最近的事便讓她忙得不勝其煩，可想而知接到這個消息後，舒皇后心理上承受的巨大壓力。傅念君不想因為自己再給婆母添麻煩，何況她沒有忘記身分，她是淮王府的女主人，無論何時，她都不能拋開她的責任和義務。

傅念君整理好心情，正好在出宮路上遇到了齊王周毓琛。

周毓琛顯然也是知道了消息，對上傅念君的神色有些尷尬。反而是傅念君，雖然面色蒼白，還是先朝周毓琛打了招呼。

這些天，周毓琛一心都撲在三司胄案和軍備營裡，突火槍的研製已經遠在傅念君的想像之上。周毓琛本來能力就不差，如今又無人掣肘，做起事來自然方便。他甚至已經打算讓工部建立新的火藥作坊，東京城裡原本就有大量煙花爆竹舖，材料豐富，火藥作坊的籌備也因此得心應手。當然突火槍的事現在仍是保密中，而皇帝知情後，甚至大為誇獎周毓琛。這些消息，傅琨也多少透露給傅念君聽過。

這是讓她有心理準備的意思，周毓白如果再不回來，儲君之位便馬上要落在周毓琛身上。很多人都認為周毓白確實是回不來了，這位齊王殿下不就是唯一的繼承人？有疾的滕王和崇王根本就不需要考慮。

而周毓琛也是怕傅念君多心，因此面上才有點尷尬。

「弟妹，七弟的事，妳先放寬心，現在還是要以孩子為重。」

傅念君微笑，「六哥放心，我不會做什麼傻事。何況我知道，他一定會回來。」

「自然。」周毓琛點點頭，看著她這樣的神情，突然有點動容。

§§

傅念君回到府裡後，沒想到周毓琛還是讓裴四娘過來探視了，還帶了很多東西。裴四娘如今倒是對傅念君沒什麼怨恨了，何況傅念君遭遇了這樣的事，如果她還幸災樂禍，就太沒有人性。

那是淮王周毓白啊……

恍惚間，她也會想起第一次見他的時候，他還是聞名遐邇的壽春郡王。他站在花園裡，她當時就想，天下竟有那樣美好的少年郎君，讓人連近一步都覺得褻瀆。

可是這樣的少年郎君，也許就這麼葬身雪谷了。

周紹懿是唯一一個大哭的人。他攀在傅念君的膝頭上，一遍遍地問她：「七嬸，七叔真的死了嗎？他們為什麼都說七叔死了？為什麼，他明明答應我要回來的，明明才幾個月……」

傅念君攥緊了拳頭，逼自己不能流淚。流淚代表什麼？代表她也覺得他死了。怎麼可能，她的丈夫智謀過人，能夠洞察每一個人的心思，怎麼可能就這麼簡簡單單地落入了周紹雍的圈套。

她沒有流淚，因為她知道他還活著。

裴四娘勸不住周紹懿，直到他哭得昏睡過去，才將他帶回了齊王府。淮王府現在根本住不了人，所有人都像是一夜之間失了聲，一具具行屍走肉般。

傅念君逼迫自己喝保胎藥，按時吃飯，哪怕一點胃口都沒有，卻表現出遠勝於所有人的鎮定，晚上甚至挑燈看帳本，下人們的月例錢都沒晚發一天，連江埕都驚愕不已。

淮王妃的堅強超過了所有人的想像。

但是好消息並不會因為傅念君的冷靜和堅持就造訪淮王府。

京城裡依舊洋溢著打了勝仗的喜悅，皇帝也大大加封了這次有功的功臣們，甚至傅家也受了封賞。或許是為了照顧淮王府的情緒，皇帝並沒有多加賞賜，淮王府內外更是在這段時間詭異地安靜。

§§§

這天，郭達回來了，帶著疲憊不堪的張九承。

一進門，他就淚流滿面地跪倒在傅念君面前。

「王妃，對不起……」他的聲音就像破銅鑼一樣，沙啞刺耳，不知已經趕了幾天的路。

傅念君深深呼吸，讓自己的心緒平復下來，然後要芳竹給郭達遞了一大壺溫茶，要儀蘭給他熱帕子淨面。

她在這個時候還是有條不紊行事。郭達看過很多武將家裡的媳婦，知道丈夫有可能回不來，哪個不是瘋了似地大哭，只有傅念君，如此鎮靜。

郭達不敢和半昏厥的張九承一起去休息。他頂著通紅的眼睛、操著破鑼嗓子，將前因後果基本都說了一遍。

與西夏人的大戰幾乎是毫無懸念的。之前西夏人傾巢而出，打算圍困渭州，甚至不惜動用潛藏了很久的棋子製造出渭州內亂，想來個裡應外合，卻沒料到周毓白火速控制了局面，而當時樞密使王永澄等人甚至不在城內。

偷襲渭州不成，西夏人就想抓住淮王妃做人質，順便將鄜州吃下，作為據地再與渭州成對峙之勢。誰知又被傅念君帶人死守住了，後來等渭州平定，周毓白反而和王永澄、狄鳴等人裡應外合，來了個黃雀在後，讓西夏人死在自己的圈套裡，幾萬能夠山地行軍的精兵幾乎全軍覆沒，剩餘軍隊在鄜州周圍也損失不少。傅念君走後，周毓白等人回到渭州重整軍隊，與西夏人進行最後一場戰役。此時西夏人已經軍心潰散，加上軍中又有傳聞，宋人軍中有「天神」相助，幾次大小規模的交戰下來，宋軍發現西夏人的戰鬥力也不過如此。

當然，所謂「天神」，周紹雍貢獻的銅火炮和張天師貢獻的火藥功不可沒，但是能夠勝利也不全靠這個。傅念君也大概知道周毓白的戰術，他故意把這場戰事拖上幾個月，甚至不惜花力氣造出延州這個空餌給西夏人，就是知道西夏人的軍糧撐不到春天。火炮和火藥到底只是小聰明，要取得這場戰事的全面勝利，需要長達幾個月的布局，「計中計」環環相扣，才能一舉奪回延州等地，還讓西夏舉國的基本軍力全部耗損。

傅念君幾乎能夠想像到他無數個夜裡，對著輿圖一遍遍地思索演示，和隔著千軍萬馬的周紹雍鬥智鬥勇。

從前在京城，他們各自手裡最多也就幾十人馬，但是到了邊關，就是幾十萬軍力。這樣的籌碼，不是人人都能拿得起的。

每每想到這裡，傅念君就忍不住眼睛發酸。

郭達繼續說到西夏人有一支軍隊，就是曾經讓邊境宋軍聞風喪膽的鐵鷂子軍，鑽入了小涼山。小涼山地勢險惡，再過去就是大遼，對方的意圖不言而喻。

當時西夏太子李元宗已經投降，鐵鷂子軍不護著他這個主人，為什麼要逃？

周毓白當然明白，那是周紹雍的人，他安排的退路，就是往遼國去。

郭達說，連狄鳴將軍都不贊成周毓白帶人去追，只說現在入山九死一生，但是周毓白執意如此，還說「如果不能把他帶回來，以後這樣的事仍會發生」。

和西夏的戰事仍會發生在遼宋邊境。

周紹雍這個人，不會有停手的一天。

這也是他們兩個人必有的一次鬥爭。大局上周毓白已經勝出，但周紹雍安排的小局呢，即便知道艱險，周毓白還是不得不去。

郭達原本想同行，只是要走的那天早上卻是被他親哥哥郭巡綁在椅子上醒過來的。郭巡臨行前也讓他帶了話，只說：「咱們郭家怎麼也得留著你這個種，我才對得起短命的老爹老娘；而且王妃還在等你覆命，你不要誤事。」

郭達沒有選擇，他的責任就是把消息帶給傅念君。

等了兩天，郭達焦心得到的消息卻是——小涼山大雪封山！在他自己都聽得到的巨響中，滿山的雪似乎都在一夜之間傾倒了。

當地人對此都露出無限驚恐的神情，說這是雪神發怒、大雪吃人了！這種鬼話被郭達憤怒地打斷，差點被隨軍將士給摁在地上冷靜冷靜的他，最後還是從當地人嘴裡得到一個絕望的消息：往年碰到這樣雪神發怒的情況，不到春末夏初，山裡都是進不了人的。

那麼厚的雪化起來是容易的嗎？別說人了，就是神仙菩薩都必定被埋在三尺下頭。

此時郭達幾乎已經抱著必死之心想入山，卻被人給阻攔了。阻攔他的不是別人，正是齊昭若。

齊昭若讓他先回來給傅念君報信，他會親自帶著人去找周毓白。

就像王永澄、狄鳴等人沒攔住周毓白一樣，他們依舊沒有攔住齊昭若。

王永澄被這兩個皇子皇孫氣得差點吐血，可是他束手無策，不知何時，這兩個小輩竟是在軍中一言九鼎了。

「你說……齊昭若進了山？」傅念君重複了一遍。

郭達點頭，當日的對話是這樣的：

「你不要去送死。」齊昭若說。

郭達不服，「你難道不是送死？」

齊昭若似乎有些信心，「我去，當然不是送死。」

兩人畢竟在鄜州之戰中建立了點交情，郭達在齊昭若等人進山之後，就馬不停蹄地趕了回來。

此時他顫巍巍地從懷裡掏出兩封信來，遞給傅念君。

一封來自周毓白，一封則是齊昭若。

傅念君沒有急著接過，只是勾了勾唇，笑得有些蒼涼，喃喃說著：

「我要看他什麼信呢？我只希望他好好地回來……」

郭達聽到她這句話，眼淚就又忍不住了，跪在地上渾身發抖，對傅念君說：

「王妃，您一定要相信，殿下他會平安歸來的！」

跪在地上的郭達不敢放縱自己去想那些可怕的念頭，也努力忽略兄長臨行時那樣悲愴的神情。他堅信著自己崇拜了一輩子的主子，雲淡風輕就能指顧從容的殿下會完好回返，這世上不可能有什麼事是要那樣的人物用命相賭。

傅念君慢慢展開那封寫著「吾妻親啟」的信，似乎還聞到這頁紙上帶著那片梅林裡的淡淡梅香……

郭達的眼神很忐忑，直瞪著那封他大概猜測了幾百次內容的信。他心底有一種恐懼，怕這是殿下知道此去難回才故意留下的。

傅念君的神情很平靜。

這當然不可能是什麼絕筆信。傅念君知道周毓白不會寫那種東西。

只是一封家書，問候傅念君和孩子，就像他之前所寫的那些一樣，卻沒有如從前那樣再加幾句，讓她安心等他回來，只是模稜良可地說著，一切很快就將有個終點了。

傅念君收了信，控制好自己的表情。

「娘子，殿下……說什麼呢？」芳竹和儀蘭在一邊忐忑地問。

傅念君搖搖頭，對上她們惶然的目光，反而笑了笑，「別怕。」

她是最最需要安慰的人，卻反過來安慰了別人。

別怕。

就算多久，她都會等的。

周紹雍不可能這麼容易被抓住。傅念君相信，周毓白一定會為此花上一段時間。

而在此之前，她只能等。

另一封齊昭若的信則很簡單，只是告訴她，他一定會把周毓白帶回來，還有，就是希望傅念君能夠原諒他。

話語殷切，又藏著幾分執著和猶豫，她幾乎能夠想像對方提筆寫信時臉上的表情。不敢寫，卻又忍不住，在燈下站立坐下不安的輾轉。

相較於周毓白筆鋒間的沉靜，齊昭若的信更像是帶著兩分玉石俱焚、一往無前的蕭索。

就像他們兩個人一樣，一個是君主，一個是將軍。

只是今生，他們依舊避不開周紹雍這個劫難。

或許，還有自己。

傅念君嘆了口氣，讓郭達先下去休息了。她知道他已經撐到了極限。她不會難為他，更希望他也不要難為自己。

郭達和張九承都因為連日趕路的疲憊而倒下，幸好府裡有夏侯纓看顧，兩人因為她的照料很快就恢復了元氣。郭達對於這個本來很有可能成為嫂子的女人感覺很複雜，他壯著膽子替大哥問一句，她究竟是怎麼想的？

倒是夏侯纓對他說：「我和死人沒有可能，只有活人才有資格，所以他是什麼？」

「……活人。」

「那就再說吧。」

郭達只能嘆氣，大概他碰到的女人，都是比較古怪的女人。

周毓白的事日漸傳開，帝后擔心傅念君思慮過重，憂愁難遣，派過不少內侍宮人來淮王府探視慰問。但是看了一圈，他們也實在找不到什麼話來安慰，因為淮王妃表現得太正常了。如果說剛得知消息時的她還有點失態，那麼隨著時間推移，她越來越像個沒事人一樣，每日吃好喝好，定時托著肚子散步，甚至還會彈彈琴下下棋。偶爾她的兩個嫂子請了女先生唱曲，她也不會推拒，聽得津津有味。

這讓人從何勸起呢？

淮王妃不正常，幾乎所有人都是這麼想。

舒皇后也瘦了一圈，皇帝倒是真的開始心疼她，徹底不再懷疑她是謀害張淑妃的兇手，反而把對張淑妃的那份關心，都用到了舒皇后身上。

畢竟，他的關心是定量的。

戰事已經結束，直到王永澄等人回京，周毓白依然沒消息。

§§§

王永澄抵京當日，就一頭跪到了紫宸殿門口請罪。然而他是大功臣，又何罪之有，周毓白的事，皇帝即便再悲痛，也怪不到他頭上去，反而還要撐著身子、流著淚拉住王永澄的手，感慨萬千地說一句「愛卿，辛苦了」。

此次大戰凱旋而歸，幾位文臣武將皆是風頭無兩，無人會將一些「意外」責怪到他們身上。

當然，還有一個人不依不饒。

這個人就是邠國長公主。

她一身素衣，在尚且寒冷的天候裡，跪在徐太后曾住過的慈明殿門口大哭不已。

因為她的兒子齊昭若和周毓白一樣，沒有回來。

皇帝沒有辦法，找人去勸，邠國長公主也不理，只顧痛哭，在慈明殿外哭得不成人樣。

曾經不可一世、作威作福的邠國長公主似乎徹底消失了。她甚至沒有到自己的兄長跟前去大吵大鬧，或許是她根本就不知道該找誰討個說法。

齊昭若帶著精兵進了小涼山，是他一意孤行，難道她去怪王永澄，去怪狄鳴嗎？

是他自己違抗軍命在先。

或者怪皇帝怪周毓白嗎？

她唯一能做的，就是來徐太后殿前哭自己的歹命。

這麼一哭，實在是難看，讓打算大宴功臣的皇帝都有點羞愧。他老娘死去的哀痛氛圍，幾乎被戰事勝利給沖刷得所剩無幾了。這件事最後解決的方式是皇帝大動了肝火，親自去慈明殿門口質問自己的妹妹，是不是要他給齊昭若抵命了她才肯甘休。於是邠國長公主就這麼又哭又鬧地被抬出了皇宮，旁邊還跟著滿頭冷汗的太醫。

很多人都覺得邠國長公主是有些瘋癲了，但是相比而言，她那個不成器的兒子齊昭若，此次倒是真的聲名大噪了。

齊昭若在邊境立下的功勞也全部被報了上去，而且他還不顧安危、執意營救自己的表哥、淮王周毓白。原本他不需要做這事的，也不知怎麼傳來傳去，此人在百姓口中就多了兩分俠氣，再結合他從前在東京城裡的各種行徑，便成了一齣浪子回頭，紈絝子弟搖身一變為沙場英雄的好戲。

邠國長公主卻不喜歡這些傳聞，她要的是活生生的兒子。哭鬧了兩天，她還是出了門，似乎是終於想起來，她還有一個可發洩之處。

20 情有可原

邳國長公主找上了傅念君。

安心養胎、閉門不出的傅念君，見到了眼前這個幾乎讓她認不出來的女人。

雙頰凹陷，兩眼通紅，一身素衣，褪去了往日的華服美裳，若不是她身邊的內侍讓人記憶深刻，傅念君都不敢肯定這就是邳國長公主。

自徐太后薨逝當晚傅念君見過她之後，這段時日邳國長公主就像突然老了十歲。

「我知道，若兒是為了妳，為了妳才會去救他！不是因為妳，他、他就不會這樣，他不會……他不會不回來，他一定會回來的！他答應我的，我也答應他，我不會再逼他……」

邳國長公主盯著傅念君念念有詞，說話時的眼神卻有點渙散。

傅念君扶著越來越大的肚子，只是說：「長公主是糊塗了才會說這種話。齊將軍為什麼要去救我夫君，這件事您該去朝上和各位大人們論論。」

齊昭若的功勞還掛在頭上，他去救周毓白，無論有沒有成功，皇家都必須承他這份情。邳國長公主如果要用這個去鬧，只會得不償失。

邳國長公主顫抖著手指著她，「妳這個天殺的下凡妖星，為什麼要纏著我家若兒？如果不是妳，他根本就不會有這一天！」

傅念君原想好好講理，但是邳國長公主卻是語不及意，逐漸變成了咒罵。

傅念君有點明瞭，自己眼前的這個女人，根本是說不通話的。

她覺得人生真是奧妙，當年邠國長公主上傅家的門找麻煩時，是多麼不可一世、專橫跋扈，甚至傅琨也不敢直接將她如何，更別說傅念君這個聲名本就不好的小娘子了。

但是如今，傅念君已經是淮王妃，再次直接面對邠國長公主，她只覺得這個女人……可憐。因為她的兒子早就不屬於她了。她現在唯一能找到和她兒子齊昭若有關聯的人，只有傅念君。無理取鬧，也算情有可原。

傅念君從上次就知道，邠國長公主一旦受了刺激，情緒便會不受控制，這是她第二次應付了。身邊的人不清楚的，對邠國長公主這副潑婦模樣自然很是戒備，傅念君怕邠國長公主再這麼鬧對身體不好，便趕緊讓人去請來夏侯纓和太醫。

最後在淮王府鬧了半晌，邠國長公主才終於被送了回去。

太醫和夏侯纓診治了邠國長公主這種情況，都瞧不出什麼毛病來，說來說去還是只能調幾副寧神靜氣的藥。

傅念君覺得她是經年累月的宿疾，又是個不肯服軟的主，發起脾氣來沒個顧及，自然越來越嚴重。

因為邠國長公主在淮王府這一鬧，宮裡皇帝又少不得派內侍來慰問傅念君。

傅念君同內侍說了邠國長公主的病情，希望官家能夠多留意，內侍口口聲聲應了，但是傅念君也知道，他多半是不會聽進去的。

不是她同情邠國長公主，而是多少覺得欠了齊昭若這份情。他捨身去救周毓白，不論動機為何，結果如何，他畢竟做了這樣的義舉。

齊昭若沒有機會像她一樣得到張天師的回夢香，所以不知道自己「前世」的因果，大概還認為邠國長公主只是他那具身體的母親，其實算起來，他們本就是母子。

她是衝著這一點才想多提醒兩句的。

但是顯然除了她，沒有人把邠國長公主的病當一回事。她還是隔三差五地就往宮裡去，現在還多了一個淮王府，有時哭，有時鬧，有時又一言不發。碰到錢婧華和裴四娘過來看傅念君的時候，錢婧華會與邠國長公主吵上幾句，裴四娘會想法子把她勸到齊王府去喝茶。

傅念君不勝其煩，最後索性不讓人開門了。

日子就這樣一天天地過，滿京城都在等著最新的消息，而傅念君的肚子也越來越大了。

邊境小涼山上的雪終於開始化去，雖然大軍已經班師，但是畢竟還沒有找到齊昭若和周毓白，當地守將依然派遣了不少兵力進山去搜尋。

可京城離西北又是千山萬水，就算有一丁點消息，傅念君這裡也要隔上許久才能知道。

最有進展的消息隨著齊循的入京腳步而來，當時他並沒有跟著齊昭若，是在雪化後才進了小涼山。這次他帶回來的東西，最主要的，是齊昭若隨身攜帶的金弓——已經斷了的破月。

他把這東西送到了邠國長公主府上。當然，破月並不能代表什麼，但是顯示齊昭若遇險的可能性卻大大提高了。邠國長公主再次無法自控，甚至將齊循等人趕了出去。

一般來說，死在疆場的士兵，若是找不到蹤影，也會在事後清理戰場時收撿遺物送回家鄉，送到親人手中。對邠國長公主來說，齊循無疑就是這個意思。

傅念君比邠國長公主好些，收到的東西或有周毓白親衛身上遺落的，卻都不是他本人所有。

但這又有什麼區別呢？

甚至連宮裡的皇帝都有點喪氣了，覺得這個兒子大概九死一生。若他真活著，怎麼可能半點消息也沒有，留著家人替他擔心。每每想到這裡，皇帝便也要濕一濕眼眶。

傅念君依舊沒有流一滴眼淚，甚至宮裡已經差了使節過來，旁敲側擊地問她，是否該準備喪儀，她都不喜不怒地將人打發了回去。

要說之前大家會覺得淮王妃這是堅韌堅強，但是現在，眾人已覺得她是不肯接受現實，打擊太大受不了，只是另一種「發病」的形式罷了，與邠國長公主的情形，就是兩個極端。

因為這個，宮裡甚至又專門派遣太醫過來為傅念君診治，診來診去，也只能多開幾副保胎的藥。

傅念君身邊的芳竹儀蘭不知偷偷擦過幾次眼淚，如今孩子都要出生了，殿下還不回來，只有娘子依舊堅持他還活著的念頭。她一個女人，不但要撐著這座王府，還要應付外頭的流言蜚語，實在是……太不容易了。

§§§

不論淮王殿下有沒有消息傳來，京城人的日子總要過下去。

這次打了勝仗，皇帝也沒有吝嗇，一一論功行賞，東京城裡的氣氛還是極為歡騰喜悅的。齊王周毓琛更是在此時上報朝廷，準備建立火器營，如今突火槍的製造還不算完備，但比起先前，已經有了長足的進步。周毓琛也正如傅念君所設想，對此事頗為上心，甚至已經在皇帝面前演示過它的威力。

如今正逢風調雨順之際，皇帝便也覺得研製這種武器不失為一個好法子，他在這件事上頭，十分認可周毓琛的才能。

如此一來，皇帝便更想立周毓琛為儲了。雖然他心裡也覺得有些對不起周毓白，但是若老七已遭遇不測，他就真的只能仰仗周毓琛這個兒子。儲君之位若再懸而不決，增生事端，怕是祖宗都不會放過他。

朝臣也有部分支援皇帝的，但大多數依舊保持沉默。其中最令人意外的，就要數王永澄了。他與傅琨為政敵不假，周毓白是傅琨的女婿也不假，這次他卻是第一個站出來反對的，因為他堅持認為，淮王才是最合適的人選。

應該說，在西北戰事中有些牽扯的官員，全都同意了他的說法。

皇帝當然有些微的震驚，他不至於覺得這些大臣全都相護結黨，只是對於周毓白擁有這樣的影響力而感到意外。

他現在甚至生死未卜。

與此同時，齊王周毓琛也對皇帝表明了自己的態度，周毓白還沒回來，不適合談論議儲之事。皇帝本就耳根軟，性子搖擺，如今張淑妃再不能在他耳邊吹枕頭風，他才算是改了主意，繼續讓人搜尋周毓白的下落。

§§§

傅念君生產的日子將近，舒皇后早就安排了有經驗的宮人和穩婆過來，奶娘也已經在府裡住了半個月，萬事俱備，只欠東風。

這天晚上，傅念君本來吃好了晚膳，正扶著腰在花園裡散步，突然就發作起來。

明明還沒到日子，看來是裡頭的小傢伙等不及了。

「娘子，您、您這是怎麼了？」

芳竹和儀蘭不懂事，一下子還沒反應過來。

「去、去叫穩婆吧，我大概是要生了……」

傅念君深呼吸，努力調整氣息，盡量忽略下身一陣陣泛起的疼痛。

芳竹尖叫一聲，迅速跑開了。

好在府裡一切都準備妥當，穩婆和上了年紀的宮人，都有條不紊地替傅念君接生。

「王妃莫怕，女人都有這一關的。」一個上了年紀的宮人替傅念君揩揩額頭，溫和地安撫她。

傅念君認得她，這是舒皇后身邊的女官，姓雲。

「雲姑姑……」傅念君握住了她的手，心裡忍不住有點發顫。

雲女官知道她從小沒有母親，婆母又在深宮，初次生產難免害怕，就安慰她說：「王妃懷的一定是個乖孩子。當初咱們殿下從娘娘肚子裡出來的時候，也沒有讓娘娘受一點苦，這小世子必然也是個知道疼娘親的。」

周毓白出生的時候是什麼樣子……傅念君聽了她的話，難免展開一番想像。

她嘴角釋出一抹笑容，穩婆已經在催她了：「王妃，用力啊！」

因為是晚上發作的，淮王府也沒去通知別人，只開了角門讓個小廝去傅家通報一聲，想著傅家此時大概也落鑰了，不會太快有回音。

但是誰都沒想到，在王妃生產這個緊急當口，府裡會突然走了水。

大火來得莫名其妙，下人難免就有些慌神。本來這時候的淮王府就有些人心浮動，只不過淮王妃為人穩重沉靜，有她坐鎮，眾人便也算安分。此時淮王妃正值生產之際，府裡就沒了主心骨，奔走取水的人一下子就有些亂套，甚至還有撞在一處、哎喲半天起不來的。

這時候站出來的人卻是夏侯纓。她是未婚女子，又不算精通婦科，便沒有進產房，候在了門口，見此狀況，第一時間指揮眾人開始滅火。

產房內的傅念君還在疼痛中浮沉，根本無暇顧及外界，兩個穩婆也有點手抖，都能看見火光映在窗紙上了。她們額頭上的汗不斷滾落，產房似乎頓時就成了蒸籠。

兩人忍不住請示雲女官是否要挪動傅念君，雲女官一時也有點踟躕。若是不搬，淮王妃出了點事可怎麼辦？若是搬，現在正到關鍵時候，萬一傷了肚子裡的孩子怎麼辦？

正在猶豫時，傅念君卻彷彿突然清醒了，一把抓住雲女官的手腕，喘著氣說：「沒、沒事，這孩子……很乖，就快……出來了……外面，相信他們。」

雲女官知道她是為了孩子，忍著心酸點點頭，吩咐兩個穩婆：「不許慌張，火勢很快就會被控制，妳兩個若再分神，小心治罪！」兩個穩婆只得抹一把汗，繼續接生。

火舌沒有燒到傅念君的產房，因為夏侯纓當機立斷，讓府裡身強力壯的護衛先砍倒一片連接正房的花木。這些花花草草一燃就是蔓延之勢，極難控制，而走水之地又離蓄水的池塘甚遠，還不如先做這個準備。

在火影和砍伐的喧囂聲中，傅念君只能獨自一人為孩子繼續努力。

她的孩子，一路上跟著她多災多難，出生的時候甚至父親不在身邊，還杳無音信。她覺得很對不起他，只能一遍遍對他說：孩子，相信娘親，等你出生，這一切都會好的。你爹爹不是不疼你，他就快回來了，你想不想讓他看看你，抱抱你？你快快出來吧……

當火勢終於控制的時候，產房內總算迎來了嬰兒的第一聲啼哭。

「是個男孩兒，是個小皇孫！」

雲女官喜極而泣，把剛剛擦乾淨的孩子，放到了傅念君枕邊。

傅念君保留著最後一絲力氣，吻了吻孩子高闊的額頭，眼淚也忍不住滾下來。

「澄兒，娘終於等到你了……」

她喃喃說了一句，便擁著啼哭的孩子昏睡了過去。

雲女官不無震驚，王妃倒像是提前知道一般……

§§§

王府裡的大火終於熄滅了，此時天色也已經放亮，四處卻瀰漫著燒焦的糊味，還有清晰可見的黑煙。花園基本上已經全毀，整個府裡都顯得有些寥落狼狽。

傅念君生完孩子後就挪了地方，正房靠近燒得狼藉的東南角，雲女官怕熏了孩子，就自行作主了。

府裡的事情已經由匆匆趕來的錢婧華接手。她這個舅母只來得及看孩子一眼，就急忙帶著傅家一起過來的人手，在淮王府裡忙碌起來。

傅琨和傅淵因為今天有朝會，無法立刻前來，已經讓人傳了話，大概中午時分就會到。

郭達很長時間都沒露面，等再露面的時候，就提了一個人重重地扔到了錢婧華面前。

「少夫人，這人就是昨晚縱火的人。他有些拳腳在身，在下追了好些路。」

錢婧華訝然，隨即又是心驚，如今傅念君孤兒寡母在此，竟還有人這般殘忍要向他們下手！

錢婧華請郭達下去休息，讓幾個精幹的護衛看管那縱火之人。她不便處理，打算等傅淵來了再讓他審問此人。

齊王妃裴四娘很快也來了。她如今對淮王府態度友善了許多，但是與錢婧華之間依舊還是不大好。當她聽說縱火是有人刻意為之後，第一個便擔心齊王府遭到懷疑，甚至去抱孩子的時候，也有意無意地朝傅念君提了兩句。

傅念君生完孩子就昏睡過去，或許是因為心裡始終放心不下，睡了兩個時辰也就醒了。她一聽說昨夜縱火之人已被抓住，就有些明瞭大概是誰動的手。只是她也不想多問，如今她唯一要做的，就是養好身子。

她摸了摸澄兒光禿禿的小腦袋，見他倔頭倔腦地想哭，心底一陣柔軟，抱著他繼續睡了過去。等再醒來的時候，已經是第二天了，府裡幾乎都已經收拾停當，縱火之人被傅淵送去了衙門提審，人證物證俱全。

隔天審出來的結果，果然是邠國長公主的人。宮裡皇帝還沒來得及為孫兒高興，就因為這個消息再一次震怒。邠國長公主這一次是徹底受了厭棄，俸祿減半，被禁足家門，若非礙著齊昭若的軍功，怕是還要降爵，畢竟她是喪心病狂地想燒死皇帝的兒媳和孫兒。

齊駙馬也是被罰跣足，跪到了皇帝宮門口請罪，一齣戲鬧得朝上大臣個個側目。

傅琨和傅淵都來探望過了澄兒。傅琨這段日子忙得瘦了一圈，卻越發顯得精神矍鑠，對待虎頭虎腦的外孫十分喜愛，立刻回府收拾出了好些壓箱底的東西送給外孫。傅念君望著那些東西苦笑，這孩子才出生幾天，到能用上這些名貴非凡的文房四寶，也不知還要幾年了。

傅淵對這個外甥則顯得手足無措，第一次抱澄兒的時候，四隻眼睛對上，他竟是有些微的尷尬。澄兒樂呵呵要抱他，傅淵卻被扯疼了頭髮，最後沒法子，還是讓奶娘接了過去，澄兒還不樂意，扭著身子哭鬧。

雲姑姑在旁邊一陣心酸，心裡覺得這孩子大概是把舅父當成了父親。

稚兒可愛，即便生他再辛苦，傅念君如今瞧著那憨態可掬的模樣，心裡只覺得一千個一萬個值得。

只是唯一的遺憾……也不知道他還能不能趕得及孩子的百日宴。

舒皇后因著身分不能常出宮，只澄兒出生三天的時候，她來見過一次，送了許多厚禮。後來傅念君見她實在喜歡孫子，但礙於自己坐月子，便會讓雲姑姑帶澄兒進宮兩日陪伴舒皇后，也算是她盡的孝心了。

§§§

傅念君將要出月子這天，身子已經大好，澄兒正好留在了移清殿沒有回來。她因為胸前脹痛不耐便早早睡了。迷迷糊糊間夜半醒來，卻見到床前坐了個朦朧的影子，她先是一愣，隨後坐起身，眼淚忍不住便嘩嘩地淌了下來。

未點燈，她只能瞧見對方模糊的輪廓，可是再模糊，她也不會認不出自己的丈夫。

傅念君被擁入了一個帶著塵土和野草氣息的懷抱，聽見他在自己耳邊說著：「對不起……」

傅念君流著眼淚攬住了周毓白，忽然覺得這是一場幻夢。

周毓白伸出手替她抹了眼淚，說著：「不是還沒出月子，不能流眼淚。」

傅念君點頭，好一會兒才緩過神。周毓白已經點亮了燈，傅念君望著他的臉龐，只覺得他黑瘦了不少，下巴上還有淡淡的青影。

她是第一次見到他這副模樣，再沒有半點從前謫仙的模樣，可是她卻依然挪不開視線。

「七郎，我真覺得這是場夢……」

周毓白攬住她的肩膀，輕輕吻了吻她的額頭，「對不起，讓妳擔心了。」

傅念君搖搖頭，抱住他也吻了吻他的額頭、眉毛、鼻子，喃喃說：「只要你回來，怎樣都是好的，我知道你一定會回來的！」她突然想起來，「澄兒在宮裡，你今天可能見不到了。」

周毓白笑了笑，握住她的手，「他一定很像妳。辛苦了。」

傅念君眼睛又一紅。他還沒回來的時候，她真覺得自己可以擋住任何事，可是他回來了，自己那層堅強的盔甲彷彿瞬間被撕去了。

她也只是個普通的女人罷了。

周毓白能留的時間並不多，說是齊昭若還在城外。傅念君吃驚，忙問他們到底是從哪裡回來的？

原來，當日進小涼山後遇到大雪封山，周毓白一行人早已有了準備，臨時研製出的火藥發揮了不小的作用，可以清理出道路繼續追擊。

周紹雍原本的目的是逃入遼境，一路上兩方人馬也較量過幾次。進了遼境後，周毓白聯繫了陳靈之和劉浦。

他身為大宋皇子，私入遼境只能祕密行事，此間又數次發生危難，他只淡淡一筆帶過，後來齊昭若追隨周毓白入遼，正好遇上周紹雍最後一道王牌——蕭凜。

他的傷，正是被蕭凜所砍，而蕭凜也沒有占到什麼便宜，被齊昭若一箭貫穿胸口，尚且生死未卜。

過程無數驚心動魄，在數月後的現在，也不過幾句話語裡的輕描淡寫。

「他是替我受的傷。原本，那晚受傷的人該是我。」周毓白苦笑。

他身邊的親衛幾乎死傷殆盡，甚至單昀、郭巡幾個好手也有不同程度的負傷。如果沒有齊昭若的及時援救，大概碰上蕭凜和他手下的人，生機渺茫。

蕭凜與周毓白之間也算是私人仇怨，何況劉浦和陳靈之先前有意削弱蕭凜軍權。蕭凜早前聽信了傅念君的話朝遼國朝廷低頭，雖然短期內受到禮遇，但是整個南院的軍權都受到了來自朝廷勢力的慢慢滲透，加之陳靈之的搗亂，如今蕭凜在幽州也有些左右支絀。

蕭凜和周毓白兩人之間的仇怨，傅念君明白，也有部分是因為自己。

「他與周紹雍既然訂下那般盟約，就必然會有這個結果。」周毓白彷彿看出了傅念君所想，對她輕聲說。

傅念君點頭，「齊昭若怎麼樣了？」

周毓白沉默了一下。這一沉默，就讓傅念君感受到了無端凝重的氣氛。

再看周毓白的臉色，傅念君知道，他贏了周紹雍卻沒有半點喜悅。

她的心陡然一顫，抓住了他的手臂，說道：「七郎，你老實告訴我，你是不是早就覺得你可能、可能會出事？我的預感沒有錯是不是，你知道什麼？為什麼不告訴我？」

周毓白穩住傅念君的肩膀，緩聲勸她：「念君，妳別急。妳想知道什麼，我都會慢慢告訴妳。」

傅念君知道他一路勞頓，一定是用最快的速度趕回來見自己。她讓周毓白先上榻休息，他卻拒絕了。他還要回城外去，明日再次帶齊昭若進城，他的傷在沿路已經耽擱太久。

夫妻倆說著話，不知不覺天就快亮了。周毓白摸了摸傅念君的頭，再三停留後還是起了身。

「我很快就回來，別怕。」

傅念君點點頭，最終只能眼睜睜地看著他推門出去。

真的只像一場夢一樣。

躺回床上，傅念君終於覺得一顆心完整了，只要他平安歸來，什麼事都不重要。

§§

周毓白回京的消息傳到淮王府裡，幾乎所有人都喜極而泣，相較而言，只有傅念君依舊是表現得最正常的一個。

其實她昨晚已經哭夠了。

雲女官抱了澄兒回來，也替傅念君開心，「王妃終於否極泰來了！還有我們小皇孫，真是個福星！」

傅念君抱著澄兒，蹭了蹭他的腦袋，告訴他：「爹爹終於回來了，澄兒想爹爹嗎？」澄兒當然聽不懂，也不知道大家為什麼都那麼高興，只是揮舞著小手跟著傻樂，露出光禿禿粉嫩嫩的牙床。

周毓白直接進了宮，而傅念君因為尚未完全出月子，自然無緣進宮「全家團聚」。但是皇帝和舒皇后的喜悅也同時傳遞到淮王府，一時間，冷落了幾個月的王府陡然便熱鬧起來，各家都派了長隨和小廝在門外打聽，想看看淮王什麼時候回府。

但是這一陣喜悅之中，依舊有不盡人意之處，那就是齊昭若的傷勢，比傅念君想像的重上許多。

他已經半個月沒有清醒了。

以致周紹雍這個逃亡許久的肅王世子，都沒有他得到的關注多。齊昭若被立刻送進了宮，所有太醫侍候在側。

而邠國長公主那裡該如何交代，皇帝又開始頭疼了。

周毓白回到淮王府的時候，已經滿臉倦容，好似幾天幾夜沒有睡覺一般。他也不往別處去，稍微洗漱了一下，便栽倒在妻子身邊睡了過去。

澄兒歡騰了一天，可是到父親回府前卻睡熟了，只露出一個倔強的後腦杓給親爹看。傅念君覺得好玩，便讓他躺在了周毓白身邊，等著父子倆醒過來一併餵食。

周毓白再醒過來的時候，已經是三更。他午膳沒怎麼吃，也沒吃晚膳，腹中正是饑腸轆轆，好在傅念君早叫人做了清淡的細麵，備著給他吃。

但周毓白只是愣愣地瞧著身邊的兒子出神。這小子的手和腳都很有力，睡覺時還不老實，自己剛才在睡夢中就挨了一記。

他眉眼間皆是溫柔，對傅念君說：「是個頑皮的。」傅念君臉上有點紅，周毓白小時候什麼樣，她早聽舒皇后說過，澄兒這調皮樣子，竟是隨了她。吃完了細麵，傅念君讓奶娘把澄兒抱去側間，夫妻兩人才總算能偎在一起，訴說昨夜未盡的話。

到了如今，周毓白也不必瞞著傅念君了。張天師先前對他說的話，也盡數告訴了傅念君。傅念君聽完的情緒有些難言。無論她到底有幾個「前世」，現在她反而覺得，那就像是一幕幕戲一般。戲中人演的是她，卻又非她，朦朦朧朧間，她已經不像從前那樣在意了。

或許是因為她已經看開了吧。

惜取眼前人。如今她只要周毓白和澄兒安好，已不想再自尋煩惱了。

在周毓白說的話中，她唯一關注的就是，張天師表示第二世的周毓白允諾將付出極大的代價，才換來了他們今生的再續前緣，這也就意味著，周毓白面臨的可能是無法解開的死劫！

她心中驟緊，「七郎，你、你當時是怎麼想的？你真的覺得你會……」

「死」這個字，她始終說不出口。

周毓白一笑，「我總不會心甘情願去赴死的。要說認命，還太早了一些。」

傅念君與他十指相扣，靠在他肩上，慢慢說：

「七郎，我知道死是什麼感覺，那種感覺，真不好受。我知道我很自私，但是我真的不在乎前世，也不在乎來世了，我只求今生能和你平平安安，白頭到老。」她眼眶微紅，「但其實，這樣也是很難的吧……」

周毓白聞言，喉頭微哽。

齊昭若有沒有替他擋了這個死劫，其實他並不確定，但是唯有一點他能肯定：「念君，我沒有一刻不想活下去。即便此行無比冒險，我也從沒有打算和周紹雍以命相搏。他不值得。妳和澄兒，才是我的一切。」

傅念君將手和周毓白扣得更緊了，她用另一隻手撫摸他手指的骨節，說著：

「七郎，只要我們在一起，我就什麼都不怕，你別一個人去面對……」

就像在鄜州城外分別時，她明明知道他心裡有事，卻無法幫助他。

周毓白頓了頓，吻了吻她的額髮，許諾道：「再也不會了。」

他想到了那晚自己險些喪命時，最最割捨不下的還是遠隔千里的妻兒。後來齊昭若救了他一命，周毓白這才意識到，其實張天師的一番話對他的影響，比他自己想像的要大。

張天師畢竟是人，並非神仙入世，這世間之事，未必只有一個結果。

他自己若是全力以赴，不留一絲消極的念頭，或許蕭凜根本連來偷襲的機會都不會有。

經歷過那一瞬間，他才總算定下心來。

他意識到先前，他也和所有芸芸眾生一般，因為有著掛念的人，所以懼怕失去。但是看著齊昭若昏迷不醒、命懸一線，他終於想明白，對他來說，與旁人鬥很容易，他這輩子前十幾年經常在智計上難逢對手；但與所謂天命鬥，卻讓他踟躕了。天命天命，很多時候都反映在內心，贏了自己心中的恐懼徬徨，才能夠贏「命」。

所以，最後他做到了。

無數個夜晚的輾轉反側，終於熬過去了。

「早些睡吧。」

周毓白低頭吻了吻傅念君的唇，心中一片柔和，他實在是太眷戀這個滋味。

傅念君卻微微皺了皺眉頭，似乎因為他突然靠近。

周毓白目光垂下，落在她顯然與先前大不同的胸前，立時便明白了。先前緊張的氣氛頓時消去無蹤，他輕笑：「可要為夫幫幫妳？」

傅念君一愣，然後推了推他，埋怨道：「雲姑姑說得對，你不該睡在這裡。」

「那妳同意？」他故意問。

「我不同意。」傅念君抱住了周毓白的胳膊，認真地說：「現在誰也不能讓我離開我的夫君。」

她這是又調皮起來了。

周毓白嘆口氣，知道她剛出月，兩人還不能做什麼，只得吹熄了燈，擁著她快些入睡，免得又想入非非。

§§§

傅念君和周毓白夫妻大難後得以重聚，兩人都感慨頗多，每日只想多與對方相處，帶著活潑有趣的兒子，過上幾天平靜日子。

但是樹欲靜而風不止，淮王殿下平安歸來，就意味著京城重新陷入一波狂亂的儲君爭議。

原本齊王的儲君之位已是十拿九穩，甚至大家都覺得他只是礙於情面再三推脫，如今生死未卜的淮王回返，朝上半數大臣一下子便傾向了淮王。有人說齊王這是失算了一步，沒早些籠絡人心，由著風向大變；也有人說淮王行動迅速，才剛回京就開始籌措大事。總之而言，兩位王爺還沒說什麼，朝堂卻是一片爭議。

皇帝前些日子因為打了勝仗興奮過頭，喝了幾次酒後喘疾就有些復發。面對三天兩頭龍體有恙的皇帝，一個能幹的太子就太有必要存在了。

皇帝也心疼小兒子，不說他受了這麼多苦，就說他立的那些功勞，已經是無人可比。雖然周毓白自己沒認，多半都推給了守將和主帥，但是他在這場戰事裡起的作用，皇帝不可能不知情。更別說他還不遠千里，將肅王那個先通西夏再通大遼的逆子給抓了回來，這種種成就，即便他日後再碌碌無為，也足夠彪炳史冊了。

就是因為太出色太能幹，皇帝便多了一層隱憂。今後他百年了，這個孩子必然不可能替他做個守成之君，很容易就把他這個做爹的對比的太沒用。倒不似周毓琛，處處事他至孝，待他駕崩後，必然將父皇的種種言行當作自己的標榜，讓他在後世也能多享一份榮耀。

當然這是皇帝彆扭的小心思，只能一個人偷偷琢磨，甚至連舒皇后都不敢講。

周毓白或許也知道太過張揚的弊端，回京後反而低調「養傷」，慶功酒宴能推就推。

府裡的幕僚多為他不平，看不慣皇帝竟然還在猶豫。

周毓白為了西北軍情，主動請命而去，周毓琛才有機會在京城代行太子之責監國，雖也有功勞，但能和周毓白比嗎？周毓白臨危請命，品德操行如何，還用細說嗎？

傅念君卻很贊同周毓白的想法。因他忙碌不休，她就替他多次撫慰出生入死的心腹和在邊境時有過命交情的將官，對他們直言：

「這天下是官家的天下，不是殿下的天下。無論殿下為臣民天子做了多少事，百姓可以歌頌他，他卻不能以整個大宋的主人自視，這是犯了千古以來所有君王大忌。他只有一個身分，那就是天子的兒子，而非越過天子的存在。如果諸位真的是為殿下著想，有些話莫要再多說。」

淮王妃確實是難得一見的睿智，有些替周毓白不平的魯直將官也轉過彎來了，不再一天三次地催皇帝立儲。

傅家顯然也是與傅念君一條心。皇帝多次詢問傅琨的意見，還言明不論君臣，只如多年故交互提想法，但傅琨仍直言周毓白是自己的女婿，本該避嫌。既然陛下問起，他無法作為臣子給出答案，若是作為故交，他便覺得應該一切聽從皇帝本心，因為兩個都是他的兒子，父子手足，血濃於水，不應受外人影響。

朝上已經有個力挺周毓白的王永澄了，傅琨根本不必再插手。他知道分寸，給出的這個回答十分籠統，卻讓皇帝頗為滿意。

皇帝這人，性子軟弱，容易搖擺，雖然常常聽從大臣、宮妃之見，但在他認知裡，仍覺得這都是自己做的主。

儲位之議已經有數年不決，此時早該有個結果了。這一次，他更應該聽自己的。

令人意外的是，齊王周毓琛竟是主動入宮向父親陳情，表明不願當太子。

皇帝對周毓琛的請求有點驚詫。他看得出來，周毓琛並不是推脫，而是真心不願意做太子。

皇帝覺得還是有必要再勸一勸這個兒子，畢竟他自己都還沒有真正決定下來，而且內心依舊偏向周毓琛多一點。

「六哥兒，你是否擔心七哥兒立了大功，你比不上他？其實這件事……」

周毓琛卻反過來勸皇帝：

「爹爹，前唐時寧王李憲因弟弟玄宗誅殺韋后立了大功，他作為嫡長子卻主動讓賢，後來才成就了玄宗的一番開元盛世。我自問雖癡長七哥兒一歲，卻不是長，也非嫡，名不正言不順，實在不敢自比李憲。這太子之位原本也輪不到我來讓。我只是想對爹爹說，七哥兒是真正有才能的人，孩兒自愧不如，實在不敢忝居大位，希望爹爹能夠成全。」

他竟用李成器和李隆基的典故來勸自己，皇帝在心底長嘆一口氣，同時卻也有點欣慰。自己總算沒有看走眼，這個孩子心胸廣博，器量很大。

周毓琛又說：「何況爹爹也看到了，七哥兒立了如此功勞卻依舊不名不揚。他是否是個愛出風頭、不給人留餘地的人，爹爹應該比我清楚。說句不好聽的，我娘那些張氏族人，還有這些年攀附她的小人不計其數，七哥兒卻是能容得下他們的。若我身為太子，即便我顧及著與他的兄弟之情，他身上有這樣的功勞和盛名，日後那些人可會同意放過七哥兒？

「我知爹爹這些年也過得辛苦，雖貴為帝王卻事事無法隨心所欲。我自問比不上爹爹英明，若有朝一日處處遭人掣肘，對自己的手足犯下大錯，爹爹，我該用何面目去見周氏列祖列宗？」

一番話說得皇帝陣陣心驚，沒想到周毓琛連這些都想到了。

他讓一步，也是怕日後真的即位，依附於他的勢力膨脹，不受他控制的人，反而迫害了周毓白。

相比張淑妃建立的那些盤根錯節的黨羽關係，周毓白那裡確實要乾淨得多。

皇帝心裡其實已經有了主意，但是看著跪在下方的兒子，還是有點心疼他。

周毓琛卻是淡笑道：「孩兒也想顧全一個好名聲。不如學了那李憲，不僅可以輕鬆自在做自己喜歡做的事，還能在後世長留一份美名。爹爹不願意成全我嗎？」

皇帝猶豫了一下，還是問：「六哥兒，這真的是你想要的？」

周毓琛肯定道：「不瞞爹爹，這些日子我確實找到了一些感興趣的事。關於火器製造，也是一件利國利民的大事，我希望今後能有更多的時間鑽研。」

周毓琛也有自己的考量，他知道當今天下不世出的高人能人有很多，就像傅念君所說，給她火藥的道長就是一位。他一直想找機會尋訪這些高人，也算是他的一個心願，但是自己的身分特殊，很難隨意而動。如今他賣這樣大一個人情給周毓白，也是為著日後，周毓白不會在此事上對自己多做阻撓。

皇帝嘆了口氣，又拉著周毓琛的手絮叨了很多話，說到動情處甚至潸然淚下，過了許久才肯讓他告退。

周毓琛出了皇宮時，只覺得一身輕鬆。
東京城夜裡的鬧市才剛剛開始，萬家燈火，一片太平盛世。
只是這太平盛世的擔子太重，他擔不起，也不想擔。他心知肚明周毓白才是最適合的那個人。
回到府裡，那個雖然不聰敏但還算願意改過的妻子正在等他。
人生一世，也不過就是這般過日子，周毓琛只覺得心底再無波瀾。

§§

皇帝很快就在幾日後召集了幾位重臣，確定立儲之事。
拖了很多年的大事，竟然這麼快就有了結果。
第二天，冊立皇子的詔書正式昭告天下，冊七皇子淮王周毓白為儲君，授少保、使相的職務。
詔書頒下後，朝廷大臣們動色相慶，民間更是一片歡騰。周毓白立為儲君的決議，基本上算是眾望所歸，一時間淮王府的門檻更是差點被人踏破。
傅念君也對此頗為憂心，之前走水府裡就被燒毀了部分房屋，如今還未來得及修葺完整，實在不是宴客之所。好在周毓白也尋了藉口推脫，只說妻子身體尚未復原，稚兒年幼體弱，這才將一堆來祝賀的人稍稍擋了回去。
當然皇帝對虧待了的兒子周毓琛也有補償，給他加了開府儀同三司之銜，雖為虛銜，卻足見重視。齊王府上的幕僚、學館裡的學生多有為他不平的，周毓琛索性就稱病不出，一概不理會。他又不是肅王那等人，手下再有能幹強勢之人，也無法真的策動兵馬造反，不過是增些口舌是非罷了。
兩位旗鼓相當的皇子多年來於儲位爭執不下，這些口舌是非也是難免的。皇帝選擇睜一隻眼閉一隻眼，周毓白更是置之不理，齊王麾下再多想鬧騰的人，總歸也掀不起風浪來。

身為太子，必然要遷居東宮，但這不是個小工程，何況近來事情多如牛毛，皇帝便與禮部暫定於夏末再舉行立儲大典，到時候澄兒也已滿百日，正好可以大辦。

傅家是除卻淮王府外最最受矚目的，誰都知道傅相即將是未來的國丈，地位早已是旁人望塵莫及。

入主樞密院後的參知政事王永澄，之前還有隱隱蓋過傅琨的勢力，如今亦只能退避一射之地。不過王永澄性格古怪，在此次周毓白立儲之爭中明明出了最大的力，卻還是對傅琨冷言：「太得意必定會陰溝裡翻船，傅公往後可要當心。」

傅琨和他多年交手，一直是亦敵亦友的關係，聞言只道：「多謝王相忠告。我只願能多為陛下效勞兩年，日後也學舒公退隱江湖就是。」

周毓白做了皇帝後，他這個國丈就只能是國丈了，學著舒文謙歸於草野，是最好的結局。

王永澄大笑，「我卻一定是個長命的，期待著傅公早些歸隱山林啊。」

他根本沒有傅琨這樣的顧忌，能不開心嗎？

他還很慶幸自己沒生女兒。

21 終得所願

雖然被定為儲君了，但是周毓白並沒有表現出眾人所期待的激烈情緒，甚至眉宇間還有幾分難解的憂愁。

傅念君明白，這是因為齊昭若還沒有醒過來。

傅念君的身體已經完全養好了，出門的第一件事，就是去看齊昭若。

齊昭若被一直留在宮中，直到今天都還沒有醒來，只留著一口氣，卻無論如何都醒不過來。

傅念君看到了齊昭若蒼白瘦削的臉龐、毫無血色的嘴唇，一副人畜無害，甚至有幾分楚楚可憐。很奇怪的，她先想到的不是他過往可憎可惡的面龐，而是一起死守鄜州時他的樣子。

仇恨這東西太疲累，現在傅念君只知道眼前這人，是她丈夫的救命恩人。

太醫們一直堅持不懈地施針用藥，但是依然沒有起色。

或許不知道什麼時候，他就斷氣了。

他已經維持這樣的狀態有半個月之久了，但她相信齊昭若還有一線生機。因此她突然想到了張天師，若還有一個人能救齊昭若，那麼就只有他了。

然而天下之大，她實在不知道該如何去找張天師。

從前張天師都是在她有麻煩的時候現身，這一次，他是否能夠感受她迫切的請求而來呢？

傅念君看著只剩一口氣的齊昭若，心裡雖無比憂慮，依舊只能耐心等待。

§§

周毓白踏進天牢，這裡沒有刑部的大獄那麼骯髒陰暗，相對來說還算安靜整潔。能有資格關押在這裡的人並不算多。

周紹雍已經被關在這裡幾天了。曾經的肅王世子，如今卻淪為了階下囚。

他的案子比較複雜，需要大理寺、刑部、大宗正司一起聯合審理，證據基本上已經搜羅得差不多，而肅王府已經倒台，他的結局，也不過如此。

周毓白進來的時候，周紹雍正仰頭看著頭頂一扇小窗裡透下的日光。

他聞聲微微轉過頭，一張臉依舊稚嫩，目光卻是毫不掩飾地深沉陰暗。

「你怎麼有空過來？」他對周毓白說，就如話家常一般。

周毓白淡淡道：「我們叔侄，還不曾好好地說過話。」

「七叔和我這樣的人有什麼好說的呢？成王敗寇，不過如此而已。我聽到外頭的熱鬧，七叔大概已心想事成，坐上太子之位了吧？哈哈哈，我這條命替你換來的，也算值了。」

周毓白說：「這不是用你的命換來的。你比我更知道，原本就該如此。」他頓了頓，「我是來和你談談『死而復生』。」

周紹雍怔了一下，很快就恢復了正常，勾了勾唇說：「看來你都知道了。」他早就有數了。

周毓白沒回應。

「我終究還是，輸給了命啊。」周紹雍長嘆。

一次又一次，輸在同一個人手中。

周毓白道：「你的命本該如何，你比我清楚。」

「七叔，你知道嗎？我這裡……」他指指自己的腦袋，「很多東西都是你教給我的。我用你教我的法子來對付你。很可惜，我真該早點殺了傅念君，如果沒有她，你也猜不到這些。誰會相信我是個能預知未來的人呢？那個女人害我不淺！」

他臉上的表情微微猙獰。上一次他就是被她壞了事，而今生，依然如此。

他早就該殺了她，不管她的命運是不是出現了偏差。只因為出現了一個和他記憶裡完全相反的「傅念君」，他就放過了她十幾年。

到底為什麼會有前後兩個「傅念君」，他至今都沒有想明白為什麼。

周毓白只是對他說：「即便沒有她，你也贏不了。」

周紹雍冷笑了一聲，表情譏誚，依然執迷不悟。

周毓白輕輕拂了拂袖子，說道：「周昭已經死了，你還打算再一次『死而復生』嗎？你到底把人的性命當作什麼呢？把自己、把別人，都當成傀儡戲裡的戲偶麼？」

聽他提到周昭，周紹雍就微微變了臉色。

「你聽誰說的？」

「聽誰說的不要緊，我知道事實如此。」

周紹雍冷笑，「對於不公平的命運，難道不該試圖扭轉一次嗎？」

周毓白直視他，慢慢說：「天行有常，你犯的錯誤，該結束了……我不會取你性命，你已經死過一次，大概也不害怕死了。你還年輕，活著的滋味，仍沒有好好享受過吧？這一輩子，你依然有足夠的時間。」

周紹雍愣住了，一時間臉色鐵青，「你什麼意思？」

周毓白依舊雲淡風輕，「你我叔侄一場，這點情分還是該留的。你放心，你的後半生……不會過得很淒慘。」

他從來沒有想過置周紹雍於死地，在張天師那裡沒有確信的消息，他們幾個人可以在這一世結束這種糾纏的宿命之前，他都不會動周紹雍。

周紹雍開始笑起來，年輕俊秀的臉上看起來多了幾分癲狂。

「我一直以為你是個正人君子，其實呢？七叔，你也不過是個普通人罷了。你怕吧？你也怕一些你無法掌控的東西，哈哈哈哈哈……」

他好像很得意，似乎終於占了上風的感覺。

周毓白淡淡地抬眸，「你為什麼不一開始就殺了我？」

周紹雍笑著說：「因為我和七叔一樣，覺得打敗一個人，比殺了一個人更強啊。」

他把周毓白當作了一生的對手。

周毓白看著這個眸光中閃爍著瘋狂的少年，似乎漸漸能夠看到在傅念君的描述裡，那個成為青年後的他，渾身上下有著怎樣的氣勢。

「你母親已經離京了，她身邊有人照顧，大概會有個不錯的晚年，至於你父親……」

他指的是肅王。

「雖然你不想承認，但他畢竟是你的父親，我的大哥，我會善待他。周紹雍，都結束了。」

一切都結束了。

周紹雍只是垂著頭，一言不發。

他似乎根本不在乎他父母日後的生活，也不在乎周雲詹對他的背叛。

他抬起頭，對周毓白幽幽地笑得露出森白的牙齒。

「七叔，你相不相信呢？我們，還會有下一次……」

下一次。

他果然還是執迷不悟。

周毓白眉目不動，轉身慢慢說：「你會知道答案的。」

§§§

澄兒的滿月酒並沒有大肆操辦，因為正好趕上了父母親眷都忙碌的時候。這孩子雖然沒有按時出生，長得卻比平常的孩子來得快。

他如今很喜歡父親，常常一雙眼就盯著周毓白，張開手想叫他抱，奶娘都攔不住他。

周毓白倒不是信奉什麼君子抱孫不抱子的準則，只是澄兒實在太調皮，常常在他懷裡不老實，喜歡伸手去抓他的頭髮，兩隻小手放在父親臉上亂抹，讓周毓白這般風度的人……略顯狼狽。

在傅念君面前如此，父子倆算是一番逗趣模樣，但凡有旁人的時候，傅念君就盡量不讓澄兒胡鬧。

張天師是在澄兒滿兩個月的時候，出現在淮王府門口的。

這老道士還是一貫的落拓模樣，半點都不似個得道高人。請進府後，他對傅念君說的第一句話竟是：「這京城對貧道來說，真是相當可怕了……」

京城裡的達官貴人找了張天師好多年，對他來說，確實可怕。

傅念君因為張天師的到來終於鬆了口氣——這表示齊昭若有救了。

但張天師無法進宮，他也不想進宮，那麼只能將齊昭若帶出來。

這件事由周毓白負責安排，雖然他忙於立儲大典之前的各項繁瑣事宜，但因為東宮的修葺問題，他出入禁中也方便不少，齊昭若的安置還算是能掩人耳目。

齊昭若這些日子以來根本沒有半點轉醒的跡象，人也已經瘦了好一大圈，如果張天師再不出現，應該也撐不了多久了。

傅念君甚至有幾晚因此沒怎麼睡好覺，倒不是對齊昭若有些旁的想法，只是不想讓周毓白就這麼欠著他一條命。如果齊昭若死了，他們夫妻之間或許永遠會有這個人存在，只有他活著，他們三個人才能解脫。

§§§

齊昭若醒過來的時候，覺得自己好像睡了一輩子那麼久。

他還記得倒下前替周毓白中了一刀。

很痛。

他當時想的是，原來她沒騙自己，被冰冷的刀鋒凌遲血肉，真的是一種難以言說的痛楚。

接下來一個念頭就是，他總算是替她做了這一件事。

他欠她一條命，現在，他就還她一條命。

他沒想到自己還能醒過來，醒過來的時候更覺得腦中充斥著無數沒有辦法消化的記憶片段，像是他經歷過的，又不像，一時讓他整個人無比混亂。

「齊居士，可覺得好一點了？」

齊昭若虛弱地睜眼，看到一位胖乎乎的老道士坐在自己床邊，正笑眯眯地望著他。

就是他救了自己吧。

「我……」他剛想開口，就見張天師擺擺手，向他說明了自己和祝怡安的關係。

齊昭若立刻知道他是誰了。

「齊居士有沒有想起一些往事？」雖然用的是問句，但是張天師表情卻相當肯定。

往事……

齊昭若有點迷茫。

張天師微笑，開始說起那些曾經告訴周毓白的故事，關於他們幾人的生死糾葛……

直到張天師離開一天一夜後，齊昭若才想明白張天師說的那些話。

他太震驚了。這世上最離譜的故事也不過如此。然而細細想來，他夢境裡那些瑣碎的細節，又確實能對得上張天師說的那些。

比方說，他一直與邠國長公主的關係冷淡，因為他心裡並不承認這是自己的母親。但是邠國長公主送兒子披掛出征的場景實在讓他太有切身體會，那個「齊昭若」又怎麼可能是他窩囊的前身？

再比方說，傅念君明明厭他甚深，他卻會夢到他們兩人關係融洽，她對自己笑靨如花的模樣，兩人甚至像多年好友一般……這不是夢又能是什麼？

但如果這是他用回夢香看到的前世……

似乎，一切就說得通了。

張天師沒讓任何人打擾他，齊昭若有充分的時間，可以好好想這些事。

原來，他會殺了傅念君，自己又死於幕後之人周紹雍之手，兩人一起到了這三十年前，原來……這一切都帶了宿命的擺弄。

祝怡安說他前次用回夢香看到的那個留在他腦中最最難忘的場景，其實就是他殺死傅念君的場景。

因為他逃不開心魔，所以又和她相繼重入輪迴。他原本期待的是，即便兩人不記得彼此，他依然能找到她，與她攜手一生。

原來，緣分終究是差了那麼一點。

§§§

齊昭若雖然醒來了，但是身體狀況依舊很差，因此周毓白和傅念君並沒有打擾他。

傅念君對張天師的感激之情無以復加，立刻讓人準備了筵席答謝。

張天師對傅念君直言：「居士大可不必如此，貧道所做所為，也不過為了『撥亂反正』四字而已。修道之人，原本就是順天而行，更何況到今日這般田地，其中也有貧道和師弟的作為。」

傅念君把澄兒也抱來了。澄兒不怕生，瞪著一雙眼睛就瞧著張天師出神。張天師微笑，從袖子裡掏出了一件極小的如意，光澤閃亮，烏黑通透。

「這小東西就給令郎做個賀禮吧。」

傅念君和周毓白急忙道謝。

傅念君心知張天師手裡的東西絕非凡品，皆是難得一見的道家法器，澄兒能得這樣一件寶貝已是大幸，足夠庇佑其一生了。

夫妻兩人替澄兒謝過張天師，但是那邊胖乎乎的小娃卻不自覺，以為是拿到了好吃的，老想把如意往嘴裡塞，令傅念君尷尬不已，張天師卻哈哈大笑。

傅念君抱著開始犯睏的兒子先回房，席面上只剩周毓白和張天師兩人。

周毓白踟躕了一下，再次施禮，開口問張天師：

「道長，在下心中有惑，乃是關於上回道長所說的『死劫』，不知如今……」

張天師微笑，「齊居士替你擋了一刀，但是卻無法擋劫。道家的劫，只能應，卻無法由旁人代勞。」

周毓白心中一沉。

「但是……」張天師又說：「貧道先前的估計也有些錯誤。」他摸了摸鬍子，然後看著周毓白道：「貧道有機會探到了齊居士的部分神識，雖不能完全肯定，但是也有七、八分把握。他與我師弟所定之契已經完成並且消失其法力，也就是說……他已經達成所願。」

第一世的齊昭若在殺了傅念君後，便尋了周昭許下一個同傅念君的來世之約，為了賭那渺茫的緣分，因此他也承受了巨大代價。

「但是或許，齊居士最初的願望，其實並不是同傅居士再續前緣，而是……希望她能夠順心如意，終得圓滿。」

或許齊昭若當時的想法是覺得自己能夠給傅念君幸福圓滿，但事實上，他們仍是再一次錯過。其實能給傅念君幸福的人只有周毓白，所以齊昭若的願望要實現，前提就是周毓白必須活著。

因此，周毓白的死劫是能夠破除的。

逆天之術，已經無法挽回。周紹雍的願望，周昭替他在第二世實現了；周毓白的願望，是能與傅念君重續前緣，如今已經達成；而齊昭若的願望，是傅念君能夠順心如意，此生也已實現。

只有所有人都完成了各自的願望，那改命之術才會真正結束，一切才能停止輪迴。

只要張天師不再出手幫助周紹雍，也沒有第二個周昭來助紂為虐了。

這樣才是最好的結局。

周毓白終於明白了。

終究還是……齊昭若救了他。

§§§

張天師第二天就再次消失得無影無蹤，令傅念君有點惆悵。她隱隱有一種感覺，他可能再也不會出現了。

雖然有點遺憾，但是傅念君能夠接受。他已經幫了他們夠多，而那些怪力亂神、生死宿命的故事，或許也會隨著張天師的離去，漸漸在他們記憶裡淡去，就像是走了很多彎路，終於回到了正道上。

齊昭若養了幾天傷，就被送回了自己家。邠國長公主這些日子症狀不輕，在見到活生生的兒子時，終於又哭又笑地鬧了好半天。齊昭若看著她這樣，也無法對她生起氣來，雖然她差點害死傅念君母子，但這畢竟是他真正的親娘。

親娘，一個讓他感到陌生的詞。

齊昭若受傷太重，右臂幾乎已經無法抬起，往後再也沒有辦法拉弓了，他卻表現得很瀟脫，甚至對探望他的傅念君說：「反正破月已經折了，它就如同我的右手，相輔相成，黃泉路上，讓它們就做個伴吧。」

對於破月這把弓，其實他們兩人都有些話沒說。

它就是齊昭若曾經用來射殺傅念君的那把弓。如今它斷了，齊昭若反而鬆了口氣。它和他，不會再傷她半分了。那些留在他們各自記憶裡的畫面，都會隨著破月的毀去而煙消雲散。

就真的只是一個夢了。

傅念君有些意外，如今的她對齊昭若竟是這樣平靜的態度。似乎那個愛她甚深、青梅竹馬的齊昭若並不是他，那個冷酷決絕、兇狠殘忍的周紹敏也不是他。他在自己眼中是一個複雜而特殊的存在，但有一點她無比肯定，這無關於男女之愛。

齊昭若也彷彿已經完全看開了，甚至會微笑著誇澄兒手腳有力，是個練武的好苗子。澄兒倒是不大喜歡他，總是一扭臉只給他看個後腦杓。

§§§

澄兒的百日宴過後，大宋的立儲大典如期舉行，雖不能說無比隆重，也算聲勢浩大。周毓白正式被冊立為太子，淮王妃傅念君則被冊立為太子妃。

立儲大典後，淮王府便要準備搬家了。東宮已經修葺完畢，皇帝身體一直斷斷續續地不太康健，十分需要太子輔助國事。周毓白每日早起晚回也實在辛苦，而淮王府經過那一場大火，損毀了一部分，實在不堪再住。

臨行前，傅念君還要應付各個賀喜的大人和宗室，錢婧華正好這陣子孕吐嚴重，幫不上忙，倒是裴四娘來往淮王府比先前更勤快了些，只不過她主要還是來抱澄兒。之前和傅念君鬧了很久彆扭的滕王妃也來了，她到底是拗不過周紹懿，終於決定和傅念君「冰釋前嫌」。傅念君當然無所謂她怎麼想，如今滕王發狂的症狀逐漸好轉，懿兒也越來越懂事，她也不是滕王府的管家，不會再多管閒事。

周紹懿確實是常常來看澄兒，對於七叔七嬸生了弟弟而非妹妹，先前他是最沮喪的一個。不過隨著澄兒一日日大了，會對人笑了，他立刻就轉了態度，還常常對傅念君說要領著弟弟習武練字。傅念君就取笑他：「我聽說你昨日又逃了先生的課，可是真的？若是叫你七叔知道了，一定將你送去傅家。」周紹懿才連連驚叫著求她放過自己。

先前皇帝曾經讓傅琨指導過周紹懿兩天功課，而傅琨因為諸事繁忙，有一次便將周紹懿的課業交給傅淵檢閱。傅淵卻是色厲內荏，嚴肅非常，直把周紹懿嚇得夠嗆。

傅念君聽完倒是哈哈大笑，覺得傅淵真是太適合敦促孩子們成才了。

§§§

再次踏進東宮的時候，傅念君內心有無限感慨。

她想起當時成親的時候，自己穿著喜服的太子妃，被浩浩蕩蕩地迎進了東宮……就是這裡。

如今再次到了這裡，身邊的人卻是完全不同了。

她的丈夫、她的孩子，只要有他們在，這東宮就不是一座冷冰冰的宮殿，而是她的家。

這是住進東宮第一晚，周毓白似乎知道她心中的顧忌，早早就回來陪伴她。

「這間宮室都是照從前家裡布置的，妳看著還喜歡嗎？」

他正溫柔地輕吻著她的額角。

傅念君點點頭，柔順地靠進丈夫的懷裡。

「只要七郎在這裡，我就心安。」

周毓白的手輕輕在她腰間掐了掐，傅念君忍不住臉紅起來，這段時間他們都太忙了，實在是沒工夫……

「妳很美，太子妃。」他在她耳邊輕聲呢喃。

傅念君噗嗤一聲笑了，推了推他，「太子殿下，你兒子好像在哭呢……」

周毓白搖頭嘆氣，語氣有些遺憾，但俊秀的臉上盡是溫柔，「我去把他抱來吧，澄兒也害怕陌生的地方。」

傅念君笑著睨他一眼，表情很是故意。

「那我等你們……」

今夜，他們一家人還是一起度過吧。

番外一　夢中人

「殿下，起風了。」坐在廊下的人聞言微微側頭。

身後跟了他半輩子的護衛，為他披上了一件斗篷。

輪椅上的男人容貌清俊，已經有些年紀了，兩鬢微霜，帶了些歲月的滄桑之感。

他的雙腿不良於行，時常要蓋著厚厚的毛毯。

這舊毛病已經跟了他很多年，從被幽禁的歲月開始就陪伴著他。

單昀如今已步入中年，病痛漸漸多了，沒有年輕時的身手矯健，下雨天的時候也會鬧起腰痛腿疼來，但是這麼多年，一副忠肝義膽卻沒有變過。

他孑然一身，獨自陪了周毓白那麼多歲月，從還是壽春郡王的時候，到出事幽禁，再到平反冤案，授封淮王，一直都陪在周毓白身邊。

如今的皇帝是當年誰都沒料到過的崇王。他從小就跛了一條腿，加上生母孫皇后和先皇多有罅隙，他這個皇子從出生起就沒受過先皇的青眼，讀書習字更是馬虎。誰知如今，戰戰兢兢的崇王，到底是坐上了皇位。

不過他不坐還有誰坐呢？先皇的幾個兒子都不得善終。肅王早已經被革爵除名，貶為庶人，滕王與齊王又自相殘殺，當年寵冠一時的張淑妃因為兩個兒子的事，幾乎一夜之間瘋了，而最小的皇子周毓白又因為牽涉進一場科考舞弊和通敵罪被幽禁，即便後來平反，也早不復當年的氣勢。

只有誰都沒有想到過的崇王，最後竟順利登上了皇帝的寶座。

如今斗轉星移，一朝天子一朝臣。連周毓白都深居簡出十幾年，不問世事，朝上早就不復當年言路廣開、百花齊放的局面。

如今的同平章事姓傅，並不是當年那個傅琨相公的直系後人，雖也是同宗，為人卻是與那個傅家截然不同。

現在的丞相傅寧，是個名聲高於才能之人。說起來，他倒是有個女兒，聽說甚為聰敏能幹，遠勝男子，當年的名字還是因緣巧合之下由殿下命名的。

但周毓白怎麼會管這樣一件小事，單昀至今也不知道緣由。

周毓白側耳聽了半晌，然後才問單昀：「絲竹之聲頗為熱鬧，太子是今日娶妻吧？是傅家的嫡長女？」

單昀說：「殿下真是好記性，正是你當年取名的那個。」

「是啊……」周毓白喃喃地說，似乎在想什麼事一樣。

單昀覺得奇怪，他平素對什麼事都表現得沒有興趣，在這不自由的方寸之地，每日過得便如修士一般，何以突然對那個傅家的小娘子如此關注？

不多時，這片小院子來了客。

是周毓白的兒子周紹敏。

十七、八歲的少年，猿臂蜂腰，身姿磊落，一看便是精明強幹，行事果斷的人。

「父親。」他站在十步之外，恭敬地朝周毓白行禮。

他們父子之間總是保持著這樣的距離，永遠像隔著厚厚的一堵牆，誰也邁不過去。

「要進宮了？」周毓白側頭，看著兒子。

「是。」周紹敏雙拳握緊，微微有些顫抖。今天，他要做一件大事。一件決定他們父子命運的大事，也是他從小到大忍辱負重想爭取的結果！

今天，他要奪回本就屬於他們父子的一切。

「你決定了？」周毓白這麼問他。

周紹敏知道他並不贊成自己。他這個父親，早就沒有了鬥志，但是沒關係，他可以替父親完成這一切。

「已經決定了。」他回答得無比堅定，也勝券在握。

周毓白沒有再說什麼，甚至連多一眼的擔心都沒有投來。

周紹敏的心再次一沉，只艱澀地行禮：「那孩兒告退。」

他轉身離開，周毓白身後的單昀終於看不過去，追了上去。

「世子！」

周紹敏回頭，「單叔。」

從他出生到現在，他和單昀說的話大概比和周毓白說的還多。

單昀嘆了口氣。

沒有人比他更清楚小世子是怎麼來的了。淮王妃是前朝傅琨的遺孤，當年傅家出事，她由姨娘帶著逃命，來求周毓白庇佑。剛剛離開圈禁生活的周毓白雖然復爵，但是早已無心於權力鬥爭，雖依然是風華絕代的美男子，聲名顯赫，卻是並不打算娶妻生子。

這樣纏上來的母女，單昀也想不通周毓白怎麼就動了惻隱之心，後來的事情便急轉直下，那位姨娘手段下作，設計女兒爬上了殿下的床。

讓單昀至今不解的一點，就是殿下會中這樣的招。

甚至事後，他真的就將那傅小娘子娶為了正妃。

只是那位姨娘，自此便消失了。

周毓白當然沒有和單昀解釋，他的很多事，單昀都看不明白。

只有那一次，但還是有了周紹敏，他出生時王妃難產去世，如今只剩下他們父子兩個。然而周毓白對這個兒子的態度，甚至不能光光說是冷漠，或許是帶著幾分……厭惡。

至於是因為他的生母，還是因為旁的事，不得而知。

「單叔，你要和我說什麼？」周紹敏問單昀。

單昀嘆了口氣，只是勸他：「世子，你萬事要當心，殿下他……也很擔心你的。」

他真的擔心嗎？周紹敏覺得可笑，他覺得父親根本看不起自己。

「知道了，單叔。」

他點點頭，大步走開。

單昀回去的時候，周毓白還是望著園牆出神。

他遙想的事情很多，最多的就是關於那些「夢」。更或者說，是在夢裡拼拼湊湊的回憶。

他從年輕時就常有一種感覺，彷彿自己在尋覓什麼人，似乎在尋找什麼事，這種感覺毫無道理，卻讓人無法忽視。

直到過了很久，從某一年開始，他的夢漸漸有了連貫的畫面，甚至似乎化身為夢中人，經歷了另一種人生。而最為古怪的，要數夢裡的一個女人，讓他覺得不可思議，更讓他……無法放下。

那張臉，明明是他曾見過的，傅琨的女兒，那個東京城裡出了名的花癡小娘子。

周毓白能夠記得這個女人，他也覺得奇怪。自己和她只有一面之緣，為什麼卻會頻頻夢到她呢？

他讓人去打聽了一下，才知道就在幾日前，傅琨的長女被人浸了豬籠已死。

但是相對的，他的夢裡，那個有著和她同樣一張臉和姓名的女人，卻出現得更頻繁了。

她們有著截然不同的性情和氣質，周毓白甚至能夠聽到自己用輕柔的嗓音喚她：「念君、念君……」而她巧笑倩兮地回眸睨著他，拉著他的手輕輕搖晃，然後叫他「七郎」。

兩人恩愛甜蜜，舉案齊眉，周毓白根本不知道自己有那樣的一面。

甚至……

好幾個夜晚，他就是這麼滿頭大汗地醒來，氣喘吁吁，無法自持。

念君。

這兩個字像魔咒一樣刻在他心上。

一個根本不算認識的女人，還是一個已經死去的女人，竟然會讓他如此……難以割捨。

周毓白困擾於那層層不間斷不重複的夢境，直到碰到了張天師，才解開了他的諸般疑惑。

原來他的夢不是夢，只是他漸漸恢復的記憶。

等到這一世的「傅念君」死去，他的這些記憶，才像是被解開枷鎖一般，一點一點重新浮現。

那是他心愛之人，只是他們卻沒有善終。

也是從那個時候起，他徹底死了報仇之心，對於這個世界的厭倦和無奈也由來已久。

因為他失去了最寶貴的東西。

他懇請張天師再幫他一回。他不後悔第一世立下的契約，也不後悔再締結一次契約，哪怕下一次可能要他付出性命做為代價。

其實周毓白覺得如今活著，也早就沒了滋味。

這種感覺，原來是根深柢固的。他從十幾歲開始就已經如此想了。

或許是因為他的骨髓血液，怎麼都不願意忘記那個人。

她為了他而死，他又為什麼不能為她而死呢？

漸漸恢復了所有記憶後的周毓白越發沉默，彷彿守著那些回憶是最有意義的事，其餘什麼都不再能引起他的注意。

但是即便他無數次都不想再活下去，張天師卻告訴他，要完成契約，便要順應天命。

天命是什麼呢？

天命也包括他要生一個兒子。

所以他接納了周紹敏的存在。

而周紹敏的母親，與「傅念君」有七、八分像的她的幼妹……是她的話，總好過別人。

傅寧的女兒出生的時候，周毓白便有極強烈的預感，她大概就是因為齊昭若擁有了錯位人生、真正的傅念君。

因為她出生的那日子，正與「她」相隔了整整三十年。

只是周毓白已經不再年輕了。

他為她取名「念君」，將這兩個字贈還給她。希望冥冥之中，他們的來生，還有一點可能。

等他什麼時候死去，才能真的鬆口氣了吧？

即便他決心不再去打擾她，但在她七歲那年，他有機會去了傅家，還是去見了她。

和「她」小時候長得不太像，可是那眼神，卻是一模一樣的。

只說了兩句話，他便發現這孩子對他有極強的依賴。

儘管他很喜歡這種親近的感覺，卻不能放任自己。

他也是自私的，可他知道，今生他們已徹底無緣。

念君，我會等妳的——在下一個輪迴裡。

他在心裡對她說。

就在這一天，周紹敏離開後，天色暗沉下來之時，周毓白等到了一個人。

「七叔，你還是老樣子。」

步入中年的周紹雍風度卓然，此時身邊立著很多護衛。這些人幾乎幾年就會換一批，看管著周毓白。

周紹雍站在台階上，睥睨著周毓白，兩人之間便像是隔著千山萬水。

「七叔，怎麼你的兒子沒有學會你一點本事呢？」他笑著問。

「你知道我等今天等多久了嗎？周小將軍少年英豪，這會兒大概已經攻入紫宸殿了吧。多精彩的一齣戲，不是嗎？七叔不能親眼看到，真是太可惜了。」

手足相殘的戲碼，延續了一輩又一輩。周紹敏會親手去殺了他的伯父表弟，把他認為害過他們父子的周家人全都殺光，還有比這更有意思的嗎？

接著再由他周紹雍來送他們父子上西天。

他太滿意這個安排了。

先皇五個兒子，幾乎全死於自相殘殺。

這難道不是最精彩的一齣戲嗎！

「周紹雍，你步步為營，就是為了等今天。你不覺得……很無聊嗎？」

周毓白倒是很平靜。

「無聊？我嗎？」周紹雍冷笑，「天下和皇位對我來說唾手可得，當朝丞相也不過是我手中傀儡。我現在，比起權力，更想要一點樂趣罷了！七叔，這還要多謝你，我這些手段，難道不是你年輕時教我的？」他笑得越發得意。

周毓白搖搖頭。是了，周紹雍不無聊，是他自己無聊，周紹雍以為他在乎的東西，其實他根本不在乎。

「我終於贏了你！」周紹雍朗聲說著。

「你真覺得如此？周紹雍，透過重生得到的這一切，你覺得用著很順手？」周毓白問他。

周紹雍眼睛一瞇，劍已經指向了周毓白的脖子。

周毓白絲毫不懼，只淡笑，「這一世，你該感謝齊昭若。」

齊昭若將念君帶離自己，他便也無心於權力鬥爭。

上輩子的結果贏了又如何呢？他親手將自己所愛的女人送向了地獄，他讓他的兒子年幼就失去了母親，而他自己鬱鬱寡歡，不得善終。

他不過是個卑微的人，向上天祈求一個與她再續前緣的機會罷了。

周紹雍卻不依不饒，「七叔，你怎麼就是不肯服輸呢？罷了，等我把你兒子的頭放到你面前，你是不是會稍微心酸一下呢？」

不會。周毓白在心中說。

因為那個人不是他的兒子。

哪怕血肉是，魂魄也不是。

他的兒子，是澄兒，是他對不起的澄兒。

周毓白望著皇宮方向沖天的火光，心裡一陣嘆息。原來以為今生的她能有個善終，卻不料還是如此。

順應天命……

他閉上眼睛，甚至期待周紹雍的劍早一刻揮下來。

他無比期待著能扭轉這樣的悲劇。

我還沒有護妳平安喜樂地度過一生，念君。

等下一次，他一定會先認出她，找到她，保護她……

為此，他可以不惜一切代價。

執妄害人，周毓白心知肚明，卻依然選擇踏進了宿命的漩渦。

番外二　帝后日常

傅念君自從做了皇后，就更加體會到曾經的舒皇后、如今的舒太后，有多麼不容易了。先皇在三年前退位做了太上皇，這是大宋開國以來的第一個先例，但基本上滿朝文武也沒有不同意的。

在傅念君的記憶裡，皇帝確實沒有那麼早過世，但是他的身體每況愈下，在退位前很多政事就已經讓太子代為處理。

周毓白登基為帝後，便幾乎沒有一日鬆懈下來。雖然與西夏的那場大戰重創了西夏雄兵，但說到底富國強兵非一朝一夕之事。從去年開始，傅琨便著手推行新政，而傅念君記憶中，傅琨此生做的最大的功績便是新政。

只是她記憶裡的傅琨因為老皇帝逝世、新帝登基，加之接連幾件名聲上的醜聞，迅速地在朝上失去了一切地位和權勢，傅家也由此衰敗，新政更是只能不了了之，很多利國利民的政策還沒有機會在民間得到實踐就夭折了。

當然，這一次不會。因為登基的新帝——周毓白——非常贊成傅琨的新政，尤其是強軍一項。

周毓白這些日子忙得連傅念君也很少見到他的人。

澄兒已經快七歲了，十分調皮，每每傅念君管不住他時，就會把他扔到傅淵那裡受兩天管教。每次回來他都能因此乖上幾天，一副生無可戀的模樣。而與此同時，傅淵的兒子傅桓則因為與這個表哥親近了幾天，次次就會讓錢婧華發現多了幾個頑皮的點子。

傅念君難得忙裡偷閒，扶著舒太后在後花園裡餵魚賞花，旁邊的內侍正在等她做決定，要她發落新晉的牡丹點多少盆送去各宮。

舒太后對她笑說：「做這後宮的主子也不容易，大事小事，雞毛蒜皮，都是妳的事。」

傅念君嘆了口氣，可不是，她這個皇后才沒有那麼輕鬆。

「娘、娘……」澄兒從遠處跑過來，後頭還跟著一個跌跌撞撞的小身影。

三年前，江菱歌為太上皇生了一個小公主。太上皇很高興老來得女，寵愛萬分，江菱歌也總算可以在這宮裡活得體面些。

這個小姑姑很喜歡纏著澄兒，澄兒卻覺得小姑姑軟綿綿、礙手礙腳的，不喜歡帶著她玩。

「瞧瞧我們慧娘，這是怎麼了……」

舒太后見小公主又要可憐巴巴地流眼淚，趕緊抱過來放在了膝頭。

小公主指著澄兒，不開心地說：「哥哥，哥哥……」

她張開手要讓澄兒抱。

舒太后再一次糾正她：「不是哥哥。」

該怎麼和她說呢，澄兒的父親才是她的哥哥。看著小公主烏溜溜黑葡萄一樣的眼珠，舒皇后只能打算過幾年再解釋了。

傅念君拿出帕子替澄兒擦汗，「跑哪裡去了？這麼滿頭汗的，不是讓你在書房念書？」

「我去六伯父那裡了！」澄兒興奮地臉通紅，「……新造出來的大炮，娘沒看見，就這麼——『砰』一聲，能飛那麼遠……」

他吱吱喳喳地說個不停，傅念君只能微笑著給他遞水。

想也知道，肯定又是周紹懿帶他去的。

就像當年的懿兒喜歡纏著周毓白這個七叔一樣。澄兒如今最親近的人不是親爹，而是齊王周毓琛，整天只想著讓六伯父帶他看那些槍炮。

這一點是傅念君怎麼也沒想過的。

也不怪他，自他出生，周毓白便忙於政事，澄兒又好動，一點不似周毓白幼時的性子。

「娘，妳打算什麼時候生妹妹？」澄兒喝了水突然這麼問，仰起的小臉上滿是天真。

傅念君一時噎住了。

這孩子竟然下一刻就走到舒太后身邊，不客氣地捏了捏小公主的臉頰，憂愁道：「能不要生一個小姑姑這麼胖的嗎？我喜歡瘦一點的妹妹，像六伯父家裡的霖表妹那樣，她只有一點不好，太愛生病了。」

傅念君無奈地說：「你哪裡聽來這樣的話？」

誰說要生妹妹了？她自己都沒這個打算。

澄兒揚了揚小下巴，「娘，我都知道，爹爹不是要選秀嗎？選秀就是為了給我生很多弟弟妹妹啊。」

旁邊的宮人和舒太后都笑開了。

舒太后讓人把澄兒和小公主都帶下去，然後才對傅念君說：「前些日子有御史提了選秀的事，不是一口被七哥兒給否了麼？怎麼還有人在亂傳話，叫澄兒聽了去。」

傅念君無奈，「他總是這樣往宮外去，難免耳根不清淨，往後不許他再出宮。」

舒太后笑說：「不過澄兒說得也沒錯……」

她把目光落向了傅念君的肚子，「妳是該給他添個妹妹了。這宮裡的孩子還是多些好。」

她知道自己的兒子，選秀納妃之類的也不用再提。如今澄兒也七歲了，無論是再給他添個弟弟或者妹妹，都是很合適的時機。

傅念君不好意思接這個話茬。

到了晚上，夫妻倆好不容易能好好說一回話，她便把白天的事說給了周毓白聽，然後問他：「七郎可還要選秀？雖然朝事繁忙，但子嗣大事也不可耽誤啊。」

周毓白這些年樣貌倒是並未有多大改變。他任由傅念君替他解龍袍，邊說：「一切聽賢后定奪就是。」

傅念君橫了他一眼，只說：「叫我看，那些選秀的都不怎麼好。」

周毓白憋住笑意，「那妳覺得誰比較好？」

傅念君笑得很狡猾，「高麗翁主比較好，正好還與咱們有一段淵源呢。」

周毓白聞言臉一黑。

高麗翁主這個話題簡直就是他的噩夢。自從傅念君多年前提過那個夢後，他提防高麗翁主甚至遠勝周紹雍。如今高麗使節已經在路上了，周毓白還特地去過一封信，無論如何，他們的什麼翁主、縣主都請不要帶來。

他是決計不可能與什麼高麗翁主聯姻的。

當然，夢裡這個高麗翁主出現的時候，也該是好幾年後了，所以高麗國主收到大宋皇帝來信時，只能望著自己還是嫩蔥一樣的女兒一頭霧水——他原本也沒打算送女兒去和親呀。

傅念君從來不是什麼小心眼的人。她在周毓白面前提這些話，多半是為了調戲他。

如今兩人都老夫老妻了，她還犯得著為什麼人去吃飛醋。

周毓白的手又搭回了傅念君的腰間，在她頸邊呢喃，「不過澄兒說得也沒錯，我們是應該……」

傅念君卻一把抓住他的手，轉身嚴肅地問：「我的腰是不是比以前粗了？」

周毓白愣了愣，摸不清楚她是什麼意思，「……可能生了澄兒以後會有一點，但是……」

傅念君已經聽不見他的「但是」了。她走到鏡子前照了照，鏡中人依然還是一張芙蓉嬌媚臉，她心裡鬆了鬆。

周毓白覺得她這兩天確實有些不太對勁。

前天，還有五天前晚上，她好像也是這樣，不知在瞎操心什麼。雖說他如今朝政繁忙，但是成親這麼幾年，不代表他對有些事的興趣就相對減少了。

他不打算放過她。在傅念君仍在憂心忡忡地照鏡子的時候，他便將她一把攬住，轉過了身子來。傅念君只覺得自己的後背貼在了銅鏡上，而他就這麼不管不顧地吻了下來。

看來他也很著急要女兒了。

傅念君莫名有點火氣，推推自己丈夫的肩膀。

可想而知，當然是推不動的。

周毓白微微抬起臉，將她橫抱起來往龍床走去。如今宮裡誰都知道，帝后感情好，並未分宮而居。傅念君看著眼前這張和幾年前相比沒有變化，甚至更英朗的俊臉就有點來氣，伸手就推開了周毓白的下巴。

周毓白驚訝不已，這麼些年了，她對自己從來不會有情緒這樣大的時候。

「念君，妳……」

周毓白猶豫了一下。

「妳厭倦了？」他的聲音有點低落。

傅念君忙說：「當然不是。」

她只是最近心裡很容易起火就是，一定是宮裡的事太多太忙了。

她見周毓白一副受傷的模樣，心中一軟，連忙攬住他的脖子，靠在他頸窩，有點鬱悶地說：「七郎，看著澄兒一天天長起來，我是怕我越來越老了……」

周毓白嘆了口氣，撫摸著她的背心說：「我只想看著妳越來越老，念君。我不想一輩子只記得妳年輕時的樣子，妳明白的。」

誰都沒有他的體會深。

死在最好年華時的傅念君，永遠不會有蒼老的一天。

這是他的噩夢。他只想和她一起走到白髮蒼蒼的那天。哪怕他再無半點風度，她也不復任何美貌，那才是他最企盼的場景。

「好嘛……」

傅念君抱住他蹭了蹭，主動吻了吻他挺拔的鼻子。

「只要你沒有什麼高麗翁主，我就給你看看我老了的模樣。」她有點傲氣地說。

曾經的那個「傅皇后」，想必也是這麼想的吧？只是她終究不曾說出過這句話來罷了。

但是傅念君敢，因為她知道他會給自己一個什麼樣的答案。

周毓白的回應有點模糊，因為他已經沉醉在她髮膚的氣息之中。

「一直就只有妳一個……」

髮絲交纏之間，兩人即便成親那麼多年，依然能品出些不同的滋味。

只是原本該是耳鬢廝磨的時光，這次傅念君卻有點不太妙。在周毓白給她倒碗水的工夫裡，她便湊在床邊乾嘔了起來。

周毓白忍不住再一次懷疑自己。

「很……噁心？」

傅念君頭暈目眩的，突然想到了一件可怕的事，慌張地拉住他的手。

「我、我不會是……」

難道讓澄兒給一語成讖了？

她這個月因為忙碌，連平安脈都沒叫太醫請。

實在是太粗心了。

周毓白醒悟過來，立刻肅容，披了衣服忙傳人宣太醫。

一時間皇宮大內又熱鬧了起來……

第二天，傅念君被確診為喜脈後，舒太后二話不說就接過了所有的庶務，不讓她再分神勞累一丁點。

傅念君想著自己確實是糊塗，生澄兒的時候就沒少遭罪，這麼些年了，有點忘了懷身子的感受。倒是澄兒一聽到消息便第一個跑來，聲音更是老遠就傳了過來。

「娘，我妹妹終於來了嗎？她是什麼時候來的？昨天不是還沒有嗎？是昨天晚上妳和爹爹……」

後面的話就消失了——他被內侍急得捂住了嘴。

這孩子到底……是像誰啊？

傅念君又開始頭疼了。

摸了摸肚子，她也不確定這裡頭又是一個調皮鬼還是一個文靜的小丫頭。她當然也期望是個小公主的，承襲自他們夫妻二人的相貌，自然是玉雪可愛。

但是想歸想，八個多月後，百姓們又再次為傅皇后喜得麟兒歡欣鼓舞起來。

澄兒多了個弟弟。

他有點沮喪，似乎很想讓弟弟回到娘親肚子裡再生一次。但是被周紹懿勸過之後，他就完全看開了。

「娘，以後我是長兄，就不會再被先生和舅舅罰了對不對？爹爹也不會總教育我了？妳也不會說我調皮了？你們都會罵弟弟的吧？」

傅念君：「……」她覺得澄兒才應該重新再生一次。

周毓白也覺得頗為遺憾，尤其是慧娘小公主又分不清人，再次拉著他的龍袍下襬，抬著肥嘟嘟的小臉叫他爹的時候，他心底的遺憾便又加深了幾分。

但是再如何，他都不想傅念君的身體有所損傷，孩子的事皆是天命，不能強求。

「我的意思是，早些立澄兒做太子，他也能穩重些。」

傅念君抱著才兩個月大的小兒子，就聽見自己的丈夫說要立大兒子為儲。

「會不會太快了？」

太上皇立儲的事拖了二十多年，他倒是一下子就決定了。

「我知道妳為何擔憂。」周毓白笑道：「但澄兒的性子不似妳我，頗有太祖當年之風。我不必培養一個與我肖似的孩兒，他會是個合適的人選……」

傅念君咬咬唇，點了點頭。

家國天下，他們一家人，注定與這萬里江山不可分割。

她的丈夫和孩子，自有他們的人生征程。

而她，只是一個站在他們背後的女人。

「我知道，你和澄兒，一定都做得到。」

傅念君笑了笑，抱著熟睡的小兒子靠進了丈夫的懷抱。

周毓白輕輕吻了吻她的頭頂，低聲說：
「謝謝妳，念君。」

（全書完）

國家圖書館出版品預行編目資料

念君歡 / 村口的沙包著. -- 初版. -- 台北市：春光, 城邦文化出版：家庭傳媒城邦分公司發行, 民109.1
冊； 公分

ISBN 978-957-9439-78-7（卷七：平裝）. --

857.7 108019089

念君歡〔卷七〕（完結篇）

作　　者／村口的沙包
企劃選書人／李曉芳
責任編輯／王雪莉

版權行政暨數位業務專員／陳玉鈴
資深版權專員／許儀盈
行銷企劃／陳姿億
行銷業務經理／李振東
副總編輯／王雪莉
發行人／何飛鵬
法律顧問／元禾法律事務所　王子文律師
出　　版／春光出版
台北市 104 中山區民生東路二段 141 號 8 樓
電話：(02) 2500-7008　傳真：(02) 2502-7676
部落格：http://stareast.pixnet.net/blog　E-mail：stareast_service@cite.com.tw
發　　行／英屬蓋曼群島商家庭傳媒股份有限公司城邦分公司
台北市中山區民生東路二段 141 號11 樓
書虫客服服務專線：(02) 2500-7718 / (02) 2500-7719
24小時傳真服務：(02) 2500-1990 / (02) 2500-1991
服務時間：週一至週五上午9:30～12:00，下午13:30～17:00
郵撥帳號：19863813　戶名：書虫股份有限公司
讀者服務信箱E-mail: service@readingclub.com.tw
歡迎光臨城邦讀書花園　網址：www.cite.com.tw
香港發行所／城邦（香港）出版集團有限公司
香港灣仔駱克道 193 號東超商業中心 1 樓
電話：(852) 2508-6231　傳真：(852) 2578-9337
E-mail : hkcite@biznetvigator.com
馬新發行所／城邦（馬新）出版集團　Cite(M)Sdn. Bhd
41, Jalan Radin Anum, Bandar Baru Sri Petaling,
57000 Kuala Lumpur, Malaysia.
Tel: (603) 90578822　Fax:(603) 90576622　E-mail:cite@cite.com.my

封面設計／Ancy Pi
插畫繪製／容境
內頁排版／極翔企業有限公司
印　　刷／高典印刷有限公司

■ 2020 年（民 109）1 月 30 日初版　Printed in Taiwan

售價／320元

城邦讀書花園
www.cite.com.tw

ISBN　978-957-9439-78-7

廣　告　回　函
北區郵政管理登記證
台北廣字第000791號
郵資已付，免貼郵票

104 台北市民生東路二段 141 號 11 樓

英屬蓋曼群島商家庭傳媒股份有限公司

城邦分公司

請沿虛線對折，謝謝！

愛情．生活．心靈

閱讀春光，生命從此神采飛揚

春光出版

書號：OF0067　　書名：念君歡〔卷七〕（完結篇）

請於此處用膠水黏貼

讀者回函卡

謝謝您購買我們出版的書籍！請費心填寫此回函卡，我們將不定期寄上城邦集團最新的出版訊息。

姓名：______________________________

性別：☐男　☐女

生日：西元__________年__________月__________日

地址：______________________________

聯絡電話：__________________　傳真：__________________

E-mail：______________________________

職業：☐ 1. 學生 ☐ 2. 軍公教 ☐ 3. 服務 ☐ 4. 金融 ☐ 5. 製造 ☐ 6. 資訊

☐ 7. 傳播 ☐ 8. 自由業 ☐ 9. 農漁牧 ☐ 10. 家管 ☐ 11. 退休

☐ 12. 其他 ______________________________

您從何種方式得知本書消息？

☐ 1. 書店 ☐ 2. 網路 ☐ 3. 報紙 ☐ 4. 雜誌 ☐ 5. 廣播 ☐ 6. 電視

☐ 7. 親友推薦 ☐ 8. 其他 ______________________________

您通常以何種方式購書？

☐ 1. 書店 ☐ 2. 網路 ☐ 3. 傳真訂購 ☐ 4. 郵局劃撥 ☐ 5. 其他 ______

您喜歡閱讀哪些類別的書籍？

☐ 1. 財經商業 ☐ 2. 自然科學 ☐ 3. 歷史 ☐ 4. 法律 ☐ 5. 文學

☐ 6. 休閒旅遊 ☐ 7. 小說 ☐ 8. 人物傳記 ☐ 9. 生活、勵志

☐ 10. 其他 ______________________________

為提供訂購、行銷、客戶管理或其他合於營業登記項目或章程所定業務之目的，英屬蓋曼群島商家庭傳媒（股）公司城邦分公司，於本集團之營運期間及地區內，將以電郵、傳真、電話、簡訊、郵寄或其他公告方式利用您提供之資料（資料類別：C001、C002、C003、C011等）。利用對象除本集團外，亦可能包括相關服務的協力機構。如您有依個資法第三條或其他需服務之處，得致電本公司客服中心電話 (02)25007718請求協助。相關資料如為非必要項目，不提供亦不影響您的權益。

1. C001辨識個人者：如消費者之姓名、地址、電話、電子郵件等資訊。
2. C002辨識財務者：如信用卡或轉帳帳戶資訊。
3. C003政府資料中之辨識者：如身分證字號或護照號碼（外國人）。
4. C011個人描述：如性別、國籍、出生年月日。

請於此處用膠水黏貼